안녕하세요.
유제이 역을 연기한 혜리입니다.
선의의경쟁을 사랑해주신 시청자 분들께
진심으로 감사드립니다. 덕분에 이렇게 대본집도
나오고.. 정말 기뻐요 ♡
제이는 대본에서부터 정말 매력적인 인물이에요.
이제 동네방네 자랑할 수 있게 됐어요!

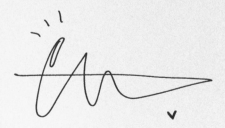

장우빈

<선의의 경쟁>으로 숨기를 만날 수 있게 되어 정말 인광한 시간이었습니다.
숨기가 제이를 만나 비로소 밝게 웃을 수 있게 된 것처럼 여러분들도 좋은 인연과
따스한 세상 속에서 행복하셨으면 좋겠습니다.
저희 작품과 숨기를 사랑해 주셔서 다시 한번 감사드립니다.

어떤 상황 속에서도 결국
경이처럼 행복해지길 응원합니다!
감사합니다 ! ♡

선의의 경쟁에서 주예리 역을 맡은
강혜원입니다.
여리를. 그리고 선의의 경쟁을 사랑해 주셔서
진심으로 감사드립니다.
항상 건강하시고 여러분의 마음이 언제나 따스한
봄날을 지나고 있기를! ❀

선의의 경쟁

김태희·민예지 대본집

선의의 경쟁

초판 1쇄 인쇄 2025년 5월 13일
초판 1쇄 발행 2025년 5월 27일

지은이 | 김태희·민예지
펴낸이 | 金滇珉
펴낸곳 | 북로그컴퍼니
책임편집 | 한홍비
디자인 | 김승은
주소 | 서울시 마포구 와우산로 44(상수동), 3층
전화 | 02-738-0214
팩스 | 02-738-1030
등록 | 제2010-000174호

ISBN 979-11-6803-115-9 03810

기획 | STUDIO X+U
제작 | 와이랩 플렉스, STUDIO X+U
콘티 작가 | 엄경아
미술 감독 | 김시호

진심이라고
생각해?

선의라고
생각해?

선의의경쟁

김태희·민예지 대본집

북로그컴퍼니

난 너랑 달라서 더럽고 냄새나는 것도 얼마든지 잘 입을 수 있어.
내가 괜찮다는데 니가 뭔 상관이야? 너 사양이란 말, 무슨 뜻인지 몰라?
착각하지 마, 모두가 니 친절을 반기진 않으니깐.

그래, 알았으니깐 그만해.

두 사람의 위치와 처지가 선명하게 드러나는 씬입니다. 친절이라는 여유를 부릴 수 있는 제이와 그걸 있는 그대로 받아들일 수 없는 슬기. 과거의 상처와 함께 제이를 향한 열등감으로 툭 불거져 나온 슬기의 이 대사는 언제나 포식자 포지션에 있었던 제이에게도 꽤나 큰 인상을 남깁니다. 작년 수능 이후로 사라져 행방이 묘연한 제나를 떠올리게 했거든요. 제나가 붙들고 있던 수학 문제를 풀어주겠다고 했을 뿐인데, 나가라며 소리를 질러대던 제나와 슬기가 어쩐지 닮아 보인다고 제이는 생각합니다.

그리고 더불어 이 정도로는 우슬기를 내 편으로 만들 수 없단 판단이 들었고 이후, 명문학원으로 유인할 계획을 세웁니다.

그런 거 아니고..

그냥 다들, 날 쉽게 잊어버리더라고..

그래서 나도 잘 안 기다려. 기다리는 거, 별로.

딴 사람들은 몰라도

난 약속하면 꼭 가니깐 기다려.

물론 좀 늦을 순 있다!

8부 엔딩까지 모두 쓴 이후로도 수정에 수정을 거듭했던 씬입니다. 유치원 소풍날 모두에게 잊힌 트라우마가 있는 슬기에게 제이는 말합니다. 다른 사람들은 몰라도 자기는 약속한 거 꼭 지키니깐 기다리라고.. 그 말을 되뇌며 슬기는 사라진 제이를 기다리고 또 기다렸을 겁니다.
이 대사가 결말에 대한 복선이라는 걸 많은 분들께서 알아채주셔서 기뻤습니다.

넌 내가 내 불행한 과거를

쪽팔려 할 거라고 생각하지?

아니, 난 내가 하나도 부끄럽지 않아.

넌 나에 대해 아무것도 몰라.

사라진 에세이가 슬기의 자작극일 수 있었던 이유입니다. 나리의 약점을 쥐고 흔들었던 제이에게 슬기가 한 방 먹이는 이 씬을 통해 슬기 역시 만만한 상대가 아니라는 걸 알려줍니다. 스스로 모두에게 공개한 과거는 더 이상 슬기의 약점이 될 수 없을 테니까요. 일종의 선전포고처럼 들리길 원했는데 정수빈 배우가 잘 살려줬습니다.

잡았다고 생각하면 어느새 저만큼 멀리 도망쳐 있는, 언제나 자신의 예상을 훌쩍 뛰어넘는 슬기가 제이에게는 너무나도 흥미롭고 매력적이게 다가왔을 대사입니다.

솔직히 나.. 아직 너 못 믿어.
그치만..너랑 같이 1등 한 건, 나도 좋아.
다른 애면 싫었겠지만.

4부 28씬 J메디컬센터 옥상에서 제이가 했던 "우리 이름 나란히 있는 거.. 짜릿하더라? 다른 애면 기분 나빴겠지만 슬기 너라서 좋았어." 라는 대사에 대한 슬기의 답이자, '선의의 경쟁' 식의 고백이라고 생각하며 썼던 대사입니다. 생존과도 같은 1등, 그 1등을 나누고 함께 축하할 수 있다는 건 슬기 입장에서 엄청난 발전이거든요.

하지만 그럼에도 불구하고 아직 제이를 믿지 못한다는 것 또한 확실히 하죠. 이건 다시 말해, 나에게 더 믿음을 달라는 뜻이기도 합니다. 왜냐하면 지금 슬기는 그 누구보다도 제이를 믿고 싶기 때문입니다.

왜? 그나마 다행이지 않아?

너무 좋은 사람이었던 것보단 덜 억울하잖아.

제이가 어떻게 자랐는지, 어떻게 사고하는 인물인지를 보여주는 대사입니다. 훗날 슬기는 제이의 계획을 가늠하기 위해 제이적 사고를 해보게 되는데.. "슬기 네가 죽는 상상도 자주 해." 라는 대사와 함께 이때의 제이를 떠올리며 이것이 나름 제이의 위로였음을 깨닫지 않았을까요?

사실 이 대사에는 우도혁을 무조건적인 피해자로 설정하고 싶지 않았던 저희의 의지가 담겨 있기도 합니다. 마냥 좋은 사람이 아닌, 원죄를 가진 인물의 죽음.. 그래서 이 죽음을 바라보는 각 캐릭터의 태도가 조금씩 다르길 원했습니다.

카인과 아벨 알아?

형이 동생을 질투해서 죽였다는 성경 말이야..

난 항상 언니가 날 죽일지도 모른다고 생각했거든?

근데 꿈에서 내가 언니 머리를 짓이겨 죽여버렸어.

죽은 언니를 바라보는데 이상하게 마음이 편하더라.

난 정말로 언니가 경찰한테 잡혀가길 바랐어.

그래야, 모두가 살 수 있을 거라고 생각했으니깐.

알아, 제이 네 잘못 아냐.

6부 작가 코멘터리

아빠의 저주를 풀기 위해 자살을 꿈꿨던 제이는 자신보다 먼저 세상을 떠난 제나에게 배신과 원망을 느낍니다. 하지만 꿈속에서 죽은 언니를 보고 마음이 편해지죠. 제나의 얼굴을 짓이겨봄으로써 6부 33씬에서 봤던 시신이 제나가 아니라는 걸 확신했기 때문입니다. 그렇다면 왜 제이는 슬픔에 빠져 있었을까요? 그건 모두를 위한 선택이라고 믿었던 자신의 계획이 예상치 못한 결과를 낳았기 때문이죠.
그런 제이에게 슬기가 네 잘못이 아니라고 말해줍니다. 2부 45씬에서 미아가 된 건 슬기의 잘못이 아니라고 말해줬던 제이의 위로에 대한 슬기의 보답인 셈이죠.
이 씬에서 보여준 이혜리 배우의 연기는 제이, 그 자체였습니다. 긴 대사를 내뱉는 호흡 하나하나가 너무 좋아서 중간에 끊을 수가 없었어요.

다 제이 널 위한 거다.

네 언니의 지저분한 스캔들 때문에

니가 쌓아올린 노력까지 폄하되지 않길 바라는

이 아빠의 맘을 정말 모르겠니?

우습네요. 아빠한테도 마음 같은 게 있다는 게.

7부 작가 코멘터리

쓰면서 어서 빨리 찍고 싶다고 염원했던 씬 중에 하나입니다. 누구보다 나를 꼭 닮았다고 생각한 딸이, 나에게 날리는 비수 같은 말.. 태준은 본인과 달리 진짜 감정과 진짜 마음을 가진 제이를 보며 인정해야 했을 겁니다. 내 속으로 낳았지만 나와는 완전히 다른 개체라는 것을요. 하지만 저 말은 사실 태준을 누구보다 뼛속 깊이 알고 있는 제이이기에 가능한 것이었다는 것을 생각하면 아이러니가 아닐 수 없습니다.
김태훈 배우의 갈 곳 잃은 공허한 눈동자가 오래도록 기억에 남을 것 같습니다.

그러니깐 무슨 일이 있어도 절대로 수능 포기하지 마.

니 원서는 내가 접수했다.

그리고.. 비밀 하나 알려줄까?

중간고사 때 너한테 줬던 약, 그거 비타민이었어.

제이가 3부에서 슬기에게 비타민을 줄 때는 복합적인 마음이었습니다. 진짜 ADHD 약을 줬다가 슬기가 덜컥 1등을 하면 어떡하지? 하는 불안과 동시에 슬기가 약 없이 얼마나 공부를 잘할 수 있는 인간인지 궁금하기도 했을 겁니다. 그리고 무엇보다 슬기가 자신을 믿고 모르는 약을 먹을 수 있을 것인가? 하는 믿음에 대한 일종의 테스트를 해보고 싶었을 테지요.

슬기에게 약이란 자기 최면이자, 플라세보 효과였습니다. 그걸 미처 몰랐던 슬기에게 제이가 들려준 비밀은 슬기로 하여금 약물 중독에서 벗어나 스스로의 힘으로 성적을 낼 수 있다는 자신감을 갖게 해줍니다. 저희는 이 구원을 통해, 둘의 멜로가 일단락된다고 생각했습니다. 이 이후부터 슬기와 제이는 각자의 계획에 따라 따로 움직이기 때문이죠. 두 사람 모두 서로를 위하지만 상대의 말을 끝끝내 듣지 않는 정말이지 못 말리는 고집불통들입니다.

작가의 말

　신축년 겨울에 집필 계약을 하고 〈선의의 경쟁〉 프로젝트를 시작했습니다. 같은 해 가을에 태어난 조카가 올 봄 유치원생이 되었고 저도 이 드라마를 세상에 내놓았지요. 종종 사람들이 저에게 〈선의의 경쟁〉이 어떤 의미냐고 물을 때마다 자식 같다고 답한 것이 그저 흔한 비유는 아니었습니다. 실제로 저는 자식을 낳고 부모가 되는 삶 대신 작품을 택했고 그 선택에 후회가 없습니다. 내가 낳았지만 자식이 나의 소유물이 아니듯 〈선의의 경쟁〉도 내 것이 아닌 참여한 모두의 것이고 또 보아주신 모든 분들의 것입니다. 넘치게 사랑받는 아이로 자랄 수 있어 감사하다는 걸, 작가의 말을 쓰는 지금에서야 비로소 실감하다니.. 저도 참 모지리가 맞나봅니다.

　〈선의의 경쟁〉은 결코 친절한 드라마가 아닙니다. 스토리의 전개 속도는 빠르고 복잡한 인물 관계에 비해 생략과 숨김이 많은 편이지요. 그 행간을 읽기 위해 드라마를 보고 또 보며 각자의 해석으로 토론하고 그렇게 밤을 지새우는 팬 여러분들을 보며 이제라도 내가 더 할 수 있는 일이 없을까? 하고 고민하게 됐습니다. 이 대본집이 〈선의의 경쟁〉을 이해하고 사랑하는 데 조금이라도 도움이 된다면 좋겠다는 마음에 부끄러움을 무릅쓰고 용기를 내보았습니다.

　이 책에는 여러분이 사랑해 마지않는 욕조 키스씬의 초고가 들어있습니다. 배우들조차 보지 못한 그야말로 진짜 초고가 말이죠. 작가이자 감독인 제가 머릿속에서 그렸던 최초의 그림을 공개하는 셈입니다. 그밖에도 여러 가지 문제로 촬영하지 못했던 씬, 찍었지만 최종 편집에서 삭제됐던 씬, 현장에서 바뀐 대사들이 원본 그대로 담겨 있습니다. 2년 넘게 쓰고도 촬영장에서 고치고 또 고쳤던 대본이라 컴퓨터 하드에 수없이 많은 버전이 있었지만, 그중에서 오랫동안 함께 보고싶은 것들로 엄선해 엮었습니다.

대본집을 준비하는 과정이 어쩌면 저에게는 〈선의의 경쟁〉과의 이별을 받아들이는 시간이 되었던 것 같습니다. 누구보다 강렬한 질풍노도의 시기를 보냈던 파란만장한 제 10대 시절이 제이, 슬기, 경이, 예리, 제나에게 고스란히 담긴 탓에 저는 아이들을 제 피붙이처럼 아끼고 사랑했습니다. 그 여파일까요? 작품이 끝난 후 한동안 상실감에 시달리기도 했습니다. 하지만 이제는 헤어져야겠지요. 어디선가 저보다 훨씬 잘살고 있을 아이들을 향해 너희들과 함께 내 청춘의 한 챕터를 마무리할 수 있어 행복했다고, 영광이었다고 말해주고 싶습니다.

모든 배우들, 모든 스태프들, 도움 주신 모든 분들께 감사의 인사를 전합니다. 그리고 조금 더 많이 주연희 본부장님께 감사하고 싶습니다. 그분이 아니었다면 〈선의의 경쟁〉은 없었을 테니까요. 주본! 긴 시간 날 믿고 응원해줘서 고맙습니다. 그대의 기대에 부응하기 위해 최선을 다하다보니 여기까지 왔네요. 우리의 진심이 시청자들께 닿아 정말이지 다행입니다.

〈선의의 경쟁〉은 결코 평탄한 드라마가 아닙니다. 드라마를 만드는 과정이 한 편의 드라마라는 건 어느 작품이든 매한가지겠지만 유독 〈선의의 경쟁〉은 넘어야 할 허들과 해결하고 극복해야 할 과제들이 산재한, 도전과도 같은 작품이었습니다. 시청자분들을 만나러 가기까지의 모든 순간들이 역경이었습니다. 하지만 이 지난한 여정이 기적으로 완성될 수 있었던 건 시청자 여러분의 사랑이 있었기에 가능했습니다. 태어나 한 번도 받아보지 못한 칭찬과 사랑에 얼떨떨했습니다. 부족한 작품 예쁘게 보아주셔서 감사합니다. 그 마음 깊이 새긴 채 더 좋은 작품 만들 수 있도록 서둘러보겠습니다. 그때까지 항상 건강하시기를!

을사년 봄에
〈선의의 경쟁〉을 쓰고 연출한 김태희 드림

선의의 경쟁 속 아이들과 함께 한 작업 기간 동안 제가 가장 많이 했던 말은, '아휴 짠하다'였던 것 같습니다. 이 말은 저희 엄마가 제게 자주 하시는 말이에요. 아휴 짠허다, 밥은 먹었니, 오늘 많이 고되었니. 가장 소중하고 뭐든 알고 싶은 큰딸에게 엄마가 가장 자주 하시는 말을, 저는 제이와 슬기. 예리와 경이. 제나, 범수, 아라.. 모두에게 어느새 하고 있었어요. 그만큼 정이 많이 들고, 애틋하고 안쓰러웠다는 뜻이겠지요.

제 눈에 마냥 짠해도, 스스로 용감해졌던 아이들이니 괜찮은 어른들이 되어 있으리란 상상을 해보다가— 또 너무 어른스럽지 않은 시간들을 보내고 있으면 좋겠단 생각도 해봅니다. 억센 순간들을 함께 버틴 친구들이, 철없고 해맑은 모습으로 여전히 자주 만나 서로 놀리고 챙기고 보듬어주며 지내고 있다면 좋겠습니다.
이런 상상을 감히 생생하게 해볼 수 있는 건 모두, 섬세했던 배우 분들 덕입니다.

이 작품의 따뜻하고 다정한 결을 알아봐주신 분들께 정말 감사드립니다. 과분한 사랑을 확인할 때마다 깊이 감동했습니다.
늘 세심한 김태희 감독님, 단단한 와이랩 식구들, 고생하신 스태프분들. 그리고 제 옆의 그린라임쏘울 손을 잡고, 제이가 느끼고 있을 명랑한 바람 소리를 상상해봅니다. 우리 모두에게, 그런 시원한 바람을 만끽하는 순간들이 많기를 바라요!

민예지 드림

일러두기

1. 〈선의의 경쟁〉 드라마는 30분 분량의 16부작으로 방송되었습니다. 그러나 원 대본은 60분 분량의 8부로 집필되었습니다. 이 책은 무삭제 작가판의 취지를 살리고, 원 대본의 흐름과 작가의 집필 의도를 온전히 전달하기 위해 원 대본과 같이 8부로 구성하였습니다.
2. 이 책의 편집은 김태희·민예지 작가의 집필 방식을 따랐습니다.
3. 드라마 대사는 글말이 아닌 입말임을 감안하여, 한글맞춤법과 다른 부분이라 해도 그 표현을 살렸습니다. 지문의 경우 한글맞춤법을 최대한 따르되, 어감을 살리기 위해 고치지 않고 그대로 둔 경우도 있습니다.
4. 대사와 지문에 등장하는 말줄임표나 쉼표, 느낌표와 마침표 등의 문장부호 역시 작가의 집필 의도를 살리기 위해 고치지 않고 그대로 실었습니다.
5. 드라마에서 장면을 나타내는 '씬(scene)'의 경우, 표준국어대사전에는 '신'으로 등록되어 있지만 작가의 집필 형식과 현장에서 쓰이는 방식에 따라 '씬'으로 표기했습니다.
6. 이 책은 작가의 최종 대본으로, 방송된 부분과 다를 수 있습니다.
7. 루시드폴 '누구도 일러주지 않았네' 가사 인용은 한국음악저작권협회의 승인을 받았습니다.

차례

기획의도

세상이란 원래 불공평하다.

그럼에도 불구하고 가진 자와 가지지 못한 자가 정정당당히 겨룰 수 있는 것이 그나마 학업 성적이던 때가 있었다. 개천에서도 용이 나던 그 시절을 기억한다면 당신은 보나 마나 케케묵은 라떼 시리즈나 읊어대는 꼰대일 확률이 높다.

우리는 지금 고액 과외와 입시 코디, 학군을 위한 위장 전입 쯤은 당연한 것으로 여기며 학교생활기록부를 더 화려하게 채우기 위해 각종 상장과 표창장의 위조도 서슴지 않는 상류층들이 더는 놀랍지 않은 시대에 살고 있다.

"능력 없으면 니네 부모를 원망해, 돈도 실력이야."

촛불 민심에 기름을 들이부은 희대의 망언 앞에서 우리는 상대적 박탈감과 함께 허무, 무기력, 좌절, 포기, 패배를 맛보아야 했다. 막말을 내뱉은 그녀를 비난하면서도 동시에 그녀를 부러워할 수밖에 없는 웃픈 현실의 아이러니. 이것이 대한민국의 진짜 민낯이라는 걸 부정할 사람은 아마 없을 것이다.

그녀는 알고 있었을까? 정권이 바뀐다 해도 여전히 기회는 불평등하고, 과정은 불공정하며, 결과는 정의롭지 못할 거라는 사실을? 애초에 전혀 다른 출발선에서 시작되는 달리기다. 이런 '경쟁'에 과연 '선의' 따위가 존재할 수 있을까?

싸우기 위해 길러진 투견처럼, 앞만 보고 달리기 위해 눈 옆을 가린 경주마처럼 여기, 이기기 위해서라면 못할 것이 없는 우리의 아이들이 있다.

서로를 헐뜯고 짓밟는 것이 제 살과 영혼을 갉아먹는 줄도 모르고 으르렁대며 그저 살아남기 위해, 최후의 승자가 되기 위해 미친 듯이 공부하는 가엾은 아이들.

〈선의의 경쟁〉은
이기는 법만을 가르치는 사회에서 지는 법을 배우지 못한 우리 모두의 이야기다.
넘어지고 실패해도 인생에는 반드시 다음 챕터가 있다는 것을 안다면
그저 툭툭 털고 일어나 다시 자신만의 레이스를 시작하면 그만이다.

인생의 진정한 경쟁은 그때부터가 시작이라는 걸 아는 사람들이 늘어난다면,
절대로 바뀌지 않을 것 같던 세상도 아주 조금은 달라지지 않을까 싶다.

등장인물

우슬기　　여 / 19세 / 채화여고 3학년 2반

#흙수저 #보육원 #왕따 #상대적박탈감 #포커페이스 #수비형 #아싸

"제이 넌 모를 거야.. 애들한테 왕따당하고 밟히던 내가 어떻게 살아남았는지.
나한테는 공부밖에 없어. 공부가 유일한 내 보호자고 방패야."

크지 않은 키에 얇은 뼈대, 하얀 피부에 흐릿한 이목구비를 가졌다.
절벽에 핀 작은 꽃처럼 얼핏 보면 부드럽고 연약해 쉽게 꺾일 것도 같지만
칼바위 틈에 악착같이 뿌리를 내려 쉽사리 흔들리거나 뽑히지 않는다.
다섯 살에 부모와 헤어지고 보육원에서 크며 홀로 견디고 버틴 덕분이다.
포기와 체념 역시 너무 빨리 배워 나이보다 훨씬 웃자랐다.

슬기는 아주 오랫동안 스스로를 미워해야만 했다.
유치원 소풍날, 내가 고집만 부리지 않았더라면.. 난 미아가 되지 않았겠지?
주목받고 싶은 마음에 입었던 공주 드레스가 비극의 시작이었다고 자책한 나머지
갖은 차별과 폭력 앞에서도 딱히 대응이란 걸 해본 적 없이 살았다.
일종의 자기 방치이기도 했고 또 한편으로는 나름의 속죄였다.

하지만 우연한 계기로 시작한 공부가 슬기의 삶을 바꿔 놓았다.
주목받기 시작했으며 아이들의 폭력이 멈췄고 더는 밥을 굶지 않게 되었다.
좋은 성적보다 더 강력하고 안전한 보호 장치는 없다는 걸 몸소 경험한 슬기는
더 높은 등수를 위해서라면 이제 못할 짓이 없었다.

고3을 몇 달 앞둔 어느 날, 보육원으로 모르는 여자가 찾아왔다.
잃어버린 슬기의 아빠와 현재 같이 살고 있는 여자라고 자신을 소개한 그녀는

곧 보호 종료 아동이 되는 슬기를 서울로 데려가겠다고 했다.
나에게도 가족이 생긴다니! 슬기는 처음으로 신의 존재를 믿었다.

그러나 그것도 잠시, 서울로 채 이사를 하기도 전에 비보가 전해졌다.
출장을 갔던 아빠가 돌아가셨다는...
십삼 년 만에 찾은 아빠는 영정사진 속에 있었다.

아빠의 응급 수술을 집도했다던 병원장은 짧은 조문 후 빈소를 떠났다.

슬기는 무작정 그를 뒤따라갔다.
건강했던 남편을 급성 패혈증이라는 애매한 병명으로 하루아침에 잃고
미망인이 된 실신 직전의 여인을 대신해 슬기는
의사를 붙잡고 하소연이라도 해볼 요량이었다. 대체 어떻게 된 일이냐고.
하지만 장례식장을 벗어난 의사에게 제 또래만 한 여자애가 다가와
"아빠!"라고 부르는 모습을 보자 순간 왠지 모를 상대적 박탈감에 휩싸였다.
더는 다가갈 수가 없었다.

남에게 되도록 관심을 두지 않던 슬기다.
그건 얼마 남지 않은 자존심을 지켜내기 위한 슬기만의 방식이었다.
남에게 관심을 가지면 결국 남과 자신을 비교하게 되고
그래봤자 초라해지는 건 언제나 자기 자신이니깐... 그게 싫었다.
남들 하는 거 다 하고 싶고, 다 갖고 싶지만 필요 없는 척 부럽지 않은 척
꽁꽁 질투심을 숨겨왔는데 한순간 맞닥뜨린 그녀, 제이 앞에선 속수무책이었다.

제이를 다시 만난 건, 얄궂게도 전학 간 학교의 같은 반에서다.
슬기는 다짐한다.
자신과는 달리 모든 걸 다 가진 듯 완벽해 보이는 제이에게
어떤 일이 있어도 절대 1등만은 뺏기지 않겠다고.
그것마저 뺏겨버리면 이런 불공평한 세상에서 더는 살고 싶지 않을 것만 같다.

① MBTI	INTJ 용의주도한 전략가 (분석형)
② 콤플렉스	존재감 없는 애가 보호자 없이 보육원에서 가난하게 자랐다는 점.
③ 트라우마	공주 드레스를 입은 나를 두고 모두가 떠난 바닷가와 정신을 잃을 만큼 아이들에게 흠씬 두들겨 맞고 담배빵 당했던 옥상에서의 기억.
④ 공부의 이유	나에게 공부는 나를 지키는 유일한 방패막이다.
⑤ 대입 목표	전학 오기 전까지 전교 1등을 단 한 번도 놓친 적이 없다. 채화여고에서도 그 내신 성적을 유지해 한국대 의대에 당당히 입학하겠다.
⑥ 취미	취미를 가져볼 여유가 없었다. 참고서나 문제집을 살 돈도 없어서 남들이 버린 걸 주워다 지우개로 깨끗하게 지워서 다시 푸는 것 정도가 취미라면 취미겠다.
⑦ 복용 약물	ADHD 환자들을 위한 약물
⑧ 태어난 계절	여름

유 제 이   여 / 19세 / 채화여고 3학년 2반

#금수저 #멘사 #사기캐 #나르시시스트 #자기파괴적 #가스라이팅 #공격형 #인싸

"슬기 넌, 리트머스 용지 같은 거였어. 우리 아빠의 죄를 증명하기 위한..
널 눈엣가시처럼 여기며 못살게 구는 아빠를 보면서 얼마나 재밌던지."

모든 것이 특별하다. 훤칠한 키에 잘생긴 얼굴, 타고난 카리스마까지.
제이가 지나갈 때면 남녀노소 할 것 없이 모두가 그녀를 쳐다본다.
아름답다는 말로는 부족한 독특하고 묘한 분위기가 사람들의 시선을 훔친다.

타고난 외모로도 부족해 아이큐까지 높은 데다가 재능과 끼를 겸비했다.
자신이 우월하다는 걸 너무나 잘 알고 있으며 그걸 숨길 생각이 요만큼도 없다.
서두르는 법이 없고 걸을 때조차 여유가 넘친다. 시크하고 세련된 애티튜드다.

이런 그녀가 부모까지 잘 만났으니.. 저 인생은 얼마나 행복하고 편할까?
제이는 자신의 삶을 쉽게 단정 짓고 부러워하는 이들을 몹시도 혐오했다.
단 하루라도 유제이로 살아봤다면 절대 그렇게 말할 수 없을 테니깐.
할 수만 있다면 제이는 지극히 평범한 가정에서 다시 태어나고 싶었다.
친구들과의 우정도, 부모와의 애정도.. 전부 다 남들에게 보이기 위해
적당히 하는 연기에 불과한 가짜 인생을 사는 자신이야말로
사실 그 무엇보다도 혐오스러웠기 때문에.

물론 제이에게도 딱 한 사람 진짜가 있었다. 언니, 유제나.
겁이라고는 몰라 매사에 거침이 없고 대범한 제이와는 너무 달랐던 제나.
겨우 한 살 터울의 언니였지만 언제나 동생에게 먼저 양보해주었고
기다려주었으며 더 많이 배려해줬고 더 깊이 이해해줬다.
제이는 그런 제나가 어딘가 조금 모자란 바보가 아닐까 생각했다.
그게 아니면 착한 아이 콤플렉스에 지독하게 빠졌거나.

그도 그럴 것이 자매는 서로를 미워하고 견제하고 경쟁하도록 길러졌다.
완벽한 제이를 모두가 경배하고 찬양하지만 그 사랑의 이면에는 시기와 질투가
항상 도사리고 있을 거라고 아주 어릴 적부터 누누이 일러준 것도 아빠였다.
그것이 설령 피를 나눈 친자매일지라도 말이다.

제이는 언니로부터 자신을 지키기 위해 일부러 거리를 두며 살았다.

세상 모두가 앞에서는 웃지만 뒤에서는 자신을 미워할 거라는 섬뜩한 망상이
현실에서 실제로 벌어질 때마다 제이는 도리어 이상한 안도감을 느꼈고
더불어 인간을 맘껏 경멸할 수 있음에 감사했다.

1등으로 자신을 끊임없이 증명해야 한다는 강박과 그럼에도 불구하고
모두에게 미움받고 싶지 않다는 서로 공존하기 힘든 욕망은 제이를 점점 더

극단의 외로움 속으로 몰고 가 급기야 자신을 살해할 계획까지 세우게 했다.

아빠가 원하는 대로 수능 만점을 받아 대한민국 1등을 찍고 죽는 것!

J메디컬센터 원장 딸이 대체 왜 죽었을까 하고 사람들이 궁금해하는 걸
상상하기만 해도 좀 숨통이 트이는 기분이었다.

완벽한 자살을 꿈꾸며 달력에 하루하루 X표를 긋는 게 유일한 낙이었던
제이 앞에 새로운 흥미 유발자가 나타났다. 죽은 우도혁 선생의 딸, 우슬기가..

수능 날 도망치고 사라져버린 언니 제나,
수능 출제위원으로 갔다가 죽은 우도혁 선생, 그리고 그를 집도한 아빠
이 세 사람 사이에 숨겨진 비밀을 풀어낼 수 있을지도 모를 우슬기의 존재는
무료하고 칙칙하기만 했던 제이의 삶에 짜릿한 활력이 된다.

슬기랑 붙어 다니는 날 보면, 아빠는 무슨 반응을 할까?
생각만 해도 벌써 재밌다.

① MBTI	ESTJ 엄격한 관리자 (관리자형)
② 콤플렉스	주변의 모든 사람들이 내가 가진 것에만 관심이 있다. 진짜 나를 봐주지 않고 나의 배경, 외모, 성적 같은 껍데기만을 칭찬한다. 목적 없이 그냥 순수하게 나를 좋아해주는 사람이 세상에 아무도 없다.
③ 트라우마	처음으로 언니를 이기고 바이올린 활로 언니를 때리던 그날의 기억.
④ 공부의 이유	처음에는 아빠에게 인정받기 위함이었고 나중에는 아빠의 기대에 부응하지 못했을 때 어떤 결과가 뒤따르는지 언니 제나를 보며 학습했기 때문이다.
⑤ 대입 목표	3년 연속 전교 1등 타이틀을 놓치지 않는 건 기본이고 수능 만점으로 한국대 의대 수석 입학을 노린다.
⑥ 취미	스케이트보드 타기, 클럽 가기, 죄 짓고 기도하기
⑦ 복용 약물	불면증 환자들을 위한 약물
⑧ 태어난 계절	겨울

최경   여 / 19세 / 채화여고 3학년 2반

#진지충 #맞춤법강박 #츤데레 #2인자 #고리타분 #팩폭 #의리파

"제이가 망했으면 좋겠다고 생각했어! 제이만 없으면 내가 일등인데
걔 땜에 맨날 내가 주목받지 못하는 게 짜증났다고!"

전형적인 모범생 이미지다. 똑단발에 안경을 끼고 매사에 뭐든 열심히 한다.
그러나 안타깝게도 노력한 만큼 인정을 못 받는 경향이 있어 억울하다.

정해진 틀과 규칙을 준수해 정도를 걸어야 한다는 강박이 심한 편이고
배운 걸 그대로 따라하는 건 잘하지만 응용력이랄지 창의성은 좀 떨어지는 편.

나와 상관없는 일에는 일체 관심을 두지 않고 시간 낭비하길 싫어한다.
효율을 극대화하기 위해 일의 우선순위를 정하고 시간표를 세우길 좋아한다.

딱딱하고 뻣뻣한 데다가 시도 때도 없이 팩폭을 날려 아이들에게 상처를 입히면서
정작 본인이 한 짓은 모르고 왜 다들 자기를 별로 안 좋아하는지 잘 모른다.

공부 외에는 관심이 없는 모범생처럼 보이지만 실은 밖에 나갈 때마다 톤업 크림도
꼼꼼히 바르고 눈썹과 손톱 관리에도 신경을 무척 쓴다. 다만 티가 안 날 뿐.

예쁘고 늘씬하고 스타일 좋아 항상 남자들이 줄줄 따르는 예리가 속으론 부럽고
집안도 넘사벽인데 공부도 잘하고 잘 놀기까지 하는 제이가 죽도록 밉다.
만년 2등인 것도 짜증나 죽겠는데 전학 온 슬기한테 2등마저 뺏길까봐 두렵다.

① MBTI	INTP 논리적인 사색가 (분석형)
② 콤플렉스	아무리 노력해도 만년 2등 + 아직까지 섹스 경험이 없다는 거
③ 트라우마	내가 좋아하는 남자애가 제이를 좋아한다는 사실을 나에게 고백한 기억.

④ 공부의 이유	부모님 두 분 모두 인생은 스스로 개척해야 한다는 독립적인 교육관을 가지고 계신다. 부모님의 지원은 내가 학생 신분일 때까지만 가능하다. 스스로 살아남기 위해서는 나도 전문직 종사자가 돼야만 한다.
⑤ 대입 목표	의대를 목표로 했었으나 최근 진로를 변리사로 변경, 한국대 공학계열 의대로 진학할 예정이다.
⑥ 취미	스트레스와 긴장 완화를 위한 자위
⑦ 복용 약물	만성위염과 디스크 통증을 위한 약물
⑧ 태어난 계절	가을

주 예 리   여 / 19세 / 채화여고 3학년 2반

#지방호족 #사투리 #자취 #하이텐션 #인플루언서 #관종 #트러블메이커 #명품중독

"그래! 나 돈에 미쳤다! 그나마 내가 이렇게 명품이라도 들고 다니니깐
니들이 나 사람 취급해주는 거 아냐?
말뿐이라도 친구랍시고 데리고 다니는 거 아니냐고!!"

미국 하이틴 무비에서 툭 튀어나온 듯 화려하고 톡톡 튀는 외모를 지녔으며
섹시함과 애교가 넘치지만 싼티가 나거나 천박한 느낌은 절대 아니다.
인플루언서가 되는 것이 대학 가는 것만큼이나 중요한 시대라고 생각한다.

중3 때 부산에서 상경해 혼자 60평이 넘는 집에 살면서 공부하고 있다.
평소에는 서울말을 쓰다가도 부모님과 통화하거나 흥분하면 사투리가 나온다.

가십의 여왕이자 빅마우스다. 소문과 찌라시를 수집할 때 흥분을 느낀다.
기본적으로 남 이야기에 관심이 많고 뒷담화를 즐기지만 정작 자신의 얘기는
타인에게 잘 털어놓지 않는 편이다. 은근히 비밀이 많고 거짓말을 잘 한다.

아무리 세상이 바뀌었다지만 예쁜 사람한테 세상은 더 친절하고 관대하다는 걸 안다. 끊임없이 자신의 외향을 가꾸는 데 많은 시간과 돈을 투자하는 까닭이다. 다소 소란스럽고 허당끼가 있어 뇌가 순수해보이지만 실은 누구보다 계산적이다.

제이네 그룹 아이들이 자신을 무시하고 있다는 걸 알면서도 그들과의 관계를 유지하는 것이 훗날 반드시 득이 될 거라는 생각에 꾹 참고 아낌없이 투자한다.

① MBTI	ESFP 자유로운 영혼의 연예인 (탐험가형)
② 콤플렉스	돈은 많지만 부모의 학력과 직업이 다른 아이들에 비해서 떨어져 사회지도층이나 엘리트들과의 인맥이 턱없이 부족하다.
③ 트라우마	자신을 드라마 오디션 합격시키기 위해 엄마가 심사위원과 부적절한 관계를 갖는 장면을 몰래 훔쳐봤던 기억.
④ 공부의 이유	부유층을 넘어 소수의 특권계층으로 살아가려면 그럴듯한 집안의 남자와 결혼해야만 한다. 그러기 위해서는 대학 간판이 어느 정도는 필요하니깐.
⑤ 대입 목표	항상 정원이 미달되기 일쑤인 음대 하프 전공으로 입학할 생각이다.
⑥ 취미	각종 패션 아이템 한정판 사 모으기, 연주회 가기, SNS 팔로우 수 늘리기
⑦ 복용 약물	다이어트를 위한 약물
⑧ 태어난 계절	봄

유태준 남 / 51세 / 제이부, 외과의, J메디컬센터장

#청교도적 #크리스천 #지배욕 #성과주의 #쇼닥터 #이미지메이킹 #소시오패스

"우리 제이, 전에 교회 목사님이 해주셨던 카인과 아벨 이야기 기억하지?
하나님께서 동생 아벨의 제물만 받자 화가 난 형 카인이
동생을 들로 데려가 죽여버렸다는 이야기 말이야."

사람의 마음이 읽히지 않는 이유는 보이지 않기 때문이라고 생각한다.

그래서 태준은 자신이 볼 수 없는 것들을 버리고 볼 수 있는 것들에 집착하기로
했다.
어차피 세상도 보이지 않는 과정보다 눈에 확 띄는 뚜렷한 결과와 수치로
평가하고 기억할 뿐이니깐. 그 압도적 결과를 위해서는 치열한 경쟁이 필수다.
자식들에게도 무조건적인 사랑 대신 결과에 따른 조건부 보상을 준다.
투자 대비 효율을 따지고 원하는 만큼의 성과가 나오지 않으면 가차 없이 내친다.
제나와 제이 둘 모두를 성공적으로 키우기보다는 살아남는 한 놈만
선택하겠다는 마인드로 지금껏 아이들을 끊임없이 비교하며 채찍질해왔다.

남병진   남 / 22세 / 보육원 출신, 약물 딜러

#아미나이프 #양아치 #외강내유

"공부 열심히 해라, 나같이 안 살려면."

먹고살기 위해 안 해본 짓이 없다. 신원 보증이 되지 않아
변변한 알바 자리 하나 갖기가 하늘의 별 따기였다.
그러다보니 갈수록 험한 일, 위험한 일, 불법적인 일을 하게 됐다.
자신도 부모한테 사랑받고 자랐으면 공부도 잘했을 거고
그러면 이런 거지 같은 일 하며 밑바닥 인생으로 살지 않았을 거라고 생각한다.
보육원 후배들을 데리고 위조 신분증으로 약물을 사들여 유통 중이지만
언젠가는 크게 한탕 해서 손을 털고 합법적인 삶을 살고 싶다.

유제나   여 / 20세 / 제이의 언니, 채화여고 출신

#뮌하우젠증후군 #K장녀콤플렉스 #기면증

"차라리 제게 낫지 못할 지독한 병을 주세요.
엄마와 아빠 그리고 동생이 저를 가엾게 여길 수 있도록 도와주세요."

자신보다 훨씬 비상한 머리를 가진 동생을 질투하기보다는
언니로서의 역할과 책임에 대해 먼저 생각하는 속 깊은 아이다.
어릴 때부터 잔병치레가 잦았으며 조용한 성격으로 집에서 책 보는 걸 좋아한다.
기본적으로 멘탈이 약하고 주변의 평가에 쉽게 휘둘리며 갈등을 싫어한다.
성공에 대한 허황된 열망을 품기보다는 매일의 소소한 기쁨과 가족 간의 사랑을
더 가치 있게 여기는 탓에 여러모로 아빠의 마음에 차지 않는 큰딸이다.
상위권 성적을 유지했지만 항상 수학 때문에 전교 1등을 하지는 못했던 제나가
어느 순간부터 수학도 만점을 받으면서 전교 1등의 자리를 차지했다.
아무도 그녀를 의심하지 않았고 그녀의 성적에 대해 이의를 제기하지 않았다.
그저 막대한 재력을 가진 부모로부터 지속적인 사교육 서포팅을 받은
덕분이라고 생각하며 모두가 그녀를 부러워했을 뿐이다.

우 도 혁   남 / 48세 / 슬기부, 채화여고 수학선생

"슬기를 찾건 못 찾건 우리한테 애는 없어. 당신이 포기해."

하나뿐인 딸 슬기를 잃어버리고 몇 년 동안 전국 방방곡곡을 누비며
전단지를 뿌려봤지만 아이는 찾지 못했고 아내는 상실감과 죄책감을 견디다 못해
세상을 떠났다. 아내를 묻고 도혁은 딸을 완전히 지웠다. 더는 찾지 않았다.
그럼에도 불구하고 딸을 잊은 적은 단 한 번도 없다.
도혁은 희윤과 재혼했지만 아이를 갖지 않기 위해 아내 몰래 정관 수술을 했다.

| 권 희 윤 | 여 / 38세 / 슬기계모 |

"너랑 나, 우리 둘 중에 누가 더 힘들 거 같니?"

평범한 회사원으로 살다 도혁과 결혼 후 전업주부가 되었다.
2세를 원했지만 자식을 잃어버렸던 아픈 과거가 있는 남편은 동의하지 않았다.
슬기를 찾으면 남편이 자신의 아이도 허락할지도 모른다는 생각에 포기하지 않고
슬기를 찾았다. 그리고 기적처럼 슬기를 찾았는데.. 남편이 죽어버렸다.

| 남 지 연 | 여 / 50세 / 경이모, 변호사 |

"법을 잘 아니깐 하는 말이야. 내려!"

학창시절 내내 반장을 놓친 적도, 전교 1등을 뺏긴 적도 없다.
그러다보니 자기 딸치고 똑똑하지 못한 경이를 볼 때마다 답답하다.
공부는 타고 나는 거라고 생각해 사교육에 목매는 다른 학부모들이 이해되지
않는다.
재판도 마찬가지다. 지는 게임에 그리 큰 공을 들이지 않는다.

| 조 아 라 | 여 / 19세 / 채화여고 3학년 2반 |

"우슬기 믿을 수 있어? 걔가 입 열면 너도 나도 다 좆되는 거야."

제이네 그룹에 끼지는 못했지만 괜찮다. 왜냐하면 제이와 함께 아이들에게 약

을 팔며 둘만의 은밀한 비밀을 공유하는 것만으로도 제이에게 자신은 특별한 존재라 믿기 때문이다.

제이바라기, 제이의 심복, 제이가 시키는 것이라면 뭐든 할 준비가 되어 있는 아라지만 슬기를 대하는 제이의 태도가 사뭇 다르다는 걸 눈치채자 질투심이 폭발한다.

김범수   여 / 19세 / 채화여고 3학년 2반

"넌 지금 날 피해망상에 쩔은 미친년이라고 생각하겠지만, 좀만 있어봐.
유제이에게 간택당한 이상 너도 제정신으로 버티긴 힘들 테니깐."

작년까지만 해도 제이네 그룹 멤버였는데 불미스러운 사건에 휘말려 팽당했다. 이후 전교생에게 따를 당하고 그 스트레스로 우울증이 심해 정신과 약을 복용 중이다. 감정이 주체되지 않을 때마다 몸에 상처를 내고 피를 보면 살아 있다는 걸 느낀다.

그리고

김선영   여 / 42세 / 채화여고 3학년 2반 담임, 수학선생
김나리   여 / 19세 / 채화여고 3학년 2반
손미영   여 / 35세 / J메디컬센터 병리사
제이모   여 / 49세 / 첼리스트
예리모   여 / 45세 / 전직 배우
최수진   여 / 20세 / 보육원 선배

용어정리

#	장면(Scene)을 의미하며, 같은 장소, 같은 시간 내에서 이루어지는 일련의 행동이나 대사가 한 씬을 구성한다.
insert	화면의 특정 동작이나 상황을 강조하기 위해 삽입한 화면. 인서트 화면이 없어도 장면을 이해하는 데에는 별다른 지장이 없으나 인서트를 삽입함으로써 상황이 명확해지는 한편 스토리가 강조된다.
몽타주	따로따로 편집된 장면들을 짧게 끊어 붙여서 하나의 긴밀하고 새로운 장면을 만드는 기법을 뜻한다.
CUT TO	가까운 공간 안에서의 각도 혹은 시간 경과 같은 상황의 전환을 의미한다.
NA	내레이션(Narration)의 약자로, 장면 밖에서 들리는 목소리를 나타낸다.
E	효과음(Effect)의 약자로, 보통 등장인물은 보이지 않고 소리만 나는 경우에 사용한다.

1부

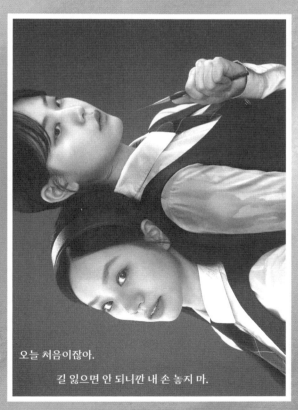

슬기 너 우리 학교,   오늘 처음이잖아.

길 잃으면 안 되니깐 내 손 놓지 마.

#1   프롤로그 : 유치원 몽타주

- **5살 슬기,** 손바닥 위에 올린 간식을 내밀지만 강아지가 무시하고 슥 지나가버린다.
- 노란색 유치원 버스에서 내리는 아이들. 모두 원복을 입었는데 슬기만 공주 드레스다.

슬기NA   나는 존재감이라고는 1도 없는 아이였어. 어린 나이에도 그걸 알았는지 유치원 소풍날, 내가 원복 대신 공주 드레스를 입겠다고 고집을 부렸나봐.

- 바닷가 근처에서 찍은 네 장의 사진. 슬기, 애써 어색한 브이 손가락을 하고 있지만 아이들 사이에 파묻혀 존재감 없이.. 찰칵! 프레임에서 잘린 채로, 찰칵! 뒤편에 포커스 아웃된 채로, 찰칵! 마지막 단체 사진에는... 아예 슬기가 없다.

슬기NA   바닷가를 갔던 거 같은데.. 서해였나? 동해? 아닌가? 남해였나?

- 슬기, 홀로 모래놀이를 하다 문득 주위를 둘러보는데... 아무도 없다. 해가 지기 시작하는 바닷가. 슬기의 얼굴에 두려움이 비친다. 슬기를 집어삼킬 듯 거세지는 파도. 목 놓아 울며 아빠! 엄마! 를 불러보지만 매서운 파도 소리만이 들릴 뿐이다. 주위가 온통 어둠이다.

슬기NA 사실 잘 기억 안 나. 어느 순간 다 떠나고 나 혼자였단 거 밖에는. 아직도 가끔 생각해. 그때 내가 엄마 말을 듣고 원복을 입었더라면.. 미아가 안 될 수 있었을까?

#2　프롤로그 : 보육원 몽타주

- 진열된 상품처럼 일렬로 앉아 양부모의 선택을 기다리는 아이들. 원장수녀가 데려온 부부가 슬기를 지나쳐 누가 봐도 제일 예쁘고 사랑스러운 아이를 입양하기로 결정한다.
- 선풍기가 한 대뿐인 방에 10명 이상의 아이들이 아무렇게나 뒤엉켜 자고 있다. 아침이 되어 눈을 떠보니 또 혼자만 덩그러니 남겨진 슬기. 시계를 보니 9시가 훌쩍 지났다.
- 뒤늦게 급식실로 뛰어가보지만 이미 아침 배식이 끝난 상황. 식당 수녀님들이 식기를 정리 중이다. 빈 식판을 들고 울상이 되어버리는 슬기. 배에서 꼬로록 소리가 난다.
- 야심한 밤, 수돗가에 홀로 나와 있는 슬기. 수도꼭지에 입을 대고 물을 마신다. 바닥에 길게 늘어진 슬기의 그림자. 가운데가 하트 모양으로 구멍이 뻥 뚫려 있다. 입으로 물이 계속 들어가지만 그림자의 구멍이 채워지지 않는다.

슬기NA 보육원에서도 내 존재감은 별반 다르지 않았어. 아무도 날 챙기지 않아 끼니를 놓치기 일쑤였고 그렇게 배를 곯은 날이면 달밤에 혼자 수돗물을 마셔대곤 했지. 근데 신기한 건 아무리 물을 마셔도 배가 부르지 않단 거였어. 마신 물이 어디론가 줄줄 다 새어나가고 있는 것만 같았달까.

#3   프롤로그 : 중학교 몽타주

- 교문 앞에 멈춰선 보육원 봉고차. 차 문이 열리고 자신의 사이즈보다 훨씬 큰 교복을 입은 **중학생 슬기**가 보육원 동기들과 같이 내린다. 등교하던 다른 아이들이 힐끔거리며 쑥덕인다.
- 교실 칠판에 가득 적힌 슬기에 대한 욕. 가난, 고아, 보육원.. 칠판을 보고도 지우지 않고 자리로 들어가는 슬기. 엎어져 있는 책걸상을 익숙한 듯 똑바로 일으키는데.. 누군가 씹던 껌을 뱉는다. 슬기의 머리카락에 붙어버린 껌.

슬기NA   우리의 등하교 시스템은 좀 유별났어. 봉고차로 다 함께 다녔는데 보육원 로고라도 없었으면 아이돌 연습생이라 숙소 생활 중이라고 구라라도 쳐봤을 텐데.. 뭐 물론 먹히진 않았겠지만. 평생을 있는 듯 없는 듯 살던 내가 이런 걸로 주목받다니, 최악이었지.

슬기, 주위를 둘러보더니 눈에 보이는 커터 칼을 손에 쥔다. 순간 긴장하는 아이들. 거울 앞으로 걸어가 껌이 붙은 머리를 잘라내는 슬기. 의도치 않게 세련된 블럭컷이 된다. 슬기, 뒤돌아서는데.. 정확하게 슬기의 머리 위로 우유 팩이 날아와 터진다.

#4   프롤로그 : 병원 거리 (낮)

지하철역 한 블록 뒤편의 병원 거리에 멈춰서는 봉고차. 차 문이 열리면 **고등학생 슬기**를 포함한 보육원 아이들이 우르르 내린다. **약물 딜러 병진 (남/20대)**이 고무줄로 동여맨 위조 신분증 뭉치를 아미나이프로 툭 자른다. 한 장씩 나눠 받는 아이들. 상가 건물에 붙어 있는 병원 간판들. 재활의학과, 정형외과, 가정의학과, 내과, 피부과, 성형외과, 정신건강의학과 등등 병원이 주변에 가득하다. 능숙하게 뿔뿔이 흩어지는 아이들. 슬기도 한 건물 안으로 들어간다.

슬기NA 그거 알아? 우리 같은 애들은 신원 보증이 안 돼서 그 흔한 알바도 쉽지 않다는 거? 보육원 선배라는 놈이 선심 쓰듯 소개해준 일이 약물 쇼핑이었어. 것두 위조 신분증으로 하는..

5   프롤로그 : 병원 몽타주 (낮-밤)

- 엘리베이터에 탄 슬기, 상가의 제일 꼭대기 층을 누른다.
- 병원 대기자 명단에 자신의 이름이 아닌 위조 신분증의 이름을 적는다.
- 계단으로 내려와 다음 병원에 들어가서 나올 때는 처방전을 들고 나온다.
- 편의점에서 삼각김밥과 커피우유를 사 먹는 슬기. 손에 든 처방전이 여러 장이다.
- 여러 약국을 돌며 처방받은 약을 사들인다.
- 어둑해진 거리. 약이 든 배낭을 메고선 다시 봉고차에 오르는 슬기.

6   프롤로그 : 봉고차 안 (밤)

아이들 모두 잠들었는데 혼자 눈을 말똥말똥 뜨고 있는 슬기. 병진, 위조 신분증 뭉치를 신중히 정리한다. 잠든 **수진(여/19세)**의 주머니를 뒤져 반납 안 된 신분증을 꺼내는 병진. 슬기, 병진이 돈을 세고 약을 분류하는 걸 뚫어져라 쳐다본다. 슬기와 눈이 마주친 병진.

병진 공부 잘하니?

슬기, 시큰둥하게 고개를 젓는다.

병진	반에서 몇 등 하는데?
슬기	15등쯤.
병진	오, 잘하네.
슬기	요즘은 한 반에 30명 정도뿐이라.. 딱히.
병진	커서 뭐 될 거냐?
슬기	글쎄요. 생각해본 적이 없어서.
병진	사람이 꿈을 가져야지.
슬기	오빠 꿈은 불쌍한 애들 등쳐 먹으면서 약 파는 거였어요?

병진, 당돌한 슬기의 질문에 피식 웃는다. 수거한 약봉지를 몇 개 쭉 뜯어서 슬기에게 내민다. 선뜻 받지 않는 슬기.

병진	넣어둬. 서울 강남 애들은 이거 못 구해서 난리다.

슬기, 약을 받아서 주머니에 스윽 넣는다.

병진	공부 열심히 해라, 나같이 안 살려면.

#7 　프롤로그 : 공부 몽타주

- 슬기, 불 꺼진 방 안에서 홀로 이불을 뒤집어쓰고 손전등에 의지해 공부한다.
- 아파트 단지의 쓰레기장을 돌면서 남들이 버린 문제집과 참고서를 주워오는 슬기.
- 보육원 앞뜰의 가로등 아래서 공부를 하는 슬기. 그 모습을 내려다보는 원장 수녀.
- 시험 날, 슬기가 빠른 속도로 문제를 풀고 시험지를 다음 장으로 넘긴다.
- 성적표에 적힌 전교 석차 15등. 슬기, 소심하게 주먹을 쥐어보며 속으로 쾌재를 부른다.

슬기NA 공부 잘해 번듯한 인생 사는 어른이 한 말이면 귓등으로도 안 들었을 텐데, 양아치 새끼가 하는 말이라 그런가? 묘하게 설득력이 있더라고. 그래서 난생처음 공부란 걸 해봤는데.. 웬걸? 기껏해야 반에서 15등 하던 내가 전교 15등을 해버렸지 뭐야.

8   프롤로그 : 보육원 원장실 (밤)

원장실 책상에 앉아 열심히 공부하는 슬기. 원장 수녀가 고봉밥이 가득 담긴 식판과 박카스를 책상 위에 올려주고는 에어컨까지 켜준다. 조용히 문을 닫고 나가는 원장 수녀.

슬기NA 성적표에 찍힌 그 숫자가 뭐라고.. 사람들 대우가 달라지더라. 밥을 먹지 않아도 배가 부른 기분이 들자 욕심이 생겼지, 1등을 하고 싶다는 욕심이.

슬기, 병진에게 받았던 약을 주머니에서 꺼내 박카스와 함께 삼킨다. 갑자기 어디선가 들려오는 파도 소리. 슬기의 얼굴이 두려움에 휩싸이는데.. 탁탁! 두 번에 걸쳐 조명이 꺼지며 주변이 암흑으로 변한다. 풍덩! 하는 소리와 함께 물속으로 빠지는 슬기. 죽은 사람처럼 고요하게 침잠하는 슬기를 비추는 한 줄기 빛, 마치 무대 위의 핀조명 같다. 심해 바다에 놓인 책상과 의자에 착지하자 슬기를 둘러싼 주변에 결계가 쳐지듯 거대한 물방울이 생긴다. 스위치가 켜진 듯 눈이 저절로 떠지는 슬기. 모든 소음과 물이 차단된 물방울 안에서 슬기가 편하게 숨을 쉬며 공부를 시작한다. 볼록 렌즈를 댄 듯 책의 글자가 커다랗고 선명하게 떠올라 슬기의 머릿속으로 들어간다. 천천히 책장을 넘기며 공부하는 슬기, 한 번도 가져본 적 없는 놀라운 집중력이다.

9   프롤로그 : 고등학교 복도 + 교실 (낮)

'2023학년도 경상북도 수학 과학 경시대회 수상'이라고 적힌 플래카드를 들고 선생님들과 함께 찍은 슬기의 기념사진. 그 사진이 붙은 복도를 지나 교실로 들어가는 슬기. 일진들, 슬기 대신 다른 아이를 괴롭히고 있다. 그 모습을 바라보는 슬기의 얼굴에는 두려움과 함께 안도가 뒤섞여 있다.

슬기NA 바뀐 건 어른들뿐만이 아니었어. 내가 공부로 짱을 먹자 날 못 잡아먹어 안달이던 년들도 더는 날 건드리지 못했어.

교과서와 노트를 펼치는 슬기. 빼곡하게 필기가 되어 있는 교과서와 몇 번이고 밑줄을 그어 너덜너덜해진 노트. 손에 연필을 꽉 쥐고 노트에 교과서를 베껴 쓰기 시작하는 슬기. 연필심이 뚝 하고 부러진다. 필통 바닥에 숨겨둔 약을 꺼내 꿀꺽 삼키고는 뾰족한 새 연필로 다시 교과서를 써내려가는 슬기.

슬기NA (단호하게) 난 무슨 일이 있어도 전교 1등을 계속해야만 했어. 예전으로 돌아가는 건 죽기보다 더 끔찍했으니깐.

#10   프롤로그 : 약물 복용 몽타주

각기 다른 배경과 상황에서 약물을 입에 털어 넣는 슬기. 주기는 점점 짧아지고 복용량은 점점 늘어난다.

#11   프롤로그 : 봉고차 안 (밤)

어둑해진 거리. 슬기, 약이 든 배낭을 병진에게 넘기며 봉고차에 오른다.

병진	(배낭 속 약을 확인하고선) 넌 이게 전부야?
슬기	(이어폰을 빼며 못 들은 척) 네? 뭐라고요?
병진	됐다. (봉고차 문을 닫으며) 출발!

슬기, 시치미를 떼고 영단어집을 펼쳐본다. 슬기가 약을 빼돌린 걸 알지만 눈감아주는 병진.

슬기	아! 저 그리고 오늘이 마지막이에요. 서울로 이사 가거든요.
수진	(눈이 번쩍) 서울? 서울 어디?
슬기	강남.
병진	뭐 부잣집에 입양이라도 됐냐?
슬기	아빠 찾았거든요.

슬기, 작은 미소를 지으며 병진에게 위조 신분증을 반납한다.

#12 프롤로그 : 보육원 슬기방 (밤)

책상과 TV가 있는 작은 방을 혼자 쓰고 있는 슬기. 브래지어 안에 숨겨 온 약을 꺼낸다. 줄줄이 비엔나처럼 계속 나오는 약봉지. TV에서는 오늘의 뉴스가 나오고 있다.

앵커E 오늘 치러진 2024학년도 대학수학능력 시험은 역대급 불수능으로 어려웠다는 평가를 받고 있습니다. 당초 수능 출제위원장은 전년도와 비슷한 수준으로 출제했다고 밝혔지만 학생들이 느낀 체감 난이도는 달랐습니다. 특히 수학영역의 킬러문항 난이도가 예상보다 훨씬 높아 최상위권 학생들의 의대 입시 당락을 가를 주요한 변수로 보입니다. 일부에선 어떤 선택 과목을 택했느냐에 따라 점수 차이가 생길 수 있다는 지적도 나왔습니다. 선택 과목의 난이도가 갈리면서 정시에서 이과 학생들이 문과로 교차 지원할 가능성도 커진 겁니다. 한국교육과정평가원은 문제와 정답에 대한 이의신청을 받은 뒤 다음 달 8일 성적을 통보할 예정입니다.

슬기, 약을 지퍼백에 담아 미리 싸둔 트렁크 안 깊숙한 곳에 넣는다. 그
때, 들리는 노크 소리.

원장E 슬기야, 서울에서 전화 왔다.

슬기, 얼른 트렁크를 닫고 잠금장치의 번호를 돌린다. 방을 나가는 슬기.
켜진 TV에서 계속 나오는 뉴스.

앵커E 조금 전 들어온 속보 전해드리겠습니다. 2024학년도 대학수학능력 시
험의 출제위원이 사망했습니다. 김재욱 기자의 단독 보도입니다.

타이틀 〈선의의 경쟁〉

13 고속버스터미널 (새벽)

4개월 후, 신새벽의 공기. 고속버스에서 내리는 교복 입은 슬기. 낑낑대
며 트렁크를 꺼낸다.

CUT TO
서울이 낯선지, 커다란 노선도 앞에 한참을 서 있다 호기롭게 왼쪽으로
가는데.. 사람들 모두 오른쪽으로 간다. 왼쪽으로 프레임 아웃했던 슬기,
뒤늦게 사람들을 따라 오른쪽으로 향한다.

14 도곡역 3번 출구 (아침)

깊고 깊은 계단. 바로 옆 에스컬레이터는 마침 수리 중이다. 슬기, 무거운 트렁크를 바짝 들고 계단을 오른다.

15   채화여고 앞 사거리 (아침)

땀을 흘리며 지상으로 올라온 슬기, 주위를 둘러보면 고층 아파트가 가득한 강남의 풍경이다. 〈채화여자고등학교〉 표지판을 보며 횡단보도 앞에 서는 슬기. 초록불로 바뀌자 발을 떼는데.. 신호를 무시하고 쌩하니 지나가는 스포츠카. 슬기, 화들짝 놀라 뒷걸음질 친다.

16   채화여고 교문 앞 (아침)

입학을 축하한다는 대형 플래카드가 걸려 있는 교문 앞으로 방금 전 그 스포츠카가 선다. 천천히 차에서 내리는 한 여학생, **예리(여/19세)**다. 교복을 입긴 했지만 풀 메이크업에 명품 구두와 가방, 액세서리로 블링블링하게 꾸민 모습이 아이돌 못지않다.

남자   오후에 레슨 갈 때 연락해. 데리러 올게.
예리   어? 봐서.

특유의 교태로 남자에게 손 흔드는 예리 옆으로 뿔테 안경에 무릎까지 오는 단정한 교복 차림의 모범생 **경이(여/19세)**가 쏜살같이 지나간다. 남들보다 2배는 빠른 걸음이다.

예리   야! 최경! (얼른 경이 옆으로 뛰어가며) 같이 가!
경이   방금 걔는 또 누구?
예리   으휴~ 우리 경이 나한테 맨날 관심 없는 척하면서 그건 또 언제 봤대? 지난주에 연주회 갔다 만났지 뭐.

경이	곧 헤어지겠군.
예리	맞아, 방금 찼어. 근데 본인은 모르는 눈치이심.
경이	안타까운 중생이네. 나무아미타불.
예리	근데 나 뭐 하나만 물어봐도 돼? 너 왜 이렇게 빨리 걸어?
경이	이제 고3인데 차 밀리고 신호 걸릴 시간에 걷는 게 빠를 거 같아서. (스마트워치의 타이머를 보며) 역시 내 예상이 맞았어. 이 정도 속도면 집에서 교실 책상까지 20분 컷 가능.

질린다는 표정의 예리, 고개를 절레절레 흔든다. 조금 더 속도를 올려 먼저 걸어가는 경이.

예리	야! 최경! 같이 가!

예리가 하이힐을 또각대며 경이를 쫓아가자 그 뒤로 덜덜덜 트렁크를 끌고 오는 슬기. 예전 학교의 교복까지 입어 튀지만 당당한 얼굴이다.

17   교무실 (아침)

개학 첫날이라 정신없이 분주한 교무실. 슬기, 교무실 한 편에서 주위를 두리번거린다. 아무도 슬기를 신경 쓰지 않는다. 잠시 후, 수험 자료를 잔뜩 들고 교무실 안으로 들어오는 여교사. 슬기, 그 사람이 담임이다 싶어 잽싸게 자리로 따라간다.

슬기	(싹싹하게) 안녕하세요.
담임	누구?
슬기	오늘 전학 왔습니다.
담임	(슬기를 보지도 않고) 아. 너 전학 서류 열람이 안 되던데. 가져왔니?

슬기, 얼른 트렁크를 눕혀 꺼내려는데 마음만 급하고 자물쇠가 잘 열리

지 않는다.

담임   (그제야 슬기를 황당하게 바라보며) 누가 뭐 훔쳐가니?
슬기   (괜스레 얼굴이 화끈거리는) ...
담임   됐고, (대학 계급표를 가리키며) 넌 여기서 어디쯤?

슬기, 자리에서 벌떡 일어나 대학 계급표를 찬찬히 살피는데..

담임   고3을 전학시키면서 부모님은 안 오고 혼자?

부모님 얘기에 주눅이 드는 슬기. 입술을 깨물며, 대학 계급표의 윗부분
을 애써 당당히 짚어보지만 쳐다보지도 않고 무시하는 담임.

담임   2반 교실로 가 있어. 아 그리고,
슬기   (살짝 기대에 찬 눈빛) 네에?
담임   (위아래를 훑어보며) 내일부터 교복 정도는 제대로 입고 올 수 있지?
슬기   (다시 풀죽어) 네..

#18   교무실 건물 앞 (아침)

교무실이 있는 건물에서 나오는 슬기. 꽃다발을 들고 온 학부모들과 신
입생들이 뒤섞여 복잡한 틈을 트렁크를 끌고 헤쳐나간다. 두리번거리다
지나가는 재학생에게 다가가는 슬기.

슬기   저기 미안하지만 3학년 교실이 어디인가요?

쌩까고 지나가는 학생. 너무 대놓고 무시해 뻘쭘해진 슬기. 그때, 저 멀리
서 아름다운 노랫소리가 들려온다. 슬기의 귀가 쫑긋해진다.

19　강당 (아침)

입학식 리허설이 진행 중인 강당. 방송부가 중계를 위해 카메라를 설치하고 무대 위에서는 합창부가 교가를 부르고 있다. 아름다운 노랫소리를 감상하느라 강당 문 앞에 서 있는 슬기. 그때, 누군가 슬기의 팔을 강하게 잡는다. 화들짝! 놀라는 슬기. 보면, 꽃이 가득 담긴 플라스틱 양동이를 든 노파다.

노파　학생, 꽃 하나만 사줘.
슬기　(손을 내밀며) 아, 죄송합니다.

노파, 눈을 흘기며 강당 안의 다른 사람들에게로 옮겨간다. 꽃을 팔기 위해 이 사람 저 사람을 붙잡는 노파. 보다 못한 교장이 마이크를 든다.

교장　곧 입학식 시작입니다. (날카로운) 뭣들해요? 잡상인 빨리 안 끌어내고!

헐레벌떡 달려온 수위, 노파를 잡아 끌어보지만 꿈쩍도 하지 않는다. 하나둘 강당으로 들어오는 신입생과 학부모들. 사람들의 시선이 노파와 수위의 실랑이에 집중된다.

노파　(바닥에 주저앉아) 다 팔아야 나가지 그냥은 못 가.
수위　아오, 할머니... 얼른 일어나세요. 여기서 이러시면 안 됩니다. 제발요..
제이E　제가 살게요!

사람들의 시선이 일제히 목소리 쪽으로 향한다. 무대 앞에 앉아 있던 **제이(여/19세)**가 자리에서 일어나 성큼성큼 노파에게로 다가온다.

제이　(무릎 꿇고 앉아) 할머니, 이 꽃 전부 다 제가 살게요. 얼마죠?
노파　한 송이에 만 원이니깐....

서둘러 꽃 개수를 세어보는 노파에게 두둑한 돈을 내미는 제이. 노파, 순순히 자리에서 일어난다. 순식간에 종료된 상황. 제이는 노파가 놓고 간 꽃 양동이를 들고 무대 앞으로 간다. 교장의 안내를 받으며 자리로 들어오던 학부모 회장 **태준(제이부/남/51세)**에게 다가가 귓속말을 하는 제이. 태준, 환한 얼굴로 웃으며 고개를 끄덕인다. 제이, 마이크를 잡는다.

제이   (영어로) 신입생 여러분 안녕하세요. 저는 재학생 대표 유제이입니다.

'유제이' 이름 석 자에 객석 여기저기서 박수와 함께 환호성이 터진다.

제이   (영어로) 올해로 개교 117년이라는 유구한 역사와 전통을 자랑하는 대한민국 최고의 명문 사학 채화여자고등학교에 오신 걸 환영합니다. 유제이의 후배가 된다는 건 꽤나 자랑스러운 일이에요. 그렇죠? 설마 지금 제 농담을 못 알아듣는다면 입학을 재고하시길 바라요.

유창한 영어로 구사하는 제이의 유머에 꺄르르 웃는 아이들. 슬기, 사람들의 반응이 생소한 듯 주변을 슬쩍 둘러본다.

제이   (영어로) 괜히 옆에 사람이 웃으니깐 따라 웃는 건 아니죠? 신입생과 내빈 여러분께서는 속히 자리에 앉아주시길 바랍니다. (한국어) 입학식이 시작되기에 앞서, 잠시 묵념의 시간을 가지겠습니다.

갑자기 완전히 다른 낮은 목소리로, 엄숙하게 말하는 제이. 확확 바뀌는 제이의 톤에 저절로 자세를 고쳐 앉게 되는 사람들.

제이   지난 4년간 채화여고에서 귀한 가르침을 주셨던 우도혁 선생님께서 최근 안타깝게 유명을 달리 하셨습니다.

'우도혁'이라는 이름에 멀거니 선 슬기의 표정.

제이   저희는 선생님을 훌륭한 스승이자 청렴한 교육자로 오래 기억하겠습니다. 아끼셨던 학생들의 면학 분위기가 흐트러지길 그분께서 원치 않으셨을 거란 유가족의 뜻을 따라, 짧은 애도의 묵념만 하겠습니다. 일동 묵념!

제이, 눈을 감고 고개를 숙이자 모두들 엄숙히 따라 하는데 바로 그 유가족인 슬기가, 그 가운데 고개를 숙이지 않고 우두커니 서 있다. 몇 초 지나지도 않아, 다시 발랄하게 튀어나오는 제이의 목소리.

제이   (영어로) 자, 그럼! 여러분이 그토록 원하고 고대하던 채화여자고등학교의 2024학년도 입학식을 시작하겠습니다!

웅장하면서도 경쾌한 음악과 함께 순식간에 바뀌는 분위기. 수위, 강당의 문을 닫으며

수위   (슬기를 향해) 다른 학교 학생도 얼른 나가요!

어쩐지 더 초라해지는 기분으로 강당에서 물러나는 슬기.

20   강당과 교내 몽타주 : 교차 (아침)

강당의 무대 위 제이와 교실을 찾지 못해 헤매는 슬기가 교차되며 그 위로 음악이 흐른다.
- 아이들이 하나도 없는 교정에서 홀로 캠퍼스 안내도를 보고 있는 슬기.
- 많은 사람들을 상대로 프레젠테이션 중인 제이. 스크린 속 PPT에는 채화여고의 캠퍼스 안내도가 띄워져 있다. 노천강당을 클릭하자, 사진이 뜬다.
- 사진 속 노천강당을 바라보며 서 있는 슬기. 압도적 풍경에 찍힌 점처럼 작고 초라하다.

- 제이가 PPT의 캠퍼스 안내도에서 건물 하나를 클릭하자
- 슬기, 그 건물 앞에 서 있는 J메디컬센터의 탑차를 발견한다. 위생복을 입은 사람들이 의료 기기가 든 박스를 옮기고 있다. 문이 열려 있는 탑차 안을 슬쩍 구경하는 슬기. 찍찍— 소리에 시선을 떨구자 투명 케이지 안에 든 실험용 흰쥐들이 보인다. 잡아먹혀 목이 없는 쥐의 사체를 보자 메스꺼움을 느끼는 슬기.
- 강당의 스크린에는 28%가 넘는 역대 의대 진학률 그래프가 보인다. 무대 위에서 핀조명을 받으며 설명 중인 제이.

제이   (영어로) 우수한 학우들과 선의의 경쟁을 통해 쌓아 올린 학업 성취는 매년 28%가 넘는 압도적인 의대 진학률로 증명되어왔습니다.

- 3학년 교실이 있는 건물로 들어오자 스피커로 제이의 목소리가 들려온다. 슬기, 1층 로비에 전시되어 있는 수많은 상패와 상장을 본다. 그 안에 새겨져 있는 이름, 유제이.

제이E   (영어로) 뿐만 아니라 우리 채화인들은 국내외 각종 경시대회에서도 빛나는 성과들을 꾸준히 보여주고 있습니다.

- 다시 강당, 당당하고 여유 넘치는 제이의 얼굴이 클로즈업 되고

제이   (영어로) 자부심을 가지십시오. 여러분은 그럴 자격이 이미 충분합니다. 채화여고의 명예를 드높일 신입생 여러분의 빛나는 내일을 진심으로 기대하고 응원합니다. 감사합니다.

마치 교주의 설교라도 본 듯, 자리에서 일어나 기립 박수를 치는 재학생과 신입생, 학부모들의 모습이 어딘지 모르게 광기 어리다.
- '3-2'라고 쓰인 학급 표찰을 드디어 발견한 슬기.

21   3학년 2반 교실 (아침)

슬기보다 먼저 교실에 와 있는 담임. 슬기, 조용히 뒷문으로 들어온다.

담임   넌 뭐하다가 이제 들어오니? 어서 빈자리에 앉아.

두 사람씩 짝지어 앉은 책상. 예리와 경이가 함께 앉아 있다. 짝 없이 혼
자 앉아 있는 범수. 슬기, 트렁크를 뒤편에 조심스레 세워두고 잠시 망설
이다가 범수의 옆자리가 아닌 비어 있는 자리에 가방을 푼다. 범수, 그런
슬기를 보며 기분 나쁜 듯 얼굴을 구긴다. 아이들, TV로 생중계되는 입
학식을 보며 각자 자리 채비에 열중이다. 태블릿 PC, 다양한 시계들, 영
양제, 마사지볼.. 주변을 둘러보며 슬기는 노트와 필통을 꺼내 올려두고.
TV 속, 태준이 신입생 대표에게 장학 증서와 제이가 산 꽃을 나눠준다.

사회E   학부모 회장님의 장학 증서 수여가 있었습니다. 자, 다음은...

담임, 리모컨으로 TV를 끈다. 긴장하는 아이들. 교실 앞에 위압적으로
붙는 학사 일정표. 담임이 커다란 전광판 시계를 딸깍— 켜자 디데이 숫
자에 선명한 불이 들어온다.

담임   7일, 첫 면접 전략 수업, 진학 상담표 제출은 지망대학 학과 3지망까지.
12일, 선행 학습 영향평가보고서 발표. 28일에 첫 모의고사, 각자 이번
학기 학생부 계획한 거 제출하고, 목표 내신 설정은...

로봇처럼 숨 막히게 나열하는 학사 일정에 질린 표정의 아이들. 담임의
차가운 눈빛.

담임   이 중 몇 명이나 한국대 의예과에 진학할 수 있을까? (아이들 표정 한번
훑고) 다른 질문 사항?

채령   선생님, 유제이는 몇 반이에요?

담임	너는 또 그게 왜 궁금하세요?
시우	궁금하죠.
학생들	궁금해요!

바로 그때, 제이가 교실 앞문을 열고 들어온다.

담임	유제이, 선생님이 기대가 커. 알지?
제이	열심히 하겠습니다.
담임	(시계 보며) 수능까지 255일 남았네. 자, 조회 끝.

담임이 나가자, 교탁에서 아이들을 쭈욱 둘러보는 제이. 아이들, 제이와 눈을 맞추기 위해 자세를 고쳐 앉고 머리를 매만진다. 긴장감이 흐르는 교실. 바로 그때, 슬기의 트렁크가 우당탕 넘어지며 정적을 깬다. 볼썽사납게 쏟아진 슬기의 짐들. 슬기 당황해 뛰어가 짐을 쑤셔 넣는다. 아이들, 피식 웃는데 성큼성큼 걸어가 제이가 돕는다. 흐트러진 물건들 중, 1994학년도 한국대 열쇠고리를 집어 유심히 바라보는 제이. 정적이 흐른다.

| 슬기 | 그만 돌려줄래? |

열쇠고리를 낚아채는 슬기. 제이, 슬기에게 미소를 보인 후 다시 아이들을 천천히 살핀다. 예리와 짝을 지어 앉은 경이, 제이의 시선을 피해 공부 중이다.

| 예리 | (뒤에 빈자리를 가리키며) 제이야, 여기 네 자리 내가 미리 맡아놨어. |

관심 없다는 듯 시선을 돌리는 제이. 책상 사이사이로 교실 한 바퀴를 돌아본다. 범수, 제이가 옆을 지나가자 두려움과 기대가 어른거리는 얼굴로 제이를 본다. 제이, 범수는 완전히 무시하고 지나친다. 다시 앞으로 가 슬기 옆자리에 앉는다. 기대에 차 제이를 보던 아이들이 술렁인다.

제이	(활짝 웃으며) 반가워. 내 이름은...
슬기	알아, 유제이.. 아까 들었어.

살짝 까칠한 슬기를 흥미롭다는 듯 바라보는 제이.

22   복도 + 의학 동아리방 (낮)

인체의 장기와 골격 모형, 의학 전문 서적이 잘 갖춰져 있는 동아리방. 조제실과 연구실을 합쳐둔 구조다. 선반 위에는 실험용 쥐들이 담긴 케이지가 정렬되어 있고, 병원을 옮겨 놓은 듯 의료 장비들이 세팅된 묘한 분위기의 방이다. 위생복을 입은 사람들이 박스를 정리하고 나가는데.. 교장과 태준이 들어온다.

교장	제이 아버님께서 매년 기증해주신 장비들 덕에 의학 동아리가 이제 채화의 자랑이 되었습니다.

장비들마다 강조하듯 선명하게 박힌 이름, 기증자 유태준. 태준, 약간 비뚤어진 네임택의 좌우 대칭을 맞춘다.

태준	동아리 처음 만들 때가 생각나네요. 우선생님께서 참 의욕적이셨는데.. 추모행사를 좀 더 신경 썼어야 하는 게 아닌지, 마음이 무겁습니다.
교장	수능 출제위원이라는 게 원래 가족한테도 비밀로 해야 하지 않습니까? 철저히 보안 유지하라는 지시가 있어 교직원들도 장례식에 참석하지 못하도록 했습니다. 너무 마음 쓰지 마십시오. 제 방에서 차 한잔 하실까요?

의사 가운을 입은 여자아이들의 단체 사진(속 제나)을 슥 바라보는 태준, 교장을 따라나선다.

23   화장실 (낮)

슬기가 볼일을 마치고 나오자 기다렸다는 듯이 다가오는 아이들. 슬기를
벽으로 몰며 바싹 에워싼다. 놀란 슬기, 살짝 뒷걸음질 친다.

채령   (협박하듯) 야, 전학생 나랑 자리 좀 바꿔야겠다.

시우   쟤 말고 나랑! 나랑 바꿔. 부탁할게. 응?

나리   니들 참 염치도 없다. 어떻게 공짜로 제이 옆자리를 달라고 해?

슬기   (무슨 상황인가 싶어 어리둥절) …

나리   전학생! 쟤들 말고 나랑 거래해. 자리 바꿔주면 내가 너 원하는 거 아무
        거나 하나 사줄게. 가격 한도 없이. 어때?

채령   김나리 이년 또 돈으로 쳐발쳐발하네. 야, 그럼 우리가 불리하지. 그냥 정
        정당당히 가위바위보 해. 응?

시우   안 내면 술래 가위바위보!

갑자기 비장한 얼굴로 가위바위보를 하는 애들. 슬기, 보고 있자니 어이
가 없다.

슬기   저기 나 갖고 싶은 건 됐고, 나리 넌 지금 어디 앉는데?

나리   나? 교실 정중앙 가운데 두 번째 줄. 교탁 바로 앞이라 선생님 목소리 졸
        라 잘 들리고 칠판 딱 잘 보이는 명당이지.

슬기   그럼, 너랑 바꿀게.

나리   씨발, 나이스!

시우   뭐야? 전학생 너 공부 좀 하냐? 아씨, 개실망.

슬기   나 이제 가봐도 되지?

고개를 까딱이며 길을 터주는 나리. 슬기, 세면대로 걸어가 손을 씻는다.
나리도 슬기 옆에서 명품 쿠션 팩트 꺼내 트러블이 올라온 피부의 화장

을 고친다.

나리	갖고 싶은 거 있으면 빨리 말해. 나중에 딴소리하지 말고.
슬기	너 돈 진짜 많은가 보다. 그럼 나 건물 하나 사줄 수 있어?
나리	(어이가 없어) 뭐?
슬기	됐으니깐 나한테 쓸 돈 있으면 네 화장품이나 하나 더 사라고.

뒤에서 큭큭대는 채령. 나리, 빡쳐 한마디 하려는데 화장실로 제이가 들어온다.

| 제이 | 한참 찾았네. 우리 밥 먹으러 가자. |

슬기와 나리 사이로 다가오는 제이, 기대에 찬 나리를 장난스럽게 바라보더니 뒤로 물기에 젖은 슬기의 손을 잡는다.

| 제이 | 빨리 가자. 나 배고파. |

슬기, 얼떨결에 제이의 손에 이끌려 화장실을 나간다. 그 모습에 더 짜증이 나는 나리.

#24   복도 (낮)

슬기의 손을 꼭 잡고 복도를 걸어가는 제이. 그 뒤를 따르는 예리와 경이. 아이들로 북적이던 복도가 제이 그룹의 등장으로 홍해처럼 갈라진다. 제이의 옆에 선 뉴페이스 슬기에게 집중되는 아이들의 시선. 아이들, 핸드폰을 들어 사진을 찍는다.

| 슬기 | (시선이 부담스러운 듯) 이 손 좀 놓고 걸음 안 될까? |
| 제이 | 슬기 너 우리 학교, 오늘 처음이잖아. 길 잃으면 안 되니깐 내 손 놓지 마. |

제이와 슬기의 꼭 잡은 손을 뒤에서 바라보는 예리와 경이, 탐탁지 않은 표정이다.

예리   경아, 넌 나보다 똑똑하니깐 한번 말해봐. 지금 이게 무슨 상황인지.

경이   (시니컬한 시선) 글쎄.

25   식당 (낮)

제이와 슬기, 함께 앉는다. 경이는 내키지 않는 얼굴로 예리와 합류해 앉는다.

예리   우리 아직 통성명도 안 했다. 그치? 난 주예리. 넌?

슬기   난 우슬기라고 해.

경이   나는 최경.

insert〉24씬, 제이의 대사. 슬기 너 오늘 우리 학교 처음이잖아.

슬기NA   (제이를 보며) 그러고 보니 난 내 이름을 말한 적이 없다?!

제이   슬기 넌 왜 전학 왔어? 고3 때 전학은 쉽지 않잖아.

슬기   어, 그게... 부모님 따라서.

예리   (말이 채 끝나기도 전에) 부모님 무슨 일 하시는데? 전근 오셨나?

슬기   아, 그런 건 아니고.

예리   (슬기 교복의 교표를 보며) 원래 어디 살았는데?

슬기   말해줘도 잘 모를 거야. 지방에 작은 동네라.

예리   어머, 나도 지방에서 올라와서 자취하는데.

경이   60평 넘는 집에 도우미까지 있는 것도 자취냐?

예리   엄마 아빠랑 떨어져 사는 내 기분을.. 니가 알아?

제이   경이도 부모님이 재판 땜에 바빠서 얼굴 잘 못 보고 지낼 거야.

경이	(입술을 실룩이며) 그런 편이지.
예리	넌 엄마 변호사에 아빠 검산데 왜 법대 안가?
경이	그게 무슨 상관.
예리	아니 제이도 아빠 병원 이어받으려고 한국대 의대 가는 거잖아.
경이	그러는 넌 뭐 엄마 아빠가 음대 나오셨냐?
예리	그건 아니지만, 엄마의 못 이룬 예술에 대한 꿈을 내가 대신...
경이	(피식) 너 하프가 제일 비싸서 경쟁률 낮단 말 듣고 하는 거잖아.
예리	(발끈하며) 야!
제이	근데 슬기도 한국대 준비해?

아이들의 시선이 일제히 슬기를 향한다. 슬기, 어떻게 알았냐는 듯 제이를 바라본다.

insert〉21씬, 1994학년도 한국대 열쇠고리를 유심히 보는 제이.

제이	보통 자기 목표 대학 굿즈 가지고 다니잖아, 부적처럼. 나도 한국대 꺼 모으는데 슬기 껀 한정판으로 나왔던 거라 구하기 어렵더라.
예리	너 진짜 한국대 준비해? 무슨 과?
슬기	어, 그게... (눈치를 살피다) 나도 의예과 생각하고 있어.
경이	방학 때 기숙학원 있다 오늘 퇴소했구나. 과외는 어느 쌤?
슬기	난 과외는 안 해서.
예리	(진심 놀라서) 뭐? 과외를 안 해? 그럼 학원은? 학원은 어디 다니는데?
슬기	학원도 안 다니는데?
경이	와.... 얘 완전 레어템이네. (비아냥대며) 니 옆에 있는 제이는 한국대 의예과 백퍼 합격권인데도 수학 과외만 세 개를 해.
제이	에이, 애들아.. 그만해.
경이	아니 너무 황당하잖아. 사교육 없이 한국대를.. 그것도 심지어 의대를 갈 수 있다고 믿는 발상 자체가.. (비꼬며) 진짜 너무 신박하다야.
슬기	근데 왜 수학 과외를 세 개씩이나 하는지 물어봐도 돼? 풀이 방법이랑 답은 문제집에 다 나와 있잖아.

예리	어머머, 애 말하는 것 좀 봐. 순진한 거야? 아님 무식한 거야?
슬기	(진지) 진짜 몰라서 묻는 거야.
제이	맞아, 슬기 니 말대로 문제집에 다 나와 있지. 그치만 같은 문제라도 푸는 방식이 여러 개잖아. 여러 선생님들한테 배워둬서 나쁠 거 없지.
슬기	(한 대 맞은 듯) 아.....

제이네 쪽으로 다가오는 동아리 후배들, 식탁 위에 에비앙 생수 4병 올려둔다.

제이	고마워. 잘 마실게.

후배들, 깍듯이 인사하곤 자리를 떠난다. 스틱형 영양제를 생수병에 쭉 짜 손목 스냅으로 흔드는 예리, 형형색색의 알약을 입에 탁 털어 넣고 물에 탄 영양제를 원샷한다. 알약 개수에 놀라는 슬기. 경이도 누런 황금빛 통에 든 공진단을 꺼내 씹는다.

예리	요즘은 약을 아무리 먹어도 피로 회복이 안 돼.
경이	담배부터 끊던가.
제이	아빠한테 얘기해둘 테니깐 와서 수액 좀 맞아.
예리	아, 정말? 지난번에 맞은 건 확실히 좋긴 하더라!
제이	슬기도 와서 맞을래? 우리 아빠가 내 친구들은 주치의처럼 건강 관리 다 해주시거든. 공부는 체력이 받쳐줘야 하잖아.
슬기	말이라도 고마워. 근데 난 괜찮아.
제이	그래, 그럼 나중에 필요하면 말해.

슬기, 주위를 둘러보면 식당 안 모든 학생들이 식후 다양한 형태의 약을 복용 중이다.

26 교실 (오후)

교실 뒤에서 바나나와 두유를 먹고 있는 범수. 슬기, 그 모습을 힐끗 보며 가방을 챙긴다.

범수 (우물우물) 너 지금 뭐 하는 거야?
슬기 자리 옮기려고. 아까 김나리랑 자리 바꾸기로 했거든.
범수 그래? 제이가 허락을 했어?
슬기 내 자리 내가 옮기는데 걔 허락을 받아야 해?

그때, 범수의 핸드폰 알람이 울린다. 화들짝 놀라는 범수, 누가 발을 건 것도 아닌데 혼자 뛰어가다 넘어진다. 핸드폰을 찾지만 어디 뒀는지 잘 기억이 나지 않는 눈치다. 알람소리가 재깍 멈추지 않자 범수의 머리 위로 날아든 두루마리 휴지. 슬기, 휴지를 던진 아라를 바라본다. '뭐 어쩌라고?' 하는 표정의 아라. 범수가 겨우 알람을 끈다. 조용해지자 다시 책상에 엎드려 자는 아라. 범수, 주머니에서 꺼낸 약을 물도 없이 삼키려는데 슬기가 먹다 남은 에비앙 생수의 뚜껑을 열어 범수의 책상 위에 슬며시 올린다. 슬기를 노려보더니 생수를 바닥에 버리는 범수. 슬기, 어이가 없어 말문이 막힌다.

범수 내가 널 뭘 믿고 이 물을 마시지? 여기에 네가 뭘 탄 줄 알고?
슬기 그게 무슨 말도 안 되는... 물에 아무것도 안 탔어. 난 그냥 니가 물도 없이 약을 먹기에...
범수 넌 지금 날 피해망상에 쩔은 미친년이라고 생각하겠지만. 좀만 있어봐. 유제이에게 간택 당한 이상 너도 제정신으로 버티긴 힘들 테니깐.

빈 생수병을 비트는 범수의 손. 언뜻 보이는 손목 위로 자해 흔적이 보인다. 슬기, 왠지 모르게 등골이 오싹해진다.

#27 의학 동아리방 (오후)

하얀 가운을 입은 제이, 케이지 속 목이 잘린 실험용 쥐의 사체를 쳐다보고 있다. 선반 반대편에 서 있는 경이.

경이   너 대체 무슨 생각이야? 그 촌년 계속 데리고 다닐 건 아니지?

제이, 제일 배가 통통한 쥐 한 마리를 꺼내 경이의 얼굴 앞에 들이댄다.

경이   (눈을 질끈 감으며) 야, 저리 치워. 난 쥐새끼들 싫다고!
제이   왜에? 나름 귀엽지 않아?

제이, 거즈에 에테르를 잔뜩 묻혀 쥐를 마취시킨다.

경이   신원 불분명한 애가 우리 그룹에 끼는 거 난 반대야.

막자사발에 알약을 넣어 갈기 시작하는 제이. 비커에 물을 넣고 가루가 된 약을 녹인다. 삼발이 위에 비커를 올리고 알코올램프에 불을 붙인다. 금세 바글바글 끓는 액체.

제이   그래? 반대하면 어쩔 건데?

뭐라 받아치지 못하는 경이. 제이, 동아리방 벽에 붙은 의예과 입시 요강을 힐끔 본다. 각종 필요한 성과 목록들.. 경이도 제이의 시선을 따라가는데.

제이   올해 전형엔 학급 임원 가산점 붙었던데. 1학기 반장 니가 하는 거 어때?
경이   진심이야?
제이   (가열된 비커를 찬물에 넣고 돌리며) .... 물론이지.
경이   ... 약속한 거 꼭 지켜라.

제이, 액체를 주사기로 쭉 빨아 당긴다. 경이, 마취된 쥐를 힐끗하곤 동아리방을 나간다.

#28   교실 (오후)

슬기, 중고거래 앱에 '채화'라고 검색하자 수채화 관련 물품들만 뜨는 걸 보고 실망한다. 직접 교복을 사겠다는 글을 올리는데 조용히 다가와 슬기의 핸드폰을 몰래 들여다보는 제이. 슬기, 고개를 들다 제이와 눈이 마주친다. 흠칫 놀라며 황급히 화면을 끄는 슬기.

제이   (다정하게) 슬기! 왜 여기 앉아 있어?
슬기   어, 그게... 내가 눈이 나빠서 칠판이 잘 안 보이거든.
제이   그럼 말을 하지, 나랑 같이 옮기면 되잖아. 내가 이리로 올까? (슬기의 짝꿍을 지그시 바라보며) 선혜야.
선혜   (긴장한 얼굴로) 어..?
슬기   (집중된 시선을 느끼며) 다른 애들한테 너무 폐 끼치지 말자.
제이   (주변을 한번 둘러보곤) 니 생각이 정 그렇다면.. 알았어.

순순히 자리로 돌아가는 제이. 아이들의 시선이 슬기와 제이를 오가며 긴장감이 흐른다.

나리   (눈치를 보며) 제이야, 기분 나쁜 건 아니지?
제이   (젠틀하게) 그럴 리가. 잘 부탁해.
나리   (호들갑) 부탁이라니 말도 안 돼. 너랑 짝 해보는 게 소원이었는데 그 꿈을 고3 때 이루다니! 너 따라 좋은 대학 가려나 봐. 앞으로 많이 가르쳐줘.
제이   (겸손모드로) 가르쳐달라니? 친구 사이에 그런 게 어딨어.
나리   나, 너처럼 공부 잘하는 친구랑 처음 같이 앉아봐서 너무 떨린단 말이야.
제이   그래? (낯빛이 싹 변하는) 나도 내가 선택 안 한 짝이랑은 처음 앉아보네.

순간 긴장하는 나리, 제이가 다시 씨익 웃어주자 얼떨떨하다.

29 슬기의 집 (오후)

암막 커튼이 길게 드리워진 어두컴컴한 거실. 설거지와 치우지 않은 술
병, 쓰레기 등이 너저분하다. 나이 차이가 꽤 나 보이는 부부의 사진이
벽에 걸려 있다. 환하게 웃고 있는 여자와 무표정한 얼굴의 남자가 다소
어색한 포즈로 찍혀 있다.

E   전원이 꺼져 있어 음성 사서함으로 연결됩니다. 삐 소리 후 통화료가....

전화를 끊고 사진을 멀거니 보고 있는 퀭한 얼굴의 **희윤(슬기 계모/
여/38세),** 띵동— 초인종이 울려도 못 듣는다. 정적이 흐르다 다시 한번
딩동— 그제야 느릿느릿 현관을 여는 희윤. 슬기가 서 있다. 슬기를 보자
아차! 싶은 희윤.

슬기   안녕하세요. 잘 지내셨어요?
희윤   아.. 오늘이 개학이었구나.

CUT TO
희윤, 작은방 문을 열고 급하게 대강 치운다. 어색하게 들어와 같이 치울
지, 손대면 안 될지 고민하며 서 있는 슬기.

희윤   아.. 저기 너 혹시 아빠 유품에서 핸드폰 못 봤었니?
슬기   핸드폰이요? 글쎄요, 저는 본 적이 없는데.
희윤   갤럭시인데 신형은 아니고... 왜 있잖아. 핸드폰에 한국대 열쇠고리도 달
        려 있었는데... 정말 본 적 없어?
슬기   네, 죄송해요.
희윤   (한숨을 푹 쉬며) 네가 죄송할 건 없고.

슬기, 트렁크를 바싹 들고 문지방을 넘어 들어간다.

30   J메디컬센터 장례식장 (밤)

4개월 전, 무채색의 허름한 옷을 입은 슬기가 빈소 안쪽의 유가족 휴게실로 들어간다. 살짝 열린 문틈 사이로 보이는 아빠의 영정 사진. 새엄마 희윤과 조문객의 대화 소리가 들린다.

조문객   쟤 잃어버리고 애 엄마도 바로 세상 떴다 그러지 않았어?
희윤   …
조문객   그러게 왜 찾아냈어? 굳이 니가 나서서. 피 한 방울 안 섞인 전처 자식,
         데리고 살기라도 할 거야?

조심스레 문을 닫는 슬기. 작은 박스 안에 담긴 유품들을 하나씩 꺼내본다. 영정 사진과 같은 사진의 채화여고 교원증, 오래된 다이어리, 그 사이에서 곱게 접어둔 빛바랜 종이 하나를 발견한다. 공주 드레스를 입은 5살 슬기 사진이 실린 실종 아동 전단지다. 박스 안을 더 보는 슬기, 열쇠고리 하나에 눈이 간다. 1994 학번이 새겨진 한국대 열쇠고리를 잡아당기자 핸드폰이 같이 딸려 나온다. 전원을 켜보지만 비밀번호가 걸려있다. 슬기, 살짝 고민하다 방의 문을 걸어 잠근다.

31   슬기의 집 슬기방 (오후)

다시 현재, 방문을 걸어 잠그는 슬기. 아직 짐을 풀지 않은 트렁크가 그대로 세워져 있다. 슬기, 트렁크의 잠금장치 비밀번호를 맞춰 가방을 연다. 옷 사이에 숨겨둔 아빠의 핸드폰과 양말 안에 넣어둔 현금을 꺼낸다. 그때, 슬기의 폰으로 도착하는 중고거래 앱 메시지.

- 판매자 : 채화여고 교복 구하신다고요?
- 슬기 : 네, 오늘 바로 직거래 가능하실까요?
- 판매자 : 역삼역 8번 출구, 밤 10시.

32   역삼역 일대 (밤)

슬기, 8번 출구로 올라오는데... 메시지가 때마침 도착한다.

- 판매자 : 8번 출구에 도착하셨나요?
- 슬기 : 네, 어디세요?
- 판매자 : 출구 방향으로 쭉 직진하세요.

슬기, 판매자가 시키는 대로 큰 빌딩들이 즐비한 대로변을 걷는다.

- 판매자 : 쭉 걷다가 첫 번째 골목에서 좌회전해서 안으로 들어옵니다.

좀 이상하다는 생각이 드는 슬기, 혹시라도 위험한 일에 말려드는 건가 싶어 불안하다.

- 판매자 : M호텔 지나 GS편의점 끼고 우회전이요.
- 판매자 : 거의 다 왔어요. 조금만 더 걸어서 들어오면...

33   ○○○호텔 앞 (밤)

조종당하듯 모텔들이 밀접해 있는 골목으로 들어온 슬기. 길에서 담배를 피거나 술에 취해 비틀거리는 사람들이 드문드문 보인다. 마사지, 안마, 모텔 등의 네온사인 간판이 번쩍인다.

- 판매자 : 금색 간판에 호텔 ○○○... 보이죠? 거기서 좀만 기다려요.

호텔 입구에서 판매자를 기다리는 슬기. 잠시 후, 빵! 클랙슨 소리에 돌아보니 주차장에서 검게 선팅한 차가 나온다. 슬기가 긴장하며 다가가자 보조석 창문이 살짝 내려간다.

여자   (창문으로 얼굴만 빼꼼 내밀고) 교복?
슬기   네.

비닐봉지에 든 교복을 건네는 여자. 슬기, 교복을 받는다. 그때, 조수석에 있던 남자가 담배를 태우며

남자   (능글맞게) 거 보기보다 어린 친구가 센스가 있네. 응?

슬기, 남자를 의식하면서도 교복을 일일이 펴서 상태를 꼼꼼히 살핀다. 그 모습을 멀리서 지켜보는 누군가의 흔들리는 시점샷.

슬기   (야무지게) 여기 치마 단이 좀 터지고 재킷에 소매 단추가 하나 없네요. 오천 원만 깎아주심 좋을 거 같은데.
여자   만 원 빼드릴게요. 구만 원만 줘요.

남자, 슬기가 꺼낸 돈 십만 원을 낚아채더니 거기서 만 원 한 장을 빼서 건넨다. 슬기, 돈을 받자마자 자리를 뜨는데 따라오는 차. 남자가 부는 휘파람에 슬기 머리가 쭈뼛 선다.

남자   (차창의 문을 내린 채) 뜨거운 밤을 위하여!

차가 슬기를 지나쳐 골목을 빠져나간다. 그제야 긴장이 풀리는지 한숨을 내쉬는 슬기.

34   셀프 빨래방 (밤)

전면이 통유리로 된 24시간 코인 빨래방. 동전 교환기에 만 원짜리를 넣자 오백 원짜리 동전들이 우르르 쏟아진다. 슬기, 동전을 챙기고 교복 주머니를 뒤진다. 구겨진 캔디 껍질과 함께 콘돔이 나온다. 안 그래도 찝찝했던 기분이 영 더러워진 슬기, 전부 쓰레기통에 버린다.

CUT TO
세탁기 속 빙빙 돌아가는 교복. 슬기, 아빠의 핸드폰 전원을 켜 비밀번호 풀기를 시도한다. 여섯 개의 다양한 번호를 넣어보지만 계속 실패하는데, 발신자표시제한 전화가 걸려온다. 놀란 가슴을 진정시키며 통화 버튼을 누르는 슬기. 수화기 너머에서는 아무 소리도 들려오지 않는다. 슬기 역시 숨죽인 채 상대방이 먼저 입을 떼기만을 기다리는데... 잠시 후 뚝 끊어지는 전화. 슬기, 재빨리 전원을 꺼버린다. 때마침 세탁 종료를 알리는 기계음에 화들짝, 아빠의 핸드폰을 떨어뜨리는 슬기. 그때, 아까부터 슬기를 쫓아다니던 누군가가 창밖에서 서성거리는 모습이 화면 끄트머리에 아주 살짝 걸린다.

35   교문 앞 (아침)

채화여고 교복을 입고 등교하는 슬기. 다른 아이들과 섞여 잘 눈에 띄지 않는다.

36   교실 (아침)

자리에 가방을 내려놓고 재킷을 벗는 슬기. 삼삼오오 핸드폰을 보며 수군거리는 아이들. 슬기, 묘한 기류를 감지하며 사물함으로 걸어가는데..

대결이라도 할 기세로 걸어오는 나리, 일부러 ABC주스를 슬기 교복에 쏟는다. 하얀 블라우스 위에 흘러내리는 붉은색의 주스.

나리 (오버 액션을 하며) 어머, 이걸 어뜩해! 내가 실수를 했네.
슬기 (덤덤하게) 괜찮아, 빨면 되지 뭐.

슬기, 뒤돌아 화장실을 가려는데 나리가 앞을 슬쩍 가로막는다.

나리 (가식적으로) 아, 너무 미안해. 미안해서 어뜩하지?
슬기 (짜증을 꾹 참으며) 정말 괜찮다니깐.
나리 (정색하며) 근데 그게 빤다고 지워질까 모르겠다!?
슬기 (이상함을 감지해 눈빛의 날이 서며) ...
나리 하기야 넌 비위가 워낙 좋아서 더러운 거 별로 신경 안 쓰니깐.

키득거리는 아이들. 예리도 웁스! 놀란 얼굴로 입을 가리고 웃는다. 범수도 슬기가 당한 게 기분 좋은지 혼자 구석에서 낄낄. 그런 애들이 한심하다는 듯 공부에 열중하는 경이.

나리 (슬기의 귀에 대고) 이해가 안 돼? 니 교복에서 정액 비린내 난다고. 제이가 너랑 놀아주니깐 신데렐라라도 된 줄 알았어?

순간 슬기의 시야에 교실로 들어오는 제이가 보인다. 아이들의 표정과 웃음소리가 실제보다 훨씬 더 크게 보이고 들리는 슬기. 점점 호흡이 가빠지고 심장이 쿵쾅쿵쾅 요동친다.

37 학교 옥상 (낮)

과거, 앞 씬과 연결되는 슬기의 트라우마 시점샷. 낄낄거리며 비웃는 일진들의 얼굴이 슬기에게로 점점 더 가까이 다가온다. 슬기를 사정없이 때리는 아이들의 손과 발. 이리저리 제멋대로 흔들리는 슬기의 머리. 피가 흘러 눈앞에 빨간 필터를 씌운 듯 시야가 붉어진다.

일진1　（코를 쿵쿵거리며） 야, 생리대 언제 갈았어? 너한테서 피비린내 쩔어.
일진2　이년 씨발, 신발 깔창 없는 거 아냐? 생리대로 써서.
일진1　캬캬캬캬, 진짜 그럴지도 몰라. 벗겨봐 벗겨봐.

슬기의 팔을 양 옆에서 잡고 운동화를 강제로 벗기는 일진들. 일진1이 슬기의 쇄골에다 담배를 비벼 끈다. 고통에 이를 악무는 슬기. 일진들, 슬기의 운동화 끈을 잡고 빙빙 돌려 건물 아래로 던져버린다. 바닥으로 내동댕이쳐지는 슬기. 비가 내리기 시작한다. 갸우뚱한 슬기의 시점으로 비바람에 휙휙 돌아가는 환풍기 날개가 보인다. 굵어지는 빗방울에 붉게 물든 시야가 씻겨나간다.

38　화장실 (아침)

셔츠에 밴 붉은 비트물이 피처럼 줄줄 세면대 하수구로 흐른다. 덜덜 떨리는 슬기의 손. 열심히 빨아보지만 나리의 말처럼 잘 지워지지 않는 얼룩.

제이E　슬기야!

고개를 돌리면 새하얀 교복 셔츠를 든 제이가 서 있다. 슬기, 다시 세면대에 머리를 처박은 채 셔츠를 빤다. 더 세게 강박적으로 셔츠를 비벼 빠는 슬기에게 다가오는 제이. 상의는 속옷만 입은 슬기. 쇄골에 선명한 담배빵 흔적. 슬기를 뒤에서 와락 껴안는 제이.

제이　（장난스럽게） 우리 슬기, 품에 쏙 들어오네.

슬기의 팔뚝에 소름이 돋는다. 아무 말도 못 하고 그대로 얼음이 되어버리는 슬기. 제이, 가져온 교복 셔츠를 펴서 슬기의 몸에 갖다 대본다.

제이   나랑 사이즈 비슷할 것 같은데? 내가 옷에 뭐 묻는 거 극혐이라 사물함에 여벌로 몇 개씩 넣어두거든. 이거 입으면 되겠어.
슬기   (경직된 채로) 고맙지만 사양할게.
제이   (세면대를 보며) 저걸 어떻게 다시 입어.

얼룩이 번져 핑크빛이 된 셔츠가 세면대 위에서 계속 물에 젖고 있다.

제이   고집부리지 말고 이거 입자. 내가 입혀줄까?
슬기   (제이에게서 몸을 확 빼며 신경질적으로) 됐다잖아!

툭— 제이가 들고 있던 깨끗한 셔츠가 바닥에 떨어진다.

슬기   난 너랑 달라서 더럽고 냄새나는 것도 얼마든지 잘 입을 수 있어. 내가 괜찮다는데 니가 뭔 상관이야? 너 사양이란 말, 무슨 뜻인지 몰라? 착각하지 마, 모두가 니 친절을 반기진 않으니깐.
제이   그래, 알았으니깐 그만해.

제이, 바닥에 떨어진 셔츠를 주워 쓰레기통에 버리고 화장실을 나간다. 열폭한 자신이 짜증나 한숨을 푹 내쉬는 슬기. 끄지 않은 수돗물이 계속 줄줄 흐른다.

39   교실 (오전)

담임의 수학시간. 쪽지 시험을 위해 책상을 한 명씩 띄워 앉았다. 다 마르지 않아 척척한 핑크빛으로 물든 교복 셔츠를 입은 슬기의 긴장한 표정. 시험지가 뒤로 넘어오고. 아이들, 손을 풀고 눈 감고 숨 고르며 각자의 의식들.

담임   방학 동안 트레이닝한 속도가 손에도 익어 있는지 느끼면서... 20분 줄
       게. 시작!

       빛의 속도로 풀기 시작하는 아이들. 고요한 교실, 사각사각 샤프 소리. 문
       제를 풀지 못하고 얼음처럼 굳어버린 슬기, 눈앞이 캄캄하다. 주변을 둘
       러보자, 모두 초집중 중. 담임과 눈이 마주친 슬기, 움찔 다시 고개를 처
       박고 시험지를 들여다본다. 벽시계의 초침 소리와 아이들의 샤프 소리가
       점점 더 크고 빠르게 슬기의 귓가를 파고든다. 불안한 슬기의 눈동자. 손
       에 땀이 차 자꾸 놓치는 펜. 왔다 갔다 하던 담임의 슬리퍼 소리가 슬기
       의 뒤에서 멈춘다.

담임   (반도 못 푼 슬기 시험지를 보며) 최소 7번 문항까지는 지금 풀었어야 해.

       담임의 압박에 뒤통수가 화끈해진 슬기, 부끄러운 듯 시험지를 재빨리
       뒷장으로 넘긴다.

       CUT TO
       정해진 시험시간 20분이 지나자 담임의 핸드폰 알람이 울린다.

담임   자, 그만! 펜 내려놓고 뒤에서부터 시험지 걷어온다.

       맨 뒷줄의 아이들이 일어나 시험지를 걷는다. 마지막 문제는 손도 못 댄
       슬기, 낯빛이 하얗게 질린 채 시험지를 뺏긴다. 곧바로 수학 교과서를 꺼
       내 진도를 확인한다.

슬기NA 아직 배우지도 않은 범위에서 시험 문제가 나왔는데 아무도 이상하게
       생각하지 않아. (다른 아이들을 살피며) 설마 나만 빼고 다 아는 거야?

       CUT TO

채점을 마친 담임이 시험지를 교탁 위에 정리한다.

담임 유제이 10점, 최경 9점, 김범수 8점, 조아라 8점, 구채령 7점, 이시우 6점,
      김나리 6점, 박병희 6점. 그 아래로는 점수 부를 가치도 없는 거 알지?

담임이 나가자 과외 선생에게 전화하고, 태블릿 PC로 오답 검색하며 다
들 어수선한데

채령 제이가 답 불러주는 게 제일 빠르겠다.
시우 (전화 서둘러 끊으며) 맞아맞아 제이야 2번 답 뭐였어? 5번은?
제이 (웃으며 친절하게) 그냥 내가 정답 1번부터 쭉 다 불러줄게.
아이들 좋아!

제이에게 몰려드는 아이들. 슬기, 안 되겠는지 자리에서 일어나 교실을
나간다.

40 복도 (오전)

교무실로 향하는 담임을 졸졸 쫓아가는 슬기. 담임, 인기척을 느끼고 멈
춰 선다.

담임 (시큰둥하게) 왜?
슬기 (소심하게 다가가) 선생님.. 죄송하지만 제 점수 알 수 있을까요?
담임 (시험지를 뒤적이더니) 우슬기 4점. (너무 놀란 슬기를 보며) 전 학교에
      서 전교 1등 했었다길래 기대 좀 했더니.. 실망이네. 역시 지방이랑 우리
      학교는 레벨이 확 다르지?
슬기 저, 선생님.. 그럼 문제 풀이는 다음 시간에 해주시나요?
담임 아니, 이건 그냥 말 그대로 테스트야. 레벨 테스트. 그래야 학원에서도 올
      해 우리 학교 내신 수준을 가늠할 거 아니니?

무슨 말인지 전혀 이해가 되지 않아 벙찐 슬기, 복도에 막막하게 혼자 서 있다.

41   식당 (낮)

혼자 줄 서서 배식을 받는 슬기, 어디 앉아야 할지 주위를 두리번거린다. 어제와 같은 자리에서 제이와 경이, 예리 그리고 나리가 함께 앉았다. 큰 목소리로 오버하며 아이들의 말에 리액션 중인 나리. 슬기는 반대편 구석 자리로 향한다. 수군대는 아이들.

학생1   (핸드폰을 보며) 쟤가 애 맞지?
학생2   (낄낄대며) 어, 근데 셔츠는 또 왜 저래? 진짜 학교 망신은 다 시킨다.

낙인이라도 찍힌 듯 슬기의 핑크 셔츠를 보고 아이들, 저마다 한마디씩 한다. 슬기, 그냥 무시하고 가려다가 뒤돌아 아이들에게로 뚜벅뚜벅 걸어간다. 식판을 탁! 내려놓고 학생1이 손에 쥐고 있던 핸드폰을 냅다 빼앗는 슬기. 놀라는 아이들. 슬기, 학생1의 핸드폰 화면을 확인하고 다시 돌려준다.

학생2   씨발, 뭐... 뭐야? 저거 완전 미친년이네.

슬기, 고개를 당당히 들고 식당 중앙의 빈자리로 가서 밥을 꾸역꾸역 먹는다.

42   교정 (낮)

슬기, 홀로 벤치에 앉아 학생1의 핸드폰에서 봤던 페이스북의 익명 페이지 '대준동 대신 전해드립니다'에 올라온 게시물을 자세히 훑어본다.

모텔 앞에서 벌어지는 은밀한 중고 교복의 거래 현장! 실제로 이런 걸 거래하는 분들이 있어서 놀랐어요. 대체 저 교복의 용도가 뭘까요?
- 저거 채화여교 교복인데 ㅠ
- 상식적으로 학교 갈 때 입는 거면 부모님께 사달라고 할 텐데 그런 게 아닌가 보네.
  └ 그런 게 아니면 뭥미? 나만 모르는 건가?
  └ 응. 너만 모르는 거임.
  └ 진짜 교복만 사고파는 게 맞는지 의심해야 함. 아... 더럽다 더러워.
- 저, 진짜 궁금해서 그러는데요. 고등학교 교복 많이 비싼가요? ㅋㅋ
  └ 월세, 전세, 빌라 살거나 부모가 이백충, 삼백충이면 비쌀 수도...
  └ 너 교복 한 벌로 빨아 입고 다니지?
- 저 분 신상 제보 받아요!

게시물에 달린 수백 개가 넘는 조롱의 댓글. 핸드폰 화면을 스크롤 하는 슬기의 손이 바들바들 떨린다. 그때, 중고거래 앱으로 익명의 누군가가 보내온 메시지 알람이 울린다.

- 명문학원의 지난주 수학 기출문제

첨부한 사진을 확대하자 기출문제로 가득 차는 화면. 슬기 찬찬히 문제를 살펴본다. 오늘 본 수학 쪽지 시험의 문제와 같은 문항이 하나씩 차례로 빨간 글씨로 변한다.

슬기NA   1번, 3번, 4번, 5번, 7번, 8번, 10번까지... 7문제나 똑같이 나왔다고?!

슬기, 시험지 하단에 선명하게 인쇄된 명문학원의 이름과 로고를 뚫어져라 바라본다.

#43   명문학원 앞 사거리 (저녁)

횡단보도 건너편으로 보이는 명문학원의 간판. 슬기, 뭔가 결심한 듯 주머니에서 약을 꺼내 박카스와 함께 삼킨다. 초록불로 바뀌는 신호등. 슬기도 얼른 달려가 수많은 아이들과 함께 횡단보도를 건넌다.

#44   명문학원 6층 상담실 (저녁)

팸플릿 속 다양한 수강료 목록들. 포커스가 나간 것처럼 숫자가 흐릿해 보이는 슬기. 자꾸 눈을 깜빡거리지만 귀는 물이 찬 듯 먹먹하고, 상담실장의 목소리는 웅웅 울린다.

실장   수강료는 과목당 250에서부터 출발하고 두 과목씩 묶으면 할인이 좀 들어가요. 소규모 집중클래스는 시험을 봐서 합격해야 등록 가능하고..
슬기   (식은땀을 흘리며) 네, 잘 알겠습니다. 부모님이랑 의논해 볼게요.
실장   그러도록 해요. (슬기의 안색을 보곤) 근데 학생 괜찮아요?

슬기, 겨우 고개를 끄덕이곤 상담실을 나온다.

#45   명문학원 계단 + 5층 로비 (저녁)

계단을 비틀거리며 걷는 슬기. 천장의 조명이 과하게 빛나 눈이 부시다. 벽을 짚으며 겨우 한 층을 내려오자, 로비에 아무도 없다. 슬기, 주위를 살피며 입구에 놓인 채화여고 쪽지 시험 풀이집을 한 권 집는다. 아무렇지 않은 척 엘리베이터를 누르고 기다리지만 목이 타는지 자꾸만 침을 삼킨다. 바로 그때, 뒤쪽에서 들려오는 강사의 목소리.

강사E   우리는 지난주에 이미 이 문제들 한번 다 본 거잖아. 니들이 공통적으로 제일 많이 틀린 5, 7, 8번만 빠르게 한번 설명해줄게. 자, 잘 들어.

뭔가에 홀린 사람처럼 슬기의 발걸음이 강의실로 향한다.

46   명문학원 5층 강의실 복도 (저녁)

소수 정예가 수업을 듣고 있는 강의실. 슬기, 자신도 모르게 핸드폰을 켜 살짝 열린 강의실 뒷문 사이로 칠판을 찍기 시작한다. 지나가다 그 모습을 본 실장.

실장   학생, 수업 들어가야지. 거기서 뭐해?

순간 화들짝 놀라는 슬기, 겨드랑이에 끼고 있던 풀이집을 툭 떨어뜨린다. 그 소리에 뭔가 싸함을 느끼고는 뒤돌아보는 실장. 슬슬 뒷걸음치는 슬기.

실장   잠깐만! 너 아까 상담 받은 애 아니니? 맞지?

슬기의 걸음이 빨라진다.

47   명문학원 5층 로비 (저녁)

때마침 와 있는 엘리베이터를 타는 슬기. 실장이 달려오지만 슬기가 탄 엘리베이터의 문이 바로 눈앞에서 닫힌다. 재빨리 계단으로 뛰어가는 실장.

48 명문학원 엘리베이터 안 + 3층 (저녁)

CCTV를 등지고 고개를 푹 숙인 슬기. 1층을 눌렀다가 추가로 3층을 누른다. 3층에서 열리는 엘리베이터 문. 최대한 자연스럽게 내리려는데 눈앞에서 제이와 마주친다. 위층 계단에서 들려오는 실장의 목소리.

실장E 엘리베이터 안에 도강생, 도강생이 있어요!

거의 울 것 같은 표정으로 제이를 바라보는 슬기, 애원하듯 고개를 절레절레 흔든다. 제이, 시간을 확인하더니 자신이 쓰고 있던 야구 모자를 슬기에게 씌워주고 엘리베이터에 오른다.

제이 오른쪽 복도 끝 비상구로 가서 옥상에 숨어 있어. 전화할게.

제이가 탄 엘리베이터의 문이 닫힌다. 슬기, 재빨리 비상구를 찾는데.. 실장이 3층으로 내려온다. 두 사람이 맞닥뜨릴 위기에 놓인 그 순간, 쉬는 시간 종이 울리고 강의실에 있던 아이들이 쏟아져 나온다. 모자를 푹 눌러쓰고 아이들 사이에 섞여 곧장 오른쪽으로 향하는 슬기. 실장, 채화여고 교복을 입은 아이들을 잠시 보는가 싶더니 이내 2층으로 내려간다.

49 명문학원 계단 + 1층 (저녁)

가쁜 숨을 몰아쉬며 힘겹게 계단을 올라가는 슬기.

CUT TO
계단을 헐레벌떡 내려가 1층에서 슬기를 기다리는 실장. 땡! 엘리베이터 문이 열리고, 그 안에 있는 제이를 보자 크게 당황한다.

제이 (고개를 까딱이며) 실장님 안녕하세요.

실장	(숨을 헐떡이며) 어, 제이 안녕. 근데 엘리베이터에 너 혼자 있었니?
제이	(명랑하게) 네! 왜요?
실장	어, 그게 니네 학교 여자애가 도촬을 하고 도망갔거든. 분명히 엘리베이터 타고 내려갔는데.. 이상하다.

실장이 서둘러 밖으로 나가려는데... 제이, 그 모습을 보고 씩 웃더니

| 제이 | 저기 실장님! 근데요.. |

#50　명문학원 옥상 (저녁)

제이의 모자를 푹 눌러쓰고 환풍기 근처에 숨은 슬기. 환풍기 소리와 함께 발로 퍽퍽 얻어맞는 환청이 슬기의 귓속을 사정없이 긁어댄다. 파편처럼 떠오른 37씬의 기억 때문에 슬기의 얼굴이 두려움에 휩싸이는데.. 손에 꼭 쥔 핸드폰 위로 후드득 빗방울이 떨어진다. 귀를 막아보지만 모든 소리가 뒤엉켜 점점 더 크게 들려온다.

#51　명문학원 엘리베이터 + 계단 (저녁)

탑층에 도착하는 엘리베이터. 급히 내려 옥상을 향해 올라가는 누군가의 발.

#52　명문학원 옥상 (저녁)

끼익 열리는 옥상의 철문. 이곳저곳을 서성이던 누군가의 발이 슬기를 향한다. 입을 틀어막고 눈도 질끈 감는 슬기. 슬기의 심장 박동 소리만큼 점점 더 가까워지는 발자국 소리. 그 순간, 슬기의 모자가 천천히 슬로우로 벗겨진다. 하얗게 질린 슬기의 얼굴에 서서히 비치는 안도감. 숨이 멈

추고 시간이 정지한 듯, 휙휙 돌던 환풍기가 멈추고 내리던 빗방울이 그친다. 카메라 쭉 빠지면, 어둠 속에서 슬기에게 손을 내미는 실루엣이 보인다. 꾹 참았던 숨을 토하는 슬기. 멈췄던 시간이 다시 흐르듯, 구름이 걷히고 누군가의 얼굴이 달빛에 드러난다. 제이다. 해사하게 웃는 제이의 얼굴 클로즈업에서 엔딩!

1부 끝.

2부

세상에 혼자만 버려진 것 같은데 하나도 외롭지가 않았어.

오히려 완벽하게 안전하다는 느낌?

#1   프롤로그 : 제이의 탄생 몽타주

검은 화면 위로 들리는 슬기의 시니컬한 목소리.

슬기NA 니들은 경쟁이 언제부터 시작된다고 생각해?

- 안방에 걸린 십자가를 보면서 아내와 섹스 중인 제이 아빠 태준, 청교
도적이다.
- 난자를 향해 미친 듯이 질주하는 수억 마리의 정자들.

슬기NA 물론 인간이 인간이기 이전... 그러니깐 아빠 몸속에 있던 정자가 엄마의
난자를 만나기 위해 헤엄치던 그때부터 피 터지는 경쟁이 시작되긴 하
지만 그건 아직 세포에 불과하니깐 일단 패스하고...

- 유치원 운동회, 결승선을 향해 달리는 어린이들과 열렬히 응원하는 부
모들.
- 수능 시험장 들어가는 학생들의 모습을 보도하는 뉴스 자료 화면.

- 입사를 위해 면접 중인 취준생들이 정장을 입고 번호표를 달고 앉아 있다.

슬기|NA　첫 달리기 시합? 대학 입시? 취업? 아니, 실은 그보다 훨씬 전부터 시작됐지만 니들이 몰랐을 뿐이야.

- 아날로그적인 느낌으로 지지직거리며 아내와 섹스 중인 태준으로 리와인드 되는 화면.
- 목탁을 두드리는 스님, 수염을 길게 기른 도사, 돋보기를 쓴 명리학자들 위로 천간(天干) 10개, 지지(地支) 12개의 한자가 둥둥 떠다니다 최종 여덟 개의 한자가 만든 사주팔자가 뜬다.
- 수술 스케줄표의 산모 이름이 하나 지워지고 그 자리에 제이 엄마의 이름이 새로 써진다.
- 수술대에 누워 시간을 기다리는 제이 엄마. 시계가 오후 5시 반이 되자 의사들 마취를 시작한다. 쩌렁쩌렁한 울음소리와 함께 유(酉)시에 맞춰 태어난 신생아, 제이.

슬기|NA　제이네 아빠는 신의 섭리에 인간의 노력을 한 스푼 더해 제이를 기획했대. 전국 팔도의 용하다는 점쟁이와 명리학자들에게 가장 좋은 날을 뽑아 수술 날짜를 잡은 거야. 이미 잡혀 있는 다른 산모들의 수술 스케줄을 바꾸는 건, 일도 아니었지. 왜냐하면 제이 아빠가 병원장이었거든.

- 대형 교회 예배 시간, 인형처럼 예쁜 신생아 제이가 목사님께 세례를 받는다. 신도들 사이를 걸어가는 제이네 가족. 모두가 찬송가를 부르며 축복한다.

슬기|NA　그렇게 제이는 날 때부터 남들을 제치고 끝내주게 좋은 사주로 태어났어. 건강하고 예뻤으며 재능이 넘쳤지. 물론 무엇보다 부모가 부자였고.

#2   프롤로그 : 제이의 유년 시절 몽타주

- 발레복을 입은 **6살 제이**의 사진.
- 바이올린을 연주하는 제이의 사진.
- 6살이 그렸다고는 믿을 수 없는 멋진 그림을 들고 있는 제이의 사진.
- 펜싱, 승마, 하키 등의 옷과 장비를 착용하고 있는 제이의 사진.
- 수다스럽고 과장된 몸짓으로 제이의 자랑을 늘어놓는 제이의 엄마.

슬기NA   무용, 음악, 그림, 체육.. 뭐든 배우는 족족 일취월장하는 덕에 칭찬을 달
고 살았는데... 단 한 사람, 제이의 아빠는 예외였어. 엄마가 흥분하며 제
이의 재능에 대해 떠들 때마다 아빠는 시큰둥한 얼굴로, 이렇게 말했대.

- 영자 신문을 보며 변기에 앉아서, 요리를 하며, 운전을 하며

태준   몇 등인데? 그래서 몇 등? 몇 등이냐고?

- 아빠에게 인정받지 못해 뾰로통한 6살의 제이, 뭔가 결심한 표정이다.
- 장식장 위에 하나둘씩 늘어나는 제이의 상장과 트로피들. 모두 1등이다.
- 꽃다발과 상패를 들고 엄마와 귀가하는 제이. 태준은 **7살 제나**의 공부
를 봐주고 있다.

태준   (쳐다보지도 않고) 제이 예체능 할 것도 아닌데 힘 빼지말지. 잘했어 (제
나의 머리를 쓰다듬으며) 다음 것도 풀어보자.

제이, 제나를 물끄러미 바라보더니 받아온 상패를 쓰레기통에 버린다.

CUT TO
식탁에 앉아 학습지를 펼치는 제이. 낮이었던 창밖에 어둠이 내려앉았다.

슬기NA   제이에게는 한 살 터울의 언니가 있었는데 공부를 꽤나 잘했어. 초등학

교 입학하기도 전에 중학교 수학 문제를 거뜬히 풀 정도였으니깐.

자다 깨 다이닝룸으로 나온 엄마, 발에 닿은 물기에 바닥을 보면 제이가 싼 오줌이 흥건하다.

슬기NA   제이 그 독한 게 화장실도 안 가고 앉아 공부만 하더니.. 글쎄 6개월 만에 언니의 수학 진도를 따라잡았지 뭐야.

CUT TO
식탁에 마주 보고 앉은 제이와 제나. 같은 수학 시험지를 풀고 있다. 문제를 먼저 다 푼 제이가 가운데 놓인 차임벨을 누른다.

태준   그만!

연필을 내려놓는 제나, 바들바들 떨고 있다. 채점이 끝난 시험지를 바꿔서 주는 태준. 제나가 받은 제이의 시험지에는 틀린 문제가 없다.

태준   각자 틀린 개수만큼 상대방에게 손바닥을 맞는다.

제이가 받은 제나의 시험지는 답을 쓰지 못해 틀린 문제가 1개 있다. 태준, 바이올린 활을 제이에게 내민다. 잔뜩 겁먹은 얼굴로 제나를 바라보는 제이. 제나, 두 손을 내밀고 제이에게 준비됐다고 고개를 끄덕인다. 제이, 아빠의 눈치를 보며 어쩔 수 없이 바이올린 활을 잡는다.

CUT TO
제이, 이불을 뒤집어쓰고 울고 있다. 태준, 방으로 들어와 침대에 걸터앉는다.

태준   왜 우는 거니? 언니를 이기고 싶었던 거 아냐?
제이   모르겠어요.. 그냥 언니를 때리고 싶지 않아요.

태준	왜? 뭐 땜에?
제이	언니가 저 때문에 아픈 게 싫으니깐?
태준	그럼 반대로 네가 언니한테 맞고 싶은 거야?
제이	(한참 고민하더니) 아뇨. 그런 건 아닌데...
태준	우리 제이, 전에 교회 목사님이 해주셨던 카인과 아벨 이야기 기억하지? 하나님께서 동생 아벨의 제물만 받자 화가 난 형 카인이 동생을 들로 데려가 죽여버렸다는 이야기 말이야.

제이, 눈물을 그치고 고개를 끄덕인다.

태준	(머리를 쓰다듬으며) 그래. 제이 넌, 이제 언니를 비롯한 세상 모두의 시기와 질투를 받게 될 거다. 그게 무슨 뜻인지 이해하겠니?
제이	그럼 이제 언니가 저를 죽여요?
태준	아마도?

#3   프롤로그 : 제이의 집 정원 + 대문 밖 (아침)

키가 훌쩍 큰 **중학생 제이**가 교복을 입고 현관문을 나온다. 정원에서 제이를 기다리고 있던, 제이보다 키가 훨씬 작은 **중학생 제나**가 웃으며

제나	제이야, 학교 같이 가자.

제이, 무표정한 얼굴로 헤드폰을 끼며 제나를 지나쳐 대문으로 발걸음을 옮긴다. 먼저 가는 제이와 그 뒤를 쫓아가는 제나. 그 모습을 집 2층에서 내려다보는 태준.

슬기NA	제이는 절대로 언니가 자신을 죽이도록 내버려두지 않을 작정이었어.

제나, 굴하지 않고 달려가 제이 손을 잡아보는데.. 제이, 뿌리치며 스케이

트보드를 타고 저만치 혼자 앞서 나간다. 자신을 못 쫓아오는 제나를 힐 끗 보며 썩소를 짓는 제이.

슬기NA 그래서 될 수 있으면 모두와 멀리멀리 떨어져 다니려고 노력했지.

4   프롤로그 : 남녀공학 중학교 (낮)

붐비는 복도를 스케이트보드로 요리조리 달리는 제이. 아이들이 제이에 게 반갑게 인사한다. 그때 제이의 귀 끝을 스치는 무언가.. 돌아보면 웃던 아이들이 가면을 쓰고 총으로 제이를 쏘고 있다. 날아오는 총알을 피하 던 제이, 복도 끝에서 한 남학생과 정면으로 부딪힌다.

슬기NA 그럼에도 불구하고 종종 예기치 못한 사고가 발생했는데...

남학생 위에 그대로 슬라이딩하는 제이. 밀착된 몸과 떨리는 숨소리, 빨 라지는 심장 박동. 그 자세 그대로 배경과 사람이 5-6차례 바뀐다. 그 중 에는 여자도 있다.

5   프롤로그 : 제이의 집 제이방 (낮)

마지막 남자와의 배경은 침대 위다. 열렬히 키스하던 고등학생 제이와 남자, 한 번 굴러 남자가 제이 위로 올라온다. 남자, 제이의 목덜미를 타 고 내려와 가슴을 만지는데... 뭔가 이상하다. 교복을 풀어헤치면 갑옷처 럼 단단한 금속 뷔스티에를 입은 제이. 남자, 낑낑대며 벗겨보려 하지만 헛수고. 급기야 남자, 도끼로 제이의 갑옷을 내려치려는데..! 제이가 고개를 젓자 도끼를 순순히 내리는 남자, 좌절하며 갑옷 위에서 흐느낀 다. 제이, 남자를 안은 채 방 벽에 걸려 있는 십자가를 바라본다.

슬기NA 아무도 제이가 입은 갑옷을 벗기지는 못했어. 어쩌면 제이가 벗고 싶지 않았을지 모를 일이야.

#6   프롤로그 : 대형 교회 (낮)

십자가 클로즈업에서 쭉 빠지면 예배 시간. 제이의 양옆에 앉은 태준과 제나. 헌금 주머니를 들고 다니는 전도사들. 태준, 두둑한 헌금 봉투를 넣는다. 열렬히 하나님께 기도하는 신도들. 제이, 혼자 눈을 뜨고 주변을 신기하게 두리번거린다.

슬기NA 제이네 가족은 주일마다 열심히 교회에 다녔어. 제이는 그 시간이 일주일 중 가장 지루하고 재미없었지. 무릇 기도란, 죄지은 자들이 용서를 구하기 위해 하는 건데 자기는 회개할 껀덕지가 없더라는 거야. 물론 신께 바라는 것도 딱히 없었고. 그러다 생각했지. 이 시간이 의미 있으려면 나도 뭔가 죄를 좀 지어야 하나님과 할 얘기가 생기겠구나... 하고 말이야.

#7   프롤로그 : 제이의 비행 몽타주

- 교복을 입은 채 담배를 쭈욱 빨았다가 후 하고 내뱉는 제이.
- 뿌연 배기가스를 뿜으며 출발하는 오픈카. 진한 화장에 핑크 가발을 쓴 제이가 조수석에 앉아 병맥주를 마시며 신나게 밤거리를 달린다.
- 클럽, 춤추는 사람들 속 제이. 미친년처럼 신나게 춤추다 무대 위로 올라가 가발을 벗고 옷을 찢어버린다. 환호하는 사람들. 갑옷만 입고 춤추는 제이, 눈에는 눈물이 잔뜩 고였다.

슬기NA 나쁜 짓을 할수록 주일이 더 기다려졌고 교회가 재밌어지기까지 했어.

- 교회에서 그 누구보다 열정적으로 기도하는 제이, 광신도처럼 보인다.

- 클럽의 무대 위에서 갑옷을 입고 춤추던 제이의 배경이 한강 다리 위로 바뀐다.
- 침대 앞에 무릎을 꿇고 앉아 두 눈을 꼬옥 감고 기도하던 제이, 갑자기 눈을 번쩍 뜬다.
- 물속으로 뛰어드는 제이. 그대로 강의 바닥으로 점점 가라앉는다.

슬기NA   기도의 즐거움에 중독된 제이는 어느 날 신의 계시 같은 걸 받았어. 꿈을 꿨는데 자기가 갑옷을 입은 채 한강으로 뛰어들더라는 거야. 제이는 수영을 잘했지만 소용없었지. 갑옷이 너무 무거웠거든. 그대로 물속에 가라앉았는데 웬걸? 그게 그렇게 편안하고 좋았대. 평소보다 훨씬 숨쉬기도 수월했고 신기하게도 몸이 너무너무 가벼웠다는 거야. 그리고 무엇보다 제일 좋았던 건 더 이상 언니가 저를 죽일 수 없다는 거, 카인과 같은 죄를 짓지 않아도 된다는 사실이었대. 드디어 아빠의 저주에서 벗어날 방법을 찾은 거야.

- 홀로 외롭게 어두운 강의 바닥에 잠겨 있는 제이, 행복한 미소를 짓고 있다.

타이틀 〈선의의 경쟁〉

8   명문학원 옥상 (저녁)

어둠 속에서 슬기에게 손 내미는 누군가의 실루엣. 참았던 숨을 토하는 슬기. 멈췄던 시간이 흐르듯, 구름이 걷히고 제이의 얼굴이 달빛에 드러난다.

제이   (손을 내민 채 해사하게 웃으며) 일어나, 갈 데가 있어.
슬기   어... 어디?

슬기, 잠시 고민하는가 싶더니 제이가 내민 손을 잡는다.

9   J메디컬센터 로비 (밤)

슬기의 손을 잡고 병원 로비로 들어서는 제이. 병원 직원들, 지나가는 제이를 향해 마치 상사를 대하듯 깍듯이 인사한다. 공용 엘리베이터를 타는 슬기와 제이.

10   J메디컬센터 복도 + 스터디룸 (밤)

열화상 카메라를 통과해 스터디룸 문 앞에 도착한 제이와 슬기. 슬기를 경계하는 병리사, 미영의 눈빛.

제이   괜찮아요, 제 친구예요. 원장님은 병원에 계세요?
미영   응, 아직 퇴근 전이셔.

다행이라는 듯 슬며시 웃으며 안마의자에 앉는 제이. 미영, 펜라이트를 켜 제이의 동공반사를 확인하고 혈압을 재고, 색색 알약도 챙겨준다. 입에 넣는 제이.

미영   습도는 49로 맞춰뒀어. 오늘도 집중 잘 되길 바라.

미영, 다정하게 문을 열어주고 사라진다. 제이의 스터디룸이 드러나는데.. 무균실처럼 깔끔하고 묘하게 숨 막히는 공간이다. 삼킨 것 같았던 알약을 그대로 뱉어 약통에 넣는 제이. 슬기는 방을 둘러보느라 정신없다. 제이가 드레스룸의 문을 열자, 최고급 원단으로 완벽하게 재단한 교복이 걸려 있다. 어리둥절한 슬기.

제이	(슬기 표정을 살피며) 내 성의 또 거절할 건 아니지?
슬기	나한테 왜 이렇게 잘해주는 거야?
제이	일단 잘 맞는지 입어봐. 입어보면.. 얘기해줄게.

슬기, 입고 있던 옷을 천천히 벗는다. 지켜보던 제이가 직접 셔츠를 입혀주고는 단추를 아래서부터 하나하나 잠근다. 슬기의 쇄골 흉터를 손끝으로 살짝 만져보는 제이.

슬기	(셔츠 깃으로 상처를 감추며) 내가 할게.
제이	사이즈는 괜찮아?
슬기	응, 근데 내 사이즈는 어떻게...
제이	안아봤잖아, 내가 너.

insert〉1부 38씬, 학교 화장실에서 슬기를 와락 껴안았던 제이.

제이	구두까지 전부 다 선물하고 싶었는데 신발 사주면 도망간다고 해서.
슬기	이제 대답해줘. 나한테 잘해주는 이유.
제이	음.... 네가 존경스러워서.
슬기	...?
제이	실은 네가 전 학교에서 전교 1등 한 번도 놓치지 않았다는 거 알아. 사교육 한 번 없이 전교 1등 할 수 있었던 네 공부 방법, 궁금해.
슬기	넌 나에 대해서 모르는 게 없네. 솔직하게 말하면 첫날 니들이 나한테 했던 말, 그냥 뻔한 텃새나 으름장이려니 했어.
제이	(눈을 희번덕거리며) 근데?
슬기	지금은... 모르겠어. 사교육 안 받고도 1등 할 수 있었던 건 촌구석이라 가능했던 게 아니었을까. 이 동네에서는 안 먹힐 거 같아, 내 방식.
제이	왜 이렇게 자신감이 없어?
슬기	다들 학원에서 이미 배운 걸 나만 모르니까... 아까 명문학원에서도 그래서..
제이	음.. 우리 이렇게 하자. 내가 학원이랑 과외에서 받은 수업 자료 공유할

테니 너도 나한테 어떻게 공부하고 있는지 세세하게 알려줘. 하나도 빠짐없이 전부 다. 어때?

슬기, 문제 풀이집을 선뜻 받아들지 못한 채 빤히 제이의 얼굴을 바라본다.

슬기NA   수지 타산이 안 맞아. 제이가 나한테 원하는 게 고작 그게 다라고?

그때, 밖에서 예리와 경이의 목소리가 들린다.

제이   애들이 너 여기 데리고 온 거 알면 난리 날 거야. 일단 숨어.

제이와 슬기, 후다닥 옷이며 가방을 손에 들고선 드레스룸 안으로 몸을 숨긴다. 좁은 공간 안에서 숨결이 닿을 만큼 가까워진 두 사람. 곧장 예리와 경이가 스터디룸으로 들어온다.

예리   무슨 명품 리미티드 아이템도 아니고 교복을 누가 중고로 입니? 나 진짜 문화 충격! 제이는 도대체 근본도 없는 촌년을 왜 픽한 거야?
경이   간식 줘가며 살살 훈련시켜서 말 잘 듣는 충견 만들기... 개 취미잖아.
예리   아, 맞네. 우리도 지 시녀지 뭐. 공부 잘한다 예쁘다 완벽하다 빨아주면 신나 가지고, 야 씨발 막말로 아빠가 그렇게 돈을 처바르는데도 공부 못하면 그게 병신이지. 얼굴도 그래, 손 안 댄 척하는 거 개역겨워.
경이   그 촌년이 제이 옆자리에서 딴 데로 옮기니까 속이 좀 시원하긴 하더라.

슬기, 걱정스레 제이를 보는데 제이는 프훕 웃는다. 그런 반응에 살짝 놀라는 슬기.

예리E   우슬기 태생 자체가 종특이긴 하더라.
경이E   뭐가? 어떤 점이?

순간 제이, 양손으로 슬기의 귀를 막아준다.

예리E	생기부에 아빠가 없어. 그나마 있는 엄마도 나이가 또 졸라 어려요. 거의 뭐 고등학교 때 사고 쳐야 가능한 나이던데?
경이E	그럼 사생아라는 건가?
예리E	(호들갑 떨며) 어머나! 나 사생아 드라마에서만 보고 실제로 처음 봐! 걔 전 학교에서 사고 제대로 쳐서 전학 온 거 아냐? 지 엄마 닮았나?
경이E	개나 소나 다 신비주의야, 다들 왜 이렇게 비밀이 많아.
예리E	우리 경이 또 제이 비밀 과외 때문에 울화가 치미는구나? 야, 진정해.

뒷담화가 끝나자 제이, 슬기의 귀에서 손을 뗀다. 쿵쾅거리는 심장 때문에 침을 꼴깍 삼키는 슬기. 제이, 미소를 띠며 슬기의 콧등을 가볍게 톡 친다.

경이	그게 뭐라고 안 가르쳐줘?
예리	그거 알아내면 니가 지 쌩깔 거 알기 때문에?

경이가 짜증내자 괜히 더 신나 하는 예리. 그때, 슬기의 폰이 카톡! 하고 울린다. 경이와 예리, 핸드폰을 꺼내 확인하지만 도착한 메시지가 없다. 싸함을 느끼는 두 사람, 드레스룸 쪽을 바라본다. 서둘러 핸드폰을 진동모드로 바꾸는 슬기. 제이, 뭐가 그렇게 재밌는지 웃음을 참으며 재빨리 카톡을 쓴다. 한 발자국씩 다가오는 예리와 경이. 드레스룸 문을 열려던 그 순간! 다시 카톡!

- 제이 : 얘들아, 어디야? 수업 시작 전에 뭐 좀 안 먹을래? 로비 카페에서 만나자.

경이	아씨, 뭐 먹으면 졸려서 공부 잘 안 되는데.
예리	가서 커피나 찐하게 한잔해.
경이	나 위염 심해서 요즘 커피 안 마셔.

예리와 경이가 스터디룸을 나간다.

11   J메디컬센터 복도 (밤)

의료진 전용 엘리베이터로 슬기를 데리고 간 제이, 직접 2층을 눌러주며

제이   이거 타고 가면 애들이랑 안 마주칠 거야. 내일 학교에서 보자. (장난스
럽게) 아! 참고로 나 진짜 안 고쳤다.

닫히던 엘리베이터 문을 다시 여는 슬기.

슬기   (머뭇거리며) 제이야...
제이   응?

슬기, 제이의 손에 얼른 무언가를 쥐어준다. 곧 닫히는 엘리베이터 문. 제
이, 손바닥을 펴보면 94학번 한국대 열쇠고리다.

12   J메디컬센터 로비 + 후문 (밤)

카페 앞에서 주문한 음료를 기다리는 예리와 경이. 곧이어 합류하는 제
이. 슬기, 그 모습을 멀찍이서 생경하게 바라본다. 잠시 후, 제이가 아이
들의 시선을 돌리자 슬기, 후문으로 발걸음을 옮기는데.. 검은 옷의 조문
객이 상주를 부축하고 있는 모습이 보인다. 주차장 옆에 위치한 장례식
장이 눈에 들어오는 슬기. 제이, 장례식장으로 향하는 슬기를 슬쩍 바라
본다.

13   J메디컬센터 장례식장 (밤)

곡소리가 크게 들려오는 장례식장. 슬기, 찾는 빈소가 있기라도 한 듯 뚜벅뚜벅 걸어간다. 그때, 하얀 의사 가운을 입고 명품 시계를 찬 누군가가 슬기의 어깨를 툭툭 두드린다.

누군가E   (친절한 목소리로) 저기.... 학생...

소스라치게 놀라며 뒤를 돌아보는 슬기. 남자의 얼굴을 보고선 표정이 살짝 굳는다.

누군가E   (다정하게) 학생, 가방이 열려 있네요.
슬기   (애써 웃으며) 아.... 네에... 감사합니다.

슬기, 가방의 지퍼를 닫으며 서둘러 장례식장을 나간다. 그 모습을 지켜보는 남자의 뒷모습.

14   J메디컬센터 스터디룸 (밤)

입시 코디네이터에게 생기부를 검토 받고 있는 경이와 예리와 제이.

코디   경이는 지원 학과를 완전히 바꿨네?
예리   뭐야, 최경 너 의대 안 가?
경이   (담담하게) 의사 해봤자, 인구는 계속 감소 추세고 의료 시장 자체의 파이가 예전 같지 않아서. 공학 계열로 가서 변리사하려고.
예리   와! 최경 완전 어른 같애. 대체 그런 건 어떻게 알아?
경이   니가 연예인 SNS 파면서 신상 알아볼 때 난 사회경제 기사 몇 줄 읽어서 그래.
코디   변리사, 괜찮은 전략이네. 부모님이 법조인이시니깐 도움받을 수 있는 부분도 확실하고. 의학 동아리 이력을 바이오 분야의 특허 출원에 대한 관심으로 어필해보면 좋을 거 같다.

제이	그럼 경이 이번 학기에 반장 할 필요 없겠네?
경이	(눈빛이 날카롭게 돌변하며) 무슨 말이야?
제이	이번 의대 전형은 인성이 중요한 평가 항목인데 공대 갈 거면 니가 다른 애들 위해 고생했다는 임원 타이틀까진 필요 없잖아.
코디	경이는 이미 부반장 경력이 화려하니까 더 필요하진 않아. 제이도 반장에 전교 회장에 이 정도면 의대가 아니라 국회 의원 출마해도 될 만큼 인성 증명은 충분하니깐 시간 낭비들 하지 마. 알았지?
제이	선생님, 국회 의원은 인성이 아니라 인기로 되는 거죠.

여유 있게 농담을 하며 웃는 제이가 꼴 보기 싫어 돌아버릴 거 같은 경이.

#15 J메디컬센터 앞 (밤)

마치고 나오는 예리, 경이, 그리고 제이를 태준이 기다리고 있다.

| 태준 | 우리 공주님들, 밤늦게까지 공부하느라 고생하셨습니다. 제가 댁까지 안전하게 모실 테니 타시죠. |

태준이 자동차의 문을 직접 열자, 예리와 경이도 거절하지 못하고 차에 오른다.

#16 태준의 차 안 (밤)

제이가 조수석에, 경이와 예리가 뒷좌석에 앉아 있다. 직접 운전하는 태준.

태준	경이는 요새 허리 디스크 통증 좀 어떠니?
경이	(까칠하게) 바쁘실 텐데 저까지 걱정 안 해주셔도 됩니다.
태준	시간 될 때 나와서 도수치료 받으면서 신경 차단술 병행해주면 수능 전

까지는 수술 없이 견딜 수 있을 거다.

예리   애는 고3 되더니 시간 아까워서 머리도 3일에 한 번 감아요. 아마 병원 나올 시간 없을 걸요?

경이가 예리를 지그시 노려보자 예리, 입을 다문다.

태준   그래도 통증이 없어야 시간 대비 공부 효율이 높아지니까. 바빠도 시간 내서 병원 꼭 나와라. 우리 예리 공주는 요새 어떠신가?

예리   (상냥하게) 저야 덕분에 너무 잘 지내죵.

태준   방학 때 맞은 이마 필러는 특별한 부작용 없고?

제이   예리 너 또 필러 맞았어?

예리   어머! 애들이 눈치 못 챌 정도로 자연스러운가봐요. 감사해요, 아저씨.

경이   (창밖을 주시하며) 아버님 저희는 다음 횡단보도에서 내리겠습니다.

태준   왜? 집 앞까지 가도 되는데.

경이   출출해서 예리랑 편의점 좀 들렀다가 가려고요.

금시초문이라는 표정으로 경이를 바라보는 예리.

17   도로변 (밤)

횡단보도에서 멈추는 차. 경이, 예리를 데리고 차에서 내린다. 공손하게 인사하는 아이들.

예리   고3 되더니 벌크업이라도 하려고? 뭘 또 먹겠다고..

경이   넌 찝찝하지도 않냐?

예리   뭐가?

경이   (잠시 고민하더니) 난 제이네 아빠 볼 때마다 뭔가 싸해. 기분 나빠.

예리   (입술을 삐죽 내밀며) 뭐래니.

경이   너 제이네 언니 소식은 좀 알아? 선배들한테 들은 거 없어?

예리   (심드렁) 재수 중이니까 바쁘겠지.

경이   (의심스럽다는 듯) 그런가?

18   태준의 차 안 (밤)

제이와 태준, 둘만 남은 냉랭한 기운이 흐르는 차 안.

태준   경이가 고3 되더니 제대로 칼을 갈았구나.

제이   걔 의대 포기했어요. 아까 코디랑 공학 계열 리스트업 하더라구요.

태준   의대 나와 페이 닥터 전전하는 것보다 한국대 출신 변리사가 백배 낫지. 주제 파악이 잘되는 친구야.

제이   (날카롭게) 변리사 하겠다는 건 어떻게 아세요?

순간 바뀌는 빨간불. 태준, 급브레이크를 밟으며 제이의 몸을 팔로 막아 준다.

태준   (태연하게) 요즘 공학 계열 나와서 변리사 말고 할 게 더 있나?

제이   (속아주는 척) 그런가요?

태준   우리 제이는 꾸준히 잘 따라와줘서 아빠가 항상 대견해.

대꾸 없는 제이. 태준, 신호가 바뀌길 기다리며 핸들을 괜히 툭툭 경쾌하게 두드린다.

태준   (급 화제 전환) 새로 전학 온 애가 공부를 꽤 잘한다고 하던데.

제이   아빠가 신경 쓰실 수준이 전혀 못 돼요.

태준   그래? 그래도 예전 학교에서 줄곧 전교 1등이었다며?

제이   ... 걘 그냥 두세요. 제 상대도 못 되니깐.

제이를 지그시 바라보는 태준. 제이, 그 시선을 피하지 않는다. 바뀌는 신호등. 핸들을 꺾어 좌회전하는 태준의 손에 찬 명품 시계가 장례식장에서 슬기에게 말을 걸었던 자의 것과 같다.

19   버스 정류장 (밤)

예리, 정류장의 빈 벤치가 보이자 얼른 뛰어가 앉는다.

예리   (힐을 벗으며) 아씨! 아저씨가 태워준다는데 괜히 내려서는.
경이   너네 기사님한테 전화해.
예리   (살짝 당황하며) 기사님은 아까 퇴근하셨지. 시간이 몇 신데..

이때 끼익 멈춰서는 오토바이. 날티 나는 남자가 내려 예리의 다리를 눈에 띄게 훑으며 명함 한 장을 건넨다. 유흥업소의 선수를 모집하는 명함이다.

경이   (발끈하며) 아니 우릴 뭘로 보고 지금!
남자   아니, 그쪽 말고 저쪽이요.
예리   뭔데뭔데?
경이   당신이랑 이 업소, 미성년자 성매매 혐의로 내가 고소할 거야!!

남자, 경이는 무시하고 예리를 향해 연락하라는 제스처를 보내며 오토바이에 다시 탄다. 웃으며 손까지 흔들어주는 예리.

경이   웃어? 웃음이 나와? 너 이게 무슨 명함인지 모르는 건 아니지?
예리   모르긴 왜 몰라.. 잘 알지. 내가 이런 거 한두 번 받은 것도 아니고.
경이   근데 기분이 안 나빠? 무뇌 아냐?
예리   경이야, 이것도 이뻐야 받는 거란다. 너 받아본 적 있어?
경이   (어처구니가 없어서) 와, 주예리 정신 승리 오지네.
예리   나는 그냥 사실을 말하는 거야. 여기 써 있잖아. 텐프로라고.. 대한민국에서 미모와 몸매로 상위 10% 안에 들기? 절대 쉬운 일 아냐.

이때 1부에서 스포츠카를 몰고 등장했던 예리의 전 남친이 나타난다. 활짝 웃어주는 예리.

예리   (경이 손에 들려있는 명함을 빼앗더니) 나부터 갈게.

예리가 혼자 차를 타고 떠나자 어이없어 입이 안 다물어지는 경이, 뻑큐를 날린다.

20   제이의 집 제이방 (밤)

어두운 방 안. 자신의 취향과는 거리가 먼 소녀 감성의 보석 상자를 열쇠로 여는 제이. 그 안에서 ⓘⓔⓝⓐ 라는 이름의 비즈 공예품과 묶인 94학번 한국대 열쇠고리를 꺼낸다. 슬기가 준 열쇠고리를 꺼내 옆에 나란히 놓는 제이. 두 개의 열쇠고리가 똑같다. 제이, 창문을 열고 담배를 피운다. 그러다 문득 생각이 난 듯 펜을 들어 달력에다가 오늘 날짜에 가위표를 긋는다. 다시 남은 담배를 피우면서도 열쇠고리를 향한 시선을 거두지 못하는 제이.

21   예리의 집 거실 (밤)

텅 빈 집에 혼자 들어와 불을 켜는 예리. 손에 든 고지서 뭉치를 식탁 위에 던진다. 앙상한 몸매가 드러나는 속옷 차림으로 체중계 위에 올라가는 예리. 숫자를 확인하곤 목구멍에 손가락을 넣는다. 헛구역질이 나자 화장실로 달려가 토하는 예리. 잠시 후, 다이어트 약을 먹고 얼굴에 팩을 붙이고 실내자전거 위에 올라간다. 고지서 더미 위에 올려진 텐프로 명함 뒤로 자전거 위에서 쉴 새 없이 페달을 밟는 예리가 포커스 아웃된 채로 보인다.

22   경이의 집 경이방 (밤)

책장에 꽂힌 의학 서적들을 노려보는 경이, 결심한 듯 다 꺼내버리곤 변리사 서적을 책장에 가지런히 꽂는다. 버릴 책들을 묶어 나르던 경이, 안 그래도 좋지 않은 허리를 삐끗한다. 오만상 찌푸리며 미니 마사지기를 허리에 붙이며 소염 진통제를 먹는다. 그때, 미처 버리지 못한 의학 서적 한 권이 눈에 들어오자 참았던 화가 폭발하는 경이. 그 책을 꺼내 찢어버린다.

23   슬기의 집 슬기방 (밤)

젖은 머리칼을 수건으로 닦으며 방 한쪽 벽에 던져둔 책가방을 바라보는 슬기.

CUT TO
장례식장, 책가방을 메고 걸어가는 슬기의 뒷모습. 누군가, 슬기의 어깨를 툭툭 친다.

누군가E   (친절한 목소리로) 저기.... 학생...

소스라치게 놀라며 뒤를 돌아보는 슬기, 남자의 얼굴을 보고선 표정이 굳는다. 슬기의 뒤통수에 가렸던 얼굴이 보이며

24   J메디컬센터 장례식장 (밤)

4개월 전. 슬기의 시점으로 보여진 13씬의 누군가가 아빠의 장례식에 조문 왔던 제이의 아빠, 유태준으로 연결된다.

태준   (공손하게) 삼가 고인의 명복을 빕니다. 우도혁 환자를 집도한 유태준이 라고 합니다.

겨우 일어나는 상복 차림의 희윤과 한 발짝 뒤에 서 있는 슬기, 태준을 향해 허리를 굽혀 인사한다.

태준   환자께서는 급성 패혈증으로 저희 병원에 도착했을 당시 이미 의식이 없으셨고 자가 호흡 역시 불가능한 상태셨습니다. 저희 의료진이 최선을 다했지만 애석하게도...

희윤이 결국 자리에 주저앉으며 의식을 잃는다.

슬기   (놀라서) 아줌마!

슬기가 쓰러진 희윤을 부축하자 태준과 함께 조문 온 병원 직원들이 달려온다.

태준   어서 VIP 병실로 모셔! 안정제랑 비타민 수액 처방해드리고.

희윤을 업는 병원 직원. 태준도 자리를 뜨는데.. 슬기, 희윤을 따라가야 할지 반대편으로 향하는 태준을 따라가야 할지 우왕좌왕. 멀어지는 태준. 슬기, 무작정 태준을 뒤따라간다.

25   J메디컬센터 로비 (밤)

태준을 따라가는 슬기. 그때, 채화여고 교복을 입은 여학생이 '아빠!'를 외치며 달려오는 게 보인다. 제이다. 제이를 향해 인사하는 병원 사람들. 아빠를 향해 종알종알 거리는 제이와 인자한 미소로 딸의 이야기를 들어주는 태준. 슬기, 더 다가가지 못하고 멀찍이 떨어져서 그 모습을 지켜본다.

insert〉1부 입학식에서 태준과 귓속말을 하던 제이. 그 모습을 바라보는 슬기. 수위에게 쫓겨나 초라해지는 기분으로 강당에서 물러나는 슬기.

슬기NA 십삼 년 만에 찾은 아빠가 죽었을 때 어땠냐고? 전혀 슬프지 않았어. 물론 남들 다 있는 가족, 난 있으면 어디 덧나나 싶긴 했지. 하필 그때였어. 내 앞에 세상 모든 걸 다 가진 것처럼 보이는 유제이, 네가 나타난 게.

고개를 떨구는 슬기, 급히 뛰어오느라 신발도 못 신은 초라한 발을 보고는 발걸음을 돌린다.

26   슬기의 집 슬기방 (밤)

다시 현재, 벽에 걸려 있는 제이가 맞춰준 새 교복을 바라보는 슬기, 교복을 옷장 안에 넣고는 문을 닫아버린다. 책상에 앉아 제이가 준 명문학원의 풀이집을 펼쳐보는데.. 계속 펜만 바꿔 잡다 안 되겠는지 필통 안에 숨겨둔 약봉지를 꺼낸다. 잠시 망설이다 약을 입에 털어 넣고 꿀꺽 삼키는 슬기. 파도 소리가 들리고 조명이 꺼지지만 슬기의 표정에는 흔들림이 없다. 풍덩! 하는 소리와 함께 물에 빠진 슬기가 유연한 몸짓으로 책상 앞에 앉는다. 물방울 안에서 세상 모든 것과 단절된 채 안락함을 느끼며 공부에 집중하는 슬기, 고요하다.

27   복도 + 교실 (아침)

새 교복을 입고 등교하는 슬기. 아이들, 슬기의 달라진 차림새가 의외라는 듯 눈을 흘기고 입술을 실룩거린다. 교실로 들어오는 슬기, 자리로 가다 문 앞 아라의 책상을 건드린다. 아라가 접고 있던 종이학이 바닥으로 떨어진다.

슬기   (종이학을 주워주며) 아, 미안해.
아라   (슬기의 행색을 살피더니 선심 쓰듯) 너도 하나 줄게, 가져.
슬기   (황당하지만 최대한 고마운 척) ...어, 그래. 고마워.

아라가 슬기에게 종이학을 주자 그 모습을 보고 눈을 희번덕대는 범수. 슬기가 종이학을 받아드는 찰나, 담임이 들어와 아이들을 훑어본다. 서둘러 자신의 자리에 가서 앉는 슬기.

담임   김나리는 어제 종례 때도 안 보이더니 대학은 포기하겠다는 거겠지? 출결 한 번에 대학 등급 세 칸 내려간다. 임원 한 번에 대학 등급 세 칸 올라가고. 이따 반장 선거 할 테니 욕심나면 나서봐.

담임이 나가자, 각자 바쁜 아이들. 눈 마사지 하는 아이, 오답노트 만드는 아이.. 슬기, 제이 옆 나리의 빈자리를 보다 가방을 챙겨 그 자리로 걸어간다. 일순 시선이 집중된다.

슬기   제이야, 나 여기 앉아도 돼?
제이   (웃으면서) 물론이지, 여기 원래 니 자리였잖아.

슬기가 제이 옆에 앉자 반 아이들의 눈이 모두 휘둥그레진다. 아라와 범수도 충격으로 얼굴이 일그러지고.

예리   헐..... 이건 또 대체 무슨 시츄에이숑?
경이   전학생 교복 때깔도 싹 바뀐 거.. 맞지?
예리   어, 패션 감각 없는 니 눈에도 그게 보일 정도니깐 완전 맞지. 근데... 나리가 너 반장 후보 추천해주기로 하지 않았냐?

경이   어, 내가 반장 되면 부반장으로 나리 지명하기로 했지.

경이, 슬기와 제이 두 사람의 분위기를 살핀다.

28   학교 건물 밖 (오후)

학교 뒤편에 모여 담배 피우는 시우와 채령. 예리도 명품 로고가 잔뜩 박힌 파우치에서 전자 담배를 꺼낸다. 시우와 채령, 파우치에서 눈을 떼지 못한다. 그 시선을 알면서도 모르는 척 즐기는 예리.

시우   와, 그 브랜드에서 담배 케이스도 나오는구나. 개이뻐.

채령   (딴지 조로) 그거 한국에 안 들어온 모델 아냐?

예리   (별 거 아니라는 듯) 응, 아빠가 프랑스 다녀오시면서. 근데 나리한테 전화는 해봤어?

시우   안 받아. 어제부터 전화기 꺼져 있어.

예리   걔가 원래 막 학교 지 맘대로 빠지는 스타일은 아니지 않아?

채령   응, 그건 그런데...

예리   그럼 김나리 왜 학교 안 오는 거야? 집에서 처 자나?

채령   그야 우리도 모르지. 어제 점심 같이 먹은 건 니들이잖아. 나리 점심시간 이후부터 안 보이는 거고.

29   의학 동아리방 앞 복도 (오후)

게시판에 붙어 있는 동아리 모집 포스터를 눈여겨보는 슬기.

채화여자고등학교 의학 동아리 C-Med 2024 신규 부원 모집
1. 자소서 및 지원서 제출 : 아래 메일로 3월 10일까지 온라인 제출

2. 필기시험 : 3월 12일 3층 C-Med 동아리방

3. 면접 : 3월 15일 3층 C-Med 동아리방

문의 : 전화 010-xxxx-xxxx / 이메일 wooha***@naver.com

동아리방에서 나오는 아라, 문 앞에 서 있는 슬기와 눈이 마주친다. 슬기, 열린 문틈 사이로 동아리방 안을 슬쩍 보려는데.. 아라가 문을 스윽 닫고 가버린다. 그때, 나타난 예리.

예리   (슬기 옆으로 다가와) C-Med, 채화여고에서 난다 긴다 하는 애들은 전부 다 저기 소속이지. 너도 지원하게?

슬기   어, 그래보려고. 의대 가려면 의학 동아리 활동이 가산점이 되니깐.

예리   근데 저기 아무나 못 들어가. 자격 요건 까다로워. 제이가 말 안 해줘?

슬기   원래 3학년은 안 뽑는다며? 들었어. 이번에 입학한 1학년 대상이라고... 그래도 지원은 한번 해보려고.

예리   짝꿍이 동아리 회장이니깐 믿는 구석이 있다는 건가? 근데 참 이상하다.

슬기   뭐가?

예리   나리도 저기 들어가고 싶다고 했거든.

슬기   그게... 왜?

예리   생각해봐, 둘 중 하나가 없으면 누군가는 좀 더 쉽게 가질 것들이잖아.

묘한 말을 남기며 떠나는 예리. 슬기, 아랑곳하지 않고 핸드폰으로 공고문을 촬영한다.

30   교실 (오후)

진행 중인 반장 선거. 칠판에는 '최경'의 이름만이 적혀 있다. 긴장한 경이, 흘러내린 안경을 한 번 올린다. 교실 뒤편에 서서 아이들을 바라보고 있는 담임. 대강하자는 눈치다.

| 담임 | 경이 단독 후보면, 다들 눈 감고 찬반으로 얼른 끝내자. 중간고사 코앞이야. |

그때, 갑자기 제이가 손을 번쩍 든다.

제이	선생님, 저도 반장 후보 추천하겠습니다.
담임	그래? 누구?
제이	제 짝 우슬기요.

깜짝 놀라는 경이, 다른 아이들도 일제히 슬기와 제이를 본다. 마찬가지로 말문이 막힌 슬기.

| 담임 | (탐탁지 않은 듯) 우슬기, 반장 할 생각 있어? |

슬기, 의사가 없다고 말하려는데.. 제이가 슬기의 손을 꼬옥 누르며 잡는다.

| 제이 | 그럼요. 슬기가 반장 되면 제가 많이 돕기로 했는걸요. |
| 담임 | (칠판에 슬기의 이름을 적으며) 할 수 없네, 투표하게 다들 노트 꺼내. |

자기 촉이 틀리지 않자 묘하게 웃음이 나오는 예리와 이빨을 부득부득 가는 경이. 아이들, 각자 노트를 찢어 원하는 후보의 이름을 적는다. 경이도 쪽지에 자신의 이름을 적는다.

CUT TO
시작된 개표. 아라가 표를 확인하면 시우가 칠판에 득표수를 체크한다. 경이와 슬기가 막상막하다. 경이가 1표 받으면, 그 다음은 슬기가 득표하는 상황. 엎치락뒤치락하는 득표수를 믿을 수 없는 슬기, 얼떨떨하다. 최경 11표, 우슬기 11표, 무효 1표. 경이는 초조해 자신도 모르게 다리를 떤다. 동점 상황에서 남은 표는 마지막 하나. 아라가 마지막 표를 펼쳐본다.

| 아라 | (살짝 뜸을 들인 후) 우슬기. |

시우가 마지막 획수를 추가하자 11:12로 이기는 슬기. 대체 이건 무슨 상황인가 싶어 제이를 본다.

제이 (슬기를 꼭 끌어안으며) 축하해, 슬기야!

제이의 액션에 다른 아이들도 박수를 친다. 슬기, 찬찬히 반 아이들의 표정을 살핀다. 담임, 슬기의 출석부를 본다. 학부모 연락처의 빈자리. 담임 역시 난감한 얼굴인데..

경이 야! 조아라, 너 개표 제대로 한 거 맞아?

교탁으로 뚜벅뚜벅 걸어가는 경이. 당황한 아라에게서 투표용지를 빼앗는다.

경이 내 눈으로 직접 확인해야겠어.

교탁에서 밀려난 아라, 제이를 향해 SOS의 눈빛을 보낸다. 투표용지들을 교탁에 쭉 펼치는 경이. 매의 눈으로 슬기의 이름이 적힌 용지 중, 같은 종이와 같은 필체로 보이는 것들을 찾기 시작한다. 같은 노트에 쓴 것처럼 보이는 투표용지를 몇 장 찾아낸 경이. 그 종이들을 들고 병희에게로 향한다.

경이 야, 너 투표용지로 썼던 노트 펼쳐봐.
병희 어?
경이 무슨 종이 찢어서 투표했냐고?

병희의 노트를 빼앗아 보는데, 들고 있는 종이와 다르다. 경이, 다음 아이에게 넘어가 다시 종이를 대조한다. 보다 못한 제이가 야! 소리를 지르는데, 슬기가 벌떡 일어나 경이에게로 걸어간다.

슬기	무슨 문제라도 있어?
경이	몰라서 물어? 너도 네가 반장 된 거 솔직히 너무 이상하잖아.
슬기	(흔들림 없이 침착하게) 그래서?
경이	부정 선거, 누군가 분명히 표를 바꿔치기 했어. 여기 투표용지 보이지? 같은 종이에 한 사람이 쓴 우슬기 니 표들이야. 이 선거는 조작됐다고.
슬기	니 말은, 아이들의 지지를 받는 건 절대로 불가능한 내가, 애들을 동원해서 표를 바꿔치기 하는 건 가능했다는 뜻이야?
경이	(코웃음을 치며) 그건 니가 할 수 있는 일이 아니겠지.
슬기	그럼? 내 뒤에 누가 있기라도 하다는 건가?

경이, 선뜻 말을 잇지 못한 채 슬기 뒤편으로 보이는 제이를 바라본다. 경이의 시선을 가로막으며 한 발짝 앞으로 다가가는 슬기, 위협적이다.

| 슬기 | 최경 그만해. 애들이 내가 좋아서 뽑은 게 아니라는 것쯤은... 내가 비록 시골에서 올라온 근본 없는 촌년일지라도 잘 아니깐. |

스스로를 '근본 없는 촌년'이라고 칭하는 슬기의 워딩에서 뭔가 싸함을 느끼는 경이. 지켜보던 담임이 나선다.

| 담임 | 경이 그만하자. 슬기가 반장! 네가 부반장! 이 정도면 생기부 잘 챙겼어. |

담임, 경이를 자리에 앉히려는데 제이가 뚜벅뚜벅 걸어 나온다.

제이	최경이 사과해야 하지 않을까요, 선생님?
경이	(안경 너머로 제이를 올려다보며) 무슨 사과를 해?
제이	결과에 승복하지 않고 슬기를 비롯한 우리 반 모두를 모독했으니 당연히 사과해야지. 안 그래, 반장?
슬기	응, 그래주면 좋겠어.

코너에 몰린 경이, 반 아이들의 냉담한 표정을 읽는다. 결국 손에 꼭 쥐고 있던 투표용지를 쓰레기통에 갖다 버리고선

경이   (억울한 얼굴로) 소란 피워서 미안하다.

만족스러운 듯 웃음 짓는 제이와 초라한 모습의 경이. 이 둘을 바라보는 슬기의 시선.

#31   연립 주택 앞 (밤)

슬기, 들어서며 우편함을 열어보는데.. 각종 고지서 사이로 녹색 봉투 하나가 보인다. 보낸 사람도 우표도 없는 봉투를 이상하게 보는 슬기. 뒷면을 돌려보면 실링 왁스로 굳게 닫혀 있다.

#32   슬기의 집 현관 (밤)

번호키 소리와 함께 문이 열리고 슬기가 들어온다. 현관에 놓인 남자 구두를 보고 멈칫하는 슬기. 조용히 귀 기울여보면 안에서 남자 목소리가 들린다. 웅얼웅얼 선명하게 들리지 않아도 선뜻 들어설 수 없는 슬기, 우편물을 신발장 위에 올려놓고 그대로 다시 집을 나간다.

#33   연립 주택 앞 (밤)

슬기가 계단을 내려오자 복도의 센서 등이 차례로 켜졌다 꺼진다. 집을 나왔지만 막상 갈 곳이 없는 슬기, 빌라 앞에서 서성이다 자리를 뜬다.

#34 놀이터 (밤)

텅 빈 놀이터. 그네에 앉은 슬기, 주머니에서 6개의 숫자로 조합 가능한 모든 경우의 수가 적힌 종이를 꺼낸다. 아빠 핸드폰의 잠금을 풀기 위해 차례로 숫자를 넣어보지만 계속 틀리는 비번. 그때, 카톡! 슬기의 폰이 울린다. 이런 타이밍에 도착한 메시지가 반가운 슬기.

- 제이 : 뭐해?

슬기, 뭐라고 쓸지 망설이는데.. 곧이어

- 제이 : 임원 됐으니까 한턱 내.

슬기, 의아한 얼굴이다.

#35 경이의 집 서재 (밤)

경이 엄마의 서재. 복합기에서 스캔되고 있는 3장의 투표용지들.

insert〉30씬에서 경이, 쓰레기통에 투표용지를 버리는 척하며 스윙 뚜껑 안으로 손을 쑥 집어넣는다. 재킷 소매 안으로 투표용지를 숨긴 채 다시 손을 꺼내는 경이. 재빨리 손을 교복 주머니 안으로 넣는다.

경이, 거북 목을 하고선 세상 진지한 얼굴로 스캔한 3장의 글씨를 확대해 서로 겹쳐보는데... 벌컥 열리는 문. 깜짝 놀라는 경이, 실수로 마우스를 잘못 누른다. 경이와 똑 닮은 **경이모, 지연**이 서류 뭉치를 한 아름 안고 있다.

경이   (짜증을 확 내며) 아씨. 노크 좀 해!

지연	(냉정하게) 무슨 삽질을 하는지 모르겠지만 비켜, 엄마 일해야 돼.
경이	좀 씻어 집에 들어왔으면.
지연	(스캔된 쪽지를 유심히 보며) 반장 선거 했구나. 우슬기? 처음 들어보는 이름이네... 얘가 니네 반 반장?
경이	(폭발해서는) 그냥 모르는 척 좀 하면 안 돼? 꼭 그렇게 수사하듯이 후벼 파야 돼?
지연	난 너더러 반장 해야 된다고 말한 적 한 번도 없다? 어디서 화풀이야!
경이	학창시절 12년 내내 반장만 하신 남지연 변호사님이 뭘 알겠어.
지연	(한숨) 엄마 씻고 올 테니까 그 안에 정리하고 네 방으로 가.

지연, 책상에 서류를 가득 올려놓고 방을 나간다.

| 경이 | (마우스를 내팽개치며) 아, 씨발!!! |

경이, 머리를 쥐어뜯다 엄마가 놓고 간 사건 기록 서류들이 눈에 들어온다.

36   J메디컬센터 원장실 (밤)

창밖으로 보이는 도심의 불빛이 아름다운 원장실. 태준, 누군가와 통화 중이다.

| 태준 | 평가원 측에서도 조치를 취해주셔야 하는 거 아닙니까. 네, 알겠습니다. |

32씬의 남자 구두와 같은 걸 신고 죄지은 사람처럼 서 있는 행정실장. 태준, 전화를 끊는다.

| 행정실장 | (조심스레) 아무래도 기소가 될 거 같습니다. 송구합니다. |
| 태준 | 합의금 주고 부드럽게 처벌 불원서도 받아내고.. 응? 그게 그렇게 어렵나요? 애 데리고 여자 혼자 살려면 돈 꽤나 필요할 텐데. |

행정실장	사실 언론 통제만 잘 된다면 장기전으로 가는 것도 나쁘지 않습니다. 어차피 의료 과실을 증명한다는 건 사실상 불가능에 가까워서..
태준	과실이라니요? 환자는 이미 병원에 도착하기 전에 심정지 상태였다고 몇 번을 말합니까. 우리 병원은 환자를 살리기 위해 최선을 다했습니다.
행정실장	네, 주의하겠습니다.
태준	행정실장님의 입이 곧 병원의 입장을 대변한다는 걸 잊지 마세요. 그리고 장기전은 절대 안 됩니다. 무조건 합의하세요. 그냥 단순히 돈 얼마 주겠다가 아니라.
행정실장	네, 알겠습니다. 다각도로 접촉해 보겠습니다.
태준	그만 나가보세요.
행정실장	저…. 그리고 원장님. 약이 좀 빕니다. 주로 비보험약들이라 단가도 만만치 않은데….
태준	두세요. 도둑고양이가 있다 해도 어차피 우리 병원 사람 아니겠어요? 가족이 허물이 있으면 덮고 안고 가야죠. 들쑤셔봤자 제 얼굴에 침 뱉기입니다. 모른 척 두십시오.

깍듯이 인사하고 나가는 행정실장. 태준, LP 하드케이스에 6개의 숫자 라벨을 적어 붙이곤 음반 진열장에 가지런히 꽂는다. 잘 정리된 LP판 중 하나를 신중하게 골라 턴테이블 위에 올리자 지지직거리는 소리와 함께 시작되는 음악. 음질이 좋지는 않다.

37   J메디컬센터 원장실 앞 복도 (밤)

스터디룸에서 나오는 제이, 원장실에서 들려오는 음악 소리를 들으며 몰래 자리를 뜬다.

38   호수공원 (밤)

브라탑에 쫙 붙는 레깅스를 입은 예리가 셀카봉과 삼각대를 이용해 설정 숏을 찍는다. 수십 장 찍은 사진 중 잘 나온 것을 골라 인스타에 업로드 하는 예리. #오운완 #러닝스타그램 태그도 단다. 그때, 어디선가 들려오는 대화 소리.

여자1E   아니 그럼 나리 엄마, 집을 급매로 내놓은 거야? 얼마에?

'나리'라는 이름에 귀가 솔깃해지는 예리, 주위를 둘러보면.. 속보로 걸어가는 아주머니 두 분이 보인다.

여자2   37억.
여자1   어머, 3억이나 싸게? 많이 급한가보네.

어느새 아주머니들 뒤를 따라 걷고 있는 예리.

여자2   잘 생각해봐. 이거 내일이면 바로 나갈걸. 그 집 작년에 싹 올 수리 했어.
여자1   근데 왜 갑자기 집을 내놔? 그 집 딸 고3이지 않아?
여자2   부동산 얘기 들어보니깐 아예 다른 동네 알아본다고 하긴 하더라.

아줌마들을 따라 점점 빨라지는 예리의 발걸음.

39   패스트푸드점 2층 (밤)

햄버거 세트 하나와 아이스크림을 들고 오는 제이. 주위를 둘러보는데 아라가 구석에 있다. 예쁜 수첩에 이름과 금액을 적고 있는 아라. 경이가 스캔한 투표용지의 글씨체와 같다.

제이   (쟁반 내려놓으며) 비싼 거 사준다니깐 넌 햄버거가 뭐냐?
아라   왜 나는 이 불고기 버거 제일 좋아해. 이 불량한 소스 맛이랑 김 빠진 콜라가 얼마나 꿀조합인데. 게다가 후식으로 아이스크림까지!

제이   엄마가 아토피 때문에 못 먹게 하니깐 더 맛있겠지.

아라   (정곡을 찔려 뜨끔) 근데 너는 안 먹어?

제이   (가져온 생리대를 아라의 가방에 넣어주곤) 나, 금방 일어나야 돼.

아라   왜? 약속 있어? 혹시 우슬기?

제이   꼬치꼬치 좀 캐묻지 마. 매력 없다니깐.

아라   제이 너 혹시 슬기 걔한테 진짜 관심 있는 건.. 아니지?

제이   니가 뭔 상관?

시무룩한 얼굴로 버거를 한입 베어 무는 아라. 제이는 창밖을 내려다보고 있다. 슬기다.

40   길거리 (밤)

슬기, 시계를 보며 제이가 오는지 두리번거린다. 그냥 가야 하나 망설이는데, 갑자기 후두둑 빗방울이 떨어진다. 난감한 표정의 슬기, 일단 손바닥으로 머리를 가려본다.

41   패스트푸드점 2층 (밤)

비를 맞으며 자신을 기다리는 슬기를 내려다보는 제이, 묘한 표정이다.

아라   (창밖만 보는 제이를 보며) .. 제이야!

제이   (건성으로) 넌 종이학 말고 딴 건 못 접어?

아라   딴 거 뭐? 원하는 거 있어?

제이, 대답은 않고 비를 피하려 코인 노래방이 있는 건물로 들어가는 슬기를 바라본다.

#42 코인 노래방 안 (밤)

작고 비좁은 노래방 안. 슬기, 500원짜리 동전을 넣으면.. 루시드폴의 '누구도 일러주지 않았네'가 시작된다.

슬기 홀로 버려진 길 위에서, 견딜 수 없이 울고 싶은 이유를 나도 몰래 사랑하는 까닭을, 그 누구도 내게 일러주지 않았네.

어색하게 혼자 노래를 부르는 슬기, 담담하고 청아한 목소리다. 갑자기 문이 벌컥 열리고 제이가 들어온다. 슬기, 놀라서 바라보는데.. 제이, 노래를 아는지 곧바로 마이크를 들고 후렴구를 부른다.

제이 조금 더 가까이 다가갈까, 그냥 또 이렇게 기다리네. 왜 하필 그대를 만난 걸까, 이제는 나는 또 어디를 보면서 가야할까.

고백하듯 눈을 마주치며 노래하는 제이의 눈동자가 촉촉하다. 슬기, 반주가 나오자 얼른 말을 건다.

슬기 (큰 목소리로) 너도 이 노래 아는구나?
제이 우리집에 루시드폴부터 미선이 앨범까지 다 있어.
슬기 와, 찐팬이네.
제이 슬기 네 목소리로 들으니깐 노래가 더 좋다.
슬기 (잘못 들었나 싶어서) 응?
제이 (슬기 귀에 바짝 다가가) 네 목소리 너무 좋다고. 달콤해!

제이의 말에 괜히 설레는 슬기. 다시 시작되는 노래, 함께 부른다.

43   호수공원 (밤)

비가 그친 호수공원. 촉촉하게 젖은 바닥에 떨어져 있는 벚꽃 잎들이 가로등 불빛에 반짝인다. 루시드폴의 노래를 계속 흥얼거리는 제이. 슬기, 그런 제이를 한 발짝 뒤에서 바라본다.

슬기   경이 많이 실망한 거 같던데.. 나 땜에 괜히 니들 멀어지는 거 아니지?
제이   신경 쓰지 마. 원래도 사이 별로인 거, 너도 알잖아. 아.. 근데 의학 동아리
        는 쉽지 않겠다. 아마 최경이 반대할 거라.
슬기   응, 그렇겠네.
제이   밤공기 좋다. 비가 그쳐 다행이야.
슬기   .. 난 네가 안 올 줄 알았어.
제이   내가 너무 늦어서 화났구나?
슬기   그런 거 아니고.. 그냥 다들, 날 쉽게 잊어버리더라고.. 그래서 나도 잘 안
        기다려. 기다리는 거, 별로.
제이   딴 사람들은 몰라도 난 약속하면 꼭 가니깐 기다려. 물론 좀 늦을 순 있다!
슬기   ...
제이   (핸드폰 시간을 확인하더니) 슬기야, 우리 집에 가자.
슬기   지금?
제이   응, 가서 수다 떨다 같이 자고 내일 아침에 같이 학교 가는 거야. 어때?
슬기   (곤란한 듯) 아.....
제이   (약간 실망하며) 왜에? 엄마한테 허락받기 힘들어? 내가 전화 드려볼까?
슬기   아니.. 늦게 들어가고 이런 건 집에서 별로 신경 안 쓰는데...
제이   그럼 뭐가 문제야? 가자, 우리 집.

제이, 아이처럼 들뜬 얼굴로 슬기의 손을 잡는다.

44   제이의 집 밖 + 정원 (밤)

높은 담장 너머로 단독 주택들이 쭉 늘어선 동네. 으리으리한 철제 대문을 열고 제이와 슬기가 들어온다. 1층 태준의 방에 불이 켜진 것을 보고는 비릿하게 웃는 제이.

45 제이의 집 2층 + 제이방 (밤)

슬기, 제이를 따라 2층으로 조심히 올라온다. 집의 규모에 놀랐지만 애써 휘둥그런 눈을 감추려는데.. 어둠 속에서 왈왈! 짖으며 달려오는 강아지. 줄곧 긴장하고 있던 슬기가 으악! 하면서 뒷걸음질 친다.

제이   (웃으면서) 괜찮아? 인사해. 내 동생 제윤이야.
슬기   (멋쩍게) 아.. 안녕, 제윤아. 반가워.
제이   너 또 제나 언니 방에 들어간 거야? 응? 대답해봐.
슬기   제이, 외동딸인 줄 알았는데.. 언니도 있구나.
제이   응, 근데 지금은 없어.
슬기   (어쩔 줄 몰라) 아, 미안.. 내가 괜한 걸.
제이   아니 죽었다는 게 아니고.. (횡설수설 혼잣말) 근데 죽었을지도 모르지..
슬기   으응?
제이   (방문을 열며) 들어와, 여기가 내 방이야.

마치 심해처럼 어둡고 푸른빛의 방 안으로 슬기가 뭔가에 홀린 사람처럼 들어선다. 한쪽에는 커스터마이징 된 스케이트보드가 보기 좋게 나열되어 있고, 벽에는 야광 페인트로 장난스러운 낙서가 되어 있다. 천장에서는 야광별이 쏟아질 듯 반짝인다. 분위기에 압도된 슬기.

슬기   (완전히 반한 얼굴로) 제이야, 여기.. 바닷속 같아.
제이   여행 가서 스킨 스쿠버를 했거든? 다들 처음엔 무섭다던데 나는 맘이 너무 편해지더라고. 고요하고 어두운 바닷속이 뭐랄까..
슬기   태어나기 전 엄마 뱃속에 있는 것 같은 그런 느낌?

제이	응, 맞아. 딱 그런 기분! 세상에 혼자만 버려진 것 같은데 하나도 외롭지가 않았어. 오히려 완벽하게 안전하다는 느낌?
슬기	해본 적은 없지만 왠지 알 거 같아.
제이	나중에 꼭 같이 해보자. 너도 분명히 좋아할 거야.

그때 낑낑대며 뭔가를 끌고 오는 제윤. 여기저기 물어뜯은 공주 드레스다. 슬기, 공주 드레스를 집어 드는데.. 표정이 묘해진다.

슬기	나도 똑같은 거 있었는데..
제이	슬기도 공주 옷 좋아했구나?
슬기	좋아하지 말았어야 했는데..

빠르게 지나가는, 슬기를 늘 괴롭히는 기억들.

- 모두들 떠난 바닷가에 덩그러니 서 있는, 공주 드레스 입은 5살 슬기.
- 수돗가에서 마시는 물, 칠판 가득 적혀 있던 욕, 옥상에서 담배빵을 당하던 장면.

멍한 슬기의 손을 꼭 잡아주는 제이.

| 제이 | (다정한 목소리) 그런 상처가 있을 거라고 상상도 못했어. 근데 그게 왜 네 잘못이야? 네 잘못 아냐. 인원 체크도 제대로 못한 어른들 때문이지. |

자기 잘못이 아니라고 해주는 제이의 말에 왈칵 눈물이 쏟아질 거 같은 슬기.

제이	어려운 얘기 털어놔줘서 고마워. 그럼... 나도 하나 고백할 게 있어.
슬기	(붉어진 눈시울로) 뭔데?
제이	나도 루시드폴 찐팬은 아냐. 우리 언니가 좋아해서 나도 몇 개 아는 정도?
슬기	(울려다 웃으며) 어쩐지.. 그럴 거 같았어. 솔직하게 말해줘서 고마워.

제이   나야 말로. 자, 그럼 이제 잘 준비를 해볼까.

일어나 옷을 훌훌 벗는 제이. 슬기, 놀라서 시선을 재빨리 돌리는데.. 벽에 붙어 있는 달력이 눈에 들어온다. 바로 어제 날짜까지 커다랗게 가위표가 쳐진 달력.

46   제이방 욕실 (밤)

보송보송한 커다란 타월, 아름다운 라벨이 붙은 샤워 용품들. 물기 하나 없는 욕실에 커다란 욕조가 놓여 있다. 향초의 따뜻한 빛, 풍성한 거품이 가득한 욕조에 몸을 담그는 슬기. 제이가 준비해준 티를 한 모금 마시자 나른하게 눈이 감긴다. 그때, 욕실 문이 열리고 제이가 들어온다. 옷을 벗고는 거리낌 없이 욕조로 들어오는 제이. 슬기, 당황스러운데.. 잔뜩 긴장한 슬기가 귀엽다는 듯 빤히 보는 제이.

제이   너 처음이지?
슬기   으응?
제이   친구랑 같이 목욕하는 거 말이야.
슬기   (말을 더듬으며) 어, 그런 건 아닌데...
제이   젖어 있으니깐 더 귀여워.

제이, 손가락에 거품을 묻혀 슬기의 코에 콕 찍어준다. 슬기의 볼이 발그레하게 물든다.

제이   (슬기 얼굴에 바짝 다가가) 근데 왜 이렇게 얼굴이 빨개?
슬기   뜨거운 물에 오래 있었나봐. 더... 더워서 그래.
제이   (피식 웃으며) 혼자 이상한 생각한 거 아니고?
슬기   무.... 무슨 생각?
제이   가령, 이런 거?

슬기의 입술을 엄지로 가볍게 쓸더니 곧장 입을 맞추는 제이. 슬기의 눈
이 토끼처럼 동그래진다. 말없이 서로를 바라보는 두 사람. 슬기가 자신
의 입술을 살짝 깨물자 제이, 다시 슬기의 입술로 돌진한다. 서로의 얼굴
을 움켜쥔 채 거침없이 키스하는 제이와 슬기. 제이의 손이 슬기의 목덜
미를 타고 가슴으로 내려와 이내 수면 아래로 자취를 감춘다. 뜨거운 열
기와 수증기로 뿌예진 거울에 흐릿하게 비친 슬기와 제이. 욕조 안의 거
품들이 서서히 물과 함께 출렁인다. 슬기가 참았던 신음을 조심히 내뱉
자 이윽고 두 사람이 얼싸안는다. 더 격렬해지는 물결처럼 점점 더 빨라
지는 슬기의 호흡.

47   제이방 침실 (밤)

꿈에서의 흥분이 가시지 않은 듯 헐떡이며 깨어나는 슬기. 헐렁한 티와
사각팬티 차림으로 제이와 한 침대에서 자고 있던 자신을 발견한다. 순
간, 척척한 느낌에 신경이 곤두서는데.

48   제이방 욕실 (밤)

슬기, 조심스럽게 수납장을 열어본다. 오가닉 순면으로 된 최고급 생리
대(39씬에서 아라에게 준 것과 같은)로 꽉 채워진 수납장. 정품보다는
3개씩 소포장 된 비매품이 더 많다. 그중 하나를 꺼내 손에 쥐고선 욕조
를 한번 물끄러미 쳐다보는 슬기. 방금 전 일이 꿈인지 생시인지 잘 분간
이 가지 않는 멍한 표정이다.

49   제이방 침실 (밤)

침실로 다시 돌아온 슬기. 카톡! 침대 옆 테이블에 올려둔 제이의 핸드폰에서 알림음이 울린다. 무시하고 누우려는데 카톡! 카톡! 연달아 오는 메시지. 슬기, 핸드폰을 바라본다.

- 나리 : 제이야, 내가 잘못했어. 동영상 꼭 지워줘
- 나리 : 슬기한테는 내가 따로 사과할게
- 나리 : 내가 전학 갈게. 전학 가면 그 동영상은 지워주는 거지?
- 나리 : 부탁해. 제발.. 대답 좀 해줘.

배너로 쉴 새 없이 뜨는 나리의 메시지에서 자신의 이름을 보게 된 슬기. 제이가 확실히 잠들었는지 확인하고선 조심스레 제이의 지문으로 핸드폰을 잠금 해제한다.

50   경이방 (밤)

불 꺼진 어두운 방 안. 책상 위 스탠드 조명만을 켜두고 뭔가를 골똘히 보고 있는 경이. 엄마 방에서 훔쳐 온 사건 기록이다. J메디컬센터에서 수술을 받고 사망한 피해자 **우도혁(슬기부/남/48세)**의 유족 권희윤이 제이의 아빠 유태준을 고소한 사건이다. 종일 짜증에 찌푸렸던 경이의 눈동자에 번뜩이는 생기가 돈다.

51   제이방 침실 / 경이방 (밤)

- 침대에서 떨어진 벽에 등을 기대앉은 슬기, 제이의 폰 사진첩을 뒤지기 시작한다. 뭔가를 발견한 슬기. 캄캄한 방안, 핸드폰 조명에 반사된 슬기의 얼굴이 하얗게 질린다.
- 일그러진 슬기의 얼굴과 한껏 기대감으로 들뜬 경이의 얼굴, 아무것도 모른 채 천사처럼 새근새근 잠들어 있는 제이의 얼굴이 분할 화면으로

보여지면서.... 엔딩!

2부 끝.

3부

넌 나한테 화낼 게 아니라   고마워해야지.

널 괴롭히는 쓰레기를 내가 깔끔하게 처리해줬잖아.

#1　프롤로그 : 스튜디오

검은 화면에서 들려오는 슬기의 목소리. 핀조명이 탁! 켜지면 속옷만 입은 채 핏기 없는 얼굴로 회전판 위에 서 있는 민머리 경이가 보인다.

슬기NA　어른들이 생각하는 전형적인 모범생의 이미지가 있지.

– 게임 아바타를 만들 듯 마우스 포인터가 움직이며 경이에게 여러 개의 의상과 헤어 옵션 중에 모범생 이미지에 적합한 것들을 착용시킨다. 귀밑 3센티의 똑떨어지는 단발, 두꺼운 렌즈의 안경, 무릎을 덮는 교복 치마, 굽이 없는 검은색 단화, 화장하지 않은 맨얼굴.

슬기NA　그리고 그들에게 성욕 같은 건 아예 없다는 듯 취급해.

#2　프롤로그 : 조선 시대

- 왕이 직접 세자의 첩, 소실을 간택하고 있다. 후보들 사이에서 경이도 한복을 곱게 차려입고 양갓집 규수처럼 앉아 있다. 그중 가장 예쁜 아이가 뽑힌다.
- 촛불을 끄고 소실의 속적삼을 벗기며 달려드는 세자.

슬기NA 조선 시대에는 고작 16세만 돼도 후사가 없다고 난리법석을 떨며 세자빈이 있는데 소실들을 또 들였잖아? 그게 뭘 뜻하겠어? 요즘 나이로 중2쯤 되면 다들 섹스도 하고 부모도 됐다는 거지. 수명이 늘었다고 해서 혈기 왕성한 10대 시절이 뒤로 밀리는 건 아닌데 말이지.

- 창호지 문에 구멍을 뚫고 합궁 장면을 몰래 보며 자위하는 10대 남자 내시. 소실의 격해지는 신음 소리에 맞춰 남자 내시의 표정도 절정을 향해 간다.

#3   프롤로그 : 현대

- 남학생이 야동을 보며 자위하고 있다. 벌컥 문을 열었던 엄마(처럼 분장한 경이)가 과장스럽게 놀라며 문을 닫았다가 다시 슬그머니 티슈를 방으로 넣어준다.
- 승려복을 입은 민머리 경이의 얼굴 타이트 샷. 절에서 목탁을 치고 있다. 카메라 빠지면 교복을 입은 수십 명의 경이 복제 인간이 다 같이 '나무아미타불 관세음보살'을 외우고 있다.

슬기NA 그래도 남자애들은 딸딸이 치는 걸 온 세상이 인정해주는 분위기잖아? 근데 여자.. 그중에서도 특히 여자 모범생들은 어때? 거세한 내시에게도 있는 성욕과 성적 호기심이 우리한테는 없다고 생각한다니깐?

#4   프롤로그 : 경이의 성장기 몽타주

- 눈 내리는 크리스마스이브, 부모님의 손을 잡고 공연장 안으로 향하는 **13살 경이**.

- 하체에 딱 붙는 타이즈를 입고 무대에 등장한 발레리노, 멋진 점프와 턴을 보여준다. 경이, 감탄한 듯 입을 다물지 못하는데.. 왠지 모르게 자꾸만 남성 무용수의 다리 사이로 시선이 쏠린다. 얼굴이 발그레해지는 경이.

슬기|NA 경이는 자신이 조숙하다는 걸 그때 알았대.

- 지하철 한 칸에 쭈르륵 앉은 다양한 연령대의 남자들. 맞은편에 앉아 있는 교복 입은 **중학생 경이**, 눈을 질끈 감았다가 실눈을 조심스레 뜬다. 딩동댕동 실로폰 소리와 함께 앞에 앉은 남자들의 성기가 순서대로 바지 안에서 발기돼 튀어 오른다. 다양한 크기와 각도의 성기들. 침이 꼴깍 넘어가는 경이, 두 눈을 껌뻑인다.

- 식탁 위 바나나, 소시지, 오이고추 등의 식재료. 경이, 그걸 먹어야 할지 고민한다.

- 늦은 밤, 학원을 마치고 한적한 공원을 걸어가는 **고등학생 경이** 앞에 나타난 바바리맨. 침착한 얼굴로 안경을 추켜올리며 바바리맨의 아랫도리를 유심히 바라보는 경이. 당황한 바바리맨, 헐벗은 몸을 가리곤 후다닥 도망간다.

슬기|NA 음란마귀에 쓰이기라고 한 것처럼 세상이 온통 그쪽으로만 보였지. 왕성한 호기심을 참다못한 경이는 결국 그곳의 문을 두드렸어. 하지만 예상치 못한 난관이 기다리고 있었는데...

- 경이의 안경에 비친 노트북 화면. 살색 가득한 성인 사이트에 가입하기 위해 마우스를 클릭한다. 회원 가입을 하다 비밀번호 찾기를 위한 질문에서 망설이는 경이.

경이   나의 출신 초등학교는? 어머니 성함? 아니 어떤 바보가 이런 질문을 만
        든 거야? 신상 정보 털면 온 국민이 맞출 수 있는 질문에 누가 답한다
        고... 패스! 내가 가장 좋아하는 캐릭터는? 오타쿠 인증하는 것도 아니고.
        첫 키스 장소는? 거, 되게 무례하네. 키스 경험 없는 사람은 어쩌라고.

        경이, 스스로 키스를 하듯 혀로 입술을 한번 훔친다.

경이   초등학교 시절 짝꿍 이름은? (생각에 잠긴 표정을 짓다 이내 시니컬하
        게) 초등학교가 6년이고 학기에 한 번씩만 짝을 바꿔도 최소 12명인데..
        그중에 누구 이름을 적으라는 거야??

#5   프롤로그 : 초등학교

        – 문제집을 쌓아두고 푸는 **12살 경이.** 그런 경이의 문제집 표지를 들춰 보
        는 짝꿍 현지(여), 경이보다 몇 배는 더 공부벌레 같은 아우라를 풍긴다.

현지   문제집 많이 푼다고 성적이 잘 나오진 않아. 교과서 중심으로 공부해야지.

        현지의 욕심 가득한 얼굴에서 정지 화면!

        [자막] 이름: 임현지 / 전교 석차: 1등 / 특이사항: 전따

        – 미술 시간, 경이가 그린 정물화를 뚫어져라 바라보는 현지. 경이도 기
        에 눌리지 않으며 왜 또? 뭐? 라는 듯 현지를 있는 힘껏 쏘아본다.

현지   (명암 부분 가리키며) 여긴 미술 학원 쌤이 해준 거구나. 붓 터치가 너무
        다르다. 완전 티 나.
경이   (씩씩거리며) 나 미술 학원 안 다니거든?
현지   (팔짱을 낀 채) 그래? 그럼 좀 다녀야겠네.

경이, 붓을 던지고 현지의 머리채를 확 잡아당긴다. 물통이 엎어지고 그림이 찢어진다. 신발주머니를 휘두르며 격렬하게 싸우는 둘. 아이들, 동그랗게 원을 만들어 싸움 구경을 한다.
- 교탁 앞에 선 담임과 그 옆에 가방을 메고 선 현지, 얼굴에 싸움의 상처가 가득하다.

담임 아쉽게도 현지가 영국으로 유학을 가게 됐다. 그동안 정이 많이 들었을 텐데.. 현지, 마지막으로 친구들에게 한마디 할래?

현지 (고개를 끄덕이곤 교탁 정중앙에 서서) 영국은 1등을 좋아한대.

- 교실을 나서는 현지, 복도에서 기다리고 있던 엄마의 손을 잡고 걷는다. 아이들이 창문에 매달려 현지의 마지막 길에 소리 없는 야유를 보낸다. 현지, 손가락으로 빽큐를 날리며 쿨하게 퇴장한다. 아이들 사이에서 미소를 짓고 있는 경이 역시 얼굴에 밴드를 덕지덕지 붙였다.

슬기NA 그 애는 아빠 사업이 망해 영국으로 도피 유학을 가면서도 끝까지 도도했지. 재수 없는 1등이 사라졌으니 경이는 이제 자신이 그 자리를 차지할 수 있을 거라고 믿었대. 근데 인생이라는 게 원래 맘대로 되는 게 아니잖아?

- 현지가 사라진 복도 끝에서 제이가 나타난다. 제이의 등장에 눈에서 하트를 뿅뿅 내뿜는 아이들, 제이 뒤를 졸졸 따라온다.
- 교실 앞문이 열리며, 뒷문으로 들어와서는, 창문으로 얼굴을 내밀고는, 뒷자리에서 경이의 어깨를 툭툭 치며 다정하게 이름을 부르는 제이.

제이 (반가운 얼굴로 활짝 웃으며) 경이야!

슬기NA 제이는 예쁜데 공부도 잘하고 애들한테 인기까지 있었어. 경이 입장에서는 사실 현지보다 제이가 더 재수 없는 라이벌이었지만 티를 낼 수는 없었지.

- 학교 조회 시간. 교장 선생님에게 임명장을 받는 제이.

교장   성명 유제이, 위 학생을 2018년 2학기 전교 회장으로 임명합니다.

교장, 제이의 목에 꽃다발을 걸어준다. 뒤에서 먼저 전교 부회장 임명장을 받고 병풍처럼 서 있는 경이. 제이가 경이의 손을 잡고 단상 앞으로 나온다.

제이   저 유제이, 부회장 최경과 함께 한 학기 동안 최선을 다해 일하겠습니다.

제이와 함께 아이들을 향해 90도로 인사하는 경이.

슬기NA   왜냐하면 그때까지만 해도 둘은 완벽한 한 팀이었거든.

- 등교한 경이, 책상 서랍에서 작은 상자를 발견한다. 실 팔찌와 함께 들어 있는 쪽지.

경이야, 학교 끝나고 뭐 해? 같이 떡볶이 먹으러 갈까? 하진♡

메시지를 읽고 설레는 경이, 짝꿍 하진을 바라본다. 경이에게 선물한 것과 같은 실 팔찌를 이미 손목에 차고 있는 하진. 포마드를 발라 넘긴 헤어스타일이 느끼하다. 씨익 웃는 하진의 얼굴에서 정지 화면!

[자막] 이름: 정하진 / 전교 석차: 모름 / 특이사항: 세라초등학교 최고 인기남

- 분식집. 매운 떡볶이를 먹고 있는 경이. 하진, 쿨피스에 빨대를 꽂아 경이에게 건넨다. 카메라 쭉 빠지면 제이도 함께 있다. 엄마 카드를 꺼내 계산하는 하진. 제법인데? 하며 하진을 바라보는 제이와 경이.

- 학원 앞에서 경이를 기다리는 하진. 제이와 함께 나오는 경이. 제이가 자리를 피해주듯 먼저 인사를 하고 사라진다. 수줍게 웃는 경이.
- 손이 닿을 듯 말 듯 아슬아슬한 거리를 유지하며 함께 걷는 하진과 경이. 경이의 집 앞에 도착한다. 두 사람, 거의 동시에 입을 열며 '저기, 있잖아...'

하진   너부터 말해.
경이   아냐, 너부터 말해.
하진   아, 난 별거 아닌데.. 제이 핸드폰 번호 좀 알려달라고.

순간, 강시처럼 낯빛이 회색으로 변하는 경이. 강시 이마에 붙인 부적처럼 노란 종이에 붉은 색으로 한자 副(버금 부)가 적힌 종이가 경이 이마에 척하고 달라붙는다. 침을 튀기며 경이에게 제이를 좋아한다는 고백을 하고 있는 하진. 멍해진 경이의 눈동자에 눈물이 그렁그렁 맺힌다.

슬기NA   부사, 부작용, 부업, 부제, 부상, 부사장, 부반장.... 부회장. 경이는 자신 앞에 붙은 이 한자 '버금 부'가 영원히 떨어지지 않을 거 같아서 그게 너무 슬펐대. 으뜸 바로 아래라니, 만년 2등이라는 거잖아.

경이의 이마에서 나부끼는 부적. 터덜터덜 집으로 걸어가는 경이의 뒷모습이 쓸쓸하다.

#6   프롤로그 : 경이의 집 경이방 (밤)

다시 현재. 성인 사이트에 가입 중인 경이. 비밀번호 찾기 질문 중 '초등학교 때 짝꿍 이름은?'을 선택하고 '정하진'이라고 답을 적는다. 가입을 축하한다는 메시지와 함께 야동들이 컴퓨터 화면을 채운다. 수많은 동영상들 사이에서 하나를 클릭하는 경이. 과장된 신음 소리와 함께 시작되는 야동. 경이, 노트북을 들고 침대로 이동한다. 엎드린 채 야동을 보며 자연스럽게 자위를 시작하는 경이. 자세히 보면 야동 속 여자의 얼굴이 제이를 닮았다. 여자의 교성 위로 경이의 신음 소리가 오버랩된다. 흥분된 표정의 경이, 마른 입술에 침을 바르며 두 눈을 감고 몸을 꼬며 옆으로 돌아눕는다. 눈을 뜨면 동영상 안으로 들어가 있는 경이. 천장을 보며 똑바로 누워 있는 경이 위에서 후배위로 섹스 중인 남녀. 경이와 코끝이 닿을 듯 가까운 곳에서 헐떡이는 여자는 다름 아닌 제이다. 놀란 경이가 침을 꿀꺽 삼키자 입가에 비웃음을 날리는 제이. 보란 듯 고개를 돌려 남자와 키스한다. 바로 그때, 난데없이 쑥 들어온 손이 제이의 목을 덥석 잡는다. 눈이 동그래지는 제이. 목을 움켜쥔 경이의 손에 서서히 힘이 들어간다. 점점 숨이 멎어가는 제이. 경이의 입가에 파르르 경련이 인다. 우는 건지 웃는 건지 알 수가 없다. 결국 숨이 끊어진 제이의 몸이 경이 위로 툭 하고 떨어진다. 경이, 축 늘어진 제이의 몸을 밀어내보지만 꿈쩍도 하지 않는다. 제이 몸에 깔린 채 포효하듯 울부짖는 경이의 괴성이 높은 데시벨의 전자음으로 바뀌면서 사이키델릭한 음악이 화면을 뚫고 나올 듯 강렬하게 흐른다.

타이틀 〈선의의 경쟁〉

#7   제이방 침실 (밤)

제이의 핸드폰을 보고 있는 슬기. 사진첩에서 나리가 말한 동영상을 찾다가 자신과 관련된 사진들을 발견한다. 아빠 유품에 있던 실종 아동 전단지. 공주 드레스를 입고 웃고 있는 5살의 자신을 보자, 슬기의 손이 바들바들 떨린다. 넘겨 보면 슬기의 성적표와 신상 정보가 연속으로 나온다. 그때, 잠결에 뒤척이는 제이. 슬기, 서둘러 나리의 동영상과 자신의 자료들을 죄다 자기 폰으로 전송한다.

#8   경이방 (밤)

화면 절반에 뜬 J메디컬센터와 권희윤의 의료 소송 사건 기록. 그중 경이가 모르는 단어들에 형광펜 밑줄이 쳐지면 나머지 절반 화면에는 그 단어를 노트북에서 검색 중인 경이가 나온다. 수술동의서, 급성 패혈증, 테이블 데스, 청색증, 부검, 의료과실, 의료범죄.. 의료살인... 의사살인...

#9   제이방 (아침)

슬기가 떠난 침대에서 혼자 눈을 뜬 제이. 슬기의 가방도 교복도 사라진 걸 보고는 허한 얼굴이다. 간밤에 슬기에게 빌려줬던 옷이 가지런히 놓여 있다.

CUT TO
2부 45씬 회상. 일어나 옷을 훌훌 벗는 제이. 슬기, 놀라서 시선을 재빨리 돌리는데..

제이   (입을 옷을 챙겨주며) 씻고 이거 입어.
슬기   아... 응! 고마워.

옷을 들고 서둘러 욕실로 들어가는 슬기. 제이, 그사이 슬기의 폰에 위치 추적 앱을 깐다.

CUT TO
다시 현재. 핸드폰 위치 추적 앱에서 슬기의 현 위치를 확인하는 제이, 표정이 서늘하다.

#10   제이의 집 다이닝룸 (아침)

큰 식탁에 앉아 홀로 꾸역꾸역 아침을 먹고 있는 제이. 하나같이 조리가 안 된 생채소, 견과류들이다. 깔끔하게 출근 준비를 마친 태준이 제이 어깨에 다정히 손을 얹는다. 흠칫 놀라는 제이. 태준, 제이의 수저 옆 깔끔하게 비워진 '아침 공복'용 약통을 보며 흡족한 미소를 짓는다.

태준   아주머니, 제이 식단 내일부터 바뀌는 거 확인하셨지요? 단백질 탄수화물 순서도 꼭 신경 써주시고 공복약은 B12부터 배열 부탁드리겠습니다.

도우미   네, 원장님.

태준   근데 왜 친구는 같이 안 내려와? 아침 먹어야지.

제이   (씹던 걸 멈추며) 설마 아빠가 걔 내쫓으신 건 아니죠?

태준   우리 집에 온 중요한 손님한테 그럴 리가.

제이, 태준의 표정을 슬쩍 살피지만 조용한 얼굴로 식사하는 태준. 강아지 제윤이 태준을 향해 왈왈 짖어댄다.

제이   쟤가 언니 엄청 기다려요. 도대체 유제나는 집에 왜 안 온대요?

태준   수능 망친 것만으로도 충분히 부끄러울 텐데 동생이랑 같은 해에 다시 시험을 쳐야 한다면.. 한집에서 공부가 되겠니? 네가 이해해줘야지.

제이   (차갑게 식은 목소리로) 언니가 원하는 건가요? 집에 오지 않는 거.

태준   그래.

제이   연락 한번 없는 것도요?

태준   제나가 이번에는 아주 독하게 마음을 먹은 모양이다.

제이   유제나한테 전해주세요. 그래봤자 절대로 저를 이기진 못할 거라고요.

제이, 자리에서 일어난다.

11   교문 (아침)

경이의 눈에 명품 로고가 큼지막한 운동화를 신고 등교 중인 예리가 보인다.

경이	(경쾌한 목소리) 웬일로 운동화를 신고 걸어서 등교 중이셔?
예리	(당황해 눈알을 굴리며) 어, 그게.. 똑똑한 우리 경이 말 듣고 보니 걷는 게 최고의 운동인 거 같아서?
경이	그래, 내 말 들어서 나쁠 거 없지.
예리	근데 넌 얼굴이 좀 폈다? 반장 선거 후유증이 일주일은 갈 거 같더니만.
경이	(씨익 웃으며) 후유증을 물리칠 강력한 비타민을 찾았거든.

그때, 예리와 경이 옆으로 외제차 한 대가 지나간다. 조수석에 앉은 나리의 얼굴을 본 예리.

예리	(혼잣말로 중얼거리듯) 맞나보네.
경이	뭐가?
예리	굴러 들어온 돌이 박힌 돌 뺀다고.
경이	으잉?

12   교실 (오전)

자습 중인 슬기. 제이가 앞문으로 들어오자, 못 본 척 일어나 뒷문으로 나간다. 두 사람의 동선을 따라 움직이는 경이의 시선. 그때 병희가 뒷문으로 다급히 들어오며

병희	김나리 전학 간대! 지금 교무실에 엄마랑 와 있어.
시우	진짜? 왜?

예리, 경이를 쳐다보며 '거봐, 내 말이 맞지?'라는 표정을 지으며 어깨를 들썩인다. 제이, 가방을 책상에 놓자마자 슬기를 따라 나간다.

13 　복도 (오전)

아이들이 거의 다 등교를 마친 조용한 복도를 걸어가는 슬기.

제이E　야! 우슬기 거기 서!

슬기, 한숨을 푹 쉬며 제자리에 선다.

제이　나 봤으면서 인사도 안 하고.. 어디 가?
슬기　교무실.
제이　교무실에는 왜?
슬기　출석부 가지러.

'이제 됐지?'라는 표정을 짓고 다시 걷기 시작하는 슬기. 제이도 슬기를
따라간다.

제이　(슬기와 팔짱을 끼며) 어제는 갑자기 왜 사라진 거야? 언제 갔어? 응?
슬기　(머리털이 쭈뼛 서지만 참으며) 엄마 호출.
제이　아, 그랬구나. 나는 또..
슬기　나는 또 뭐?
제이　아니 네가 나랑 같이 등교하기 싫어서 먼저 가버렸나 했지.
슬기　그런 거 아냐.

14 　교무실 (오전)

문을 열고 들어가자 담임과 얘기 중인 나리와 나리모가 보인다. 나리 쪽을
바라보며 출석부를 챙기는 슬기. 그 옆에 바짝 붙어 슬기를 살피는 제이.

슬기	나리는 왜 갑자기 전학을 가지?
제이	(순진한 얼굴로) 글쎄?
슬기	(제이를 떠보는) 가서 잘 가라고 인사나 할까?
제이	그러고 싶어?

제이, 슬기의 손을 잡고 나리에게로 돌진한다. 순간 당황하는 슬기.

제이	(생긋 웃으며) 나리야..
나리	(표정이 굳은 채로) 어?
제이	전학 간다며? 이제 막 친해지나 싶었는데 아쉽다.
나리	어.. 나도.
제이	잘 가. 좋은 대학 가려면 SNS는 좀 줄이고.. 알았지?

제이, 나리모에게 공손히 인사하고 슬기와 함께 자리를 뜬다. 제이에게 잡힌 손을 뿌리치지 못한 채 끌려가는 슬기, 제이의 뒤통수를 낯설게 바라본다.

15   교실 (오전)

채점이 끝난 에세이를 학생들에게 하나씩 돌려주는 국어 선생. 제이, A- 라고 적힌 점수를 보고 표정이 굳는다. 경이 역시 A-가 적힌 에세이를 받는다.

국어쌤	(범수에게) 이렇게 인터넷 그대로 베끼면 면접 들어가서 기억이나 나겠어? (아라에게) 특히 연서대는 면접 비중 높였던데 이런 뻔한 스토리? 어림없지. 각인도 하나 안 돼, (아이들 보며) 학업 외 소양도 안 보여. 그렇다고 감동도 없어. 니들 대체 어쩔 셈이니? 아, 그런 글 딱 하나 있더라.
경이	그게 누군데요?

국어쌤   너희 반 반장.

아이들의 시선이 일제히 슬기에게 쏠린다. 제이, 슬기 손에 들린 에세이를 힐끗한다.

시우   (저돌적으로) 선생님! 슬기 에세이 읽어주세요.
국어쌤   (슬기의 표정을 살피더니) 독창성부터 진로 동기까지, 모두가 일독하면 좋을 훌륭한 텍스트긴 한데 프라이버시를 다루다보니깐 그건.. 안 될 거 같지?

말끝을 묘하게 올리는 국어 선생 때문에 난감한 슬기, 입을 꾹 다문다. 때마침 수업 종료를 알리는 종소리가 울린다.

국어쌤   각자 드라마들을 좀 만들어봐. 니들 코디한테 지어내달라고 해보든가. (슬기가 자리에서 일어서자) 인사는 생략!

국어 선생, 교실을 나간다.

제이   대체 에세이에 뭘 어떻게 쓰면 국어가 저런 극찬을 하는 거야?

슬기, 에세이를 숨기듯 노트에 끼워 책가방 안에 넣는다. 그걸 유심히 지켜보는 제이.

제이   나한테도 말 안 해줄 거야?
슬기   별거 없어.

냉랭한 제이와 슬기 사이로 스윽 치고 들어오는 경이.

경이   제이 너는 점수 뭐 받았어?
제이   넌 그게 또 왜 궁금하실까.

경이	나만 A+ 못 받은 게 아니면 기분이 좀 나아질까 싶어서? 우리 다 같이 슬기한테 특강 함 받아야 되는 거 아냐?
시우	(번쩍 손을 들며) 나도! 특강할 거면 나도 꼭 끼워줘.

나도! 나도! 슬기 주위로 몰려드는 아이들. 범수도 슬기에 대한 호기심이 일렁이는 얼굴이다. 뒤쪽으로 물러나며 묘해지는 제이의 얼굴. 아라, 제이의 표정을 슥 살핀다.

| 제이 | 우리 슬기, 에세이 꽁꽁 잘 숨겨야겠는걸? 밥이나 먹으러 가자. |

16   교무실 (오후)

국어 선생의 꽁무니를 따라 교무실로 들어오는 예리.

국어쌤	(예리를 돌아보며) 너도 점수가 맘에 안 들어?
예리	아뇨, 주신 점수는 겸허히 받들어야죠.
국어쌤	그럼 왜?
예리	담임쌤한테 조퇴증 받으려고요. 레슨 받아야 해서..
국어쌤	식사하러 가셨나보네.
예리	음, 그럼 좀 기다리죠 뭐. 근데 쌤 이번에 바꾸신 헤어스타일 짱 잘 어울리시는 거 같아요. 샵 옮기셨죠?
국어쌤	예리 넌 에세이에도 가식이 덕지덕지 붙었더니... 평소에도 다르지 않구나.
예리	쌤! 가식이라뇨... 가십이라면 또 모를까. 히힛.
국어쌤	(예리의 머리를 콩 쥐어박고선) 정쌤, 밥 먹으러 갈까요?

국어 선생, 다른 선생과 함께 교무실을 나간다. 국어 선생의 책상을 슬쩍 보는 예리. 교재 사이에 끼워둔 우슬기의 에세이 복사본이 눈에 들어온다.

17   교실 (오후)

아무도 없는 교실. 누군가 슬기의 자리로 뚜벅뚜벅 걸어와 가방 안에서 에세이를 꺼낸다.

18   교문 (오후)

산뜻한 발걸음으로 조퇴하는 예리.

19   교실 (오후)

슬기, 하얗게 질린 얼굴로 가방을 거꾸로 탈탈 털어본다. 양손에 음료를 사들고 돌아온 제이가 엉망이 된 책상을 바라보며

제이   슬기야, 왜 그래? 무슨 일이야?

슬기, 교실 뒤편으로 가 사물함을 연다. 노트와 책을 다 꺼내 사이사이를 확인하지만 그 어디에도 보이지 않는 에세이. 혹여나 바닥에 떨어졌을까 주위를 살펴본다.

제이   뭐 찾는데? 왜 그래? 뭐가 없어졌어?
슬기   에세이가... 사라졌어.

20   예리의 집 거실 (오후)

예리의 집으로 하프 레슨을 온 교수. 예리의 연주를 듣기보다는 집 안을 살피고 있다. 평수에 비해 휑한 인테리어. 가구를 손가락으로 슥 훑는다.

먼지가 뽀얗다.

교수　　스탑! (예리의 연주를 얼마 듣지 않고) 다시!

예리, 호흡을 가다듬고 다시 연주하지만 교수는 같은 부분에서 반복적으로 '스탑! 다시!'를 외친다. 예리, 잔뜩 주눅이 들어 손이 꼬인다.

교수　　(짜증스럽게) 아... 더는 못 들어주겠네. 그만 가야겠다.
예리　　(얼어붙어) 네?
교수　　너 하프로 대학 갈 생각 없잖아.
예리　　아닌데요?
교수　　(예리 손 확 잡아당기며) 손바닥 펴!

쭈뼛거리며 손바닥을 펴보이는 예리. 하얗고 깨끗한 손이 그야말로 섬섬옥수 같다.

교수　　하프 한다는 애가 손에 물집 하나 없이 참 곱네. 네 손은 네일아트 곱게 해서 보석이나 주렁주렁 달고 다니면 딱이겠다. (옷과 가방을 챙기며) 다신 나 볼 생각 말고.
예리　　교... 교수님, 죄송해요... 제가 열심히 할게요. (무릎을 꿇고) 저 대학 못 가면 죽어요.
교수　　죽어? 그럼, 너도 니 부모도 죽을 만큼 열심히 했어야지. (예리의 가방을 보며) 애 명품 사줄 돈 있음 레슨비 정도는 제때 보내는 게 상식이지.
예리　　(정신이 확 든다) 네에?
교수　　밀린 레슨비 이번 주 안으로 꼭 보내시라고 말씀 전해라.

자리에서 일어나는 예리, 갑자기 샤넬 가방을 뒤집어 안에 든 물건을 다 턴다.

예리　　(빈 가방을 교수에게 건네며) 이거 중고 시세 아시죠? 일단 먼저 받으세요. 다음 주에 입금하면 그때 돌려주시고요.

교수 (가방을 받아 컨디션을 살피며) 내가 니 사정이 딱해 맡아두는 거야.

예리 알죠. 감사합니다.

교수, 싫지 않은 듯 가방을 들고 나간다. 현관문이 닫히는 소리가 들리자

예리 씨발, 이래서 사람이.. 명품이 있어야 돼.

가방에서 턴 물건 중 슬기의 에세이 복사본을 집어드는 예리.

#21 교실 (오후)

제이, 들고 있던 음료를 책상에 탁 내려놓고 반 아이들을 둘러보는데. 책상 서랍에서 뭔가를 발견하곤 놀라서 얼른 집어넣는 시우. 제이, 달려가 시우의 손을 탁 낚아챈다. 시우의 손에 들려 있던 것은 슬기의 에세이다.

시우 제이야, 정말 오해야. 나는....

그때, 시우의 짝도 서랍에서 슬기의 에세이를 발견한다. 교실에 있는 모두가 자신의 책상 서랍에서 복사된 슬기의 에세이를 꺼낸다. 괴이한 풍경에 잠시 넋이 나가는 슬기. 경이, 첫 문장을 읽어본다.

저는 지난 13년을 **미아**로 살아왔습니다. **보육원** 퇴소를 1년 앞둔 어느 날 새엄마의 수고 덕분에 어릴 적 헤어졌던 아빠를 찾았지만 만날 수는 없었습니다. **수학 교사**였던 아빠가 원인을 알 수 없는 **급성 패혈증**으로 갑작스럽게 돌아가셨기 때문입니다. 미아에서 다시 고아가 된 셈입니다. 하지만 아이러니하게도 이제 더는 외롭지 않고 길을 헤매지도 않습니다. 저는 **의대**에 진학해 **부검의**가 될 꿈을 가지게 됐습니다. 아빠의 죽음이 제게 남긴 거대한 지표를 따라 걷기로 마음먹었기 때문입니다. (8씬에서

처럼 주요 키워드들에 형광펜이 쳐진다.)

제이, 서둘러 아이들이 읽고 있는 슬기의 에세이를 수거한다.

제이 모두 읽지 마! 내 허락 없이는 아무도 슬기 에세이 못 봐!

슬기 (조용히 다가와 차분하게) 제이야, 나 좀 볼까?

22   쓰레기 소각장 (오후)

흥분이 가시지 않는 듯 제이, 손에 들고 있던 슬기의 에세이를 갈기갈기 찢는다.

제이 (부들부들 떨며) 내가... 반드시 잡아줄게. 어떤 년이 네 에세이를 제멋대로 복사해 뿌렸는지 내가 꼭 밝혀낼 거야.

찢어버린 에세이를 소각장으로 던지는 제이. 슬기, 그 모습을 말없이 냉정하게 바라본다.

슬기 왜? 왜 그래야 하는데?

제이 (예상외의 반응에 놀라) 왜라니? 너는 화 안 나?

슬기 화나지, 나는데 너만큼은 아닌 거 같아. 제이 넌 왜 그렇게 화가 나는데?

제이 (당황해서는) 그야 그건....

슬기, 자신의 폰으로 제이에게 전화를 건다. 제이의 교복 주머니에서 울리는 핸드폰.

슬기 받아봐.

내키진 않지만 순순히 핸드폰을 꺼내는 제이. 화면에는 슬기의 이름 대신 '공주'라고 떠 있다.

슬기	너만 독점하던 내 불우한 시절이 모두에게 까발려져서 그래?
제이	....
슬기	너 다 알고 있었잖아. 내가 보육원에서 자랐다는 거, 내 아빠가 얼마 전에 죽은 이 학교 교사 우도혁이라는 거.. 이런 내가 감히 너보다 좋은 점수 받으니깐 짜증 나 미치겠어? 속이 뒤집혀?
제이	(불쌍한 표정을 지으며) 무슨 말을 그렇게 해.
슬기	나리는 왜 전학 보냈어?
제이	나리를 내가 왜... 슬기야 뭔가 오해를 한 모양인데..

제이가 다가가자 슬기, 뒤로 물러선다. 자신의 핸드폰을 꺼내 제이의 얼굴 앞에 들이대는 슬기. 23씬의 사운드 선행되면서...

23 화장실 (점심)

과거, 화장실로 걸어 들어가는 나리의 뒷모습을 따라가던 카메라. 갑자기 제이의 손이 쑥 들어와서 나리의 머리를 확 잡아당긴다.

| 나리 | 아, 썅! 누구야! |

짜증스런 얼굴로 돌아보는 나리, 제이를 보고선 어색하게 웃는다.

제이	어머, 어뜩해! 내가 실수를 했네. 머리카락 딱 한 올만 뽑는다는 게 그만..
나리	어?
제이	제보를 받은 게 있어서 (한 움큼 뽑은 나리의 머리카락을 흔들며) 일단 사실 확인을 위해 모발 검사부터 하려고.
나리	(어리둥절해서는) 그게 뭔 말이야?
제이	나리 너 약쟁이라는 소문이 자자해.

나리	(겁에 질린) 제이야...
제이	이거 우리 병원에 보내면 너 무슨 약물 했는지 다 나오겠다. 그치?

구정물이 가득한 화장실 바닥에 그대로 무릎 꿇고 고개 숙이는 나리. 제이, 녹화 중이던 핸드폰을 주머니에서 꺼내 나리를 계속 찍는다.

제이	(키득거리며) 야, 너 교복 더러워지면 어떡하려고?
나리	괜찮아, 빨면 되지 뭐.
제이	네가 너무 쉽게 인정해서 검사는 따로 안 해도 되겠다. SNS에는 뭐라고 올려야 조회 수가 많이 나올까? 제목 좀 지어봐, 네 전문이잖아.
나리	(한 대 얻어맞은 듯 머리가 멍해져) 제.... 제이야.
제이	그러게 눈치도 없이 왜 내 꺼에 함부로 손을 댔어. 응?

24   쓰레기 소각장 (오후)

다시 현재. 제이, 슬기의 핸드폰을 확 낚아채 사진첩을 살펴본다. 자신의 폰에 있던 사진들이 모두 슬기 폰에 저장되어 있는 것을 확인한다.

제이	(확 바뀌는 표정) 다 알면서 아까 교무실에서 날 떠본 거네. (슬기 눈을 뚫어져라 쳐다보며) 근데 나리가 바로 깨갱하는 거 보니깐 너도 통쾌하지 않았어?
슬기	제이 너 정말...
제이	(폰을 돌려주며) 넌 나한테 화낼 게 아니라 고마워해야지. 널 괴롭히는 쓰레기를 내가 깔끔하게 처리해줬잖아.
슬기	지금 그게 중요한 게 아니잖아.
제이	그래? 그럼 뭐가 중요한데?
슬기	도대체 우리 아빠 유품, 내 신상 정보... 그게 어떻게 너한테 있는 거야?

25   J메디컬센터 원장실 (밤)

먼지 하나 없이 반짝이는 태준의 책상. 제이, 수술용 장갑을 끼고 능숙하게 열쇠를 찾아 책상 서랍을 연다. 잘 정리된 파일들 중에서 '제나' 파일을 여는데.. '우도혁'이라고 네임택이 붙어진 파일이 툭 떨어진다. 우도혁에 대한 신상 정보에 '수능 출제위원 선정' 도장이 찍혀 있다. 배우자 권희윤과 딸 우슬기에 대한 자료가 함께 있다. 핸드폰 카메라로 문서를 한 장씩 찍기 시작하는 제이. 그중에는 도혁의 유품에 있던 실종 전단지와 학업 성취도 A에 전교 석차 1등을 놓치지 않은 슬기의 성적표도 있다. 마지막 줄, '채화여고 전학 예정'. 슬기의 번호를 연락처에 저장하는 제이. 이름란에 '우슬기'라고 적었다가 지운다. 파일을 앞으로 돌리더니 실종 전단지에서 멈추는 손. 공주 드레스를 입은 5살의 슬기의 사진을 보며 '공주'라고 적는다. 그때, 원장실을 향해 다가오는 발걸음 소리가 들린다. 숨을 곳을 찾는 제이.

슬기E   유제이!

26   쓰레기 소각장 (오후)

다시 현재. 잠시 생각에 잠겼던 제이, 슬기의 고함에 정신을 차린다.

슬기   (채근하며) 대답해!
제이   (말을 하려다가 말고는) ... 오늘은 여기까지 하자.
슬기   뭘 그만해! 왜 그만해!
제이   왜냐고? 네 질문이 너무 형편없어서 대답할 가치를 못 느끼겠어.
슬기   그래? 그건 유제이 너도 마찬가지인 거 같은데?
제이   ...?
슬기   너 아까 그랬지? 누가 우슬기 에세이를 훔쳤는지 꼭 밝혀내겠다고. A+ 받은 내 에세이가 궁금했다면 훔쳐서 자기 혼자만 보면 될 일이지 채화여고 같은 학교에서 그걸 굳이 모두와 공유할 필요가 있었을까?

제이 (기가 차서) 너... 설마?

insert⟩ 아무도 없는 체육 시간. 슬기가 복사한 에세이를 출석부 안에 들고와 아이들 서랍에 몰래 넣어둔다.

슬기 넌 내가 내 불행한 과거를 쪽팔려 할 거라고 생각하지? 아니, 난 내가 하나도 부끄럽지 않아. 넌 나에 대해 아무것도 몰라.

어이가 없어서 허탈하게 웃는 제이. 슬기, 제이를 남겨두고 먼저 자리를 뜬다.

27 복도 (오후)

교실로 걸어가는 슬기. 아이들이 지나가는 슬기를 보며 수군덕거린다. 그때, 슬기 옆으로 범수가 급하게 교실로 뛰어간다.

28 교실 (오후)

교실 문 앞자리에 앉아 있는 아라에게로 달려온 범수.

범수 나 생리대 좀 빌릴 수 있어?
아라 갑자기 빌리는 것도 한두 번이지. 사람 곤란하게.
범수 미안... 생리대 떨어진 줄 몰랐어.
아라 내가 말했지. 생리 기간 되기 전에 미리미리 좀 쟁여두라고.

아라, 2-3개의 생리대 패키지(제이의 집에 있던 것과 동일한)를 꺼낸다. 생리대를 건넨 아라의 손에 쥐어진 현금. 교실로 들어오던 슬기, 그 모습을 힐끗 쳐다보며 자리에 앉는다. 슬기의 시선을 신경 쓰는 아라. 슬기가 돌아오자 앞자리의 아이가 뒤돌아 눈을 반짝이며

학생1   근데 반장.. 그럼 전학 오기 전까지 진짜 보육원에서 살았어?

경이   (슬기의 자리로 다가오며) 야, 너 한글 모르냐? 에세이에 다 적혀 있는 걸 뭘 묻고 앉았어? 야, 우슬기 일어나. 학생 회의 가야지.

슬기   아, 그래.

들어서던 제이, 경이와 슬기가 함께 나가는 걸 보자 코웃음이 나고 절로 눈이 돌아간다.

29   강당 (오후)

학생회 출범을 알리는 행사가 진행 중이다. 깃발을 흔드는 아이들과 새로 선출된 전교 회장의 취임사가 이어진다. 계속 곁눈질로 슬기를 바라보는 경이.

슬기   너도 물어보고 싶은 거 있으면 말해.

경이   (시치미를 떼며) ... 없어 그런 거.

슬기   근데 아까부터 계속 내 표정은 왜 살피는데? 나 좋아해?

경이   그럴 리가. (살짝 고민하더니) 돌아가신 네 아빠... 혹시 우도혁 쌤이니?

슬기, 휘둥그레진 눈으로 경이를 한참 바라본다.

경이   그럼 아빠가 J메디컬센터에서 돌아가신 거구나?

슬기   그걸 니가 어떻게?

경이   우리 엄마가 그 사건 담당 변호사야.

슬기   (금시초문이라는 얼굴로) ...?

경이   모르고 있었어? (슬기 쪽으로 가까이 다가가 낮은 목소리로) 니네 새엄

마가 제이 아빠 상대로 의료 소송 중이잖아.

슬기   (머리가 복잡해지는) 몰랐어.. 전혀.

경이   어쩐지... 그걸 알면서도 제이랑 붙어 다니진 못했겠지.

#30   분식점 (오후)

프롤로그에 등장했던 경이가 하진이와 함께 왔던 분식점과 같은 장소, 같은 자리다. 떡볶이와 순대, 튀김을 먹으면서 함께 진지한 얼굴로 대화 중인 경이와 슬기.

경이   (쿨피스에 빨대를 꽂아 슬기에게 건네며) 내가 생각을 좀 해봤는데.

슬기   응...

경이   제이가 시골에서 전학 온 너한테 첫날부터 들이댈 이유가 전혀 없는 건, 너도 인정하지?

슬기   응, 그래서 나도 물어봤었어. 나한테 왜 이렇게 잘해주냐고.

경이   그랬더니 뭐래?

슬기   (약간 부끄러워하며) 존경.. 스럽대.

경이   에엥?

슬기   내가 학원도 안 다니고 전교 1등 한 걸 알고 있다며 내 공부 비법이 궁금하다고 했어. 그러면서 과외 자료를 공유할 테니깐 내 공부 비법 자기한테 알려달라고...

경이   비밀과외 선생이 누군지 입도 뻥긋 안 하는 앤데 너한테 과외 자료를 그냥 넘겨준다고?

슬기   (의기소침해서는) 어... 나도 그렇게 생각하긴 했는데...

경이   제이는 내가 잘 알아. 그런 말을 하면서까지 너를 구워삶았을 때에는 이유가 있었겠지. 원래 소시오패스는 자신의 목적 달성을 위해 수단과 방법을 가리지 않는 법이니깐.

슬기   그럼 목적이 뭘까? 내가... 우도혁 딸이라서?

경이   (씩소를 지으며) 다행히 완전 촌년은 아니네? 나 과외 늦었는데 가면서 얘기해도 되지?

경이, 당연하게 카드를 꺼낸다.

31   오피스텔 (오후)

좁고 긴 오피스텔 복도로 들어서는 경이와 슬기.

경이	근데 제이 아빠 정도라면 의료과실이 아니라고 입증하는 건 일도 아니 겠지.
슬기	그럼..?
경이	의료 분쟁이 언론으로 흘러가면 J메디컬센터 입장에서는 분명 치명타야. 그러니깐 소송 자체가 엄청 부담스러울 거라고.
슬기	합의를 하고 싶겠구나. 그것도 최대한 빨리.
경이	그렇지! 니네 새엄마 쪽으로 열심히 접촉을 하고는 있겠지만 당연히 쉽 지 않겠지. 그랬으면 애초에 소송까지 오지도 않았을 테니깐.
슬기	그러면 나는 또 다른 합의의 루트?
경이	난 그렇다고 봐. 제이가 너랑 친해지면 적당한 때를 봐서 합의서를 들이 밀 작정이었겠지. 네 감정에 호소해 싸인을 받아내려는 전략.. 그게 아니 고서야 걔가 너한테 잘해줄 이유가 없잖아?
슬기	결국, 내 마음이... 필요했다는 거네.

생각에 잠긴 슬기, 쓸쓸한 표정으로 제이와의 과거를 떠올린다.

- 등교 첫날, 슬기의 옆자리에 앉아 '반가워, 내 이름은...'이라고 말하는 제이.
- 화장실에서 속옷만 입은 슬기를 끌어안는 제이.
- 명문학원 옥상에서 슬기에게 손을 내밀며 해사하게 웃는 제이.
- 스터디룸의 드레스룸 안에서 양손으로 슬기의 귀를 막아주는 제이.

– 반장으로 당선된 슬기를 꼭 끌어안으며 '축하해, 슬기야!'라고 말하는 제이. 저 멀리 일그러진 경이의 얼굴이 클로즈업되며

경이E   야! 우슬기!

다시 현재,

슬기   (정신을 차리며) 어?
경이   진통제 있냐고?
슬기   (놀라) 어디 아파?
경이   아.. 생리하려나.

슬기, 경이를 물끄러미 보더니 손을 잡는다. 경이, '뭐야' 싶어 손을 빼려는데.. 경이의 손바닥을 펼쳐 혈자리(손금 생명선 끝나는 부분)를 꾸욱 눌러주는 슬기. 어두운 복도에 선 두 아이의 실루엣.

슬기   여기 누르면 좀 잦아든다?
경이   (머쓱해서 빼며) 이러고 있을 시간이 어딨냐. 진통제 없어?
슬기   어, 난 진통제 매달 살 돈이 없었거든.
경이   ... 나 간다. 공부하다 모르는 거 있음 제이 말고 나한테 물어보고.
슬기   그럼 나 이거 먼저 하나 물어봐도 돼?
경이   여기서? 뭔데?
슬기   너는 왜 나한테 잘해주려는 건데?
경이   걱정하지 마. 네가 좋아서도 너한테 빼먹을 게 있어서도 아니니깐.
슬기   그럼?
경이   제이를 향한 내 콤플렉스 때문 정도라고 해두지. 넌 이 앞에서 300번 타고 가면 돼.

슬기, 순간 의아하다. 그 사이 경이는 오피스텔 문을 열고 들어가고. 복도에 우두커니 선 슬기에게 핸드폰 메시지가 도착한다.

- 제이 : 어디야?

슬기, 답장을 보내지 않고 핸드폰 화면을 끈다. 곧바로 다시 도착하는 메시지.

- 제이 : 내 메시지 읽씹?
- 제이 : 지금 좀 만나.
- 제이 : 야, 우슬기! 대답 좀 해봐.
- 제이 : 너 나 없이 중간고사 준비할 수 있겠어?
- 제이 : 후회 안 할 자신 있어?

핸드폰 전원을 꺼버리고 복도를 걷는 슬기. 울리는 발자국 소리.

32   J메디컬센터 스터디룸 (오후)

어깨까지 소매를 걷어 올린 제이의 창백하고 긴 팔, 주삿바늘 자국이 많다. 병리사 미영, 채혈을 위해 제이의 흐릿한 혈관을 이리저리 살핀다.

미영   (고무줄을 묶고 혈관을 두드리며) 따끔!

제이, 두 눈을 부릅뜨고 주삿바늘을 쳐다본다. 제이의 시선을 의식하며 혈관에 바늘을 꽂는 미영. 정확하게 꽂히는 바늘. 피가 호스를 타고 쭉 흐르기 시작한다.

미영   너 그거 알아?
제이   뭐요?
미영   자기 몸에 꽂히는 바늘을 그렇게 두 눈 동그랗게 뜨고 쳐다보는 사람 너밖에 없는 거? 그거 엄청 부담스러워.

제이	언제 아플지 알아야 마음의 준비를 하죠.
미영	준비를 하면 뭐가 달라지나? 아픈 건 똑같지 않아?
제이	....
미영	웬만하면 다음부터는 그냥 눈 좀 감아주세요, 겁쟁이 아가씨. (채혈 팩에 담긴 피의 양을 확인하며) 오늘은 200ml 정도만 뽑자.
제이	온 김에 더 뽑아요.
미영	안 돼. 잠도 제대로 못 자는 애한테서 피까지 쪽쪽 뽑는 게 맞는 일인지 난 모르겠다. 대체 어떻게 버티는 거야?
제이	어제 진짜 잘 잤거든요. 충전해놓은 잠으로 버티는 중.

미영, 걱정스러운 얼굴로 제이를 바라본다.

33   명문학원 앞 (오후)

학원에서 나오는 예리. 딩동! 예리의 폰에 도착한 100만 원 입금 메시지다.

조교E	앞으로도 좋은 자료 있으면 언제든 연락 줘요.

34   슬기의 집 거실 (오후)

아무도 없는 집. 습관적으로 현관에 놓인 신발을 살피며 조심스럽게 집 안으로 들어오는 슬기. 가방을 내려놓고는 어질러진 집 안을 치우다 살짝 열려 있는 안방 문을 바라본다.

35   슬기의 집 안방 (오후)

가구의 서랍들을 조심스레 뒤져보는 슬기.

경이E   집에 가서 새엄마랑 얘기를 한번 해봐. 일부러 숨긴 게 아니라면 의료 소송 중이라는 걸 네가 몰랐다는 게 더 이상하다.

슬기, 소송 서류 대신 가득 쌓인 임신테스트기를 발견한다. 자세히 보면 포장도 뜯지 않은 임테기의 사용기한이 한참이나 지났다. 멀거니 바라보는 슬기. 더 안쪽을 뒤지니 도혁의 사망 진단서와 보험 증서들 사이에 전에 봤던 녹색 봉투가 보인다. 실링왁스가 뜯어져 있는 봉투 3개. 슬기, 조심스럽게 안에 든 편지를 꺼내보자 검은색 크레파스가 칠해진 도화지 위에 스크래치를 내어 쓴 글씨들이 보인다. 어쩐지 섬뜩하다.

남편이 왜 죽었다고 생각해요? / 세상에 비밀은 없죠 / 인과응보

그때, 복도에서 들려오는 발자국 소리. 슬기, 후다닥 서랍을 정리한다.

#36   슬기의 집 부엌 (저녁)

침묵이 흐르는 식사 시간. 그릇에 수저 부딪히는 소리만 들린다.

희윤   (슬기를 잠시 바라보다) 얼굴 보기 힘드네.
슬기   (고개를 푹 처박고) 죄송합니다.
희윤   아니, 사과받자는 게 아니라... 한집에 사는데 늦게 들어올 땐 미리 연락해줬으면 해서. 무리한 부탁일까?
슬기   (숟가락을 내려놓으며) 그러는 아줌마는 내가 아무리 피 한 방울 안 섞였어도 아빠 딸인데.. 의료 소송 왜 얘기 안 해줬어요? 내가 맞춰볼까요?
희윤   ...
슬기   나 모르게 J메디컬센터 상대로 한몫 단단히 챙겨 새출발하려는 거죠? 혹시 아빠가 죽길 바랐던 거 아니에요? 대체 난 왜 찾았어요? 아줌마만 아니었음 그냥 맘 편히 보육원에 있다 때 돼서 쫓겨나는 편이 나았을 텐데.

이제 나 어떡해요? 책임질 거냐고요!

..라고 말하고 싶지만 상상일 뿐. 슬기, 식탁 의자에서 조심히 일어난다.

슬기   (공손하게) 앞으로는 미리 연락드릴게요. 잘 먹었습니다.
희윤   어.. 어, 그래.
슬기   (먹은 그릇을 싱크대에 갖다 놓으며) 그리고 정말 염치없는 거 알지만
        수능 때까지만 신세지겠습니다. 부탁드릴게요.

꾸벅 허리를 굽히고는 제 방으로 들어가는 슬기. 닫힌 슬기의 방을 잠시
바라보는 희윤.

37   교실 (오후)

영어 수업 시간, 교탁 옆에 쌓아둔 두꺼운 부교재들. 아이들이 나와서 하
나씩 받아 간다.

영어쌤   중간고사는 이 안에서 100% 낼 거야. 그럼 어떻게 해야겠어?
학생들   (기운 빠진 목소리로) 외워요.
영어쌤   (더 크게) 어떻게?
학생들   달달달 외워요.
영어쌤   이거 지난 10년치 모의고사 문제 다 모아둔 거다. 하나도 빼먹지 말고
         열심히 보면 내신뿐만 아니라 수능까지 다 잡는 거야. 다들 자습해.

익숙한 듯 아무렇지 않게 공부를 시작하는 아이들. 슬기, 자잘한 글씨로
다닥다닥 붙어 있는 문제들을 보자 숨이 턱 막힌다. 몇 문제 풀다가 주위
를 둘러보는데.. 아이들 모두 부교재가 아닌 다른 문제집을 풀며 각자 다
른 공부를 하고 있다. 슬기, 다시 부교재로 눈을 돌리는데 종이가 물에
젖고 있다. 순간, 교실의 모든 전기가 나가고 눈앞이 깜깜해진다. 어디선

가 파도치는 소리가 들리더니 풍덩! 슬기가 물속에 빠진다. 핀조명이 떨어지면 숨을 쉴 수 없이 버둥거리는 슬기가 보인다. 그 옆으로 크고 작은 각자의 물방울을 타고 두둥실 떠오르는 다른 아이들. 카메라 쭉 위로 올라가면 슬기만이 어두운 심연 속에 잠긴다.

38   슬기의 집 슬기방 (새벽)

질식할 것 같은 얼굴로 잠에서 깨는 슬기. 다행히 꿈이다. 스탠드 아래에서 엎드려 졸았던 슬기. 펼쳐진 부교재에 코피가 묻어 있다. 대충 닦으며 필통에서 약을 찾아보지만 남은 건 딱 한 봉지다. 슬기, 마지막 약을 손에 쥐고 벽에 붙어 있는 중간고사 D-7을 바라본다.

39   정신건강의학과 진료실 (오후)

의사와 마주 앉은 슬기, 능숙하게 ADHD 환자가 겪는 불안장애를 연기한다. 다리를 떨고 엉덩이를 들썩거리며 초조하게 주위를 자꾸 두리번거린다. 그런 슬기를 유심히 관찰하는 의사.

의사 학생은 어떤 게 불편해서 왔지요?

슬기 (말을 일부러 끊으며) 제가 원래 먹던 약이 있는데요. 약이 다 떨어져서 처방 좀 받으려고요.

의사 무슨 약을 먹었었는데요?

슬기 페라드, 메디페니트, 메타프록신, 콘소틴, 비스판톤, 리페린, 페로미넘.. 그리고 콘테..마?

의사 콘테민?

슬기 아아... 네네. 그거요.

의사 (피식 웃으며) 약물 박사네?

슬기 음... 그게 아니면 아모타이세틴 계열 약들도 나쁘지 않아요.

의사	중간고사 얼마 안 남았죠? 그럼 아모타이세틴으로는 안 될 거잖아요. 그건 효과 나오는 데까지 1-2주가 걸리니깐.
슬기	(정곡을 찔려 움찔) ....
의사	성적 때문에 먹는 거 알지만 나도 그냥은 처방 못 해줘요. 검사를 받아야지.
슬기	검사요?
의사	본인이 ADHD라는 걸 증명하기 위해서 지능 및 주의력 평가를 해야죠. 가격은 24만 원 정도 되고, 결과는 2주 후에 나와요. 어떻게 할래요?

좌절한 슬기, 말문이 막힌다.

40   산부인과 진료실 (오후)

교복을 입은 경이가 여의사에게 진료 중이다. 슬기가 알려준 혈자리를 꾹 누르고 있는 경이. 경이의 손이 창백하다.

의사	생리통 때문에 힘들어서 이렇게 시험 때마다 피임약을 먹을 거면 그냥 차라리 시술을 하지?
경이	(솔깃하다) 시술이요?
의사	미레나 몰라요? 피임기구를 안쪽에 삽입하면 자궁 내 호르몬 농도가 조절돼서 내막을 얇게 만드는데 그럼 거의 무월경 상태가 지속되죠. 보통 고2 올라가기 전에 엄마랑 와서 많이들 하는데..
경이	(억울한) 저희 엄마는 자기 일밖에 몰라서 이런 거 모른단 말이에요. 선생님이 말 안 해주셨는데 제가 어떻게 알아요!
의사	(순간 당황) 아.... 그런가. 요즘 유튜브에도 많이 나오던데..
경이	당장 해요. 당장!

경이, 벌떡 일어나 커튼을 열고 내진실 안으로 들어간다.

41   J메디컬센터 복도 (오후)

미영, 제이의 이름이 붙어 있는 혈액팩을 개무밧드에 담아 스터디룸으로 향한다.

42   J메디컬센터 스터디룸 (오후)

커다란 책상에 앉아 공부 중인 제이. 똑똑 노크 소리와 함께 미영이 들어온다. 미영, 제이의 팔에 주삿바늘을 꽂으려는데... 제이, 피로한 눈을 부릅뜨며 여전히 바늘을 바라본다. 못 말린다는 표정의 미영. 고무호스를 타고 다시 제이의 몸속으로 들어가는 제이의 검붉은 피. 순간적으로 제이의 눈에 총기가 돌기 시작한다. 조용히 문을 닫고 나가는 미영. 제이, 주삿바늘을 꽂은 채로 공부에 매진한다. 자막으로 연속 공부시간 08:45:05라고 뜬다.

43   병원 투어 몽타주 (오후)

- 인터넷에서 강남에 위치한 정신건강의학과를 모조리 검색하는 슬기.
- 정신건강의학과 간판이 보이는 건물들로 들어가는 슬기.
- 처방받는 걸 실패한 슬기, 한숨을 푹 쉬며 병원 문을 열고 나온다.
- 핸드폰 메모장에 저장된 병원 이름들이 하나씩 지워진다. 마지막 남은 리스트는 '수진 언니??'다.

간호사1E   예약하셨나요? 바로는 어렵고요. 원장님이 진료를 보시고 나서...
간호사2E   학생이죠? 콘소틴은 보호자랑 같이 와야 처방 가능합니다.
간호사3E   검사료는 30만 원이고 결과는 빨라야 일주일 후에...

44　거리 (밤)

터덜터덜 지친 발걸음의 슬기, 수진에게 전화를 해볼까 말까 고민하는
데.. 때마침 울리는 핸드폰. 1부에 등장했던 보육원 선배 수진의 전화다.
슬기, 반가운 마음에 얼른 전화를 받는다.

슬기　　언니! 안 그래도 연락 한번 하려고 했는데..

45　골목 (밤)

초조하고 다급해 보이는 수진, 손톱을 물어뜯으며

수진　　(말을 자르며) 슬기야, 나 돈 좀 빌려줘라.
슬기E　돈? 내가 돈이 어딨어?
수진　　(막무가내로) 너는 없어도 너희 아빠는 있을 거 아냐. 100만 원만 안 될까?

46　편의점 앞 (밤)

파라솔에 앉아 에너지 드링크를 벌컥벌컥 마시는 슬기. 핸드폰에서 수진
의 연락처를 차단하고 인스타에서 약물 이름을 검색해본다. 콘소틴, 페
라드, 메타프록신... ADHD에 관한 정보들과 함께 #공부잘하는약 #시험
잘치는약 #머리좋아지는약 같은 태그들이 달린 게시물. 별다른 정보를
얻지 못한 슬기, 트위터(X)에 같은 검색어들을 넣어본다. 그러다 '콘소틴
팝니다'라는 이름의 자물쇠로 잠긴 수상한 계정 하나를 발견한다.

이 게시물은 비공개됩니다. 승인된 팔로워만 @consortine_0000 님의 게시물과
전체 프로필을 볼 수 있습니다. '팔로우' 버튼을 탭해 팔로우 요청을 보내세요.

팔로우 요청을 보내자 DM이 곧바로 도착한다.

- consortine_0000 : 코드는?

슬기, 코드를 묻는 질문에 막막해지는데.. 계정 프로필 사진 속 종이학을 보자 순간 머리에 번개가 스친다.

insert〉2부 27씬, 아라에게 종이학을 받던 장면.

교복 주머니를 뒤져 아라에게 받았던 종이학을 찾아내는 슬기. 접혀 있는 종이학을 반대로 펼치자 뒷면에 적혀 있는 C3948Me#091D. 슬기, 용기를 내어 채팅창에 종이학에 적힌 대로 코드를 쳐본다.

- consortine_0000 : 필요한 물건은?
- stranger : 콘소틴 27mg 30정 가능한가요?

47   명문학원 로비 + 강의실 (밤)

엘리베이터에서 내리는 아라, 슬기와 트위터(X) DM을 주고받는다.

- consortine_0000 : X게임장 청소도구함에 현금 10만 원 넣어두면 한 시간 내로 물건 픽업 가능!
- stranger : 네, 연락드리겠습니다.

입구에 놓인 채화여고 중간고사 대비 영어 부교재 풀이집 한 권 집는 아라, 강의실로 향한다. 강의실에 착석하며 재빨리 누군가에게 DM을 보낸다.

- consortine_0000 : ㅋㅅㅌ / 27 / 30 가능?
- dive : ㅇㅇ 단골? 아니면 신규?

- consortine_0000 : 신규...
- dive : 구매자 신상 확인 가능?
- consortine_0000 : 코드 보니깐 아마도 전학생인 듯 ㅋㅋㅋ

48   J메디컬센터 약제실 (밤)

불 꺼진 약제실로 걸어 들어오는 누군가, 후드티와 마스크로 가려진 얼굴. 핸드폰의 손전등을 비추며 약이 정리되어 있는 선반을 살핀다. 콘소틴 27mg 30정이 든 병에서 멈추는 불빛.

49   거리 (밤)

후드티를 입은 누군가, 슬링백을 메고 스케이트보드로 밤공기를 가르며 신나게 달린다.

50   X게임장 (밤)

슬기, 떨리는 얼굴로 청소도구함에 현금 10만 원을 넣고 문을 잠근다.

51   X게임장 앞 횡단보도 (밤)

신호등이 빨간색으로 바뀌자 탁! 멈춰 서는 스케이트보드.

52   X게임장 (밤)

슬기, 주위를 둘러보더니 급히 자리를 뜬다.

CUT TO
잠시 후, 빈 스케이트보드가 청소도구함 앞에 도착한다. 곧이어 나타나는 누군가. 자물쇠의 비밀번호를 누르자 문이 열린다. 돈을 꺼내고 증정품 생리대가 잔뜩 든 비닐봉지를 넣어두고는 문을 닫는다. 배달을 마친 누군가, 뒤를 돌면... 그 앞에 슬기가 서 있다. 놀란 얼굴을 감추지 못하는 슬기. 슬기에게 정체가 들킨 누군가, 제이다.

제이	(흥미롭다는 듯) 혹시나 했는데 정말 우슬기네.
슬기	...
제이	나한테 말 안 한 너만의 공부 비법이 겨우 이거였어? 좀 실망인데?
슬기	아니, 난 그게 아니라...
제이	원래 이렇게 구매자랑 마주치면 안 되는 건데 피차 곤란하게 됐으니깐 우리, 못 본 걸로 하자. 그게 좋겠지?

놀라 말을 못 잇는 슬기. 제이, 그런 슬기를 두고 자리를 떠나려는데 슬기가 제이의 팔목을 잡는다.

제이	아참! 시즌이 시즌이다 보니 네가 주문한 약이 똑 떨어졌더라. 대신 훨씬 쎄고 좋은 걸로 넣어뒀으니깐 먹어봐. 맘에 들 거야.
슬기	(불안에 떨며) ...약 이름이 뭔데?
제이	그건 영업 비밀! (슬기의 귓가에 바짝 다가가 속삭이듯) 그치만... 날 믿는 편이 좋지 않겠어? 그래야 저 약도 한번 먹어보지.
슬기	됐어, 내 돈 돌려주고 저거 그냥 가져가.
제이	진짜? 약 없이 중간고사 준비할 수 있겠어? 이 동네 애들 전부 다 학원에서 짚어준 문제만 보면서 약 먹고 잠 안 자며 공부해.

이러지도 저러지도 못해 곤란한 얼굴의 슬기. 제이, 스케이트보드를 타며 슬기 주위를 왔다 갔다 한다. 제이를 따라 움직이는 슬기의 시선. 점

점 빨라지는 제이의 속도. 최면에 걸리는 것처럼 머리가 몽롱해지는 슬기. 제이, 빠른 속도로 슬기를 향해 달려온다. 겁먹는 슬기의 표정. 충돌하기 바로 직전에 멈추는 제이의 스케이트보드.

제이   음, 그럼 이건 어때? 이번 중간고사 네가 나보다 잘 보면 알려줄게. 내가 너에 대한 정보를 어떻게 가지고 있었는지. 왜 가지고 있었는지... 어때? 이제 좀 구미가 당겨?

슬기, 차마 대답은 못 하지만 이미 진 표정이다.

제이   그래, 그러려면 저 약이 꼭 필요할 거야. 그리고 이것도.

제이, 노트를 내민다. 명문학원 영어 부교재 풀이집과 비법 노트다. 슬기, 망설이다가.. 유혹을 이기지 못하고 받는다. 씨익 웃는 제이.

제이   (슬기의 정수리를 쓰다듬으며) 우리 슬기 진짜 나 없었으면 어쩔 뻔 했나 몰라. 내가 말했잖아. 넌 나 없이 절대 혼자서 중간고사 준비 못 한다고. 그럼 난 이만, 배달이 밀려서! 내일 보자.

스케이트보드를 탄 제이가 슬기의 곁에서 단숨에 멀어진다. 사물함 앞에 혼자 서 있는 슬기. 그 모습을 숨어서 바라보는 누군가의 떨리는 시선.

53   룸살롱 앞 (밤)

멈추는 택시, 예리가 내린다. 모자를 눌러쓰고 트레이닝복에 명품 운동화를 신고 샤넬 백을 들었다.

54   룸살롱 안 (밤)

지하로 길게 이어진 계단을 내려가는 예리. 영업 중이라 정신없이 바쁜 가게 안. 술 취한 손님들과 아가씨들이 오가고 방 안에서는 음악 소리가 들린다. 뉴페이스를 바로 알아보는 마담.

55 룸살롱 룸 (밤)

조용한 룸 안. 소파에 앉아 있는 마담과 긴장한 채로 서 있는 예리.

마담 여긴 어떻게 왔어? 아직 학생인 거 같은데.

예리, 가방에서 예전에 받았던 명함을 꺼내 내민다.

마담 음, 스카웃 받았었구나. 한번 벗어볼래?

예리, 잠시 망설이는 거 같더니 결심한 듯 트레이닝복 상의 지퍼를 쭉 내린다.

마담 아니 얘가 아무 데서나 훌렁훌렁 벗으려고 하네. 야, 너 그럼 싼 티나. 모자 벗어보라고 모자. 명색이 면접인데 얼굴은 봐야지.

긴장한 예리, 지퍼를 올리고 모자를 벗는다. 모자를 벗자 메이크업하지 않은 예쁜 쌩얼이 반짝인다.

마담 (담배를 태우며) 심하게 예쁘네. 그냥 배우를 하지?
예리 배우 생각 없고요. 대학 가려고요. 학비만 딱 벌려고 왔어요.
마담 그래? 아닌 거 같은데?
예리 …
마담 너 그 가방 짭이잖아.

예리	(발끈하며) 원래 다 진품만 드는데 돈이 급해서 다 팔고 이거밖에 안 남아서 그래요. 원래는 짭 안 들어요. 안 든다고요!
마담	아휴... 그래, 알았어요. 너 명품 좋아해. 오죽하면 짭이라도 명품을 들겠니? 여기 너 같은 애들 천지야. 발 한번 담그면 절대 못 빠져나가.
예리	저는 달라요. 저는 학비만 딱 벌고 나갈 거예요.
마담	가지고 있던 거 다 팔고 이제 남은 건 너뿐이라 너라도 팔아보려는 거 잘 알겠는데 생각 좀 해봐. 우리야 너 같은 애들이 뛰어주면 땡큐지만.

56 공원 화장실 (밤)

변기에 앉아 제이가 준 생리대를 뜯어서 펴보면, 작은 지퍼백에 알약들이 5개씩 담겨 있다. 슬기, 알약을 하나 꺼내 모양을 잘 살펴보지만 어떤 약인지 알 수 없다.

57 룸살롱 복도 (밤)

손님들과 직원들을 붙잡고 사진 한 장을 보여주며 다니는 한 남자. 면접을 마친 예리가 모자를 쓰면서 룸에서 나온다. 남자, 예리에게 다가와 젊은 여자의 사진을 보여준다.

남자	혹시 이 사람 본 적 있어요?
예리	(흥미로운 표정을 지으며) .... 이 사람은 왜요? 누가 돈 떼이셨나?
남자	그건 아가씨가 알 거 없고.

남자, 그냥 예리를 스쳐 가려는데..

| 예리 | (화색이 도는 얼굴로) 잠깐만요! |

#58 공원 화장실 (밤)

변기 칸에서 나와 세면대로 걸어가는 슬기, 수도꼭지의 물을 튼다. 손바닥 위에 알약을 올려놓고 한참 바라보더니 결심한 듯 입에 넣고 수돗물을 손으로 받아 함께 삼킨다. 두려운 얼굴로 거울을 바라보는 슬기. 잠시후, 스위치가 켜진 듯 번쩍 뜨이는 슬기의 눈동자. 어디선가 들려오는 파도 소리에 발밑을 보면 물이 파도처럼 밀려왔다 나간다. 덜컹덜컹 금방이라도 터질 듯 요동치는 화장실 문. 슬기, 긴장된 얼굴로 화장실 문을 뚫어져라 바라본다. 순간, 쾅! 하는 굉음에 뒤를 돌아보면.. 거울 속에 비친 거대한 높이의 파도가 슬기를 집어삼킬 듯 달려든다. 고조되는 음악과 함께 카메라, 겁에 질린 슬기의 눈동자에 비친 파도로 퀵 줌인 되면서... 컷!

3부 끝.

4부

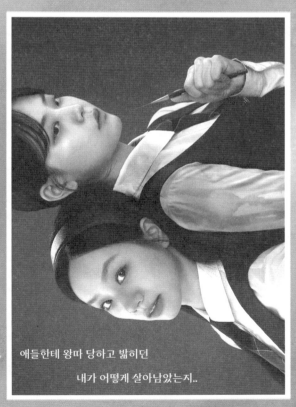

세어 넌 모를 거야..   애들한테 왕따 당하고 밟히던

내가 어떻게 살아남았는지..

#1　프롤로그 : 부산의 대형 룸살롱 (밤)

사람의 드레스룸을 그대로 재현해둔 장난감 '바비 꿈의 옷장 세트'의 문
이 열리면 금발의 인형 바비가 서 있다. 인형으로 모노드라마 중인 **9살
예리**의 목소리가 들린다.

예리E　　애들아, 환영해! 여기가 내 옷방이야. 좀 이따 파티에 가야 하는데 무슨
　　　　　　옷을 입을까? 같이 골라줄래? 옷이 너무 많아서 뭘 입어야 할지 모르겠
　　　　　　어. 파티니깐 아무래도 드레스가 좋겠지? 구두는 이걸 신고... 가방도 메
　　　　　　야겠다. 똑똑— 누구세요? (남자 목소리로) 나야. 어머! 남자친구 톰이
　　　　　　왔나봐. 얼른 준비해야겠어. 톰, 5분만!

　　　　　　CUT TO
　　　　　　화려한 드레스로 갈아입고 구두를 신고 선글라스까지 쓴 바비 인형.

예리E　　짜잔! 애들아 나 어때? 괜찮아? (바비가 거울 앞으로 걸어가) 거울아~
　　　　　　거울아~ 세상에서 누가 제일 예쁘니?

자신의 미모에 도취된 듯 거울을 바라보는 바비의 얼굴 위로 들려오는 어른의 목소리.

언니1E (사투리) 누구긴 누구야. 니네 엄마지.

화가 난 예리, 목소리의 주인공을 노려본다. 화투 패를 신나게 내려치는 언니1.

예리모 니들 우리 딸 놀리면 다 죽는다.

예리모, 화장대 앞에 앉아서 담배를 태우고 있다. 오뚝한 콧날과 베일 듯 날카로운 턱선, 풍성한 머리 볼륨과 가늘고 긴 손가락이 장소와 어울리지 않게 우아하고 아름답다.

언니2 (잔뜩 찡그린 예리의 얼굴을 빤히 쳐다보며) 근데 보면 볼수록 예리는 언니만 닮고 사장님 얼굴은 하나도 없어. 보통 첫째 딸은 아빠 판박인데.
언니1 (사투리) 맞아, 첫아들은 엄마 닮고 첫딸은 아빠 닮는다던데... 나 봐. 우리 아빠 닮아서 완전 망했잖아. 크크크크....
예리모 (예리를 바라보며) 내가 우리 예리 갖고선 애 아빠 말고 나 닮게 해달라고 얼마나 기도를 했는데. 그지.....?

아직도 입술을 삐죽거리는 예리. 그때, 문이 열리고 시끄러운 뽕짝 소리와 함께 3명의 여자들이 우르르 들어온다.

예리모 니들은 왜?
언니3 빠꾸 먹었어요.
예리모 6번 방?
언니3 (시무룩해서) 네. 전직 배우 얼굴 한번 보겠다고 진상 장난 아니에요.
예리모 꼴에 눈들은 높아서. (피우던 담배를 끄고 자리에서 일어나며) 미령아...

언니2	예썰! 나 올 때까지 화투 패 요대로 뒤라잉. 예리가 잘 보고 있어. 응?

엄마의 스커트를 붙잡는 예리. 언니1, 재빨리 예리를 안아 엄마로부터 떼어낸다. 링 위에 오르는 UFC 선수의 망토처럼 어깨에 걸친 카디건을 벗으며 뒤도 돌아보지 않고 대기실을 나서는 예리모. 예리의 울음이 폭발한다.

언니1	(엄마를 따라가려는 예리를 붙잡고, 사투리) 예리는 언니들이랑 놀자.
예리	싫어!! 못생긴 언니들 싫단 말이야!
언니1	(사투리) 엄마처럼 예쁜 사람은 같이 놀고 싶어 하는 어른들이 많아. 예리가 이해해야지... 안 그래?

예리, 입을 꼭 다문 채 고개를 도리도리 흔든다.

CUT TO

쾅! 열리는 대기실 문. 예리가 바비 인형을 들고 뛰어나온다. 예리를 잡기 위해 우르르 나온 언니들. 예리, 웨이터와 손님들로 복잡한 복도를 쏜살같이 달린다. 쾅! 열리는 룸의 문. 예리, 재빨리 소파를 밟고 테이블 위로 올라간다.

예리	(마이크를 잡더니) 팔이공구칠! (호통하듯) 팔! 이! 공! 구! 칠!!

손님 중 한 명이 얼떨결에 노래방 기계에 82097과 시작 버튼을 누르자, 미러볼 조명이 돌아가며 동요 '나처럼 해봐요 이렇게'가 시작된다.

예리	나처럼 해봐요 이렇게. 나처럼 해봐요 이렇게. 나처럼 해봐요 이렇게. 아이 참 재미있네~

동요에 맞춰 어색하게 박수 치기 시작하는 어른들. 뒤늦게 달려온 예리모, 바닥에 떨어진 바비 인형을 주워 딸아이를 바라본다. 조명을 받으며

끼를 발산하는 예리의 얼굴에서 카메라 플래시 팡! 터지면..

슬기NA 그 일이 있은 후 예리의 엄마는 더 이상 가게를 나가지 않았어. 대신 딸의 관종력을 있는 힘껏 밀어주기로 마음먹었지.

#2   프롤로그 : 스튜디오 (낮)

스튜디오. 예쁜 옷을 입고 화장까지 한 예리, 프로필 사진 촬영 중이다. 카메라 셔터 소리에 맞춰 포즈와 표정을 기계적으로 바꾸는 모습이 프로페셔널하다.

사진사 아이 좋다... 아이 예쁘다. 옳지, 잘한다!

팔짱을 끼고 촬영한 사진들을 매의 눈으로 보던 예리모, 예리에게 달려간다.

예리모 (옷매무새를 만지며) 너 지금 사진에 얼굴 엄청 크게 나오거든. 엄마 따라 해봐. 턱 당기고 (입안에서 볼을 쏘옥 당기며) 이렇게.

예리, 엄마가 시키는 대로 곧잘 따라한다. 만족한 듯 고개를 끄덕이고는 뒤로 빠지는 예리모. 다시 시작되는 촬영. 가증스러울 만큼 깜찍한 표정으로 찍힌 베스트 컷.

#3   프롤로그 : 주차장 (낮)

예리모의 차 안. 뒷좌석에 앉아 오디션 대본을 보고 있는 예리. 엄마가 담배 피는 틈을 타 주머니에서 칼로리 바를 꺼내 몰래 먹고 있다. 그 모습을 백미러로 본 예리모.

예리모	동작 그만! 넌 딴 애들이 너보다 화면에 예쁘게 나오는 게.. 안 빡쳐?
예리	나 삼 일째 굶었어. 배고파 쓰러질 거 같단 말이야.
예리모	이리 내. 당장! 어서!!

예리, 하는 수 없이 먹고 있던 칼로리 바를 엄마에게 건넨다.

예리모	(차창 밖으로 칼로리 바를 던지며) 오디션 끝나고 합격하면 그때 먹어.
예리	합격하면 촬영해야 된다고 또 못 먹게 할 거잖아?

#4   프롤로그 : 소극장 (낮)

곧 쓰러질 것 같은 힘없는 얼굴로 무대에 오른 예리가 준비한 대사를 한다.

예리	내가 다 봤어! 너 시험 망치고 나오는 거.. 그동안 엄마 빽으로 붙은 거지?

매가리 없는 발성으로 발연기하는 예리를 보고 표정이 좋지 않은 심사위원들. 실망한 예리모, 먼저 자리를 뜬다. 극장을 나가는 엄마를 본 예리.

예리	실력도 없는 게, 부모 잘 만나.. 서,, 아니 부모 잘 만나면.. 다냐? 응?

- 울면서 오디션장을 나오는 예리. 복도에는 부모와 함께 오디션을 보러 온 아이들로 북적인다. 엄마를 찾아보지만 보이지 않자 예리, 엄마에게 전화를 걸어보는데..
- 저 멀리서 들리는 벨소리를 따라 걷던 예리, 심사위원 대기실 앞에서 발걸음을 멈춘다. 살짝 열린 문틈 사이로 안을 들여다보면 심사위원과 섹스 중인 엄마가 거울에 비친다.

슬기NA　　그날이었어. 예리가 오디션 합격의 비결과 출생의 비밀, 모두를 알게 된 건.

#5　　프롤로그 : 주차장 (낮)

차 앞에서 팔짱을 끼고 서서 엄마를 기다리는 예리. 잠시 후 예리모가 걸어오며 리모컨 키로 자동차 문을 연다. 엄마의 헝클어진 머리와 스커트 밖으로 삐져나와 있는 블라우스, 반쯤 열린 치마의 지퍼를 스캔하는 예리.

예리모　　(괜히 까칠하게) 뭐 해, 안 타고?
예리　　엄마... 치마 뒤에 지퍼.

예리모, 움찔하며 스커트의 지퍼를 잠근다. 그사이 운전자 옆 보조석에 오르는 예리.

예리모　　(차에 타 시동을 걸며) 어린이는 뒤로 가서 앉지?

예리, 대답 대신 콘솔 박스에서 하트 모양의 빨간 막대 사탕을 꺼내 문다. 딸의 반항을 잠자코 지켜보는 예리모.

예리　　어차피 나 오디션 붙을 거잖아. (사탕을 몇 번 핥더니 빨개진 혓바닥을 엄마를 향해 장난스럽게 날름 보여주고선) 아빠한테는 비밀로 해줄게.
예리모　　(뭔가를 직감하는) ....
예리　　(막대 사탕을 담배처럼 손가락에 끼고) 나 배고파. 탕수육 먹고 싶어.

#6　　프롤로그 : 중국집 (낮)

탕수육과 양장피, 칠리새우, 고추잡채 등등 요리와 자장면이 한가득 차려진 테이블. 예리, 걸신들린 사람처럼 음식을 입에 쑤셔 넣는다. 기겁하는 예리모.

<table>
<tr><td>슬기NA</td><td>예리는 그 길로 아역 배우를 때려치웠어.</td></tr>
</table>

#7 프롤로그 : 예리의 집 (낮)

화장실 안에서 들려오는 오바이트 소리. 예리모, 걱정스런 얼굴로 화장실의 문고리를 잡고 흔들어보지만 문은 잠겨 있다. 잠시 후, 훌쩍 큰 **고등학생 예리**가 화장실에서 나온다.

예리모 너, 괜찮아?
예리 (파워오브당당) 나 핸드폰 바꿀 때 된 거 같아, 엄마.

  - 예리, 식탁 위에 놓인 최신형 핸드폰의 상자를 열어본다.

슬기NA 엄마의 치부로 재미를 본 예리는 아이러니하게도 그 이후부터 자신의 치부를 감추기 위해 최선을 다했지. 설령 그게 거짓말일지라도!

  - 새 폰으로 거울 셀카를 찍는 예리.

예리 거울아, 거울아 세상에서 누가 제일 예쁘지?

#8 프롤로그 : 인스타그램 몽타주

  - 선글라스를 낀 채 길거리에서 샤넬 짝퉁 가방을 구입하는 예리.

예리 아줌마 이거 얼마에요?

- '사랑하는 부모님의 결혼 20주년 축하드려요'라는 문구가 적힌 맞춤 케이크와 함께 클래식 공연 티켓 사진 2장을 항공샷으로 찍는 예리. 찰칵! 순간, 룸살롱 방문이 벌컥 열린다.

예리모   뭐 해? 영업 시작해야 돼. 얼른 나가!

- 룸살롱에서 찍은 부모님 결혼 기념 케이크와 공연 티켓 인스타 사진.
- 백화점 샤넬 매장 앞에서 짝퉁 가방을 메고 찍은 인스타 사진.
- 선베드 위에 밀짚모자와 함께 〈총, 균, 쇠〉 같은 류의 서적을 올려둔 인스타 사진.
- 하프와 함께 찍은 인스타 사진에 수백 개의 하트를 받는다.

9   프롤로그 : 예리의 집 예리방 (밤)

추리닝 차림에 안경을 쓰고 머리를 질끈 묶은 채 노트북으로 인터넷을 하는 예리. 페이스북의 익명 페이지 '대준동 대신 전해드립니다'에 올라온 슬기의 중고 교복 거래 사진을 보고 있다. 댓글을 훑어보더니 관리자 모드로 로그인한다.

슬기NA   물론 남의 치부를 수집하는 것도 게을리하지 않았지. 언제 어떻게 써먹을 수 있을지 모르는 법이니깐.

타이틀 〈선의의 경쟁〉

10   호수공원 (새벽)

아직 푸르스름한 새벽, 물안개가 낀 호수공원을 혼자 조깅하는 태준. 그때, 옆으로 예리가 스윽 나타난다.

예리   좋은 아침이에요!

예리를 보자 뛰는 걸 멈추는 태준. 멈추지 않고 계속 달리던 예리가 점점
태준과 멀어진다.

CUT TO
호수를 보며 벤치에 나란히 앉은 태준과 예리.

예리   아저씨, 아시죠? 저 공부 머리 별로인 거. 그래서 애들이 저 다 무시하죠.
알아요.. 근데 공부 좀 잘한다고 해서 다 부자가 되는 건 아니잖아요? 제
가 애들보다 좀 나은 게 있어요. (태준에게 다가가 코를 벌름거리며) 돈
냄새를 기가 막히게 잘 맡아요.

예리, 핸드폰을 꺼내 태준에게 사진 한 장을 보여준다. 3부 룸살롱에서
만난 남자가 들고 있던 여자의 사진이다.

예리   제나 언니 찾고 계신 거죠?
태준   ....
예리   다들 그냥 어디 처박혀서 재수 준비한다고 생각하던데. 그게 아닌가 봐
요? 제이도 모르는 거죠?

예리, 태준의 반응을 살피며 주머니에서 담배를 꺼내 입에 문다. 불을 붙
여주는 태준.

예리   역시, 아저씨랑은 말이 잘 통할 줄 알았어. 예전부터 느낌이 왔다니깐!
실종이라면 정식으로 경찰에 수사를 의뢰하시면 될 텐데 그러지 못하는
나름의 사정이 있으신 거겠죠? 물론! 저는 그딴 거 하나도 관심 없어요.
다만 제 입이 좀 가벼우니깐 자물쇠를 다이아나 금으로 무겁게 만들어

서 달아주셔야 할 거 같다는 말씀? 드리려고 했어요.

할 말을 마친 예리, 경쾌하게 자리에서 일어나는데

태준	요새 예리가 사정이 많이 안 좋은 모양이구나?
예리	(자존심이 확 상하는) ...
태준	(일어나 예리에게로 걸어오며) 단발성으로 되겠니? 예리만 괜찮다면 아저씨가 지속적으로 스폰을 했으면 하는데... 아, 물론 공짜는 아냐. (예리에게로 바짝 다가와) 예리도 그에 따른 성의를 보여야겠지?
예리	(살짝 긴장했지만 아닌 척) ... 어떤 걸 원하세요?
태준	글쎄? (제자리에서 다시 달릴 시동을 걸며) 예리가 뭘 해줄 수 있을지는 내가 좀 더 고민을 해보도록 하지. 근데 예리는 쌩얼이 훨씬 좋구나.

예리를 향해 여유 있는 미소를 지어 보이는 태준, 포효하듯 우렁찬 기합 소리와 함께 다시 조깅을 시작한다. 태준이 떠나고 나자 긴장이 풀린 예리가 자리에 주저앉는다.

11 　방송국 스튜디오 (아침)

생방송 아침 뉴스 세트장.

앵커	J메디컬센터 원장이시자 위장관외과 전문의이신 유태준 박사님 나와 계십니다. 안녕하십니까.

말끔하게 차려입은 태준, 능숙하게 인사한다.

앵커	얼마 전 출간하신 〈수험생을 위한 아빠의 스마트 밥상〉이 요즘 화제입니다.
태준	몇 년 사이 저한테 오는 10대 환자들의 비중이 크게 늘었는데요. 앉아서 공부만 하는 생활 패턴 때문에 소화 불량이라든지 변비, 역류성 식도염

같은 다양한 소화기 질환에 시달리는 환자들이 많습니다.

앵커   실제로 원장님께서도 수험생 자녀분들을 두고 계시죠.

태준   네, 아무래도 두 딸을 둔 아빠이자 의사다 보니, 어떤 식단이 수험생들에게 도움이 될지 고민하게 되더군요.

앵커   보통 특별 식단이라고 하면 왠지 맛이 없지 않을까.. 싶은데요?

태준   그렇지 않습니다. 제가 아이들 학교 축제 때마다 도시락을 제공하는데 인기가 대단합니다. 금방 솔드아웃이라 올해는 부족하지 않게 준비하려고요.

앵커   얘기만 들어도 궁금하네요. 그럼 오늘 원장님만의 스마트한 특급 식단을 살짝 공개해주시는 건가요?

#12   의학 동아리방 (아침)

아라, 생리대 상자에 약을 넣어 포장 중이다. 그때, 울리는 핸드폰. 아라, 제이에게서 도착한 메시지를 확인한다.

- 지금부터 내 지시 있기 전까지 주문 들어와도 절대 움직이지 마.

옆에서 약을 기다리던 범수가 초조한 눈빛으로 아라를 바라본다.

아라   아무래도 안 되겠다.

포장한 약을 도로 넣는 아라, 서랍을 닫으려는데... 쑥 들어오는 범수의 손.

범수   부탁 좀 하자.. 응?

곤란한 표정의 아라.

13 화장실 (아침)

아무도 없는 화장실에서 들려오는 얕은 신음 소리. 카메라 화장실 바닥을 천천히 훑어주면 발뒤꿈치를 바짝 세운 누군가의 발이 보인다.

14 복도 (낮)

화장실에서 나오는 경이, 한결 긴장이 풀린 자신감 넘치는 얼굴이다. 그때, 의학 동아리방의 문이 열리고 서둘러 나가는 범수가 보인다.

15 교실 (낮)

시험 대열로 한 줄씩 떨어져 배치된 책상. 시험 시작 마지막 점검 중인 아이들. 슬기, 제이에게 산 약을 꿀꺽 삼키고 제이의 비법 노트를 펼쳐본다. 한 장 한 장 천천히 눈으로 사진을 찍듯이 노트를 바라보는 슬기. 그때, 교실 앞문으로 시험지를 들고 들어오는 국어 선생.

국어쌤   자, 모두 보던 거 가방 안에 넣고 손 머리 위로. 시험지 돌린다. 실시!

제이의 비법 노트를 닫고는 머리 위로 손을 올리는 슬기. 앞에서부터 뒤로 전달되는 시험지. 시험지를 받아 본 슬기, 방금 전 비법 노트에서 봤던 것과 똑같은 문제가 나오자 너무 놀라 제이를 바라본다. 슬기를 향해 윙크를 날려주는 제이.

국어쌤   (맨 뒷줄까지 시험지가 돌아간 걸 확인한 교사) 자, 시작!

16 인서트 (낮)

- 교문 앞. 〈내신 평가 기간입니다. 지역 주민 여러분의 양해 부탁드립니다.〉라고 쓰인 플래카드가 걸려 있다.
- 텅 빈 운동장에 시험 종료를 알리는 종소리가 울려 퍼진다.
- OMR 카드를 든 교사들이 일제히 교실에서 나온다.

17   교문 앞 (아침)

교문 앞 게시판에 붙어 있는 중간고사 결과. 제이가 게시판을 빤히 보고 서 있다. 아이들, 서로를 툭툭 치며 눈치를 살핀다. 때마침 아이들 사이를 비집고 들어와 제이 옆에 서는 슬기. 제이, 흥미롭다는 듯 슬기를 한번 스윽 보고 나간다. 석차표 아래쪽부터 훑어보는 슬기, 자신의 이름이 없자 가슴이 철렁 내려앉는데.. 범수가 갑자기 머리칼을 쥐어뜯기 시작한다. 슬쩍 옆을 보다 범수와 눈이 마주치는 슬기. 범수, 빨갛게 충혈된 눈으로 슬기를 쏘아보며

범수   분명 20등일 거야. 20등인데.. 너 땜에 내가 못 들어간 거라고!

슬기를 확 밀치며 가는 범수. 그제야 보이는, 맨 윗줄 전교 1등에 적힌 이름.. 우슬기 그리고 유제이. 슬기, 순간 얼굴이 환해진다. 믿어지지 않아 입을 손으로 가리며 안도의 숨을 내뱉는데, 들려오는 날카로운 목소리.

아라E   헐.. 말도 안 돼.

슬기, 싸한 기류를 느끼며 돌아보면 아이들이 적대적인 눈빛으로 자신을 쏘아보고 있다. 얼굴에 스쳤던 기쁨이 바로 걷히는 슬기, 혼란스런 얼굴로 아이들 사이를 허겁지겁 빠져나간다. 그 순간 울리는 전화벨. 저장된 이름 '양아치'다. 한참을 망설이다 전화를 받는 슬기.

병진E   이야, 우리 슬기 오랜만이네! 한번 돌아볼래?

머리털이 쭈뼛 서는 슬기, 천천히 뒤를 돌아본다. 슬기를 향해 반갑게 손을 흔드는 병진.

슬기   (다시 뒤돌아서) 저기요, 사람들 보니깐 그 손 좀 내려주실래요?
병진   하하... 까칠한 거 여전하네. 학교 언제 끝나?

병진을 힐끗거리며 교문 안으로 들어서는 예리. 슬기, 애써 무시하며 걸음을 떼지만 불안한 얼굴이다.

18   교무실 (오후)

담임 앞에서 벌받는 사람처럼 서 있는 슬기. 지나가는 선생들은 모두 슬기를 미심쩍게 보고, 슬기는 1등을 했는데 오히려 냉랭한 표정들에 괜히 위축된다.

담임   의외네. 쪽지 시험 때만 해도 전혀 예상 못 했는데. 어떻게 한 걸까?

슬기, 자신도 모르게 마른땀이 나는 손을 교복 치마에 닦아본다.

슬기   선생님.. 혹시 건강 검진 안 해도 되나요?
담임   왜? 전교 20등까지만 누릴 수 있는 베네핏인데.. 특별한 이유가 있니?
슬기   아뇨, 딱히 그런 건 아닌데..
담임   돈 있다고 받을 수 있는 검진이 아냐. 게다가 놀랍게도 넌 전교 1등인데.. 물론 아직 생기부에 공식 기록되기 전이지만?

그때, 경이가 담임을 찾아온다. 슬기를 아랑곳 않고 수학 시험지를 내밀며

경이	쌤! 이건 5번도 정답 처리해주셔야죠. 문제 애매하다고 인정하셨잖아요?
담임	우리 부반장이 3등은 처음이라 당황스러운 건 알겠는데.. 시험은 보기 전에 잘해야지. 이게 무슨 뒷북이야? 그만들 가봐.

슬기, 여러모로 난감하기만 한데.. 경이, 자존심이 상한 듯 휑하니 먼저 자리를 떠나버린다.

#19   옥상 (오후)

시험지를 갈기갈기 찢어버리는 경이. 헉! 이상한 느낌에 아래를 보니 미레나가 빠졌는지 다리를 타고 한 줄기 피가 흐른다. 더 짜증이 폭발해 으아아아아악!!! 소리 지르는 경이.

#20   교정 (오후)

J메디컬센터 로고가 큼지막하게 박힌 건강 검진 키트박스 4개를 쌓아서 들고 가는 슬기. 앞이 보이지 않아 한 발짝 한 발짝 조심스럽게 발을 내딛는데.. 갑자기 맨 위 박스가 사라지고 슬기의 눈앞에 예리가 보인다.

예리	아까 교문 앞에 그 남자 누구야? 남자친구?
슬기	(당황하는) 응?
예리	그래, 내가 모른 척해준다.

박스를 나눠 들고 교실로 향하는 예리와 슬기. 두 사람 앞을 지나가던 경이, 슬기가 들고 있는 박스 중 하나를 빼는데.. 오른손 손날에 검은 숯 같은 게 잔뜩 묻어 있다.

| 경이 | (박스를 예리에게 건네며) 건강 검진 너 해. |

예리	나? 너는? 너는 왜 안 하는데?
경이	난 매년 해봤잖아. 못 해본 너한테 양보하고 그 시간에 공부하면 나도 1등 한번 해보려나 싶어서. 아님 슬기한테 비법 좀 전수받아야 하나?

슬기, 경이의 적대적인 눈빛에 더 막막한 얼굴이 되는데..

| 예리 | 꺄아!!! 최경 고마워! 최경 사랑해! |

잔뜩 신난 예리에게 별거 아니라는 듯 쿨하게 오른손을 흔들며 자리를 뜨는 경이. 슬기, 경이의 뒷모습이 자꾸만 신경 쓰인다.

21   명품 편집숍 (밤)

수입 의류를 구경하는 병진과 그 뒤를 따라다니는 슬기.

병진	게시판에 붙은 성적 보고 내가 얼마나 기뻤는지.. 우리 슬기, 장하다! 강남까지 씹어 먹다니! 내가 너 처음 봤을 때부터 딱 알아봤잖아.. 드디어 나에게도 한국대 지인이 생기는 건가? 응?
슬기	(기가 차는) 내가 왜 오빠 지인이에요?
병진	야, 고향 사람끼리 삭막하게 그러는 거 아냐.
슬기	저 원래 서울 사람이었어요.
병진	역시 사람은 큰물에서 놀아야 돼. 서울이 좋긴 좋다. 스케일이 달라.
슬기	(날카로운) 용건 있음 빨리 말해요. 공부하러 가야 되니깐.
병진	오우, 네 텐션 보니깐 한국대 문제없겠어. 인정! (택 보더니) 아이 씨.. 더럽게 비싸네. 근데 여기 사람들도 니가 보육원 출신 약쟁이인 거 아냐? 이번엔 직접 뛴 거야, 공급받은 거야?
슬기	(움찔하지만 밀리지 않는) 전학 오면서 다 끊었거든요?
병진	에이~ 전교 1등을.. 것도 강남에서? 약 안 먹고?
슬기	이 동네선 안 먹고 공부하는 애들 찾기 어렵다고 알려준 게 누구더라?

병진, 부러 세게 나오는 슬기를 가만히 보다가 갑자기 옷 하나를 슬기 몸에 대본다.

병진   어울리겠네. 입어볼래?

슬기의 손목을 매섭게 잡아끄는 병진, 탈의실에 슬기를 밀어 넣으며 아미나이프의 날카로운 칼끝을 슬기 목에 바짝 들이댄다. 순간, 바짝 긴장하는 슬기의 눈동자.

병진   수진이 년 꼬드긴 게 너냐? 그년 지금 어딨어?
슬기   최수진? 그 언니가 왜요?

병진, 슬기의 눈을 빤히 바라본다. 거짓말은 아닌 듯하다.

병진   (칼을 접으며) 일단 니가 빼돌린 약만 고대로 가져와. (웃으며) 그럼 이 티셔츠 살 수 있겠다. (점원에게) 저기요! 이거 105 사이즈 있나요?
점원   고객님 그 제품은 105사이즈 다음 주쯤 입고 예정입니다.
병진   들었지? 다음 주란다. (씩씩거리는 슬기를 보며) 야, 솔까 내가 너 삥땅 치는 거 진짜 여러 번 눈 감아줬다. 인정하지?
슬기   ....
병진   양심이라는 게 있으면 은혜 갚을 생각을 좀 해보자. 응?
슬기   가난하게 살아서 나 그딴 거 없어요.
병진   싸가지.. 널 어뜩하니? 다음 주야. 우리 그때도 웃으면서 보자.

쌩하니 자리를 뜨는 슬기.

점원   주문 넣어드릴까요?
병진   아뇨, 다음 주에 다시 올게요.

22   교문 앞 (아침)

교문 앞에 세워진 J메디컬센터 셔틀버스. 슬기, 버스에 올라 자리를 살핀
다. 모두 슬기를 경계하는 눈치다. 비어 있는 제이의 옆자리. 슬기, 제이
와 눈이 마주치지만 뒤로 가 빈자리에 홀로 앉는다. 이때다 싶어 제이 옆
에 앉는 아라. 혼자 앉아 있던 예리도 슬기를 보자 통로 쪽으로 자리를
옮긴다.

예리   채화여고의 우정이라는 게 이렇게도 얄팍해요. 지들은 사교육에 돈을 처
        바르는데 학원 하나 안 다니는 네가 전교 1등을 하니 배알이 꼴리는 거지.
슬기   마치 넌 아니라는 것처럼 말한다?
예리   난 예체능이잖아. 전교 석차에 목숨 거는 다른 애들이랑은 다르지. 아..
        검진 몇 시에 끝나려나? 넌 이따 학부모의 밤에 엄마 오셔?
슬기   아니, 말씀 안 드렸어.
예리   어머! 나두.. 우리 부모님 파리에 계시거든. 그래서 일부러 말 안 했어. 괜
        히 바쁘신데 또 비행기 타고 날아온다고 하실까 봐.

창밖을 바라보며 초조한 슬기의 얼굴. 예리, 말하면서도 계속 슬기의 가
방을 힐끔거린다. 출발하는 버스. 아라, 제이, 슬기, 예리를 차례로 비추
는 카메라.

23   J메디컬센터 로비 (아침)

유니폼을 입은 직원을 따라 검진 센터로 향하는 아이들. 슬기, 병원 위치
안내판 중 '약제실'을 눈여겨본다. 슬기의 불안한 눈동자를 보며 슬며시
미소 짓는 제이.

24   J메디컬 검진 센터 탈의실 (아침)

톤 온 톤의 깔끔한 인테리어에 좋은 향기와 잔잔한 음악이 흐르는 아늑한 공간. 직원의 안내로 아이들, 탈의실로 들어온다. 만족스러운 표정을 지으며 주변을 살피는 예리, 슬기 옆 칸으로 간다. 제이, 목에 스카프를 두르며 그런 예리를 주시한다.

직원   비어 있는 사물함 편하게 사용해주시면 되고요. 팬티를 제외한 나머지 속옷은 모두 벗으신 후 안에 준비된 가운으로 갈아입고 나와주세요.

등 돌리고 몸 가리며 탈의하는 아이들. 가운으로 갈아입은 슬기, 아빠의 폰이 든 가방을 조금 더 신경 써서 정리하고 사물함을 잠근다. 사물함 열쇠를 손목에 차는 슬기.

25   검진 센터 예진실 (아침)

검진에 앞서 1:1 상담 중인 슬기, 문진표를 작성하는데 항목이 정말 많다. 뒷장까지 보는 슬기. 부모의 병력 자리를 못 적어 망설이고.. 아이들의 상담하는 얼굴 빠른 교차.

아라   밤에 과외 있어서 몽롱한 건 싫어서요, 비수면으로 할게요.
의사   평소 복용하시는 약물은요?
슬기   (꿀 먹은 벙어리처럼) ....
의사   여기 성 경험 유무랑 임신, 출산, 유산 경험에도 체크 부탁드려요.
예리   (당황하는) 이거 프라이버시 침해 아니에요? 건강 검진에서 뭐 이런 거까지..
의사   요즘도 계속 밤에 잠을 못 주무시나요?
제이   네..

26 검진 센터 화장실 (낮)

자신의 이름표가 붙은 키트를 들고 변기 칸으로 들어오는 아라, 주머니에서 미리 준비한 작은 통을 슬그머니 꺼낸다. 변기 칸을 나오다 키트 들고 망설이고 있는 슬기와 마주친다.

아라   (피식) 왜? 켕기는 거라도 있어?
슬기   ....

미소를 띠며 나가는 아라. 슬기, 머릿속이 새하얘지는데.. 제이에게서 메시지가 도착한다.

- 지금 너한테 꼭 필요한 거, 내가 가지고 있는데.. 올래?

27 J메디컬센터 몽타주 (낮)

럭셔리한 검진 센터의 모습. 같은 가운 입은 아이들이 의료진의 에스코트에 따라 느긋하게 움직인다. 채혈실과 각종 검사실을 오가는 아이들, 두피 마사지, 발 마사지를 받고 아로마 오일 향을 느끼는 아이들까지.. 그 사이로 키트를 손에 꼭 쥔 슬기가 빠르게 움직인다.

제이E   검사실 끼고 우회전, 검진 센터 나와서 엘리베이터 타고 1층 로비로 와.

제이, 높은 층 난간에서 자신이 시키는 대로 움직이는 점처럼 작은 슬기를 내려다본다. 슬기, 1층에서 내리는데.. 눈앞에 보이는 약제실 안내판. 안내판을 따라 걷는 슬기.

제이E   약제실 복도로 들어오면 의료진 전용 엘리베이터가 있을 거야.

슬기, 시키는 대로 복도 안으로 걸어간다. 그 모습을 고스란히 찍고 있는 CCTV. 제이, 멀찍이 떨어진 곳에서 슬기의 뒤를 밟으며 지령을 내리듯 메시지를 보낸다.

제이E   그거 타고 제일 꼭대기 층으로 와서 문 열고 들어와.

슬기, 꼭대기 층에서 내려 제이가 시키는 대로 문을 여는데.. 갑자기 경보음이 울린다. 올려다보면.. 원장실과 스터디룸이 있는 외부인 출입 금지 복도다. 뛰어오는 직원. 슬기, 화들짝 놀라 우왕좌왕하는데

제이E   아니, 그쪽 말고 밖으로.

피식 웃는 제이. 슬기, 서둘러 다른 문을 찾다 우뚝 멈춰 선다. 순간 중고 교복을 사러 가던 때와 명문학원에서 쫓기던 일이 오버랩된다. 옥상으로 향하는 문 앞에 멍하니 서는 슬기.

28   J메디컬센터 옥상 (낮)

난간에 위태롭게 서 있는 제이가 보인다. 슬기, 제이를 밀어버리기라도 할 것처럼 천천히 그리고 조용히 다가간다. 드디어 손닿을 거리만큼 가까워진 그때..

제이   잘 찾아왔네? 어렵지 않았어?

슬기의 대답이 없자 제이, 그제야 뒤돌아보는데.. 슬기, 난간 위에 검진 키트를 올려두더니 무릎을 꿇는다. 예상치 못한 듯 놀란 제이, 슬기를 가만히 바라본다. 그런 제이를 똑바로 쳐다보는 슬기의 눈빛은 꿇은 무릎과는 달리 오기가 일렁인다. 입술을 깨무는 슬기.

슬기	(한 마디 한 마디 오기 어린 목소리로) 내가 너무 멍청했어. 교복도 명문 학원도 중간고사도.. 전부 제이 네가 나를 무릎 꿇게 하려던 건데 내가 뭣도 모르고 까불었어.

그런 슬기를 흥미롭게 보는 제이의 표정.

슬기	니가 원하는 거.. 내가 해줄게.
제이	내가 원하는 게 뭔데?
슬기	우리 아빠 의료 소송 합의서 필요하지 않아?

제이, 피식 웃는다. 조바심이 나지만 지지 않으려 애쓰는 슬기.

슬기	진짜야 받아다 줄게. 대신 너도 날 도와줘.
제이	음.... 합의야 말로 내가 제일 원하지 않는 건데?
슬기	...??
제이	슬기 넌 뭘 원하는데?
슬기	내 안전.. 제이 넌 모를 거야.. 애들한테 왕따당하고 밟히던 내가 어떻게 살아남았는지. 나한테는 공부밖에 없어. 공부가 유일한 내 보호자고 방패야. (당당하게) 검사 결과 아무 문제 없게 해줘. 나 한국대 의대 꼭 가야 돼.
제이	그거, 이미 내가 해줬던 거고 지금도 해주려는 거잖아.

난간에서 폴짝 내려와 슬기를 일으켜 세우는 제이. 여유로워 보이는 제이의 얼굴을 보는 슬기. 제이, 슬기 무릎에 묻은 흙까지 털어주고는 키트 하나를 내민다. 슬기, 얼른 손에 쥔다.

제이	오늘은 그냥 같이 축하나 하자. 넌 니가 약 좀 먹으면 채화여고에서 당연히 전교 1등 할 줄 알았나본데 난 아냐. 그랬음 너한테 약 안 팔았지.
슬기	(혼란스럽게 제이를 보는데) ...

제이	우슬기 유제이, 우리 이름 나란히 있는 거.. 짜릿하더라? 다른 애면 기분 나빴겠지만 슬기 너라서, 좋았어.

흔들리는 눈빛의 슬기를 두고 걸음을 떼는 제이. 슬기, 제이의 손목을 잡는다.

슬기	그럼 약속한 걸 말해줘. 왜 답을 피하는 건데?

슬기를 바라보는 제이의 표정, 잠시 많은 생각이 스치는 듯한데..

제이	우리 아빠, 아빠 원장실에서 봤어. 의료소송 중인 건 알았지만 유가족인 너 그리고 너의 새엄마 신상 정보가 필요 이상 많이 있더라. 이상했어. 아빠가 떳떳하다면 너에 대한 정보까지 굳이 필요할 리 없잖아?
슬기	...
제이	니가 날 위해 해줄 수 있는 건,

슬기의 눈을 뚫어져라 보는 제이. 흐르는 정적. 제이, 목에 하고 있던 스카프를 풀어 슬기 목에 둘러준다. 가까워진 제이의 숨결에 움찔하는 슬기.

제이	좀 더 심사숙고해볼게. 검진 센터 추워. 하고 있어.

거절하려 해도 스카프를 여며주는, 제이의 얼굴을 보는 슬기.

제이	(웃어주며) 1등 축하해.

29   검진 센터 내시경실 (낮)

제이가 해준 스카프를 한 채로 멀거니 누운 슬기, 팔에 정맥 주사 바늘이 꽂힌다.

간호사	수면 마취 해본 적 있어요?
슬기	아니요. 이거 혹시 잠 안 들면 어떡해요..?

간호사, 웃으며 슬기의 입에 마우스피스를 물린다. 긴장하는 슬기.

간호사	(우윳빛깔 주사액을 투여하며) 숨을 편안~하게 쉬면서 마음속으로 숫자 10을 세어볼게요. 10, 9, 8, 7, 6.....

금방 파르르 눈이 감겨버리는 슬기. 어디선가 파도 소리가 들려온다.

#30   바닷가 + 숲속 (해질녘)

슬기의 꿈. **5살 슬기**, 1부 프롤로그 속 미아가 되던 그때다. 홀로 모래 놀이를 하다 문득 주위를 둘러보는데... 저 멀리, 실종 아동 전단지를 나눠주고 있는 아빠가 보인다. 아빠를 불러보지만 파도 소리에 묻히는 슬기의 목소리. 해가 지기 시작하는 바닷가. 슬기의 얼굴에 두려움이 비친다. 슬기를 집어삼킬 듯 거세지는 파도. 아빠의 형체가 점점 흐릿해지는 그때, 눈앞에 나타난 누군가... 19살의 제이다.

CUT TO
5살 슬기, 19살 제이의 손을 잡고 숲속으로 걸어간다. 자꾸만 뒤를 돌아보는 슬기. 슬기가 입었던 공주 드레스가 허물처럼 벗겨져 파도에 휩쓸린다.

#31   검진 센터 회복실 + 복도 (오후)

슬기가 누운 이동형 침대가 옮겨 들어오는 회복실. 수면 마취에서 깨어나지 못한 아이들이 일렬로 누워 있다. 깊게 잠든 슬기. 누군가 다가와 팔목에 찬 슬기의 사물함 열쇠를 슬쩍 뺀다. 조금 떨어진 침대에서 그 모습을 지켜보던 제이, 회복실을 나가는 누군가의 뒤를 밟는다. 문을 열자, 복도 끝으로 사라지는 누군가. 발걸음을 재촉하려는데.. 바로 그때, 제이를 부르는 병리사 미영의 목소리.

미영	제이, 벌써 일어났어? 푹 좀 자라고 용량 올렸는데.. 어지러울 수 있으니깐 얼른 들어가서 조금 더 누워 있어.
제이	아.. 네.

CUT TO
회복실로 돌아온 제이, 잠든 슬기를 보는데 손목에 사물함 열쇠가 없다. 주위를 둘러보면 각기 다른 컬러의 수액을 맞고 있는 아이들 중 빈자리가 하나 보인다. 가서 침대의 네임텍을 확인하는 제이. 빈자리의 주인은 예리다.

32 검진 센터 탈의실 (오후)

가운을 벗고 옷을 갈아입는 슬기, 수면 마취가 덜 깨 아직 동작이 느리고 멍해 보인다.

33 교문 앞 (해질녘)

아침과는 사뭇 다른 교문 앞 풍경. 학교 앞에 도착한 J메디컬센터 셔틀 버스에서 내리는 아이들. 슬기, 아직 버스 창문에 기대 졸고 있다가 둥둥둥! 스피커를 통해 울려 퍼지는 공연 소리에 가슴이 두근두근하며 깬다.

예리	얘 아직도 잠이 덜 깼네. 야, 정신 차려!

예리, 굳이 슬기 팔짱을 딱 낀다. 그런 예리가 계속 거슬리는 제이.

CUT TO
이때 무리를 지어 채화여고 안으로 우르르 들어가는 남고생들. 그 모습을 보자 맘이 급해지는 예리, 슬기의 팔을 놓고 남자들을 따라간다. 여전히 잠이 덜 깬 듯 몽롱한 슬기의 얼굴 뒤로 포커스 아웃된 채 다가오는 제이가 보인다. 오가는 사람들에게 휩쓸려 휘청하는 슬기를 제이가 잡아주자.. 잠이 확 깨는 슬기. 둘, 눈이 마주치는데.. 그런 둘의 뒤편으로 숏컷에 야구 모자를 쓰고 남고 교복을 입은 미소년이 학교 안으로 들어선다. 그 옆으로 보이는 범수. 아라가 다가와 범수를 낚아채 어디론가 끌고 간다.

34 학교 건물 뒤편 (해질녘)

범수에게 생리대를 건네고 돈을 스윽 받는 아라.

아라 근데 모의고사 준비를 벌써 하려고? 중간고사 끝난 지 얼마나 됐다고?

범수, 대꾸도 없이 여러 개의 알약을 한 번에 털어 넣는다.

아라 미친!! 너 지금 뭐 하냐?
범수 얘랑 얘 섞어 먹으면 효과가 두 배래, 넌 안 먹어봤어?
아라 (기겁하는) 됐거든! 너 어디 가서 절대 나한테 약 샀다고 하지 마. 알았지?
범수 딴 년들이 다 경쟁잔데 이런 꿀 정보를 내가 왜 공유해. 걱정 마.

고개를 절레절레 흔들며 사라지는 아라. 범수는 불안한 얼굴로 마른침을 삼킨다.

35   운동장 (해질녘)

놀이공원처럼 츄러스와 솜사탕, 장식 모자와 야광봉, 머리띠들을 파는
매대들이 줄지어 서 있다. 구경 중인 아라 옆에 서는 제이.

제이   (은밀하게) 주예리 오늘 좀 이상하니깐 딱 붙어서 살펴봐.
아라   오케이.
제이   (머리띠를 하나 고르며) 이거 쓰면 절대 잃어버릴 일은 없겠네.
아라   응?

하는데 보면.. 제이, 야광 머리띠를 가지고 가 슬기 머리에 씌워준다.

제이   축제 땐 이런 거 하나 써줘야 돼.

제이가 해줬던 스카프를 계속 그대로 하고 있는 슬기. 순순히 머리띠를
하는 얼굴. 그 모습을 보는 아라의 표정이 시무룩해진다. 그런 아라 뒤로
어슬렁, 배회하는 병진이다. 애들 얼굴 하나하나를 유심히 보는 병진. 그
때 누군가 휘청이며 병진과 부딪치는데.. 생수를 벌컥벌컥 마시고 있는
범수다. 범수의 풀린 눈을 보자 흥미로움이 가득해지는 병진.

36   교실 (저녁)

바깥에서 노랫소리가 울려도 애써 자습 중인 몇 안 되는 아이들. 경이,
종일 앉아 있어 아픈 허리를 좌우로 돌려본다. 문을 벌컥 열고 들어오는
범수.

경이   얘는 또 상태가 왜 이래?

교과서며 문제집이며 한 아름 꾸역꾸역 책상 위에 꺼내 올리는 범수, 식

은땀을 흘리고 있다. 그때, 경이 핸드폰으로 도착하는 문자 메시지. 경이,
교실을 나간다.

37   강당 앞 복도 (저녁)

강당을 찾느라 두리번거리는 지연 곁으로 경이가 다가온다.

경이   바쁜 변호사님이 갑자기 웬 학부모 모임? 말이 입시 설명회지 그냥 의대
      입시 요강이야 오늘.. 엄마, 설마? 나 의대에서 공대로 돌린 것도 몰라??

바로 그때, 강당 앞에서 태준을 마주치는 경이 모녀.

지연   (사무적인 톤으로) 여기서 뵙네요, 원장님?
태준   아... 네.
지연   계속 그렇게 증거 자료 제출 안 하실 건가요?

태준, 대답 없이 먼저 강당 안으로 들어간다. 이제야 상황을 눈치 챈 경
이, 지연을 쳐다본다. 경이에게 가라고 손짓하고는 태준을 따라 들어가
는 지연.

38   운동장 (밤)

모두들 한껏 들떠 웃고 떠드는 축제. 슬기와 제이, 같은 야광 머리띠를
했다. 노랫소리가 울려 퍼지는 부스들을 어린아이처럼 정신없이 보는 슬
기, 모든 게 마냥 신기한 얼굴이다.

슬기   이건 뭐지?

슬기, 장난감을 들고 이리저리 흔들어보는데 제이가 말없이 버튼 하나를 눌러준다. 까꿍! 놀라게 하는 장난감. 으악! 놀라는 슬기. 제이, 어이없어 웃어버린다. 긴장이 조금 풀어진 둘의 얼굴. 슬기의 가방에서 진동하는 핸드폰. 그 사실을 모르고 축제의 한가운데서 점점 들뜨는 슬기와 제이.

#39 화장실 (밤)

아무도 없는 화장실에서 화장을 고치던 예리, 주위를 살피고는 조심스레 슬기에게서 훔친 구형 갤럭시 폰을 꺼낸다. 전원을 켜자 슬기 것인 줄 알았던 폰 배경에 도혁과 희윤의 사진이 뜬다.

예리   뭐야? 우쌤??

예리가 놀라는 찰나, 배터리가 없어 곧바로 꺼져버리는 핸드폰.

예리   아... 씨발! 뭐야.

그때, 범수가 창백한 얼굴로 들어온다.

예리   야, 김범수! 너 핸드폰 뭐 쓰냐?
범수   ... 왜에?
예리   아, 묻는 말에만 답해!
범수   갤럭시 쓰는데?
예리   충전기 좀 빌리자.
범수   충전기? 지금 여기 없지.

순간, 예리 폰으로 영상 통화가 걸려온다.

후배   선배님~ 어디세요? 얼른 지원 사격 와주세요!

예리	나 지금 바빠. 거기 갈 때가 아니야.
후배	울 학교 퀸카가 안 뜨니깐 반응 구려요. 다들 선배님만 기다리고 있는데!
예리	(내심 좋은지 립밤 바른 입술을 쪽쪽이며) 알았어, 좀만 기다려! (영통 끊고) 나 소개팅 부스 가 있을 테니깐 충전기 가지고 그리로 와.
범수	... 내가 왜?
예리	너도 소개팅 할 수 있게 명단에 껴줄게.. 됐지?

땀에 흠뻑 젖은 범수, 맛이 간 얼굴로 고개를 끄덕인다. 예리가 나가고 범수, 구역질이 나는지 변기 칸으로 뛰어간다. 잠시 후 옆 칸에서 나오는 아라, 제이에게 메시지를 보낸다.

#40   운동장 (밤)

솜사탕이 만들어지는 걸 보며 몸을 흔들흔들~거리는 슬기, 제이와 눈이 마주치자 크게 손을 흔든다. 제이, 그런 슬기가 귀여워 잠시 보는데 핸드폰이 울린다. 아라의 메시지다.

- 주예리 핸드폰 충전기가 필요한 듯? 아! 근데 자기 폰 충전은 아님!

그때 슬기, 성큼 제이에게 다가온다.

슬기	나 이거 5천 원이나 주고 샀다? 너도 먹어볼래?

제이, 얼른 핸드폰을 넣으며 슬기 입술에 묻은 솜사탕을 떼어주는 척하는 데.. 슬기의 시선은 저 멀리 학부모회 플래카드가 걸린 부스에 꽂혀 있다.

슬기	배 안 고파? 오늘 내시경 하느라 종일 굶었잖아. 나 배고파.

들뜨고 대담해진 슬기의 발걸음, 성큼성큼 학부모 부스로 향한다. 부스

에 태준이 있는 걸 발견한 제이, 아라에게 문자를 남기며 얼른 슬기 뒤를 따라간다.

- 예리가 충전하려는 폰 확보 가능?

#41   운동장 : 학부모회 부스 (밤)

글램핑 스타일로 꾸며진 먹거리 부스. 모닥불과 그릴 위 고기와 소시지들. 자욱한 연기에 눈도 제대로 못 뜨고 지연이 고기를 다 태우고 있다. 그 앞에 서는 슬기와 제이.

제이	아줌마 안녕하세요!
지연	어, 제이 왔구나. 옆에는 누구?
제이	슬기야, 인사드려. 경이 어머니셔.
슬기	안녕하세요, 우슬기입니다.
지연	오.. 반장? 이번에 전교 1등 했다며.. 제이, 긴장 좀 해야겠어?
제이	안 그래도 오늘 슬기 공부 못 하게 제가 딱 데리고 다니는 중이에요.
지연	그래, 축제 때는 좀 놀아야지. 우리 경이는 무슨 대단한 공부를 하신다고 건강 검진도 빼먹고.. 유난 떠는 애들치고 사실 머리 좋은 애들 별로 없어.

슬기, 자기도 모르게 풉— 웃어버린다. 같이 웃는 지연, 그릇에 고기와 소시지를 담는다. 셋의 다정한 모습을 바로 옆 건강식 코너에서 지켜보는 태준.

CUT TO
탄산이 가득한 콜라를 컵에 따르는 슬기. 제이의 손이 컵을 향하는 그때! 태준이 먼저 컵을 낚아챈다.

태준	탄산음료 속 인산염은 칼슘을 배출시켜 성장기 아이들 뼈만 약해진단다.

아랑곳 않고 콜라를 들이켜는 슬기, 끄윽— 트림한다. 큭! 웃는 제이. 태준, 슬기를 못마땅하게 보는데.. 접시 위 탄 고기를 집어먹는 슬기. 제이도 용기를 내 포크를 든다.

태준   육류를 태웠을 때 나오는 벤조피렌은 체내 DNA와 결합해서 암을 유발, 특히 소화기 암의 발생 확률을..

슬기   (태준 말을 끊으며 구시렁) 그럼 먹을 수 있는 게 하나도 없네요?

태준   ....

슬기   사람 언제 죽을지도 모르는데 맛있는 거 먹고 전 일찍 죽을래요. 우리 아빠가 탄 고기 먹고 암 걸려서 일찍 죽은 건 아니잖아요?

눈이 휘둥그레지는 제이, 표정 관리가 되지 않는 태준과 예상보다 도발적인 슬기를 흥미롭게 바라본다. 입 한가득 고기를 넣고 잘근잘근 씹는 슬기. 제이도 동조한다는 듯 탄 고기를 입에 넣더니 꿀꺽 삼킨다. 바로 그때, 고막을 찢을 듯한 악기 소리와 함께 채화여고의 마칭 밴드가 이끄는 퍼레이드가 지나간다. 사람들에게 가려 슬기를 보지 못하고 지나치는 경이.

42   운동장 (밤)

퍼레이드에서 벗어난 경이, 예리와 마주친다.

경이   너 우슬기 못 봤냐?

예리   슬기? 응... 아까 검진 다녀온 이후로 못 봤는데.

경이   (빤히 보며) 근데 넌 왜 이렇게 신이 났지?

예리   (뜨끔) 뭐가?

경이   재밌는 일 있어?

예리   (목소리 높이며) 학교에 회경고 남자 애들이 드글드글한데 그럼 신나지.. 안 신나니? 덕분에 검진 서비스도 받았으니까 내가 제대로 갚을게!

경이 손을 끌고 소개팅 부스로 돌진하는 예리. 얼른 부스 안으로 경이를 넣어버린다.

예리 얘들아 제일 힙한 스타일로 준비!
후배들 와! 예리 선배님이다~

랜덤 소개팅을 위해 길게 늘어선 남자들을 스캔하는 후배들. 한눈에 봐도 명품으로 요란하게 꾸민 병진을 끌고 와 소개팅 부스 안으로 넣는다.

43 운동장 : 소개팅 부스 (밤)

가운데에 칸막이가 쳐진 고해소처럼 생긴 소개팅 부스 안. '손까지만 잡을 수 있어요(찡긋)' 같은 유치한 멘트들과 함께 그린 라이트가 설치되어 있다. 서로의 얼굴은 보이지 않는 구조.

예리 제한 시간은 3분입니다! 요이땅!

CUT TO
부스 안의 카운트다운 전광판이 띵! 3분 타임을 알려준다. 경이, 괜히 긴장돼 꿀꺽!

경이 (목을 다듬으며) 저는 고3이라 바빠서.. 사실 연애 생각 없어요.

CUT TO
경이의 소개팅이 시작되자, 다시 바쁘게 도혁 폰을 꺼내 보는 예리. 켜지지 않는 폰. 주위를 둘러보는데.. 소개팅 남성 부스로 들어가는 멀티탭 라인이 보인다.

44   교실 (밤)

시끌벅적한 운동장과 달리 조용하고 음산하기까지 한 내부 전경들. 아이들 모두 나가고 없는 빈 교실에 들어오는 범수. 서랍과 사물함을 뒤지며 충전기를 찾는데 없는 눈치다.

45   운동장 (밤)

태준에게 한 방 먹여 한껏 기분이 좋아진 얼굴의 슬기와 제이. 주변 소음과 인파 속을 가로지르며 신나게 뛰어간다.

제이   (하이텐션으로) 너, 아까 우리 아빠 얼굴 봤어?
슬기   몰라.. 난 그냥 고기가 먹고 싶었을 뿐이야.

서로의 얼굴을 보자 왠지 모르게 푸하하하 웃음이 터지는 두 사람.

46   운동장 : 소개팅 부스 (밤)

부스 안. 침묵 속, 아픈 허리를 자꾸 비틀며 콩콩 두드리는 경이.

경이   아니, 사람이 말을 하는데 대꾸가 없어.
병진   혹시 지금 허리 아픈 거?
경이   (순간 당황) 그걸 어떻게? (주변을 둘러보며) 나 보여요?
병진   가만히 못 있고 들썩이는 엉덩이.. 목소리에 묻어 있는 짜증.. 안 봐도 각 나오지. 나한테 좋은 파스 있는데... 하나 줄까?
경이   (입술을 실룩이며) 뭐, 그러시든지.

칸막이 사이에 뚫린 작은 틈 사이로 작은 패치(펜디린 계열의)를 스윽 내미는 병진.

병진	3학년 우슬기 알아?
경이	슬기는... 왜요?
병진	써보고 좋으면 슬기한테 얘기해.

경이, 뭔 소리인가 싶은데.. 제한 시간 타이머가 울리고.

CUT TO
예리, 기다렸다는 듯 곧바로 남성 부스로 들어간다. 병진과 눈이 마주치는 예리, 어? 어디선가 본 것도 같은데... 병진, 곧장 부스 밖으로 나간다. 다급하게 부스 안을 살피는 예리, 책상을 뒤집어씌운 천을 들추자 핸드폰 충전기가 기종별로 꽂혀 있는 멀티탭이 보인다. 서둘러 도혁의 폰을 충전기에 꽂고 잘 숨긴다. 그때, 예리의 등을 두드리는 경이.

예리	아씨, 깜짝아!
경이	너 방금 저 남자 얼굴 봤어?
예리	(경이의 어깨를 툭 치며) 최경! 뭐야? 존나 맘에 든 거?

쎄한 표정의 경이. 곧이어 다음 순서를 기다리던 남학생이 입장한다.

47 운동장 : 볼풀장 (밤)

하얀색 볼이 가득 차 있는 볼풀장, 물에 빠지듯 풍덩! 빠져버리는 슬기. 푹 파묻혀 금세 보이지 않자, 제이가 허우적거리며 슬기를 찾는데 자꾸 발이 푹푹 빠진다. 공들 사이에 파묻힌 슬기. 순간 공포가 엄습하는 얼굴인데.. 그 손을 제이가 잡아준다. 얼른 일어서던 슬기, 공을 잘못 밟아 악!

넘어진다. 공 터지는 소리와 함께 제이 위로 넘어지는 슬기. 얼떨결에 끌어안은 둘 위로 다른 아이들이 던지는 공들이 쌓이며, 마치 눈밭에 빠져버리듯 파묻히는 둘. 하얀 공들 위로 색색 조명이 물들기 시작하자, 편안하게 파묻힌 둘의 눈빛이 몽롱하고 아늑해진다. 눈 마주치는 둘. 제이, 괜히 뺨이 붉어지는 슬기에게 공을 퐁! 던진다. 슬기도 제이에게 던지고 깔깔 웃는 둘. 영락없이 신난 10대 소녀들 같다. 다른 아이들도 옆에서 서로 공 던지고 수영하듯 헤치며 노는 소리. 그 사이에 안전하게 숨은 듯한 제이와 슬기. 공들이 서로 부딪치며 서걱서걱 움직이는 소리가 물결처럼 아름답다.

48   운동장 : 소개팅 부스 (밤)

남자 부스를 자꾸 들락날락거리는 예리. 구형폰이라 그런지 충전이 됐다 싶어도 쉽게 전원이 켜지지 않는다. 짜증내며 나왔다가, 도로 들어가길 반복하는 예리.

예리   (혼잣말로) 아 씨, 왜 이렇게 충전이 안 돼!

아라, 소개팅 순서를 기다리며 그 모습을 지켜보고 있다. 누군가에게서 온 전화를 받고 입술을 깨물며 자리를 뜨는 예리. 마침, 자신의 차례가 된 아라.

후배   언니, 안 들어가실 거예요?

아라, 문이 열려 있는 남성 부스와 멀어지는 예리 사이에서 고민한다.

49   교정 (밤)

나무 아래 앉은 제이와 슬기. 운동화를 벗은 슬기의 한쪽 발에 양말이 없다.

슬기   이렇게 신나게 놀아본 거, 처음이야.
제이   ... 발 안 시려? 양말 볼풀장에 있겠지?

제이, 자리를 뜨려는데.. 덥석! 제이의 손목을 잡는 슬기. 둘 사이에 정적이 흐른다.

슬기   솔직히 나.. 아직 너 못 믿어. 그치만..
제이   (괜히 긴장되는) ...
슬기   너랑 같이 1등 한 건, 나도 좋아. 다른 애면 싫었겠지만.

피식 웃는 제이. 슬기, 어색해서 얼른 신발을 신는다.

#50   주차장 : 태준의 차 안 (밤)

조급함으로 짜증이 난 태준의 얼굴. 이때 조수석 문을 누가 벌컥 연다. 예리다.

예리   누가 보면 아저씨가 제 진짜 스폰서인 줄?

전혀 웃음기 없는 얼굴로 예리를 보는 태준. 예리, 굴하지 않는다.

태준   핸드폰은?
예리   그게... 슬기 폰이 두 개더라고요? 디렉션을 정확하게 주셔야죠. 상호 신뢰가 이렇게 없어서야..
태준   ...
예리   첨에는 갤럭시S 가지고 오라고 하셔서 슬기가 쓰는 폰 기종까지 아시나 했어요. 근데 우슬기는 플립 유저거든. 그럼 갤럭시S는 세컨폰인가? 했지만! 그 폰 주인은 따로 계시더라구요? 게다가... 죽은 사람!! 산 사람도 아닌 고인의 유품을 원하시는 거라면 응당 가격이 올라야 하지 않을까요?

태준 두 장 더해서 오백 맞춰줄 테니 오늘 밤 안으로 무조건 갖고 와.

예리, 오케이 사인을 해보이며 경쾌한 표정으로 태준의 차에서 내린다. 문이 열리자 순간 켜지는 차의 실내등. 어둠 속에 감춰 있던 태준의 모습이 보인다. 그 모습을 맞은편 차 뒤에 숨어 지켜보는 아라, 핸드폰으로 연속 촬영하는데 자동으로 터지는 플래시. 뭔가 낌새를 느낀 태준이 아라 쪽을 바라본다. 잔뜩 쫄려서는 몸을 숨기는 아라.

51   의학 동아리방 (밤)

눈이 반쯤 감긴 채로 어두운 의학 동아리방 여기저기를 뒤지는 범수. 그 모습이 다급하고 기괴해 보인다. 이제껏 충전기를 찾아 헤맸던 범수, 히힛 찾았다! 드디어 충전기를 손에 넣고 나가려는데.. 동아리방의 문이 슥 열린다. 커다란 의료 기계 뒤로 몸을 숨기는 범수. 교복을 입은 남자가 방 안을 천천히 걸으며, 기계들을 손으로 하나하나 훑는다. 손끝마다 걸리는 '유태준' 금속 명패가 끼익— 음산한 소리를 낸다. 범수, 풀린 눈을 부릅뜨려 안간힘인데.. 범수가 몸을 숨긴 기계 앞에 서는 남자. 금속 명패를 젖히고 뭔가 숨기는데.. 창밖에서 펑! 폭죽이 터진다. 일순간 주위가 환해지자 남자의 얼굴이 창문에 비친다. 휘둥그레지는 범수의 눈.

52   운동장 : 스탠드 (밤)

축제 전경이 보이는 스탠드에서 함께 불꽃놀이를 보는 제이와 슬기. 슬기의 얼굴에 불꽃놀이의 빛이 닿는다. 슬기, 황홀하다. 빛에 반짝이는 슬기의 얼굴을 보는 제이. 둘의 눈이 마주치는 그때! 제이의 핸드폰에 도착한 아라의 메시지. 예리와 함께 있는 태준 사진이다. 제이, 놀라 벌떡 일

어나는데.. 야 우슬기! 소리 지르는 목소리. 멀리서 숨을 헐떡이며 스탠
드를 올라오는 경이다.

경이	우슬기 팔자 좋다? 전화 왜 안 받냐? 할 얘기 졸라 많은데.
슬기	(어안이 벙벙) 어, 경이야..
제이	경이랑 있어봐. 나 잠깐...

경이와 스치듯 후다닥 스탠드를 내려가는 제이, 아라에게 전화를 건다.

경이	(제이를 힐끗 보며) 아마 백 통은 했을걸?

슬기, 가방에서 핸드폰을 꺼내는데.. 도혁의 폰이 없다. 놀라 가방을 뒤집
어 탈탈 터는 슬기.

경이	왜 그래?
슬기	핸드폰이 없어!
경이	여기 있잖아!
슬기	이거 말고!

잠이 확 깨는 슬기, 패닉이 된다. 밤하늘에 폭죽이 아름답게 팡팡 터진다.

53   운동장 몽타주 (밤)

- 소개팅 부스를 향해 천천히 걸어가는 예리.
- 제이와 통화하며 빠른 걸음으로 걷는 아라.

아라	폰 주인이 우쌤인가 보던데? 우쌤이 대체 누구야? 내 촉이 맞다면 남자 소개팅 부스 안에 그 폰 있어, 확실해!

- 점점 빨라지는 제이의 걸음. 속도를 올려 뛰기 시작한다.
- 소개팅 부스에 가까워지는 예리. 그 모습을 멀리서 바라보는 아라, 고개를 돌리면 반대편에서 달려오는 제이. 소개팅 부스를 향해 점점 더 거리를 좁혀오는 세 사람.

54   운동장 : 소개팅 부스 (밤)

소개팅이 진행 중인 부스의 문이 벌컥 열린다.

남학생   (휘둥그레지는 눈) 유... 유제이?

제이, 남학생의 다리 사이를 비롯해 부스 이곳저곳을 살펴보지만 핸드폰이 보이지 않는다. 제이의 손길이 닿을 때마다 움찔움찔하는 남학생.

제이   미안!

문을 닫고 나가려는데... 부스 안에서 핸드폰 벨소리가 들린다. 뒤를 돌아보는 제이. 천으로 가려진 책상 아래에서 반짝반짝 울리는 도혁폰. 발신자표시제한 전화다. 얼른 잡는 제이.

제이   (통화 버튼을 눌러) 여보세요?
상대   .....
제이   여보세요? ....누구시죠?

뚝 끊어지는 전화.

55   운동장 (밤)

슬기, 지난 동선들을 되짚어보며 뛰고 있다. 좀 전까지 제이와 행복한 얼굴로 걸었던 곳들을 사색이 된 얼굴로 뛰는 슬기.

경이　제이 짓 아니야? 너네 하루 종일 붙어 다녔잖아.

아니라고 믿고 싶은 슬기, 입을 꾹 다문 채 다시 뛰기 시작한다. 슬기와 멀어지는 경이.

56　화장실 (밤)

제이, 침착한 얼굴로 변기에 앉아 자신의 핸드폰에 저장된 슬기의 신상 정보 사진들을 본다. 휙휙 넘기다 실종 전단지에서 멈추는 손가락. 확대해 실종 날짜 2010년 7월 13일을 확인하더니 도혁의 폰에 '100713'라고 친다. 거짓말처럼 스르륵 잠금이 해제되는 핸드폰.

57　운동장 : 소개팅 부스 (밤)

부스 안 충전을 꽂아 둔 자리가 텅 비어 있는 걸 확인한 예리.

예리　야! 여기 내가 꽂아 둔 폰 못 봤어? 어? 야!!

예리, 후배들을 잡고 닦달하지만 다들 모른다며 고개만 흔든다. 반대편 여자 부스도 들어갔다 나오고는 머리를 움켜쥐는 예리.

범수　예리야 여기!

예리, 반색하며 돌아보는데 범수가 충전기를 흔들며 헤헤 웃는다.

범수	충전기 여기 있지롱!
예리	충전기 말고 핸드폰이 없다고 병신아! 눈치 존나 없네 진짜!

예리, 범수를 확 밀친다. 범수, 우당탕 넘어지자 후배들이 큭큭 웃는다. 쪽팔린 범수. 예리, 그러거나 말거나 도혁의 폰을 찾기 위해 정신없이 움직인다.

58   화장실 (밤)

도혁의 핸드폰을 살펴보는 제이. 자신의 아빠, 유태준이 보낸 문자 메시지를 발견한다.

- 13년 만에 찾은 딸에게 이 동영상이 전송되는 불상사는 없어야겠죠?

메시지와 함께 있는 동영상 하나. 떨리는 마음으로 재생 버튼을 누르자 어두운 화면 위로 여자의 신음 소리가 들린다. 급히 볼륨 버튼을 내리는 제이. 잘 보면 잠옷을 입은 여자와 성관계 중인 우도혁이다. 떨리는 제이의 손. 여자가 고개를 뒤로 젖히자 여자의 얼굴이 카메라에 정면으로 비친다. 얼굴을 본 제이, 어처구니가 없어 잠시 숨이 멎는다.

59   운동장 : 학부모회 부스 (밤)

아까 제이와 앉았던 테이블을 정신없이 살펴보는 슬기. 그 앞으로 성큼성큼 다가오는 검은 그림자. 왠지 모를 서늘함에 슬기, 고개를 들면.. 태준이 서 있다.

태준	뭐 찾는 거라도?
슬기	(번뜩이는) 핸드폰을 잃어버려서요.

부스 앞을 지나가던 예리, 태준과 눈이 마주친다. 무시하고 가려는데..

태준   예리야! 이리 와서 친구 좀 도와주겠니?

씨익 웃는 태준의 표정이 조금 겁나는 예리, 분위기 살피며 천천히 걸어
오는데.. 뒤따라오는 범수, 땀범벅이 돼 곧 쓰러질 듯 보인다.

태준   핸드폰을 잃어버렸다는구나. (슬기를 보며) 기종이?
슬기   (대답 없이 태준의 표정을 읽는데) ...
태준   (주변에) 요즘 애들은 하여간 핸드폰 없으면 불안 장애가 오네요.

다른 테이블을 치우던 학부모, 슬기에게 관심을 보이며

학부모   핸드폰 왜? 잃어버렸어? 분실물 없었는데.. 핸드폰 뭐 쓰니?
슬기   (마지못해) 갤럭시S요.

슬기 폰을 찾기 위해 허리를 숙이는 사람들. 테이블 아래에서 태준과 예
리와 슬기의 눈빛이 서로 날카롭게 교차한다.

범수   (혀가 꼬여서는) 아저씨! 근데 저 아까 제나 언니 봤어요. 언니 살이 많
이 빠졌더라고요? 다이어트 약 뭐 먹어요? 흐흐.. 저도 알려주세요. 네?
태준   ...!!
범수   (횡설수설) 근데 예리야. 제나 언니가 남자던가? 회경고로 전학 간 거 같
애.
예리   앤 또 뭔 개소리야? 저리 비켜!

예리, 범수를 밀친다. 큰 냄비에서 부글부글 끓으며 용암처럼 솟구치는
라구 소스. 바닥에 넘어지며 찢어진 범수의 손바닥에서 피가 난다.

60   복도 + 인쇄실 (밤)

어두운 복도를 걷는 골똘한 얼굴의 제이. 우뚝— 인쇄실 앞에서 멈춘다. 잠시 인쇄실을 바라보고 선 제이의 표정. 조심스레 문고리를 돌려보자 열리는 인쇄실의 문. 제이, 안을 천천히 살펴본다. 적막한 공기, 쌓여 있는 종이들. 제이, 도혁 폰을 다시 열어본다. 멈춘 동영상 속, 쌓여 있는 종이들과 조명.. 바로 여기, 인쇄실이다. 제이의 표정이 혼란하고 복잡해지는데.. 창밖 멀리서는 비명 소리가 아득히 들려온다.

61   운동장 : 학부모 부스 (밤)

자신을 향해 식칼을 들고 있는 범수를 보고 아아아아악!!! 비명을 지르는 예리.

예리   야, 야... 너 미쳤어???
범수   (어눌하게) 충전기 가져오면 나도 소개팅 시켜준다며... 왜 거짓말을 해?

대치 중인 예리와 범수를 둘러싼 사람들. 모두 초긴장 상태지만 선뜻 나서지 못하는데.. 지연, 주변을 둘러본다. 마치 관전하듯 보는 태준. 지연, 침착하게 한 걸음 나서본다.

지연   얘야, 일단 우리 칼을 내려놓고 얘기할까? 응?
범수   맨날 나만 빼고... 지들끼리만. 왜 다들 나 무시하는데!?
지연   누가 그랬어? 아줌마가 다 혼내줄게. 그러니깐 일단 칼을 내려놓고..
예리   거짓말을 하긴 누가 해? 피해망상에 쩔어서는.. 이러니 유제이도 손절하지.

화가 폭발하는 듯 칼을 들고 예리에게로 돌진하는 범수. 예리, 비명을 지르며 사람들 뒤로 무작정 숨고 엉키며 엉망이 된다. 그 가운데 미처 피하지 못하고 긴장한 얼굴로 서 있는 슬기에게로 범수의 시선이 꽂힌다. 슬금슬금 뒷걸음질 치며 슬기로부터 거리를 두는 사람들.

62 인쇄실 (밤)

도혁의 폰 속 동영상 공간과 계속 비교해보며, 혼란스럽게 움직이는 제이의 눈동자. 그때, 쿵! 닫히는 인쇄실 문. 깜짝 놀라 돌아보면.. 어둠 속에 한 남자가 서 있다.

제이   거기... 누구 있어요?

겁이 나 조심조심 뒷걸음질 치는 제이, 창틀에 등이 닿는다.

63 운동장 : 학부모회 부스 (밤)

슬기도 위험을 직감하고 한 걸음 뒤로 물러서는데.. 테이블에 막혀 더는 물러설 곳이 없다.

슬기   범수야..

고개를 젓는 슬기에게로 범수, 성큼성큼 다가오더니

범수   유제이 장난감 주제에!

그대로 슬기의 왼쪽 어깨를 칼로 베어버린다. 경악하는 사람들. 이 와중에 손바닥을 살짝 긁힌 예리는 자기 피를 보며 비명을 질러댄다. 슬기의 옷에 서서히 번지는 붉은 피.

지연   슬기야!!!

슬기와 범수에게로 달려오는 지연. 놀란 경이, 어쩔 줄 몰라 두리번거리
는데... 이 상황이 내심 좋은지 슬쩍 미소를 짓는 태준을 포착한다. 삽시
간에 아수라장이 된 축제 현장. 좆됐다 싶은 아라, 얼굴이 하얗게 질린다.

64   인쇄실 (밤)

밖에서 들려오는 비명 소리에도 고요하기만 한 인쇄실. 한껏 긴장한 제
이의 얼굴이 달빛을 받아 창백하게 빛난다. 천천히, 어둠에서 빛으로 한
걸음씩 걸어오며 후드를 벗는 그... 아니, 그녀는... 제나다.

제이   (귀신을 본 듯) 언니?

4부 끝.

5부

나중에 진짜 죽으면 너무 슬플까봐   미리 조금씩 상상해 두는 거지.

슬기 네가 죽는 상상도 요즘 자주 해.

#1   프롤로그 : 제나의 유년시절 몽타주

2부 2씬. 식탁에 마주 보고 앉은 **6살 제이**와 **7살 제나.** 같은 수학 시험지
를 풀고 있다. 제나, 정답을 썼다가 지우개로 지우는데.. 문제를 먼저 다
푼 제이가 가운데 놓인 차임벨을 누른다.

태준   그만!

제이가 받은 제나의 시험지는 답을 쓰지 않아 틀린 문제가 1개 있다. 태
준, 바이올린 활을 제이에게 내민다. 잔뜩 겁먹은 얼굴로 제나를 바라보
는 제이. 제나, 두 손을 내밀고 제이에게 준비됐다고 고개를 끄덕인다. 제
이, 아빠의 눈치를 보며 어쩔 수 없이 바이올린 활을 잡는다.

슬기NA   제나는 문제의 답을 모르지 않았어. 다만 때리기보다 맞는 걸 택했을 뿐.

CUT TO
새하얀 양말을 신고 걷는 제나의 발. 우당탕탕! 소리와 함께 높아지는 엄

마의 언성.

제나모E 나 또 벽에다 대고 혼자 말하는 거야? 더는 이렇게 못 살아. 안 살아!
태준E 이혼은 안 된다고 말했지?! 당신은 치료가 필요해.
제나모E 멀쩡한 사람 환자 만들지 말고!! 제발 우리 떨어져 지내.

문밖에서 부부 싸움을 가만히 듣는 제나. 막 일어난 제이가 눈을 비비며 나온다. 제나, 달려가 동생 제이의 귀를 두 손으로 막아준다.

태준E 애들은 어쩌고?
제나모E 제이는 내가 데리고 갈게.
태준E 그건 곤란하지. 제이는 앞으로 병원을 이끌 아이야. 내가.. 제나를 포기할게.
제나모E 아아아악!!!

가슴이 철렁 내려앉는 제나, 제이를 더 꼭 끌어안는다. 불안함에 테이블보를 잡아당겨보는 제이. 선반에 있던 제이의 크리스털 트로피가 쿵! 하고 제나의 발등 위로 떨어진다.

제이 언니.... 발에서 피나.

보면, 깨진 트로피에 찍혀 피가 나는 제나의 발등. 새하얀 양말에 붉은 피가 번진다.

제나 제이야, 우리 유치원 갈 준비할까?

- 화장실. 목에 수건을 두른 제이의 얼굴을 고사리 손으로 씻기는 제나.
- 식탁. 제이의 컵에 우유를 따라주고 아침밥을 먹이는 제나.
- 제이방. 제나, 제이에게 원복을 입히고 모자까지 씌운다.

슬기NA 그 어린 게 부모에게 포기당하지 않으려고 안간힘을 썼대. 일종의 K장녀

콤플렉스? 자신이 잘해야 이 가정이 깨지지 않을 거라고 믿었나봐.

유치원 가방을 메는 제이, 신나서 방문을 뛰어나간다. 그 모습을 바라보는 제나.

#2   프롤로그 : 제이의 집 정원 + 대문 밖 (아침)

2부 3씬. 정원에서 제이를 기다리고 있던 **중학생 제나**. 제나보다 키가 큰 **중학생 제이**가 교복을 입고 현관문을 나온다.

제나   (웃으며) 제이야, 학교 같이 가자.

제이, 무표정한 얼굴로 헤드폰을 끼며 제나를 지나쳐 대문으로 발걸음을 옮긴다. 2층에서 내려다보는 아빠의 눈치를 힐끗 보며 제나, 서둘러 제이의 뒤를 쫓아간다. 달려가 제이 손을 잡아보는데.. 제이, 뿌리치며 스케이트보드를 타고 저만치 혼자 앞선다. 있는 힘껏 제이를 따라 달려가 보지만 이내 숨이 차는 제나. 제자리에 서서 멀어지는 제이를 바라본다.

슬기NA 하지만 더 이상 동생에게 자신이 필요하지 않음을 깨달은 제나는 하나님께 새로운 기도를 올리기 시작했어.

#3   프롤로그 : 대형 교회 (낮)

2부 6씬. **고등학생 제나**, 지겹다는 듯 멀뚱히 주변을 보는 **고등학생 제이**를 보며 기도한다.

제나NA (두 손을 꼭 깍지 긴 채) 차라리 제게 낫지 못할 지독한 병을 주세요. 엄마와 아빠 그리고 동생이 저를 가엾게 여길 수 있도록 도와주세요.

CUT TO

예배를 마치고 교회에서 나오는 제나네 가족. 계단을 내려가던 제나가 갑자기 정신을 잃고 픽 쓰러진다. 너무 놀라는 가족들, 제나를 흔들어보지만 의식이 없는 듯 미동하지 않는다.

#4   프롤로그 : J메디컬센터

- 환자복을 입고 뇌파 검사를 위한 장비를 얼굴에 잔뜩 붙이는 제나.
- 뇌 MRI를 찍고 있는 제나. 태준과 담당 의사가 같이 촬영된 영상을 보고 있다.

태준   원인이 뭔 것 같아?
담당의   기면증에 딱히 원인이 있나?
태준   기면증이 확실하긴 한 거야?
담당의   그게 조금 애매하긴 한데.... 일단 약을 복용해보고 차도를 좀 보자고.

- 병원 외부 벤치. 강아지 제윤이를 데리고 온 제이, 어색하게 서 있다. 제윤이를 보고 반가운 제나.

제나   고마워, 공부하느라 바쁠 텐데 제윤까지 데려와줘서.
제이   저번처럼 길에서 또 혼자 픽 쓰러지면 곤란하니깐 애 꼭 데리고 다녀.
제나   싫어.
제이   너 탈력 발작 그게 얼마나 위험한지 모르는 거 아니지?
제나   제윤이 말고 제이 네가 같이 다녀주면 되잖아.
제이   (헛웃음을 치며) 나 학원가야 돼. 제윤이 이리 줘.

제이, 제윤이를 빼앗아 자리를 떠난다. 제이의 뒷모습을 계속 바라보는 제나.

- 입원실 밤. 의사 가운을 입은 태준이 제나의 병실을 방문한다.

태준   (다정하게) 우리 딸 컨디션은 좀 어때?
제나   졸린 것도 훨씬 덜하고 정신도 또렷하니 좋아지는 게 느껴져요.
태준   약이 잘 맞는다니 다행이다. 그동안 맘대로 되지 않는 잠 때문에 많이 힘
       들었지? 그것도 모르고 공부하다 조는 널 보며 아빠가 얼마나 실망했었
       는지.. 의사로서도 아빠로서도 전부 빵점이다. 그치? 정식으로 사과하마.
제나   (눈물을 글썽이며) 아니에요, 아빠.. 사과라니요. 자책하지 마세요.
태준   이제 원인을 알았으니 예전보다 훨씬 더 공부에 매진할 수 있을 거야.
슬기NA 예상치 못한 전개였지.
태준   아빠는 우리 제나가 수학만 조금 더 받쳐주면 전교 1등 가능하다고 믿
       어. 제이만 전교 1등 하란 법 있나? 아빠가 뒤에서 완벽히 서포트 할게.

겁먹은 제나의 얼굴이 하얗게 질린다.

#5   프롤로그 : 제나 공부 몽타주

- 교실. 눈 한번 깜빡이지 않고 우도혁의 수학 수업을 듣는 제나, 관자놀
이를 손으로 누르며 타는 입술에 침을 묻힌다. 하품이 나오자 제나, 잔뜩
움츠러든 얼굴로 천천히 뒤를 돌아본다. 뒤편에 무표정한 얼굴로 앉아 있
는 태준. 제나, 태준과 눈이 마주치자 귀신이라도 본 것처럼 겁에 질린다.

슬기NA 뒤에서 서포트 한다는 건, 사실 더 철저히 지켜보고 감시하겠단 뜻이거든.

그 모습을 의아하게 바라보는 선생 도혁.
- 교무실. 검수를 마친 시험지가 카트에 실려 나간다. 그 모습을 보며 들
어오는 제나.

CUT TO

도혁과 상담 중인 제나, 도혁의 핸드폰에 달린 한국대 열쇠고리를 뚫어지게 본다.

도혁 제나야, 아직 몸이 힘들면 조퇴해도 돼. 아니면 양호실에서 좀 쉴래?
제나 선생님.....
도혁 응?
제나 (도혁의 열쇠고리를 가리키며) 이 한국대 열쇠고리.. 저 주시면 안돼요? 이거 있음 저도 수학 백점 맞고 전교 1등 할 수 있을 거 같아요.

당황스러운 도혁. 잠시 망설이다 서랍을 여니 같은 모양의 열쇠고리가 있다. 집어 드는 도혁에게서 열쇠고리를 뺏다시피 하는 제나, 인사도 없이 교무실을 나간다. 걱정스러운 얼굴로 제나를 바라보는 도혁.
– 제나방. 채점된 수학 문제집, 동그라미 쳐진 정답들 사이 단 하나의 오답을 보고 절망에 빠지는 제나. 세 봉지의 기면증 약을 털어 넣고 물도 없이 알약을 아작아작 씹어 먹는다.

CUT TO
불이 꺼진 방, 침대에 누워 있는 제나. 거센 바람에 흔들리는 나무 그림자가 방 안에 어른거린다. 손에는 한국대 열쇠고리를 꼭 쥔 채 잠이 오지 않아 말똥말똥 눈을 뜨고 있는 제나.

#6   프롤로그 : 채화여고 (밤)

– 장대비가 퍼붓는 운동장에서 잠옷 차림으로 우산도 없이 서 있는 제나. 시커먼 어둠 속에서 번개가 번쩍이자 귀신에 홀린 듯 넋이 나간 제나의 얼굴이 보인다.
– 손에 벽돌을 든 채로 물을 뚝뚝 흘리며 복도를 걸어가는 제나. '출입 통제 구역'이라고 적힌 문 앞에 서자 벽돌로 자물쇠를 힘껏 내리친다. 쿵쿵쿵! 하고 울려 퍼지는 소리.

CUT TO

인쇄실 안. 선반 위에 올려놓은 핸드폰 불빛에 의지해 캐비닛 속 중간고
사 수학 시험지를 꺼내는 제나. 바로 그때...!! 순찰 중이던 도혁의 손전등
이 제나를 비춘다.

도혁   제나야..... 너 지금...

도혁과 눈이 마주친 제나, 들고 있던 시험지를 떨어뜨린다. 정적이 흐르
는 인쇄실. 제나, 그대로 탈력 발작을 일으키며 쓰러진다.

CUT TO

잠시 후 깨어난 제나. 쓰러진 제나의 머리를 손바닥으로 계속 받치고 있
던 도혁.

제나   (몸을 일으키곤) 설마 저희 아빠한테 연락하신 거 아니죠?
도혁   그래, 아직은. 몸은 괜찮니?
제나   (파르르 떨며) 어떻게 하실 거예요?
도혁   생각 중이다.
제나   선생님이 눈감아주시면 저는 사는 거고 아니면 그냥 여기서 죽을게요.
도혁   협박이니?
제나   아뇨, 사실을 말한 거고 처분을 기다리겠다는 거예요.
도혁   몇 가지만 물어보자. 오늘이... 처음이니?
제나   네.
도혁   내가 생각하기에 제나는 충분히 똑똑하고 착하고 예쁘고 반듯하기까지
        한데... 왜 이렇게까지 했는지 물어봐도 될까?

갑자기 제나의 눈에서 닭똥 같은 눈물이 뚝뚝 떨어진다. 도혁, 우는 제나
의 어깨를 토닥인다. 더 큰 소리로 꺼이꺼이 울기 시작하는 제나. 도혁,
어쩔 줄 몰라 하며 제나를 안아준다.

제나	(우느라 뭉개진 발음으로) 저를.. 포기하지 말아주세요.
도혁	(더 가까이 다가가) 응? 뭐라고?
제나	포기... 포기하지 마요.
도혁	그래... 선생님은 절대 제나 포기 안 해. 그러니깐 그만..

기다리던 답을 들은 제나. 순간, 두 팔로 도혁의 목덜미를 있는 힘껏 끌어안는다.

| 제나 | 약속, 하신 거예요... |

조금 더 강하게 도혁의 목을 죄이는 제나의 팔. 도혁, 매달린 제나 쪽으로 몸의 무게 중심이 쏠린다. 손목에 찬 제나의 스마트워치가 눌리면서 선반 위의 핸드폰 녹화가 시작된다. 제나의 숨소리가 거칠어지면.. 카메라 쭉 패닝해 그 모습을 구석에서 지켜보고 있는 태준을 비춘다. 저승사자 같은 태준의 얼굴로 점점 더 클로즈업 되면서... 컷!

타이틀 〈선의의 경쟁〉

7   인쇄실 + 화단 (밤)

긴장한 제이에게 천천히, 어둠에서 빛으로 한 걸음씩 걸어오며 후드를 벗는.. 제나.

제이	(귀신을 본 듯) 언니?
제나	제이야.. 너 여기서 뭐 해?
제이	무슨 소리야 언니야말로..
제나	너도 아는구나. 아빠가 도혁쌤 죽인 거..

제이	응-???

휘둥그런 제이의 눈을 보는, 창백한 제나. 제이의 손에 들린 핸드폰을 보더니 눈이 커지며 갑자기 무작정 달려든다.

제나	그거 도혁쌤 폰이지? 이리 내.
제이	왜 이래!

뺏기지 않으려는 제이와 마구잡이로 달려들지만 힘이 없어 휘청거리는 제나. 이때 밖에서 비명 소리가 울려 퍼진다. 멈칫하는 제이. 우슬기! 소리에 제이가 창문을 열고 밖을 내다보자 제나, 그 틈에 제이 손에서 폰을 빼앗으려는데.. 그만 창밖으로 도혁의 핸드폰이 떨어져버린다. 캄캄해서 아무 것도 보이지 않는 화단을 멍하니 바라보는 제이. 그 순간, 제나가 높이를 가늠하는가 싶더니 그대로 2층 아래로 뛰어내린다.

제이	미친!! 유제나! 괜찮아?

제나, 벌떡 일어나 미친년처럼 수풀을 뒤지는데... 그때, 화단을 비치는 손전등.

수위	거기 누구야?

불빛이 비추자 제나, 눈을 감았다 뜨는데.. 순간, 수위의 얼굴이 도혁으로 보인다. 또다시 들려오는 비명 소리에 수위가 한눈을 판 사이, 제나가 들짐승처럼 도망친다.

#8   운동장 (밤)

벌벌 떨며 칼을 떨어뜨리는 범수. 슬기, 베인 어깨를 감싸며 털썩 주저앉는다. 운동장에 뚝뚝 떨어지는 슬기의 피. 태준, 술렁이는 사람들 사이를 헤치며 나온다. 슬기의 상태를 얼른 살피더니, 주머니에서 자신의 손수건을 꺼내 단단히 동여매는 태준. 태준의 재빠른 대처. 예리는 그 모습을 보며 뒷걸음질 치는데.. 뒤돌아보면 아이들 모두가 핸드폰으로 촬영 중이다. 사람들의 시선에 불안하게 떨리는 예리의 눈동자.

9   화단 (밤)

화단에 우두커니 선 제이. 허망한 얼굴로, 제나가 미처 찾지 못한 도혁의 폰이 나뭇가지에 걸려 있는 걸 발견한다. 그때, 들려오는 교내 방송.

방송E 안내 말씀드립니다. 금일 축제는 끝났습니다. 재학생들은 속히 교실로 복귀하시고 학부모를 비롯한 외부인들께서는 강당에서 대기 후 학교의 지시를 따라주시기 바랍니다. 다시 한번 말씀드립니다. 금일 축제는 모두 끝났습니다..

제이, 일단 재킷 안주머니에 도혁의 핸드폰을 숨긴다.

10   교문 앞 (밤)

철컹 잠기는 교문. 나가려는 사람들이 몰리며 삽시간에 아수라장이 되는 교문 앞. 교직원들과 수위가 나와 사람들을 막아 세운다. 사람들 사이의 아라, 패닉이 된 얼굴이다.

CUT TO
다리를 살짝 절뚝거리며 교문으로 걸어오던 제나, 진로 방향을 바꾼다.

11   운동장 (밤)

어수선한 사람들 틈에 예리한 눈빛으로 선 경이, 범수가 떨어뜨린 칼을 줍는다. 슬기의 붉은 피가 묻어 있다. 주변에 널린 천으로 대충 감아 허리춤에 넣는데, 제이가 달려온다.

제이   어떻게 된 거야?
경이   슬기가 좀 다쳤어.
제이   (낯빛이 급격히 어두워지는) 얼마나? 슬기 지금 어디 있는데?
경이   너희 아빠가 데리고..

제이, 경이의 말이 끝나기도 전에 다시 어디론가 뛰어간다.

12   뒤뜰 담장 (밤)

접질린 다리로 담장을 향해 걸어가는 제나. 병진, 제나를 앞질러 뛰어가더니 사뿐히 담장을 뛰어넘는다. 다친 발목 때문에 뛰지 못하고 잠시 망설이는 제나.

병진   (제나를 향해 손을 내밀며) 도와줄까?

13   양호실 (밤)

대충 지운 립스틱과 마스카라. 초조한 듯 전자 담배를 빨며 붕대를 찾는 예리. 살짝 다친 손을 붕대로 칭칭 감는데... 갑자기 인기척이 들리자 파티션 뒤로 재빨리 몸을 숨긴다. 아직 담배 연기가 남아 있는 양호실 안으로 덜덜 떠는 범수를 데리고 들어오는 교장과 담임. 문을 잠그고 범수에게 물 한 잔을 건넨다. 범수, 피 묻은 손으로 컵을 받아 들다 떨어뜨린다.

깨지는 컵. 심상치 않음을 느끼는 교장.

교장   김범수! 정신 차리고 지금부터 묻는 말에 정확히 대답해야 된다. (간신히 끄덕이는 범수의 어깨를 잡으며) 술 마셨니? 아니면... 약?

깨진 유리컵을 줍는 담임의 손이 파티션 근처까지 왔다 멈춘다.

CUT TO
파티션 밑으로 보이는 담임의 손에 바짝 긴장하는 예리. 귀를 쫑긋 세우지만 범수의 대답이 들리지 않아 미칠 지경이다.

교장E   범수 부모님께 연락하고 학교 법무팀 들어오라고 해요. 아, 어서요!

CUT TO
허둥지둥 나가는 담임.

14   교무실 (밤)

교무실의 모든 전화가 미친 듯이 울리고 있다. 저희 학교 아닌데요, 상황 파악 중입니다, 잘 모르겠습니다. 교사들 모두 우왕좌왕인데... 들어서는 담임.

담임   아무도 전화 받지 말아요!!!

일동 얼어붙고. 더욱 신경질적으로 울려대는 전화 벨소리와 교내 방송 소리가 엉킨다.

15   뒤뜰 담장 밖 도로 (밤)

뒤뜰 담장에서 이어진 도로. 발목이 불편한 제나가 담을 넘다 휘청거리자 병진이 아래서 받아준다. 안기듯 그대로 넘어지는 제나. 제나의 가슴이 닿자 병진, 살짝 의아한 표정이다. 당황한 제나, 벌떡 일어나 황급히 자리를 떠난다.

병진   하여튼 서울 것들은..

그때 훅! 담을 넘는 제이, 제나와 반대쪽으로 뛰어간다. 뭐가 지나갔나 싶어 정신없는 병진, 툭툭 털며 일어난다.

16   J메디컬센터 응급실 (밤)

뛰어 들어온 제이, 커튼을 하나씩 열어보며 슬기를 찾는다. 지나가던 레지던트를 붙잡고는

제이   좀 전에 들어온 환자 중에 교복 입은 여학생 있죠?
레지던트   이름이?
제이   아니... 원장님 지금 어디 계세요?

17   J메디컬센터 수술실 (밤)

차가운 수술대 위에 엎드려 있는 슬기, 이미 죽은 사람처럼 몸이 축 늘어져 있다. 바닥을 향한 슬기의 시야에 들어오는 태준의 발. 슬기, 정신을 차리려 안간힘을 써보지만 춥고 어지럽고 아프다. 주사약을 세팅해 슬기에게로 다가오는 태준. 슬기, 경계의 눈초리로 있는 힘껏 태준을 쏘아본다.

18   병원 몽타주 (밤)

- 비상구 계단을 한꺼번에 몇 개씩 뛰어오르는 제이.
- 수술실을 뒤지며 슬기를 찾고 다니는 제이의 발걸음이 점점 더 빨라진다.

19   J메디컬센터 수술실 (밤)

희미하게 들려오는 음악 소리. 슬기, 마취약이 도는지 스르륵 감기는 눈 꺼풀을 바르르 뜬다. 태준이 수술 도구를 잡으려는 그 순간... 벌컥 열리는 수술실의 문, 제이다. 얼마나 뛰었던지 땀범벅이 되어 가쁜 숨을 몰아쉰다. 누워 있는 슬기를 바라보는 제이.

태준   계속 거기 서 있을 거냐?

제이, 안으로 들어와 걱정스런 얼굴로 슬기의 상태를 살핀다.

제이   얘 설마, 죽었어요?
태준   .....
제이   얘네 아빠도 아빠가 죽였다면서요? 왜? 유제나랑 섹스 하는 사이라?
태준   언니의 명예를 생각한다면 우선생 폰 아빠에게 주렴.

태준, 도혁의 폰을 넣어둔 제이의 주머니를 뚫어져라 본다. 긴장하는 제이, 순간적으로 메스를 잡아 태준의 손등에 내리꽂는다. 제이, 본인도 놀라 태준의 표정을 살피는데..

태준   제이가 잡아볼래?

상상이 깨지며 놀라는 제이. 태준, 시술 기구를 건네며 태준   기회를 줄 때 손의 느낌을 맛보면 의대를 향한 목표가 굳건해질 게다.

제이, 슬기의 파리한 얼굴을 잠시 바라본다. 꼼짝없이 누워 있는 슬기가 안쓰럽기도 바보 같기도 하다. 슬기의 손을 꼬옥 잡고는 수술대에 얼굴을 대는 제이. 태준, 제이에게 실망한 얼굴로 슬기 상처에 바늘을 넣는다.

태준   예과 1학년 때 돼지 껍데기로 처음 봉합 연습을 시작하지. 근데 그건 두껍고 질이 고르지 못해 아주 짜증이 나. 내가 기대했던 느낌이 아니었지. 그러다 본과 2학년이 되면 기증받은 시체로 처음 진짜 사람 피부에다 해보게 되는데, (슬기 어깨의 실을 팽팽히 당기며) 이렇게 실을 당길 때 얼마나 부드러우면서도 탄력 있는지.. 그날 밤엔 손끝이 찌릿해 밤잠을 이루지 못했지. 근데 우리 제이 친구는 보육원에서 자라 그런지 피부에 지방층이 아주 부족하구나. 탄탄함이 없어. 성장기에 못 먹고 자라면 다 이렇지. 그래도 제이 친구니 특별히 흉터 안 남게 아빠가 신경 쓰마. 거기 포셉 좀 줄래?

제이, 태준을 서늘하게 바라보더니 포셉을 건네는 대신 자신이 직접 장갑을 끼고 슬기의 상처를 이어 봉합하기 시작한다. 놀라 가만히 지켜보는 태준. 제이, 태준보다 더 냉철한 얼굴로 깔끔하게 봉합한다. 제이의 실력에 흡족한 태준, 역시 내 딸이구나 싶다. 그런 태준과 제이의 손에 몸을 맡긴 채 의식 없이 누운 슬기의 파리한 얼굴.

20 강당 (밤)

일사불란하게 움직이는 교직원들. 강당의 모든 창에 기지국 전자파 차단 블라인드가 내려지고, 책상이 세팅된다. 길게 늘어선 줄. 학부모와 외부인들이 교직원에게 핸드폰을 일일이 검사받고 있다. 검사를 마친 핸드폰에 스티커를 붙이고 동의서를 주는 교직원.

교직원   (밑줄을 치며) 정확하지 않은 내용을 유포시 학교는 법적 책임을 물을 수 있단 내용이고요. 여기 비밀 유지 동의서에 서명하세요.

경이모 지연, 펜을 들고 망설이더니 옆을 한번 스윽 본다. 군말 없이 싸인 중인 다른 학부모들. 지연도 싸인을 하고 나오는데 사람들의 대화가 들리자 걷는 속도를 천천히 늦춘다.

학부모1   다친 애가 누구라고요?
학부모2   이번 학기에 전학 온 고3이라던데.. 보육원 출신이란 얘기가 있어요.
학부모1   아니 그런 애가 어떻게 우리 학교를...
학부모2   근데 또 공부는 잘하나봐요. 중간고사 전교 1등 했다던데요.
학부모1   오자마자 전교 1등을 하는 게 가능한가? 뭐 있는 거 아냐?
학부모2   어머, 그러네. 웬일이니? 어쩐지.. 멀쩡한 애가 칼에 찔릴 리가 없지.

사람들의 대화를 유심히 듣는 지연의 표정.

21   교실 (밤)

쥐 죽은 듯 고요한 교실. 아이들 모두 책상 위에 소지품을 올려놓고 정자 세로 앉아 있다. 담임, 책상 사이를 훑고 지나가며 소지품을 살핀다. 몇몇 아이들의 책상에는 아라에게 산 약이 든 생리대가 올라와 있다. 구매자 들, 아라와 불안한 눈빛을 교환한다. 채령의 전자 담배를 보고 멈춰서는 담임. 채령, 이제 죽었다 싶다. 담임, 전자 담배를 한 모금 펴보더니

담임   대마만 안 되는 게 아냐. 담배도 안 돼, 구채령... 알겠어?

채령, 연신 고개를 끄덕인다. 그 모습을 보고 안도하는 예리. 담임, 의심 의 눈초리를 거두지 못한 채 예리의 소지품을 살피지만 콘돔 외에는 특 이할 게 없다. 당당한 예리를 지나 아이들의 비타민과 보약, 각종 상비약 까지도 일단은 전부 다 압수하는 담임.

시우	쌤 이건 그냥 소화제인데요?
담임	필요하면 양호실에 가서 받아. 개인적으로 들고 다니지 말고. 부반장! 뒤쪽 사물함도 모두 열어.

경이가 달려가 착착 순서대로 사물함을 연다.

경이	쌤, 자리에 없는 사람들은 어떻게 할까요? 자물쇠를 부술까요?
담임	... 일단 둬.

모두 문이 열려 있는데, 오로지 범수와 슬기와 제이의 사물함만이 굳게 닫혀 있다.

22   J메디컬센터 수술실 앞 복도 (밤)

수술을 끝낸 태준과 함께 나오는 제이. 슬기가 베드에 실려 나온다. 달려오는 희윤.

희윤	(날이 선) 보호자 동의 없이 환자 수술대에 올리는 버릇 여전하시네요.
태준	.....
희윤	이번에도 무슨 일 생기고 나면 그때 연락하시려고? 남편도 모자라 딸까지.. 당신이 그러고도 의사야?

주변 소리에 슬기, 눈을 떠보려 하지만 아직 눈꺼풀이 무겁다.

희윤	다른 병원으로 옮기겠어요!
태준	이 시간에 옮길 수 있는 병원이 있다면 그러셔도 됩니다. 다만, 방금 봉합 수술을 끝내 감염의 위험이 있으니 동의서에 사인은 하고 가셔야 합니다.

멈칫하는 희윤을 보곤 태준, 자애로운 미소를 짓는다.

태준　　우슬기 환자 VIP 병실로 올려드려.

깍듯이 인사하고는 자리를 뜨는 태준. 간호사들, 베드를 이동시킨다. 태준을 쏘아보는 희윤. 제이가 이동하는 베드를 잡고 따라가자 희윤, 제이를 밀어내고 슬기의 손을 잡는다. 베드에 실려 이동하는 슬기는 눈부신 복도 등과 움직임에 어지럽고 혼란스럽기만 하다.

23　　J메디컬센터 원장실 (밤)

슬기의 피가 묻은 셔츠를 벗으며 들어오는 태준, 기분 좋아 보인다. 철저한 태준답게 탄탄한 몸. 셔츠를 쓰레기통에 던지고 새 옷을 갈아입으며 컴퓨터에서 채화여고 특별 서비스의 건강 검진 폴더를 연다. 학생증 사진으로 분류된 전교 20등의 데이터들. 태준, 콧노래까지 흥얼거리며 여는 건 범수의 과거 건강 검진 데이터다. 혈액, 모발, 소변에서 나올 수 있는 약물의 수치가 기준치 초과로 표시된다. 그 옆에는 아직 결과가 등록되지 않은 슬기의 차트가 열려 있다. 핸드폰이 울리며, 화면에 뜬 이름은 '교장'이다.

태준　　(전화를 받아) 네, 교장 선생님..

24　　제이의 집 2층 + 제나방 (밤)

2층으로 올라오는 제이, 지친 얼굴로 제나의 방을 바라본다. 조심히 제나의 방문을 열고 어두운 방에 우두커니 선, 혼란한 표정의 제이. 문득 주머니에서 꺼내 보는 도혁의 폰. 깨진 폰을 다시 켜보려고 하지만 먹통이다. 제이, 옷장을 열어 공주 드레스도 보고 이것저것 뒤져 보지만 딱히 눈에 띄는 건 없다. 루시드폴의 CD를 틀어놓고는 방을 더 뒤져본다. 성적 관련 자료들이 가지런히 정리된 파일을 발견하는 제이. 침대에 누워 성적표를 유심히 보는데 2학년 2학기 중간고사 때부터 급격히 오른 수학 성적 그래프가 눈에 들어온다. 이때 울리는 전화, 아라다. 귀찮다는 듯 통화 버튼을 누르는 제이, 스피커폰으로 연결한다.

아라E	(다짜고짜) 어쩔 셈이야.
제이	뭘?
아라E	너 대체 어디야? 내가 보낸 문자는.. 봤어? 생각보다 사태가 심각하다고.
제이	왜 네가 난린데, 네가 슬기 찔렀어?
아라E	(목소리 낮추며) 범수 약에 취해서 슬기 찌른 거잖아.. 우리가 약 판 거 탄로 나면?
제이	(가소롭다는 듯) 우리? (틀어뒀던 음악을 끄며) 내가 너 직거래는 절대 안 된다고 신신당부했지? 그거 어기고 네 멋대로 범수한테 약 팔아놓고 우리라니... 입 조심해.

25   운동장 (밤)

축제의 흔적을 정리하느라 바쁜 사람들, 은밀하고 민첩하게 움직인다. 삽으로 슬기의 혈흔이 묻은 모래를 퍼내 포대 자루에 담고 새 모래를 뿌린다. 그 모습을 바라보며 통화 중인 아라.

아라	그... 그래봤자 나는 판매책에 불과해. 약을 공급한 건 제이.. 너잖아.
제이E	나한테서 약이 나왔다는 걸, 아는 사람은 너뿐이지만 너한테 종이학을 받고 약을 직접 산 아이들은 수두룩할 텐데... 안 그래?

아라, 곧 울 것 같은 얼굴이 된다.

26   제이의 집 제나방 (밤)

24씬에 이어 계속.

제이   걱정하지 말고 앞서가지도 마. 그냥 너는 내가 시키는 대로 조용히 입만
          닫고 있어. 그러면 다 지나갈 거야. (종료 버튼 누르려는데)
아라E   한 명 있지. 우슬기... 우슬기한테는 네가 직접 약 준 거 아냐?
제이   ....
아라E   우슬기 믿을 수 있어? 걔가 입 열면 너도 나도 다 좆되는 거야.

제이, 짜증난다는 듯 통화를 꺼버린다. 입술을 깨무는 제이. 위치 추적 앱
을 열어본다. J메디컬센터에서 움직임 없는 슬기를 보며 생각에 잠기는
제이, 제나의 방을 나선다.

27   경이의 집 지하주차장 (밤)

주차장 안으로 천천히 들어오던 지연의 차가 끼익! 굉음을 내며 멈춘다.

지연   1등 한번을 못하길래 머리가 별로인건 알았지만 최경.. 너 이정도야?
경이   (발끈) 갑자기 그 얘기가 왜 나와?

지연, 경이의 몸을 뒤져 슬기의 피가 묻은 칼을 찾아낸다.

경이   엄마도 봤잖아, 학교 대응하는 거. 칼부림이 났는데 은폐하고 통제하고!
          증거가 이렇게 확실한데... 경찰도 알아야지!
지연   너 입도 뻥긋하지 마 알았어?
경이   엄마!
지연   섣불리 움직였다가 네 대입에 털끝만큼이라도 불이익 가는 꼴은 죽어도
          못 보니깐 엄마 말 들어. 알았어?

경이	(시니컬하게) 법 일한다는 사람이 쪽팔리지도 않아?
지연	법을 잘 아니깐 하는 말이야. 내려!

경이, 어두워진 안색으로 차에서 내린다.

28 예리의 집 앞 (밤)

예리, 현관 앞에 멍하니 서 있다. 선명하게 붙은 빨간 딱지. 현관을 열어
보려는데, 지문도 먹히질 않고 비밀번호는 아무리 눌러도 경고음만 울
려댈 뿐이다. 미칠 것 같은 예리, 악! 소리 지르고 주저앉는다. 울 것 같은
얼굴로 계단에 웅크리고 앉아 무릎에 고개를 처박는데.. 갑자기 울려대
는 핸드폰. 보면, 페이스북의 익명 페이지 '대준동 대신 알려 드립니다'에
알림 개수가 기하급수적으로 올라가고 있다. 떨리는 손으로 동영상을 클
릭하자 범수가 슬기를 찌르는 모습이 그대로 찍혀 있다. 동시에 단톡방
메시지와 인스타그램의 DM으로 미친 듯이 울리는 예리의 핸드폰. 예리
의 얼굴이 공포로 물든다.

29 몽타주 (밤)

- 올라온 동영상을 확인하는 경이, 제이, 아라.
- 범수의 신상, 자해 사진을 올린 인스타그램 비계까지 몽땅 털린다.
- 태준도 실시간으로 동영상을 확인한다.
- 댓글 반응을 보며 낄낄거리는 병진, 번뜩이는 표정이 된다.
- 각종 SNS를 타고 여기서 저기로 퍼 날라지는 동영상과 소문.

30 J메디컬센터 VIP 병실 (밤)

몽타주들이 마치 악몽처럼 슬기를 괴롭힌다. 식은땀을 흘리며 괴로워하는 슬기. 희윤, 졸고 있다 슬기의 신음에 잠이 깨는데 갑자기 신경질적으로 울리는 희윤의 핸드폰. 희윤, 얼른 전화를 받으러 나간다. 동시에 헉! 잠에서 깨는 슬기. 혼자 덩그러니 남겨진 휑한 병실. 슬기, 벌떡 일어나려다 상처의 통증에 숨이 막힌다. 천천히 정신을 차려보는데.. 환자복에 선명히 새겨진 'J메디컬센터' 글자가 어쩐지 꺼림칙하다.

#31   J메디컬센터 복도 (밤)

창밖에 서서 핸드폰을 보고 있는 슬기. 빠르게 숏츠로 확산 중인 범수의 흉기 난동 장면을 보자 어깨의 통증이 더 날카롭게 파고든다. '배후가 누굴까?'라는 댓글에서 잠시 멈칫하는 그때, 갑자기 누군가 뒤에서 슬기를 와락 껴안는다. 그대로 온몸이 굳어버리는 슬기. 입도 떼지 못한 채 창문을 바라보는데... 슬기를 안았던 누군가가 서서히 고개를 쳐든다. 창문에 비친 그녀는... 제이다. 긴장한 슬기, 뻣뻣해진 고개 대신 눈동자를 끝까지 돌려 제이를 바라본다.

제이   슬기야! 괜찮아?

제이, 슬기의 앞으로 다가와 생긋 웃는다. 어떻게 대해야 할지 몰라 어색한 슬기.

슬기   (안도와 불안이 뒤섞인) 응... 그럼..
제이   (슬기의 옷을 걷어 상처를 살피며) 많이 아프지? 그래도 봉합은 잘 됐어, 금방 아물 거야.

어깨를 다시 여미는 슬기의 몸에는 오래된 다른 상처도 많다. 흔들리는 제이의 눈빛.

| 제이 | 답답하지? 우리 잠깐 나갈래? 밖에 제윤이도 와 있어. |

썩 내키지 않는 슬기. 제이, 아랑곳 않고 슬기를 휠체어에 태워 데리고 나간다.

32   병원 외부 벤치 (밤)

휠체어에 앉아 밤공기를 크게 한번 들이마시는 슬기, 발랄한 제윤을 멍하니 바라본다. 제이, 음료수를 건네며 그런 슬기의 얼굴을 본다.

제이	나 가끔 제윤이 죽는 상상한다?
슬기	응..?
제이	나중에 진짜 죽으면 너무 슬플까봐 미리 조금씩 상상해두는 거지.
슬기	...
제이	슬기 네가 죽는 상상도 요즘 자주 해.
슬기	...!

잠시 눈 마주치는 둘. 제이, 긴장한 슬기를 보며 피식 웃는다.

33   J메디컬센터 VIP 병실 (밤)

복잡한 얼굴로 핸드폰을 만지작거리며 들어오는 희윤. 텅 빈 침대에 당황해 얼른 복도로 나와보는데 아무도 없이 휑하다.

34   병원 외부 벤치 (밤)

적막이 흐르는 밤공기. 슬기, 음료수를 한 모금 마신다.

슬기	근데 너 혹시.. 내 핸드폰 못 봤어?
제이	응? (의아하게 슬기 환자복 주머니의 핸드폰을 보자)
슬기	아.. 아니 이거 말고, 정확히는 우리 아빠 건데 잃어버렸거든.
제이	(멈칫) 아..... 어쩌다..
슬기	비번 걸려 있어서 열어보지도 못했는데.. 그리고 보니 제이 너도 우리 아빠 알겠구나.
제이	수업 들었던 적이 없어서... 근데, 딱히 좋은 분은 아니셨던 거 같아.
슬기	응? 왜?
제이	(얼굴 살피며) ... 학생들이랑 잔다는 소문이 있었거든.
슬기	...!! 설마... 안 들은 걸로 할게.
제이	왜? 그나마 다행이지 않아? 너무 좋은 사람이었던 것보단 덜 억울하잖아.
슬기	뭐???

슬기, 어이없이 제이를 보는데... 제이는 진심인 표정이다.

슬기	... 너 진짜 불쌍하다.
제이	???
슬기	다 너처럼 살진 않아 유제이.

슬기, 자리에서 일어나 가버리고. 멀뚱히 휠체어와 남겨진 제이와 제윤.

#35 병원 밖 (밤)

방금 들은 말을 잊으려는 듯 부러 더 빠르게 걷는 슬기. 문을 열고 들어가려는데, 닫혀 있다. 당황한 슬기. 옆문들도 다 닫혀 있고 안쪽을 봐도 경비조차 보이지 않는다. 얇은 환자복에 덜덜 떨며 병원을 한 바퀴 돌아보는 슬기. 드디어 빛이 새어 나오는 곳을 발견하는데.. 냉동차에서 커버에 씌워진 시신들을 꺼내 옮기는 사람들이 보인다. 기괴한 움직임들. 슬기, 입을 틀어막고 지켜보는데.. 뒤돌아보는 태준의 광기 어린 눈! 얼른 숨는 슬기. 태준이 작업자들에게 돈을 주는 사이 재빨리 건물 안으로 들어간다.

#36   J메디컬센터 복도 + 태준의 해부실 (새벽)

아무도 없는 스산한 복도. 슬기, 숨죽이며 한 발 한 발 조심히 내딛는데.. 고요한 복도를 울리는 슬기의 전화벨. 슬기, 얼른 받는다. 병진이다.

병진E   안 죽고 살아 있네? 병원장 딸이랑 같이 약 빨면서 전교 1등도 하고, 그 병원에서 VIP 대접도 받고 그러는 거냐?

슬기   ...

병진E   채화여고 진학률의 비밀이 밝혀졌다고 인터넷이 난리야. 나한테 좋은 사업 계획 있는데 함 들어볼래?

슬기   아시다시피 제가 지금 병원이라..

병진E   그래서 급하게 전화한 거지. 일단 진통제 좀 잘 모아두고.. 응? 근데... 너 최수진이랑 연락 안 되는 거 확실해? 씨발.. 어디서 뒈졌나? 어째 그년 소식 아는 사람이 하나도 없어.

막다른 곳에서 길을 잃은 슬기, 아까 옮겨둔 시신들을 아무렇게나 쌓아둔 곳을 발견한다. 커버 밖으로 삐죽 튀어나온 페디큐어를 한 여자의 발. 발등에 화상 자국이 선명하다. 그때, 죽은 줄 알았던 시신의 발이 꿈틀거린다. 튀어나오는 비명을 틀어막으며 뒤돌아 서는데...! 무언가를 보고 숨이 턱 막히는 슬기.

병진E   야! 우슬기! 듣고 있냐? 야, 우슬기!!

#37   골목 (새벽)

어두운 골목을 걸어가는 제이, 누군가 자신을 뒤쫓는 느낌에 제윤이를 안고 발걸음을 재촉한다. 조용한 골목길에 울려 퍼지는 제윤이의 앙칼진 울음소리.

제이   쉿! 제윤아, 조용히 해.

제윤이 뭔가를 본 듯, 더 격렬하게 짖어댄다. 제이, 가던 길을 멈추고 갑자기 뒤를 돌아보는데.. 누군가의 전기 충격기 공격에 그대로 기절한다.

CUT TO
제이, 눈을 뜨면 한껏 긴장한 얼굴로 자신을 내려다보고 있는 제나가 보인다.

제나   (제윤이를 안은 채) 도혁쌤 폰 줘.
제이   (몸을 일으키며) 와후! 안 내놓으면 너 나 죽이겠다..? 제윤이는 인질?

죄지은 얼굴로 제윤이를 내려놓는 제나. 제윤, 슬리퍼를 신은 제나의 맨발을 핥는다. 어릴 적 다친 제나의 발등 상처에 시선이 머무는 제이.

제이   (혼잣말로) 다들 왜 이렇게 상처가 많아.
제나   ... 제윤이도 너도 보고 싶었어.
제이   됐고, 그동안 어디 있었어? 아빠가 언니랑 우쌤 사이 아는 거지?

제나, 고개를 간신히 끄덕인다.

제이   그래서 아빠가 우쌤을 죽였다? 증거 있어?
제나   그 핸드폰 동영상...
제이   그건 살인의 동기가 되긴 해도 간접 증거잖아. 직접 증거는?
제나   나, 내가 증인이잖아.
제이   그래서 집에 못 오는 거야?

제나	너는 몰라, 아빠가 얼마나 무서운 인간인지.. 그러니깐 우쌤 폰 나 줘.
제이	뒤져서 알 거 아냐? 지금 없어. 근데 그거 가지고 뭘 어쩔 생각인데?
제나	너 정말.. 약속 지킬 수 있어?

제나, 조심스럽게 입을 떼려는데 제윤이 길고양이를 보고 왕왕 짖으며 뛰어간다. 그 바람에 대화가 끊기는 제이와 제나. 서로를 바라보는 눈빛. 제이, 일단 제윤이를 잡으러 가려는데..

제나	(제이의 팔을 잡으며) 제이야, 나 이대로는 정말 미쳐버릴 거 같아. 쌤 가족들도 진실을 알아야지!
제이	일단 진정하고.. (가방에서 핸드폰 하나를 꺼내 건네며) 받아, 대포폰이야. 우쌤 폰 줄 테니깐 내 연락 받아. 언니 만난 거 말 안 할 테니 걱정 말고.
제나	(대포폰을 받고선) 만나기로 했어.
제이	누굴? 누굴?!!!

다시 돌아온 제윤, 제나와 제이를 향해 고개를 갸우뚱거린다.

38 J메디컬센터 태준의 해부실 (새벽)

태준, 슬기의 핸드폰을 빼앗아 입 가까이에 갖다 댄다.

슬기	좀 이따 다시 걸게요.

통화 종료 버튼을 누른 후 슬기의 폰을 돌려주는 태준. 태준은 수술용 장갑을 끼고 있다.

태준	(서늘한) 의대 지망한다고? 슬기는 시신 본 적이 있나?
슬기	제가... 길을 잃어서요. 죄송합니다.
태준	이 시신들은 신원 불명들이란다. 가족들조차도 찾아가지 않는 버려진 시

신들.. 나는 지금도 좀 더 완벽한 수술을 위해 매일같이 연습하지.

슬기 .. 불법 아닌가요?

태준 장례 치를 돈이 없어 인수를 거부당한 가여운 이들을 거둬 깨끗이 화장 까지 해주니 알고 보면 모두에게 좋은 일이지. 구청 입장에서는 이게 골 칫거리거든. 합동 장례니 뭐니 해서 세금이 얼마나 드는지 모른단다.

태준, 커버에서 시신을 꺼내 차가운 스테인리스 위에 올리는데... 보면, 어린 소녀다.

태준 쯧쯧.. 가여워라. 보육원을 나와 거리에서 지낸 모양이네. (눈을 감고 기도 하는) 하나님 아버지.. 여기 길 잃은 어린 양이 있습니다. 비록 육신은 끝 이 났지만 부디 영은 아버지 나라에서 영원한 안식을 누리게 해주소서.

진지하고 엄숙한 태준의 기도가 섬뜩한 슬기, 뒷걸음질 친다. 조용히 문 을 열고 나가려는데, 열리지 않는 문. 덜컹! 슬기, 당황하는데.. 기도하던 태준이 슬기를 섬뜩하게 바라보곤 터벅터벅 다가온다. 겁먹는 슬기. 태 준, 점점 가까워지더니... 버튼을 눌러주며

태준 의대에 가려면 피와 장기를 무서워하면 안 된단다. 슬기도 곧 경험할 수 있겠지. 이대로 조용히 의대에 진학한다면 말이다.

39 교문 (아침)

핸드폰에 코를 박고 등교 중인 아이들. 심상치 않은 분위기에 주변을 살 피던 경이의 시야에 교문 안으로 들어오는 경찰차가 보인다. 경이, 불길 함을 느낀다.

40 교실 (오전)

안절부절 못하는 아라, 태연하게 자습 중인 제이에게 못 참고 뚜벅뚜벅 걸어가는데.. 교실로 들어오는 담임과 형사1. 멈칫하는 아라, 슬기의 빈 자리에 일단 앉는다.

담임   경찰서에서 나오신 형사님이셔. 축제 때 있었던 일 때문에 오셨으니깐 다들 공부하느라 바쁘겠지만 성심성의껏 협조하도록.

41 상담실 몽타주 (오전)

교장이 동석한 채 아이들을 심문하는 형사1. 긴장하고, 귀찮고, 짜증스럽고, 의뭉스러운 아이들의 다양한 태도와 얼굴들이 빠르게 교차한다.

채령   범수는... 딱히 친구 없는데? (교장 눈치를 보며) 아! 왕따는 아니고요. 저희 학교엔 왕따 그런 거 없어요. 걘 그냥 자발적 아웃사이더?

시우   약 먹는 건 자주 봤어요. 그게 뭔 약인지 제가 어떻게 알아요.

경이   상태가 좋지 않았던 건 확실해요. 땀을 엄청 흘리고 물을 엄청 마셨어요. 눈도 벌겋게 충혈되어 있었고.. 어디 아픈가? 했죠.

탐탁하지 않은 교장의 얼굴.

예리   저는 아무 것도 몰라요. (전치 1주 진단서를 꺼내며) 저도 피해자라고요! 하프로 대학 갈 건데 지금 손을 다쳐서 연습도 못 하고 망했어요...

아라   범수가 20등 안에 못 들었다고 전학생만 없음 자기가 20등 안에 들었을 거라고 억울해 했어요. 아! 그 전학생이 칼에 찔린 애에요. 우슬기..

CUT TO
똑똑— 노크 소리와 함께 제이가 상담실로 들어온다. 침착하게 인사하고는 자리에 앉는 제이. 다른 아이들과는 사뭇 다른 분위기의 제이를 보자, 형사1도 예의를 차린다.

형사1　바쁜데 시간 내줘서 고맙다. 몇 가지만 물을게. 아이들 말로는 제이가 슬기랑 제일 친하다고 하던데.. 맞니?

제이　(한참 뜸을 들이더니) 슬기에 대해서 정확하게 뭐가 궁금하신데요?

42　교문 앞 (오전)

희윤의 차가 교문 앞에 선다. 어깨 보조기를 찬 슬기를 물끄러미 바라보는 희윤.

희윤　좀 더 쉬지, 아빠 닮아 너도 고집 참 세다.

슬기　고3이잖아요. 아픈 건 사치예요.

희윤　그래, 그럼 사과해도 한 번에 받아주지 말고.

슬기가 희미하게 웃자, 용기를 내는 희윤. 내리려는 슬기를 향해..

희윤　저번에.. 집에 손님 계실 때 왔다 간 거지?

insert〉2부 32씬, 현관 앞 신발장에 우편물을 두고 나온 슬기.

희윤　병원에서 나온 사람이었어, 합의하라고.

슬기　(공손하게) ... 감사합니다.

슬기, 인사를 하고 차에서 내린다. 슬기의 뒷모습 바라보며 천천히 차를 출발시키는 희윤.

43　복도 (오전)

아이들이 모두 수업 중인 학교로 들어오는 슬기.

담임E   우슬기! 잠깐!

슬기, 뒤를 돌아보면.. 담임이다. 당황한 담임, 슬기의 다친 어깨를 잡고 급히 전화를 건다.

담임   교장 선생님, 우슬기 학교에 왔는데 어떻게 할까요? 네.. 지금 여기 있어요.

44   상담실 (오전)

엄마와 아빠, 변호사까지 대동해 주르륵 앉아 있는 범수. 그 앞에 혼자 앉은 슬기, 이게 무슨 상황인가 싶다.

범수모   이렇게 빨리 만나게 될 줄은.. 근데 보호자 없이도 괜찮을까요?
교장   아, 이 학생은 보육원 출신입니다.
범수모   그건 저희도 아는데.. 일단 고3들에게 제일 중요한 시기에 이런 일로 면학 분위기를 헤치게 돼 교장 선생님께 면목 없습니다.

자리에서 일어나 공손하게 인사하는 범수 부모와 교장. 슬기, 돌아가는 꼴이 심상치 않자

슬기   저도 보호자 있어요.

45   도로 (오전)

운전 중인 희윤에게 전화가 걸려온다. 발신자 '변호사님(경이모 지연)'이다.

희윤	네, 변호사님.
지연E	이따 6시라고 했죠? 제가 같이 가는 게 낫지 않겠어요?
희윤	일단 오늘은 저 혼자 만나볼게요.
지연E	그럼 중간에도 무슨 일 있으면 바로 연락주시고요.
희윤	네, 감사합니다.

전화가 끊기기를 기다리고 있었다는 듯 곧이어 슬기에게서 전화가 걸려온다. 의아한 희윤.

CUT TO
신호를 무시하고 차를 확 돌리는 희윤.

46   상담실 (오전)

문을 벌컥 열고 들어온 희윤. 난데없는 희윤의 등장에 놀라는 담임과 교장.

교장	우 선생님 사모님께서 학교에는 어쩐 일로?
희윤	제가 우슬기 보호자입니다.

CUT TO
슬기 옆에 앉은 희윤.

교장	아시다시피 이 일로 학교 이미지가 많이 실추됐습니다. 대체 누가 경찰에 성급하게 신고를 한 건지.
희윤	교장 선생님 말씀이 좀 이상하시네요? 엄연히 피해자가 있는데 죄지은 사람은 당연히 처벌받아야지요.
교장	(차갑게) 다행히 우슬기 학생이 크게 다치지 않아 바로 등교도 했고, 학교 내부에서 충분히 해결 가능한 문제가 필요 이상으로 커져 아쉽단 뜻

입니다.

희윤 수습 전에 진심 어린 사과부터 해주셨으면 좋겠네요. 가해 학생을 이런 식으로 대면하는 것도 아직 슬기에게는 힘든 일인데 모두 너무하시네요.

범수부 가해 학생이라뇨? 아까부터 말씀이 너무 심하신 거 아닙니까.

희윤 여기! 범수가 우리 슬기 칼로 찌른 거 모르는 사람이 있나요? 목격자만 수십 수백 명입니다.

'우리'라는 말에 가슴이 뻐근한 슬기, 희윤을 바라본다.

변호사 아직 수사 중입니다. 말씀을 삼가 주세요. 그리고 벌어진 사건의 결과만 보자면 범수가 실수를 한 건 맞지만 원인 제공은 슬기가 했다던데요? 범수야, 니가 직접 말해봐.

범수 (우물쭈물 망설이더니) 슬기가 알려줬어요. 제가 중간고사 성적 때문에 막 괴로워하니깐 약 주면서 이렇게 섞어 먹으면 기분 좋아진다고...

슬기 (억울) 야! 김범수! 내가 언제..

교장 우슬기 학생, 사실인가요?

슬기 (희윤을 향해) 아니에요. 저는 범수한테 약 준 적 없어요.

담임 슬기야, 이게 사실이면 그냥 넘어갈 문제가 아니야.

희윤 다들 지금 뭐하시는 거죠? 슬기야, 당장 일어나! 어서!

슬기 싫어요! 제가 잘못한 게 없는데 왜요! 저는 약을 준 적이 없어요.

범수부 그럼 우리 범수가 지금 거짓말이라도 한다는 거니?

범수 (겁먹은 얼굴로) 우슬기 니가 약 팔았잖아. 칵테일 레시피도 알려주고.

담임 범수야, 슬기가 무슨 약을 줬니?

슬기 (절망적인) 선생님!

범수 하얀 약 6알에 분홍색 1알 같이 먹으면 뿅 간다고...

변호사 교내에서 약물 거래를 했다면 심각합니다. 범수 외에도 다른 학생들에게 약물을 팔았는지 철저히 조사를 해봐야 할 거 같습니다.

교장 헛소문이라 생각했는데 학교에 전학생이 들어와 생긴 문제였군요.

슬기 (미치고 팔짝 뛰겠는) 저 아니라구요!!

담임 안 그래도 제가 얼마 전에 소지품 검사도 하고 아이들 개인 면담도 했는데 다들 최근 들어 비슷한 얘기들을 많이 하더군요.

슬기 최근이요? 진짜라면 이미 오래 전부터겠죠!

교장 즉시 학폭위를 소집해 우슬기 학생의 퇴학 여부를 논의하겠습니다.

희윤 사실 확인도 하지 않고 퇴학이라뇨? 퇴학을 당한다면 우리 슬기가 아니라 범수겠죠! 피해자를 퇴학시키는 법이 세상에 어딨습니까.

슬기 아니라구요. 저는 아니에요!

담임 아까부터 나는 아니라고 하는데 그럼 약 파는 애를 알기라도 한단 거니?

격앙되는 분위기. 이때 갑자기 똑똑— 노크 소리. 상담실 안으로 들어오는 또 다른 형사2.

형사2 강남경찰서에서 나왔습니다.. 여기 우슬기 학생 있습니까?

희윤, 불길한 얼굴로 슬기를 바라본다.

CUT TO
다른 이들을 모두 나간 상담실에 형사1, 2와 마주 앉아 있는 슬기.

형사2 우리도 신고가 들어와서 어쩔 수가 없다. J메디컬센터에서 약 훔쳤니?

슬기 ....

형사2 훔친 약으로 뭐했어? 친구들한테 돈 주고 판 거야? 왜?

슬기 (지친) 저 아니에요.

형사2 그래, 아저씨도 그렇게 믿고 싶은데... 증거가 있어. 건강 검진 있던 날, 니가 병원 약제실 근처로 가는 게 CCTV에 그대로 다 찍혔어, 임마! 약제실 찾느라 이리 갔다 저리 갔다 병원 전체를 다 훑고 다녔더만.

슬기 (말문이 막히는) 그건....

슬기, 제이가 시키는 대로 다녀야 했던 건강 검진 센터가 떠오른다.

형사1 그날 훔친 거 축제 때 김범수한테 판 거 아냐? 개는 니가 가르쳐준 칵테

일 레시피로 먹었다가 대형사고 친 거고...

형사2   지금 여기서 솔직하게 말해야 정상 참작이 되는 거야. 대학, 안 갈 거니?

'대학'이라는 말에 심장이 철렁 내려앉는 슬기, 순간 눈이 번뜩인다.

슬기   유제이에요.

형사2   ...?

슬기   애들한테 약 팔고 다니는 거, 저 아니고 유제이라고요.

#47   교실 (낮)

소문을 들었는지 앞문을 벌컥 열고 들어온 예리, 난리법석을 떤다.

예리   야! 들었어, 들었어? 범수 맛탱이 간 게 약물 부작용 때문인데 범수한테 약 판 거 우슬기라는데? 와씨, 대박... 완전 자업자득..

경이   범수가 애초에 찌르려던 건 너잖아. 슬기가 아니라.

바로 그때, 슬기가 뒷문을 열고 들어온다. 일순간 싸해지는 교실.

제이   슬기야..

슬기, 입술을 깨물며 꿋꿋한 얼굴로 자리에 앉는다. 담임이 앞문으로 들어오자 긴장하는 슬기. 자신을 보는 제이 쪽은 쳐다보지도 않는다.

담임   조아라, 선생님 좀 볼까?

제이가 아닌 아라가 불려 나가자, 당황하는 슬기. 잔뜩 겁에 질린 아라, 나가면서 제이를 힐끗한다. 불길함을 느끼는 제이. 슬기, 애써 침착하게 책을 편다.

48   의학 동아리방 (오후)

암막 커튼이 닫혀 어두운 동아리방. 아라, 허겁지겁 숨겨뒀던 약들을 모조리 정리하는데 갑자기 햇살이 비친다. 놀라 바라보면, 창가에 제이가 서 있다. 가슴이 철렁 내려앉는 아라.

제이	담임이랑 무슨 얘기했어?
아라	믿었던 슬기 입에서 네 이름 나온 기분이 어때?
제이	(신경이 거슬리는) 뭔 소리야?
아라	슬기가 범수한테 약 판 거, 자기 아니고 제이라고 불었다던데?
제이	(당황했지만 침착하게) 그래서 넌 뭐라고 했는데?
아라	이제야 내가 궁금해?
제이	야!
아라	애초에 시작하는 게 아니었어. 다 들통나도 대단한 아빠를 둔 너랑 난 천지 차이인데 널 믿은 내가 바보지.

제이, 그대로 의학 동아리방을 나가버린다.

49   교실 앞 복도 (오후)

제이, 복도를 걸어가는데.. 태준의 목소리가 들린다.

태준E	금방 해결될 테니 너무 염려 마십시오.

위를 바라보면, 교장과 함께 계단을 내려오는 태준이 보인다. 마주치지 않으려고 얼른 벽 뒤로 몸을 숨기는 제이, 어떻게 돌아가는 건지, 바로 알겠다.

50   교실 (오후)

불편한 어깨로 가방에 책을 막 쑤셔 넣는 슬기. 제이, 다가와 슬기의 가방을 빼앗아 든다.

제이   가자, 데려다줄게.

슬기   나 약속 있어.

제이   그럼 잠깐 얘기라도 해.

슬기   여기서 해.

제이   (다른 아이들을 의식하며) 다음에 하자.

슬기   너랑 할 얘기 없어.

제이   이따 전화할게.

슬기   나... 유제이 너한테 하나도 안 미안해.

제이   ....

슬기   내가 한 짓도 아닌데 왜 내가 죄를 뒤집어 써야 해? 내가 뭘 잘못 했다고! 항상 그랬지.. 만만한 게 나니깐. 니들 기준엔 나 같은 건 아무리 밟아도 찍소리 못 해야 하는 거야? 그럴 줄 알았니?

정적이 흐르는 교실.

제이   그래, 잘했어.

슬기, 의외로 평온한 얼굴의 제이를 보며 울컥하는데

병진E   슬기야~

교실까지 찾아온 병진을 보고 눈이 휘둥그레지는 슬기. 병진, 천천히 다가와 제이를 위아래로 훑는다. 슬기를 찾는 병진을 보자 소개팅 부스 남이 떠오르는 경이.

예리   어머! 슬기 남자친구가 왔네.

남자친구라는 말에 놀라는 제이.

예리   여친 어깨 아프다고 가방 들어주러 오셨나보다.. 완전 스윗해.

제이에게 손을 내미는 병진. 제이, 슬기의 가방을 내어준다. 슬기, 병진의 손을 잡아끌고 도망치듯 교실을 빠져나간다. 병진의 등장이 거슬리는 제이.

#51   모텔방 (밤)

너저분한 병진의 숙소. 병진, 옷을 훌훌 벗는다. 조금 떠는 슬기.

병진   친구들한테 내가 남친이라 그랬어? 근데 왜 남친 전화를 씹고 그래?
슬기   씹은 거 아니고 수업 중이라 못 받은 거예요.
병진   그래서, 약은?

슬기, 퇴원할 때 처방받은 약과 안 먹고 모아둔 약을 모두 꺼낸다.

병진   이걸 진짜 안 먹고 모았어? (안쓰럽다는 듯) 칼빵 그거 꽤 아플 텐데.
슬기   참을 만해요.
병진   이건 됐고.. 너 그동안 서울 와서 약은 무슨 루트로 조달한 거야?
슬기   그게 처음은 예전처럼 병원에 가서 처방을 받으려고 했는데.. 서울은 지방이랑 다르게 절차가 까다로워서..
병진   서론이 길다. 요점만 간단히!
슬기   (바짝 긴장한) SNS... 에서 샀어요.
병진   SNS?

슬기	근데 저번에 말한 사업 계획이 뭐에요?
병진	아, 그거? (담배를 꺼내 물고선) 내가 이 동네 시장 조사를 좀 해봤는데 글쎄 여고생년 하나가 꽉 잡고 있다는 소문이 있더라고. 누군지 아냐?
슬기	저야.. 모르죠.
병진	그년을 잡아 족치고 너랑 내가 이 동네 상권을 먹는 거야. 어때?
슬기	...?!
병진	너 전교 1등이잖아. 일종의 광고 모델?! 이 약 먹고 우리 애가 이렇게나 공부를 잘하게 됐어요! 하고 홍보하는 거지.. 어때? 대박이지? 그러니깐 말 돌리지 말고 빨리 까. 니 거래 내역.

슬기, 어쩔 수 없이 아라가 운영 중인 트위터(X) 계정을 열어 보인다.

병진	주문 넣어봐.
슬기	지금이요? 이런 계정들은 원래 있다가 사라지고 그러는데.. 단속 걸릴까봐.

섬뜩한 눈빛으로 슬기를 바라보는 병진. 슬기, 떨리는 손으로 DM을 보낸다.

- stranger : ㅋㅅㅌ 27mg 30정 가능?

병진	니 계정 나한테 공유하고..!

#52   J메디컬센터 원장실 (밤)

차가운 얼굴로 서 있는 제이. 태준, 신경 쓰지 않고 컴퓨터를 보고 있다.

제이	슬기 진짜로 범죄자 만드실 건 아니죠?
태준	...
제이	그럴 필요까진 없잖아요. 어차피 약물 거래 핵심이 저라고 슬기가 백번

을 말해도 누가 믿겠어요.

태준　설령 믿는다 한들 아빠 병원에서 딸이 장난 좀 친 걸 가지고 누가 뭐랄 순 없지. 이참에 너도 애들한테 약 파는 건 관두도록 해라. 아빠가 그동안 오래 참았어.

제이　(소름이 돋는) 저한테는 장난인 일이 우슬기 꿈을 짓밟을 수도 있어요.

태준　네가 바라던 바라고 생각했는데?

제이　어째서요?

태준, 데스크톱으로 건강 검진 날 찍힌 슬기의 CCTV를 보여준다. 떨리는 제이의 눈동자.

태준　약제실 쪽으로 들어가 한동안 안 나오는 모습이 아주 잘 찍혔어. 여러모로 거슬리던 친구였는데 제이 덕분에 깨끗이 치울 수 있겠구나.

제이　아빠가 우도혁 선생님 폰 훔쳐오라고 한 거 알아요.

확 질러버리는 제이. 태준, 놀라지만 그 기색을 얼른 거둔다. 긴장돼 바싹 타는 제이의 입술. 메마른 목소리로 굴하지 않으려 애쓴다.

제이　그 안에 아빠가 우쌤을 죽이고도 남을 만큼 재미난 게 있더라구요?

태준　음.. 그래, 자기 아빠가 제자 강간범이라는 꼬리표를 평생 달고 살 그 아이가 보고 싶은 거라면 어디 한번 해보렴.

제이　....

태준　가만 보면 우리 제이, 취미가 꽤 잔인해.

제이　유제나한테 직접 물어봐야겠네요. 강간이었는지 아니었는지.

제이가 핸드폰을 들고 통화를 누르는 척하자 태준, 제이의 핸드폰을 낚아챈다.

제이　사라진 언니 번호를 제가 무슨 수로.. 근데 아빠도 모르는 것 같네요?

흔들리는 태준의 눈동자. 긴장을 애써 감추는 제이의 눈빛.

#53   교실 (오전-오후)

이제 막 등교하는 아이들. 슬기와 제이, 아라의 동선이 겹치며 마주친다.
긴장감이 흐르고.. 먼저 시선을 피하는 슬기. 자리에 앉아 애써 교과서를
펼치고 혼자 공부에 집중한다. 제이, 그런 슬기를 안쓰럽게 보는데. 제이
의 어깨를 밀치며 자리로 가는 아라.

CUT TO
수학 수업이 시작되고, 집중하는 슬기의 핸드폰에 병진의 문자 메시지가
도착한다.

- 약속 잡혔다. 저녁 6시 강남역 4번 출구 물품보관함으로!

슬기, 놀라서 트위터(X) DM을 열어보면 답장이 도착해 있다.

- consortine_0000 : 거래 가능. 10만 원.
- stranger : 암호화폐 말고 현금 거래했음 하는데..
- consortine_0000 : 콜! 강남역 4번 출구 물품보관함 12번에서 물건 픽하고 돈
넣어두삼.
- stranger : 후불? 보통은 선불이지 않나?
- consortine_0000 : 무조건 후불. 저녁 6시 반. 시간 약속 꼭 지키길.

슬기NA   둘 중 대체 누구야?

아라와 제이의 동태를 살피지만 열심히 필기 중인 두 사람. 슬기, 둘 중
누가 DM에 응답했는지 알 수 없어 혼란스럽다.

54   모텔방 (오후)

슬기의 아이디로 트위터(X)에 로그인되어 있는 병진, DM을 보내고 있다.

- stranger : 비번은?
- consortine_0000 : 1732

병진   요년... 잡히기만 해봐라.

55   교실 (오후)

쉬는 시간을 알리는 종소리가 울리자, 자리에서 일어나는 아라.

아라   쌤, 저 질문 있어요.

아라, 담임을 따라 교실을 나간다. 벽에 걸린 시계를 보는 슬기. 현재 시각 4시 50분이다. 일단 서둘러 가방을 챙기는 슬기.

56   의학 동아리방 (오후)

제이, 숨겨둔 약들을 찾아보지만 하나도 없다. 얼굴에 스치는 불길함.

57   교무실 건물 앞 (오후)

교무실이 있는 건물에서 나오는 아라, 제이를 마주치고는 흠칫 놀란다.

제이	동아리방에 있던 물건들 어딨어?
아라	내가 다 처분했어.
제이	처분?
아라	팔았다고.
제이	누구한테?
아라	...
제이	대답 안 해!
아라	소리 지르지 마.
제이	니가 단단히 미쳤구나?
아라	미친 건 너지. 그딴 춘년한테 빠져서.
제이	슬기가 파놓은 함정이면 어쩌려고? 걔가 지 누명 벗으려고 경찰이랑 공조해서 판매책 잡으려는 거면.. 너랑 나 진짜 끝이야.
아라	(자랑하듯) 걱정 마. 신고는 내가 했으니깐.
제이	뭐?

58   교무실 (오후)

방금 전. 담임에게 질문을 마친 아라, 교무실을 나가는가 싶더니 선생이
부재중인 빈 책상으로 간다. 자연스럽게 등을 돌리고는 전화기를 들어
거침없이 112를 누르는 아라.

아라   (손으로 입을 가리곤) 경찰서죠? 제보하려고요.

59   교무실 건물 앞 (오후)

제이, 앱을 켜 슬기의 위치를 확인한다. 이미 학교를 벗어나 빠르게 이동
중인 슬기.

아라   우슬기 현행범으로 체포될 거야. 강남역 사물함이랑 걔 가방 안에도 내가 약 좀 넣어뒀거든. 완전 빼박이지.

제이, 아라의 폰을 빼앗아 들고 뛰기 시작한다.

아라   야 유제이! 어디 가는데? 내 핸드폰은 왜?

#60   지하철 안 (오후)

계속 진동하는 슬기의 폰. 슬기, 제이의 전화를 거부한다.

#61   택시 안 (오후)

계속 신호가 가지만 받지 않는 전화. 제이, 안 되겠는지 앱에서 움직이는 또 다른 점 하나를 유심히 본다. 슬기가 아닌 제나다. 강남역에서 그리 멀지 않은 곳에 있는 것으로 뜨는 제나. 제이, 제나에게 문자를 보낸다.

- 언니 저번에 약속한 우쌤폰 줄게. 지금 강남역 4번 출구에서 만나.
- 내 맘 바뀌기 전에 나오는 게 좋을 거야.

기도하듯 핸드폰을 꼭 쥐고 있는 제이, 입술이 바짝바짝 탄다.

#62   지하철 플랫폼 (오후)

현재 시각 5시 53분. 강남역에서 정차하는 지하철. 슬기가 내린다. 플랫폼 의자에 앉아 슬기가 나오는 걸 확인한 병진. 출입구를 향해 걸어가는 슬기의 뒤를 쫓기 시작한다. 슬기, 자꾸만 뒤를 힐끗거린다. 슬기와 적당한 거리를 유지하며 뒤따라 걷는 병진.

63   강남대로변 (오후)

택시 안. 제이, 슬기의 위치가 강남역에서 멈춘 것을 확인하자 멘붕이다. 퇴근 시간에 가까워지자 막히기 시작하는 도로. 답답한 제이. 그때, 도착하는 제나의 짧은 문자, 'ㅇㅋ'다.

64   강남역 지하상가 + 4번 출구 물품보관함 (오후)

현재 시각 6시. 슬기가 4번 출구에 도착한다. 자연스럽게 근처 옷가게로 들어가는 슬기, 구경하는 척하며 주위를 살핀다. 누군가를 기다리는 듯 드문드문 서 있는 사람들. 슬기의 눈빛이 불안하게 떨린다.

65   강남역 5번 출구 근처 (오후)

택시 안. 제이, 차창 밖으로 버스 정류장에 앉아 있는 제나를 발견한다.

제이   아저씨, 여기서 세워주세요!

멈춰선 택시. 제이가 내린다. 가로 판매대 뒤에 숨어서 제나를 기다리는 제이.

CUT TO
제나, 핸드폰을 만지작거리더니 결심한 듯 자리에서 일어선다.

66   강남역 지하상가 + 4번 출구 물품보관함 (오후)

기둥 뒤에서 슬기와 물품보관함을 번갈아 주시하는 병진. 아무리 기다려
도 물품보관함을 이용하는 사람이 하나도 없자 슬슬 짜증이 난다.

67   강남역 5번 출구 앞 카페 (오후)

두리번거리며 누군가를 기다리는 희윤의 얼굴. 그때, 핸드폰으로 문자가
도착한다.

- 좀 늦을 거 같습니다. 남편분 핸드폰 가지고 갈 테니 기다려주세요.

창 너머로, 강남역 5번 출구를 향해 걸어가는 제나가 보인다.

68   강남역 5번 출구 앞 (오후)

5번 출구의 에스컬레이터를 타고 내려오는 제나에게 전화가 걸려온다.

제나   여보세요?

69   강남역 5번 출구 근처 (오후)

초록불로 바뀐 횡단보도. 사람들이 모두 길을 건너지만 제이 그대로 서
서 통화 중이다. 누구와 통화하는지 알 수 없다.

70   강남역 지하상가 + 4번 출구 물품보관함 (오후)

4번 출구 에스컬레이터 바로 아래서 역시 통화 중인 슬기, 얼굴이 바짝 굳었다.

병진E   아... 씨발, 우리 판매자 분께서 의심이 많네. 장소 변경이다!

슬기, 급히 트위터(X)의 DM을 확인한다. 새로 온 메시지.

- consortine_0000 : 강남역 8번 출구 물품보관함으로 장소 변경.

슬기, 고개를 들면 바로 눈앞에 경찰이 보인다. 터질 듯 요동치는 슬기의 심장.

병진E   쫄 거 없어, 최대한 자연스럽게.

슬기, 시선을 떨구곤 8번 출구 쪽으로 발걸음을 돌리는데.. 반대로 4번 출구 물품보관함을 향해 걸어오는 제나와 서로 엇갈린다. 제나의 핸드폰에서 들려오는 목소리, 제이다.

제이E   언니, 4번 출구로 가고 있지? 핸드폰은 사물함에 넣어뒀어.

병진의 시야에 물품보관함으로 향하는 제나가 걸린다. 비릿한 웃음을 짓는 병진. 자신을 향해 걸어오는 슬기와 눈이 마주치지만 제나 쪽으로 시선을 돌린다. 병진의 표정을 읽은 슬기, 무슨 일인가 싶어 뒤를 돌아보려는데..

병진E   (헛웃음을 치며) 슬기 넌 뒤돌아보지 말고 8번 출구로.

시키는 대로 앞을 향해 계속 걸어가는 슬기, 불현듯 스치는 불길함에 뒤를 돌아보면.. 병진이 보이지 않는다.

71   강남역 4번 출구 물품보관함 (오후)

물품보관함 앞에 선 제나, 비밀번호를 누르자 덜컥하고 열리는 12번 사물함. 핸드폰이 아닌 약이 잔뜩 들어있다. 사색이 된 제나, 함정임을 깨닫고 서둘러 출구 밖으로 이동한다. 병진, 곧장 따라가지만 쏟아지는 퇴근 인파에 휩쓸려 제나와 점점 멀어진다.

72   강남역 8번 출구 물품보관함 (오후)

8번 출구 물품보관함 앞에 도착한 슬기, 주위를 두리번거리며 트위터 (X) DM을 기다리는데... 숨을 헐떡이며 땀에 흠뻑 젖어 달려온 제이와 마주한다. 놀란 슬기와 안도하는 제이.

73   강남역 4번 출구 (오후)

제나를 태우고 올라오는 1인용 에스컬레이터. 출구 앞에 서 있는 수상한 남자들을 보자 제나, 뒤를 돌아보지만 빽빽하게 들어찬 사람들 때문에 도망칠 수 없다. 기어이 지상에 도착한 에스컬레이터. 제나, 제대로 된 저항도 못 해본 채 남자들에게 이끌려 강제로 사설 구급차에 태워진다. 에스컬레이터 창밖으로 제나의 납치 장면을 목격하는 병진. 출발하는 구급차 뒤로 또 한 대의 차가 바로 따라붙는다. 그 차의 운전자는 태준이다.

5부 끝.

6부

언니가 죽을 수 있을 거라고 생각 못 했어.

그 겁쟁이가.. 자살할 리 없잖아.

#1   프롤로그 : 태준의 유아기 시절

유치원. 어린 태준, 구석에서 홀로 뒤돌아 앉아 무언가에 열중이다. 인형
의 눈을 떼고 봉제선을 따라 배를 갈라 솜을 다 헤집어 놓은 태준. 다른
여아가 그 모습을 보고 소리를 지르며 울기 시작한다. 자기가 뭘 잘못한
지 몰라, 우는 여아의 모습을 멀뚱히 바라보고 있는 태준.

슬기NA   태준은 그 아이가 왜 울었는지 알지 못했어.

– 공항. 출국을 위한 보안 검색대에 가족과 함께 줄 서 있는 어린 태준.
가방이 엑스레이에 찍히는 모습을 본다. 태준의 부모가 신체 검색을 하
는 사이 없어진 태준. 부모가 놀라 주위를 두리번거리는데.. 태준, 보안요
원과 같이 모니터를 보고 있다. 소지품, 가방 따위와 함께 보안 검색대를
통과하고 있는 여아.

슬기NA   마음을 찍어 보여주는 기계가 있으면 좋겠다고 생각했지만 세상에 그런
게 있을 리가.

- 강아지, 고양이, 물고기, 곤충 등 각종 생물의 엑스레이 사진들.

#2   프롤로그 : 태준의 중학교 시절

- 시계를 올려다보는 중학생 태준. 길고 넓은 식탁에 혼자 앉아서 밥을 먹는 태준의 외로운 뒷모습. 광동식 생선찜이 담겨진 접시를 바짝 끌어 당기더니 생선 위 파채와 생강채를 숟가락으로 먼저 싸악 치우고는 나이프를 든다. 생선의 가운데를 살짝 찔러 쭉 자르고는 살을 포크로 싹 바르는 태준. 젓가락으로 섬세하게 내장을 들어내고 눈알까지 쏙 뽑는다. 다시, 시계를 확인하는 태준. 정확히 10분이 지났다. 태준이 자리에서 일어나자 서서히 줌인하는 카메라. 식탁 위의 다른 음식에는 손 하나 대지 않고 오로지 생선의 살만 깨끗하게 발라 먹었다. 생선의 뼈가 원형 그대로의 모습으로 고스란히 남겨져 있는 접시.
- 햇살이 찬란히 내리쬐는 한적한 숲길을 달리는 차 안. 태준의 가족이 별장으로 향하는 중이다. 그때, 창밖으로 로드킬을 당한 고양이 사체가 보인다. 잠시 후 끽! 하고 멈추는 차.
- 고양이를 묻고 나뭇가지로 십자가까지 만들어 세운 태준과 가족들, 자리를 떠난다.
- 어두운 밤, 같은 장소를 홀로 다시 찾은 태준. 맨 손으로 고양이의 무덤을 다시 판다. 그러다 문득 손톱 밑 사이사이에 낀 흙으로 엉망이 된 손을 바라보는데... 하늘에서 비가 내리기 시작한다.

#3   프롤로그 : 의사 태준

수술 전 강박적으로 스크럽을 하는 어른 태준. 손톱 밑을 깨끗하게 박박 문지르고 씻고 수술실 안으로 들어간다. 간호사가 입혀주는 수술용 가운을 입고 장갑을 끼고 춤추듯 빙그르르 돌아 끈을 묶는 태준, 환자 앞에 선다. 두 손을 모아 기도를 한 후 시작되는 수술. 가지런히 놓인 메스를 들고 환자의 복부를 가른다. 안경 앞에 쓰는 미세 현미경으로 장기 안을 들여다보는 태준. 신들린 태준의 수술 과정을 다양한 각도의 클로즈업 샷과 함께 굿판에서 나올 법한 신명나는 음악과 함께 긴박하게 묘사한다.

슬기NA   배를 가르고 살을 발라 안을 들여다봐도 마음이 읽히지 않아 태준은 한동안 절망했대. 세상에 이런 인간이 자신뿐인 것만 같아서. 그런데 다행인지 불행인지 딸이 태어났고 하는 짓이 자신과 똑같더라는 거야. 그 모습을 보자 태준은 어떤 확신 같은 걸 얻었다고 해. 신이 절대 두 번 실수하지는 않았을 거다. 고로 우리는 선택받았다!

아빠의 수술을 지켜보며 방긋방긋 잘도 웃는 6살 제이다. 가지고 놀던 인형의 배를 수술용 가위로 자르며 재미있어한다. 그 모습을 보며 흐뭇해하는 태준.

타이틀 〈선의의 경쟁〉

#4   강남역 8번 출구 (저녁)

8번 출구 물품보관함 앞에 도착한 슬기, 주위를 두리번거리며 트위터(X) DM을 기다리는데... 숨을 헐떡이며 땀에 흠뻑 젖어 달려온 제이와 마주한다. 놀란 슬기와 안도하는 제이.

슬기   제이야...
제이   다행이다.

제이, 슬기 얼굴을 양손으로 쥐고 여기저기 확인해본다. 무슨 영문인지 몰라 어안이 벙벙한 슬기. 바로 그때 들려오는 경찰들의 무전 소리. 제이, 주위를 둘러보면 경찰들이 역무원과 함께 물품보관함을 향해 달려온다.

제이 일단 여기를 뜨자.

제이, 재빨리 열차 정보 시스템을 확인한다. 강남역을 향해 돌진하는 지하철 그래픽. 제이, 슬기의 손을 끌고 개찰구를 향해 뛴다. 물품보관함을 뒤지는 경찰들을 스쳐 개찰구를 스무스하게 통과하는 슬기와 제이.

#5   지하철 안 (저녁-밤)

- 퇴근 인파에 끼여 완전히 밀착된 자세의 슬기와 제이. 슬기, 어색해 고개를 슬쩍 돌린다.
- 사람들이 하차해 여유 공간이 생기는 지하철 안, 앉아 있는 슬기와 서 있는 제이.
- 한강 위 ○○대교를 달리는 지하철의 야경.
- 한적한 지하철, 창밖에는 이미 어둠이 내려앉아 있고 슬기와 제이 모두 앉아 있다. 슬기, 가방을 열어보자 아라가 넣어둔 약이 나온다.

슬기 그러니깐 이게 다 아라가 만든 함정이란 거지?
제이 너도 학교에 왔던 그 남자가 시켜서? 누군데?
슬기 (한참 뜸 들이다) ... 나한테 맨 처음 약 줬던 놈?
제이 개새끼네.
슬기 덕분에 성적도 오르고 사람 대접받게 됐는데. 고맙기도 한 사람이지.

잠시 흐르는 적막. 슬기, 시커먼 한강을 배경으로 비치는 자신들의 모습을 가만 바라본다. 네모난 창문에 넘실대는 한강 물결. 그 위로 어른거리는 슬기와 제이.

6   강남역 4번 출구 (밤)

12번 사물함을 열어보는 제이, 약이 없는 걸 확인하고는 사물함 문을 닫는다.

음성E 전원이 꺼져 있어 삐 소리 후 소리샘으로 연결되오며 통화료가 부과됩니다.

전원이 꺼져 있는 제나의 전화. 제이, 앱을 켜 제나의 폰 위치를 확인하지만 위치 기록 내역에는 강남역이 마지막이다.

제이 언니가 여기까진 오긴 했다는 건데...
슬기 약도 없는 걸 보면 정말 출동한 경찰한테 잡힌 건 아닐까?
제이 그러라고 부른 거야.
슬기 응?

7   경찰서 몽타주 (밤)

- 지도에서 '강남 파출소'를 검색하는 제이. 강남 일대의 모든 파출소가 지도 위에 뜬다.
- 서초, 양재, 도곡, 청담, 압구정.. 강남의 모든 파출소와 지구대를 들어갔다 나왔다 하는 슬기와 제이. 제이보다 슬기가 열심히다. 제나는 없다.
- 강남역, 여고생, 약물, 물품보관함 등의 키워드를 넣어 검색하지만 관련 기사는 없다.

8   밤거리 (밤)

인적이 드물어진 밤거리를 정처 없이 걷는 슬기와 제이.

슬기	어디 갈 만한 데 없어? 좋아하는 장소라든지.. 친한 친구 집이나..
제이	글쎄. 유제나에 대해 아는 게 없어서.
슬기	언니 최애가 루시드폴인 거 알잖아.
제이	(애쓰는 슬기를 물끄러미) 그러네. 너무 걱정 마. 뭐, 죽기라도 했겠어?
슬기	(흠칫) ... 혹시 모르니깐 한번 더 전화해보자. 응?

제이, 슬기의 채근에 못 이겨 전화를 거는데.... 신호가 간다. 순간 긴장하는 두 사람. 재빨리 스피커폰으로 돌리고 위치 추적 앱을 켜보는 제이. 제나의 위치가 뜬다.

슬기	여기 근처면 너희 집 아니야?

핸드폰 액정 위로 툭툭 떨어지기 시작하는 빗방울. 고개를 끄덕이는 제이의 눈빛이 반짝인다.

#9   제이의 집 앞 (밤)

쏟아지는 비. 병진, 제이의 집 대문 반대편에 차를 세워둔 채 유튜브를 시청 중이다. 4부에서 태준이 출연했던 아침 뉴스다.

태준E	몇 년 사이 저한테 오는 10대 환자들의 비중이 크게 늘었는데요. 앉아서 공부만 하는 생활 패턴 때문에 소화 불량이라든지 변비, 역류성 식도염 같은 다양한 소화기 질환에 시달리는 환자들이 많습니다.
앵커E	실제로 원장님께서도 수험생 자녀분들을 두고 계시죠.
태준E	네, 아무래도 두 딸을 둔 아빠이자 의사다 보니, 어떤 식단이 수험생들에게 도움이 될지 고민하게 되더군요.

그때, 제이를 태운 택시가 도착한다. 병진, 택시에서 내리는 제이를 유심히 바라본다.

#10 　제이의 집 (새벽)

제이, 비에 젖은 채 불이 꺼진 고요한 집 안으로 헐레벌떡 들어온다. 2층으로 올라가 제나의 방문을 벌컥 열어보지만.... 없다. 의아함에 다시 전화를 걸자 멀리서 들려오는 핸드폰 벨소리. 제이, 소리를 따라 천천히 발걸음을 옮겨본다. 젖은 제이에게서 뚝뚝 바닥에 떨어지는 빗물. 핸드폰에 가까워질수록 점점 더 커지는 벨소리. 제이, 자신의 방문을 열자 제나에게 주었던 폰이 책상 위에서 울리고 있다. 온몸의 털이 바짝 서며 소름이 돋는 제이, 믿기지 않는 얼굴로 양손에 두 개의 핸드폰을 들어보는데...

태준　　제이야!

제이, 소스라치게 놀라며 들고 있던 폰 하나를 떨어뜨린다. 다정한 얼굴로 제이에게 다가오는 태준. 제이, 떨어진 제나의 폰을 책상 밑으로 쑥 밀어버린다.

태준　　우산이 없으면 아빠한테 연락을 하지. 곧 모의고사인데 감기라도 걸리면 어쩌려고... (손으로 이마를 짚어보곤) 다행히 열은 없는 거 같구나. 그래도 혹시 모르니 따뜻한 물에 샤워하고 내일 병원에 들러 수액 하나 맞아라.

제이　　네에.

태준, 방을 나가려는데...

제이　　아빠?

태준　　(돌아보며) ...?

| 제이 | ... 안녕히 주무시라고요. |
| 태준 | 그래, 너도 오늘은 일찍 쉬어라. |

CUT TO

제이, 깊숙이 숨겨뒀던 보석 상자를 꺼내 열어본다. 덩그러니 한국대 열쇠고리만이 남아 있는 보석 상자. 도혁의 폰이 없다! 스산한 기운에 방안을 둘러보면 반쯤 열린 창문으로 비바람이 들이친다. 얼른 창문을 닫는 제이.

11   제이의 집 앞 (새벽)

창문 닫히는 소리에 잠시 집을 응시하다가, 시동을 거는 병진. 그때, 누군가 차창을 똑똑 두드린다. 긴장하며 살짝 창문만 내리는 병진. 차창 밖, 의외의 인물은 예리다.

12   슬기의 집 슬기방 (새벽)

슬기, 꺼뒀던 핸드폰의 전원을 켜자 병진에게서 온 수십 통의 부재중 전화가 있다. 아라가 넣어둔 약을 가방에서 꺼내 쓰레기통에 넣으려다 망설이는 슬기, 복잡한 얼굴로 얕은 한숨을 쉰다. 차마 버리지 못하는 약.

13   강당 (낮)

불 꺼진 강당에서 형편없는 수준의 마약 예방 시청각 자료가 상영 중이다. 아이들 대부분이 졸고 있거나 팔짱을 낀 채 구시렁대고 있다.

| 시우 | 씨발 대학을 가라는 거야 말라는 거야. 존나 짜증나. |

채령 내 말이.. (제이 쪽을 보며) 전교 1등 사물함은 무슨 성역이라도 되나. 왜 검사 안 해?

경이 야, 닥치고 잠이나 자.

그때, 제이의 폰으로 도착한 퀵쉐어. 슬기, 뭔가 싶어 슬쩍 보는데... 제이가 수락하자, 페이스북의 익명 페이지 '대준동 대신 전해드립니다'에 올라온 게시물이 공유된다. 채화여고 드럭 퀸의 민낯! 이란 짤막한 멘트와 함께 3부 화장실에서 제이가 나리의 머리카락을 뽑고 무릎 꿇리는 장면의 동영상이다.

- 적반하장도 유분수지.
- 화면에는 안 나오고 목소리만 나오는... 저 여학생이 약물 판매책?
  └ ○○ 자기 아빠 병원에서 약 빼돌렸단 얘기가 있음.
  └ 그럼 본인도 약 하면서 딴 애를 협박한 거임? 진짜 악마네.
- 선생들도 쟤는 못 건드림. 아빠가 학부모회장임. 게다가 전교 1등.
  └ 약 빨고 공부한 거 맞네 맞아.
  └ 저 아빠도 신상 털면 바로 나오는 거 아냐?
  └ 털긴 뭘 털어. 너 빼고 다 아는데 ㅋㅋㅋㅋㅋㅋ

끝도 없는 비난의 댓글들이다. 슬기, 제이의 핸드폰을 보며 사색이 되는데... 정작 아무렇지 않은 제이, 슬기를 향해 찡긋 웃어 보이기까지 한다. 그때, 갑자기 무대 위로 검은 그림자가 나타나 스크린을 가린다. 웅성거리는 아이들.

형사1 (마이크에 대고) 아아! 다들 이 영상을 주목해주세요. 거기! 옆에 있는 친구 좀 깨우고.... 모두 집중!!

스크린에는 마약 예방 교육 자료 대신 CCTV화면이 뜬다. 강남역 4번 출구 쪽 물품보관함을 비추고 있는 동영상이다. 긴장하는 슬기, 제이를 바라본다.

형사1 어제 강남역에서 약물 거래가 있다는 제보가 있었습니다. 이 영상은 제보받은 시각 물품보관함 이용자를 찍은 CCTV에요.

플레이되는 CCTV. 제이, 화면 속 인물이 제나임을 한눈에 알아본다.

형사1 화면 속 인물이 누구인지 알거나 불법 약물 거래에 대해 들거나 본 게 있다면 경찰에 제보 바랍니다. 익명은 철저히 보장해줄 테니...

바로 그때, 강당의 문이 열리며 교장이 뛰어 들어온다.

교장 이 선생! 지금 뭐하는 겁니까? 다들 교실로 들어가 공부해! 어서!!
형사2 학생들은 자리에 그대로!

난감해하는 보건 교사와 서로 눈치를 보며 우왕좌왕하는 아이들.

교장 (형사들에게 다가가) 이미 학생들 개별 면담까지 하고 갔는데 또 학교로 불쑥 찾아오는 건 너무들 하신 거 아닙니까? 우리 애들 지금 고3입니다.
형사1 어제 들어온 약물 거래에 대한 제보 전화, 발신이 여기 교무실이더군요. 알고 계셨습니까?

식겁하는 교장. 그때, 제이가 자리에서 천천히 일어선다.

제이 CCTV 속 그 사람이 누군지... 제가 알아요.

모두의 시선이 일제히 제이에게로 쏠린다. 제이, 형사들에게 천천히 걸어간다. 가장 놀란 표정의 아라. 제이가 무슨 말을 할지 불안한 슬기. 모두 제이에게서 시선을 떼지 못한다.

교장 (말리려는 듯) 제이야..

| 제이 | 유! 제! 나! J메디컬센터 원장 딸이죠. |

웅성거리는 아이들. 형사, '유제이' 이름표가 눈에 들어온다.

형사1	병원장 딸이 약물 판매를 했다는 거니? 그걸 니가 어떻게 알지?
제이	우리 언니거든요. 아빠 병원에서 약 빼돌리는 거, 제가 여러 번 봤어요. 진작 말렸어야 했는데.. 축제 때도 학교에 있었어요. 범수도 아마 저희 언니한테 약을 산 게 아닐까 싶네요.
형사1	그럼 범수는 왜 슬기한테 약을 샀다고 했을까?
제이	그야, (슬기를 바라보며) 슬기가 전교 1등이니깐. (모두 들으라고) 전교 1등은 모두가 싫어하죠.

이글거리는 눈빛으로 슬기를 바라보는 아라. 슬기는 제이를 걱정스럽게 바라본다.

| 예리 | 미친! 범수가 헛소리를 한 게 아니었어? |
| 경이 | 뭔 소리야? |

예리, 서둘러 강당을 뛰어나간다.

| 형사1 | 그럼 언니는 지금 어딨니? |
| 제이 | 그게.. 저도 궁금하네요. 수능 날 시험 망치고 사라졌거든요. 저희 언니 좀 찾아주세요, 형사님. |

모두들 혼란스러운 가운데 경이, 올 것이 왔다는 듯 입술을 굳게 다문다.

14   교정 (낮)

수군거리는 아이들 사이로 평소보다 더 당당하게 고개를 들고 걸어가는 제이. 모두들, 제이를 피해가며 한마디씩 수군거린다. 그런 제이의 뒷모습을 걱정스레 바라보는 슬기.

슬기   제이야, 같이 가.

제이가 뒤를 돌아보자 슬기, 한걸음에 달려간다. 함께 발걸음을 맞추는 슬기와 제이.

슬기   (나지막이) 왜 그랬어? 그렇게까지 할 필요는 없었잖아.
제이   아빠보다 경찰이 먼저 언니 신병을 확보해야 해.
슬기   근데 축제 때 언니 봤다는 말은... 진짜야?

생각에 잠긴 제이, 제나가 뛰어내렸던 화단과 인쇄실을 올려다보며..

제이   (고개를 끄덕이며) 서둘러야 해.
슬기   뭘 어쩌려고?
제이   유제나가 학교에 있었다는 증거를 찾아야지.

#15   J메디컬센터 수술실 앞 (낮)

긴 수술을 마치고 땀에 젖은 채 나오는 태준 앞에 형사들이 다가온다.

형사1   유태준 원장님? 강남서 여성청소년과 박민규 경사입니다.
태준   무슨 일이시죠?
형사1   불법 약물 거래 혐의로 따님 유제나를 찾고 있습니다. 협조 부탁드립니다.

태준의 얼굴에 당황한 기색이 비친다.

16   아파트 단지 (오후)

조경이 훌륭한 고급 아파트 단지. 예리, 벤치에 앉아 누군가를 기다린다.
잠시 후, 모자에 마스크까지 쓰고 나온 범수, 주위의 시선을 의식하느라
잔뜩 긴장했다. 그런 범수를 위아래로 훑어보는 예리.

범수   왜? 뭐?
예리   아.... 니 꼬라지가 빼박 범죄자라 좀 놀라서.
범수   신상 다 털려서 어쩔 수 없어.
예리   (혀를 끌끌 차며) 우리 범수 참 딱하네.
범수   약속한 거 얼른 줘.

예리, 손의 붕대를 흔들흔들 보여주며

예리   야! 피해자가 탄원서까지 직접 써서 들고 왔는데 가해자가 너무 당당한
           거 아니니?
범수   ... (주눅 들어) 니가 먼저 써준다고 한 거잖아.
예리   (탄원서가 든 봉투를 주려다 말고) 그 전에! 뭐 하나만 묻자. 너 슬기한
           테 약 샀다는 거 거짓말이지?

사색이 되는 범수의 얼굴.

예리   (신이 난 듯) 그거 누구 아이디어야?
범수   .....
예리   내가.. 맞춰볼까?

17   학교 보안실 (저녁)

불 꺼진 학교 보안실에 잠입한 슬기와 제이. 슬기, 긴장해 자꾸만 인기척

을 살피고 제이는 매서운 눈초리로 축제 날의 CCTV 파일들을 살핀다. 인쇄실에 들어온 제나를 발견하는 제이. 제나의 동선을 역추적하며 학교 이곳저곳을 확인한다.

제이   찾았다!

범수가 의학 동아리방에 들어가고 얼마 후, 제나가 들어가는 모습이 선명하게 찍힌 CCTV 영상. 제이, 다시 돌려보려는데.. 어?!! 슬기, 마우스를 자신이 잡는다.

슬기   잠깐만...

슬기, 화면을 앞으로 돌려본다. 소강당 근처 복도를 비추는 CCTV를 다시 플레이하자, 누군가가 제나를 돌려세우는 게 보인다.

슬기   이거 경이 아니야?

슬기와 제이, 의문스러운 표정으로 서로를 바라본다. 제나, 주변을 의식한 듯 경이를 끌고 CCTV 화면 밖 구석으로 간다. 약간 잘린 각으로 보이는 제나, 뭔가를 부정하듯 고개를 절레절레 흔든다.

슬기   둘이 무슨 비밀 얘기라도 하는 거야?
제이   언니가 경이랑 왜?

#18   오피스텔 앞 (밤)

전에 와본 적이 있는 경이의 과외 오피스텔 앞으로 다가오는 슬기와 제이.

슬기   (시각을 확인하며) 끝날 때가 다 됐는데..

| 제이 | (질투 한 방울이 섞인) 경이 스케줄을 꿰고 있네? |
| 슬기 | 아! 애들 나온다!! |

수업을 마친 애들이 건물에서 하나둘 나온다. 슬기, 경이에게 전화를 걸어보는데..

| 슬기 | 경이야! 너 어디야? |
| 경이E | 어, 나 지금 엄마랑 지금 밥 먹고 있어서... 나중에 통화해. |

곧바로 전화를 끊어버리는 경이.

| 제이 | 뭐래? |
| 슬기 | 얘 오늘 과외 안 했나봐. |

그때, 오피스텔에서 뒤늦게 나오는 경이가 보인다.

| 제이 | 최경이 우리한테 거짓말하는 거 같은데? |

경이, 어디론가 빠르게 이동한다. 성급하게 달려가려는 제이를 잡는 슬기. 슬기와 제이, 침착한 얼굴로 걸음을 맞추며 뒤를 밟는데.. 버스가 오자 달려가 타는 경이. 경이를 싣고 출발하는 300번 버스. 의아해지는 슬기, 문득 과거의 기억들이 떠오른다.

- 3부 31씬, '너는 이 앞에서 300번 버스 타고 가면 돼' 라고 말하는 경이.
- 3부 35씬, 검은 색 크레파스가 칠해진 도화지 속에 스크래치로 써진 메시지들.
- 4부 20씬, 건강 검진 키트를 빼던 경이의 손날에 묻은 거뭇거뭇한 더러움.

| 제이 | 저거 경이네 집이랑 반대 방향인데? |

슬기	(제이의 눈치를 살피며) 오늘은 일단 헤어질까?
제이	어??
슬기	시간도 너무 늦었고.. 경이도 다른 일 있는 것 같으니까.

제이, 뭔가 초조해 보이는 슬기의 얼굴을 물끄러미 본다.

| 제이 | 그래! |

흔쾌히 대답하는 제이. 슬기, 얼른 발걸음을 옮기다 돌아본다. 제이, 걸음을 떼는 척하며 슬기를 다시 주시하는데.. 갑자기 택시를 타는 슬기. 택시를 타는 슬기가 의아한 제이.

19　슬기의 집 앞 (밤)

슬기, 집 방향으로 뛰어가다 누군가와 부딪친다. 바로 경이다. 눈에 띄게 당황하는 경이.

슬기	경이 니가 왜 우리집 앞에 있어?
경이	어? 여기가 너네 집이야? 모... 몰랐는데??
슬기	그럼 이 동네서 뭐하고 있는데?
경이	니가 알아서 뭐하게. 비켜.

서둘러 자리를 피하려는 경이의 손을 붙잡는 슬기. 보면, 경이 손에 검은 숯 같은 게 잔뜩 묻어 있다. 경이, 얼른 손을 뒤로 숨기는데 번쩍! 둘의 얼굴에 비치는 자동차의 헤드라이트. 택시에서 내리는 제이다.

20　놀이터 (밤)

가로등 아래 선 셋의 대치 상황. 경이, 침착하려 애쓰는 기색이 역력하다.

경이　(언짢은 얼굴로 바쁘다는 듯) 할 얘기가 뭔데?

슬기　아까 들어서 알겠지만 제이네 언니가 실종 상태야.

경이　(놀라지 않는) ....

제이　너... 전부터 알고 있었어?

경이　....

슬기　CCTV에서 축제 날 너랑 제나 언니가 같이 있는 걸 봤어.

제이　우리 언니 실종된 거 알았으면 봤다고 나한테 얘기를 했어야지!

경이　내가 너한테 일일이 보고해야 할 의무라도 있어? 게다가 그날 넌 슬기 핑계로 도망쳤잖아. 우린 학교에 죄다 갇혀 있었고.

슬기　제이야, 진정해... 경아, 그날 둘이 무슨 얘기 했었는지 말해줄 수 있어?

입을 꾹 다문 채 생각에 잠긴 경이.

21　학교 복도 (밤)

회상씬, 축제 날. 제나를 돌려 세운 경이.

경이　제나 언니?

제나, 당황하고. 경이 역시, 숏컷에 남장을 한 제나를 낯설게 바라본다.

경이　언니 무슨 일 있어요?

제나　...

경이　여기 왜 있어요? 제이 만나러 왔어요?

제나　... 아니.

경이　(그냥 가려는 제나 붙들자) 그럼요?

제나　너 혹시.. 우슬기라고 알아?

경이	슬기는.. 왜요?
제나	걔 지금 어딨어?
경이	언니 우슬기가 누구 딸인 줄 아는구나.

제나, 겁먹으며 경이의 손을 붙잡는다. 뭔가 더 말하려는 경이. 제나는 CCTV를 의식하며 카메라 밖으로 경이를 끌고 간다. 덜덜 떨리는 제나의 손.

22 놀이터 (밤)

다시 현재. 경이, 긴장한 제이의 얼굴을 한번 보더니

경이	언니 스타일이 많이 변했길래 놀라서 내가 먼저 인사한 게 다야.
제이	그 말을 믿으라고? 지금까지 입 꾹 다물고 있던 니 말을?
경이	언니가 자기 본 거 제이한테 비밀로 해달라고 했거든.
제이	(기가 찬) 우리 언니가 왜?
경이	너야말로 왜 갑자기 안 하던 언니 걱정? 너 언니랑 사이도 별로였잖아.
슬기	경이야....
경이	내가 유제이 안 지가 6년인데, 그 동안 얘 입에서 자기 언니 얘기하는 거, 들어본 적 없어. 근데 지가 약물 판매자로 몰리니깐 언니 소환해 뒤집어 씌우시겠다? 내가 제나 언니라도 너랑은 연 끊고 살 거야. 넌 너밖에 모르잖아. 니 주변 사람들이 어떤 마음인지 어떤 기분인지 솔직히 관심 없잖아. 우슬기, 우린 그냥 유제이 들러리야.

구구절절 맞는 말에 차마 대꾸를 못 하는 제이. 슬기, 싸한 분위기에 어쩔 줄 모르는데.. 그때, 제이의 폰으로 발신자표시제한 전화가 걸려온다. 긴장하는 아이들. 제이, 전화를 받는다.

| 제이 | 여보세요? 네, 제가 유제이인데요.. |

얼굴이 확 굳는 제이. 심상찮은 분위기에 슬기와 경이도 덩달아 긴장하는데. 제이, 놀이터 구석으로 혼자 걸어간다.

제이   네, 말씀하세요.

익명남E   언니 찾고 있죠? 유제나 지금 어디 있는지 아는데..

제이   당신 누구야?

익명남E   내가 누군지 중요한 게 아니라 언니가 지금 안전한지 그걸 물어야지.

제이의 핸드폰으로 도착하는 주소.

익명남E   여기로 1시까지 콘소틴 30알 가지고 오면 유제나 있는 곳 알려줄게요.

CUT TO
가로등이 비치지 않아 어두운 제이 쪽을 걱정스럽게 보는 슬기. 경이, 그런 슬기를 보며

경이   (한심하다는 듯) 넌 아빠 핸드폰은 찾았냐?

갑자기 다급하게 걸음을 옮기는 제이. 슬기, 후다닥 따라가며

슬기   제이야!!!

사색이 된 제이의 얼굴.

23   제이의 집 제이방 (밤)

제이, 옷장 깊숙이에서 뭔가 꺼내면.. 알약통이다. 손수건으로 둘둘 싸매는 제이.

24   제이의 집 앞 (밤)

급히 나오는 제이, 기다리고 있는 슬기와 경이를 보고 얼굴이 굳는다.

제이   그냥 가라니까.

슬기   뭘 믿고 그런 데를 혼자 가려고 위험하게. 것도 큰돈 들고..

제이   뭐라도 아는 게 있으니 전화했겠지.

슬기   그럼 같이 가.

제이   안 돼. 무조건 혼자 오랬어.

슬기   너무 위험하잖아, 같이 가. 언니 없어진 건 내 책임도 크니깐.

실랑이하는 슬기와 제이를 시니컬하게 쳐다보는 경이.

경이   그 꼴로 클럽에 간다고?

그제야 교복 입은 걸 깨닫는 둘.

25   제이의 집 제이방 (밤)

화려한 옷이 가득한 제이의 옷장을 신기하게 보는 슬기와 이미 제이 옷
으로 갈아입은 경이, 흡족한 얼굴로 거울을 보고 있다. 제이, 슬기의 머리
를 묶어준다. 경이, 제이의 화장대 앞에서 마스카라를 하더니 슬기를 보
고 휴— 한숨 쉬며 마스카라를 해준다.

경이   야! 눈을 좀 이렇게 떠 봐. 슬기 너 화장 한 번도 안 해 봤어? 클럽 첨 가
는 애 같잖아. (제이를 보며) 아무래도 니가 나보다 덩치가 커서 그런지
니 옷이 나한텐 다 크다.. 좀 더 슬림한 거 없어?

제이, 피식 웃음이 나오지만 꾹 참으며 다른 옷을 건넨다.

26   클럽 앞 (밤)

불금답게 클럽 앞의 줄이 길다. 순서를 기다리는 아이들. 제이, 슬기, 경이 순서로 들어가는데 제일 잘난 척했던 경이만 잡힌다.

가드   딱 봐도 고딩인데?

경이   아니거든요?!!

금방 주눅 든 순진한 얼굴의 경이, 못 들어갈까 봐 눈만 휘둥그레 굴리는데.. 들어갔던 제이가 다시 나오며

제이   야, 뭐 해? 벌써 바틀로 주문했는데!

가드에게 눈웃음 한번 날리며 경이를 끌고 들어간다.

27   클럽 안 (밤)

쿵쾅거리는 음악 소리. 낮고 어두운 조명 아래 비틀거리는 사람들. 뿌연 담배 연기와 스모그까지 더해 정신없는 클럽 안으로 블루투스 이어폰을 낀 경이와 제이와 슬기가 들어온다. 사람을 헤치고 지나가던 제이, 슬기가 뚫고 오질 못하자 슥슥 다가가 슬기를 양팔로 감싸며 사람들을 헤친다. 정신없어하는 슬기. 경이는 자기도 모르게 리듬을 타며 흥이 오르는 눈치다.

CUT TO

여자 화장실. 문자에서 받은 지령대로 제이가 지퍼백에 넣은 약통을 변기 안에다 넣어둔다.

경이E   근데 좀 이상해, 전화한 건 남잔데 돈을 왜 여자 화장실에 두라고 하지?

세면대 앞에서 서성이는 슬기, 괜히 손을 씻고 머리를 만진다. 잠시 후, 변기 칸에서 나오는 제이. 거울로 슬기와 눈짓을 주고받고는 화장실을 나간다.

        CUT TO
        VIP룸들을 둘러보는 제이, 지나가는 웨이터들이며 사람들 모두를 의심스럽게 바라본다.

제이   공범이 있을 수도.
슬기E   돈만 가지고 튈 수 있으니깐 꼭 잡아야 해.

        CUT TO
        스테이지. 춤추는 사람들 틈에 섞여 있는 경이, 자꾸만 즐기고 싶은 마음을 애써 자제한다. 리듬에 맞춰 바로 걸어간 경이, 자리에 앉아

경이   맥주 하나요!

바텐더, 맥주 한 병을 내어준다. 병뚜껑을 보고는 바텐더에게 병따개를 요구하는 경이. 바텐더, 손으로 돌리는 시늉을 하자 경이, 알겠다는 듯 맨손으로 뚜껑을 돌리는데 생각처럼 쉽게 열리지 않는다. 그때, 한 여자가 다가와 친절하게 병뚜껑을 따준다. 머쓱하게 목례를 하곤 맥주를 한 모금 마시는 경이, 우엑— 하는 표정을 짓자 여자가 귀엽다는 듯 경이를 바라본다.

        CUT TO

여자 화장실. 술 취한 남자가 비틀거리며 화장실 안으로 들어온다. 긴장한 슬기의 시선이 남자에게로 향한다. 남자, 너무나 자연스럽게 제이가 약통을 숨겨둔 세 번째 변기 칸으로 들어가더니 오바이트를 해댄다.

슬기   (속삭이듯) 용의자 등장!

잠시 후. 물 내리는 소리와 함께 변기 칸에서 나온 남자, 세면대로 걸어와 입을 헹군다. 거울 속 슬기를 보더니 그제야 여기가 여자 화장실임을 깨달았는지 겸연쩍은 듯 씩 웃는데.. 반쯤 풀린 눈빛에 살기가 감돈다. 화장실을 나가는 남자. 슬기, 재빨리 남자를 따라 나가며

슬기   용의자 추적 중! 여자 화장실 지원 바람!

그때, 슬기 옆으로 지나가는 예리. 서로 못 알아보고 스친다.

CUT TO
맥주병을 따준 여자와 함께 그루브를 타던 경이, 슬기의 요청에 곧바로 정중히 인사하고는 황급히 자리를 뜬다.

CUT TO
슬기, 남자 뒤를 계속 쫓는데... 우르르 룸으로 들어가는 손님들 때문에 남자를 놓친다.

슬기   VIP룸 쪽으로 갔는데... 놓쳤어!
제이E   인상착의가 어떻게 돼?
슬기   그냥... 후드티에 모자 쓰고....

CUT TO
단체 손님들 반대편에 있던 제이, 슬기가 쫓던 남자를 발견한다.

| 제이 | 찾았다! |

CUT TO

여자 화장실로 달려온 경이, 누군가 세 번째 변기 칸으로 들어가는 뒷모습을 본다. 재빨리 화장실을 둘러보더니 빈 양동이에 얼른 물을 받는다. 옆 칸 변기 위로 올라가는 경이, 고개를 빼꼼히 내밀자 한 여자가 변기 뚜껑을 열고 있는 게 보인다. 넘치는 양동이의 물.

CUT TO

남자를 쫓는 제이. 제이를 뒤따라가는 누군가의 시선. 제이의 보폭이 빨라지자, 뒤쫓던 이의 발걸음도 덩달아 빨라진다.

CUT TO

맞은편 난간에서 제이가 남자를 쫓는 모습을 지켜보며 포위망을 좁혀가던 슬기, 무엇을 발견한 듯 눈동자가 커지고..

CUT TO

누군가 제이의 어깨를 턱 잡는다. 놀라는 제이, 뒤돌아보면… 병진이다.

| 슬기E | 제이야!! |

병진과 제이의 시선이 헐레벌떡 달려온 슬기에게로 향한다.

CUT TO

경이, 가슴에 지퍼백을 숨기는 여자의 머리 위로 양동이의 물을 시원하게 들이붓는다. 아아악!!! 하는 비명 소리와 함께 고개를 위로 쳐드는 여자…. 예리다.

28 길바닥 (새벽)

예리를 둘러싼 아이들. 흠뻑 젖어 길바닥에서 엉엉 우는 예리를 어이없이 보고 섰다.

예리	아 잘못했다고... 미안하다고!!!
제이	이것도 우리 아빠가 시켰니?
예리	아니야...
제이	사실대로 얘기하면 그거 너 줄게.
예리	정말? (눈물을 훔치며) 핸드폰 하나도 제대로 못 훔쳐서 니네 아빠한테 난 신용이 없어.
경이	슬기 아빠 핸드폰 예리가 훔친 거야?
예리	훔쳤는데... 뺏겼어. 누가 가져갔다고! 지금까지 뭘 들은 거야, 최경?
슬기	.....
예리	축제 날 제나 언니 봤다고 범수 그년이 횡설수설했던 게 생각나서 물어봤더니 애 얼굴이 하얗게 질리더라고. 너희 아빠가 범수 쪽에도 접촉했다 싶었지. 아직도 제나 언니 못 찾은 건 당연하고.. 그래서... 너한테 미끼 던지면 백퍼 물 거라고 생각했어.. 미안해.
경이	씨발 아주 돈독이 올랐구만.
예리	그래! 나 돈에 미쳤다! 그나마 내가 명품이라도 들고 다니니깐 니들이 나 사람 취급해주는 거 아냐? 말뿐이지만 친구랍시고 데리고 다니는 거 아니냐고!!
경이	와, 애 봐라. 열폭 지리네.
슬기	(침착하게) 너 정말 명품 사려고 그런 거야?
예리	아니... (애들을 한번 둘러보곤) 우리 집 망했어.
경이	(어이가 없는) 하다하다 네가 이제 부모님을 파는구나.
예리	진짜야. 생활비 끊긴 지 오래야. 살던 집 경매 넘어가서 들어가지도 못하고 하프 팔아서 겨우 지내. 이제 나 거지라고!!! 됐냐?
경이	말이 되는 쒤드를...
슬기	잠은 어디서 자는데?
예리	찜질방...

경이   니가 찜질방에서 잔다고? 지랄. 가본 적은 있냐?

예리, 가방에서 뭔가를 꺼내 경이에게 던지는데.. 찜질방 락커룸 팔찌 열쇠다. 경이, 진짜인가 싶어 할 말이 없다. 눈물 자국 때문에 더 꾀죄죄해 보이는 예리.

예리   됐냐? 어? 잘됐다 싶지? 쌤통이지?
경이   야 나는 니가!!! ... 찜방에서 사는 애 치곤 너무 예뻐서 그렇지!

예리, 이 와중에도 예쁘다니 슬며시 웃는다. 혀를 끌끌 차는 경이.

슬기   (예리 옆에 앉으며) 거긴 새벽에 정말 조심해야 되는데... 밥은?
예리   내가 니네 아빠 폰 훔쳤다는데 너 지금 내 걱정해? 와씨.. 재수 없어.
슬기   솔직하게 말해줘서 고마워. 근데.. 제이 아빠는 왜 우리 아빠 핸드폰이 필요했던 걸까? 거기 뭐가 있길래?
예리   그건 나도 모르지.

침묵하는 제이와 경이. 예리, 둘의 묘한 표정 변화를 캐치한다. 그때, 편의점 갔던 병진이 캔 맥주를 사서 돌아온다.

병진   그러니깐 니들이 찾는 게 애 언니라는 거지?

예리, 제나의 사진을 병진에게 보여준다. 잠시 눈빛이 오가는 예리와 병진.

경이   이 아저씨가 제나 언니를 어떻게 안다고..
예리   오빠도 축제에 왔었잖아.
병진   (사진과 제이를 번갈아 보곤) 자매가 묘하게 닮았네.
경이   어어!! 잠시만! 어쩐지 목소리가 낯이 익다 했어. 그쪽이 나한테 펜디린 준거죠? 야! 우슬기 니가 말해봐. 응?
슬기   (눈치를 보며) ...

경이   다들 그거 마시지 마! 이 새끼가 분명 약 탔을 거야.

        제이, 아무렇지 않게 캔을 따 맥주를 쭉 들이킨다.

경이   그래, 약쟁이들끼리 잘 해봐라. 그럼 난 이만!

        경이, 자리를 뜨려는데..

병진   남자 새낀 줄 알았는데... 여자애라 이상하다 했어.

#29   뒤뜰 담장 밖 도로 (밤)

        5부 15씬 회상. 학교 축제에서 같이 담을 넘을 때 제나를 도와준 병진.
        발목이 불편한 제나가 담을 넘다 휘청거리자 병진이 아래서 받아준다.
        안기듯 그대로 넘어지는 제나. 제나의 가슴이 닿자 병진, 살짝 의아한 표
        정이다. 당황한 제나, 벌떡 일어나 황급히 자리를 떠난다.

병진   하여튼 서울 것들은..

        바로 그때.. 훅! 하고 담을 넘는 제이, 제나와 반대쪽으로 뛰어간다. 뭐가
        획— 하고 지나갔나 싶어 정신이 없는 병진, 툭툭 털며 일어나는데.. 제나
        가 흘리고 간 민증이 눈에 들어온다. 민증을 줍는 병진. 1부에서 슬기가
        상경하며 반납했던 바로 그 위조 민증이다.

병진NA   수진이 그년이 약만 가지고 토낀 게 아니거든. 처방전 프리패스 민증을
        싹 다 가지고 날랐어. 씨발년... 그게 없어서 내가 애들 돌리지도 못하고..

        병진, 놀라서 고개를 들어보지만 제나는 이미 사라지고 없다.

#30   길바닥 (새벽)

다시 현재. 자리를 잡고 앉아 병진의 이야기를 제일 경청하고 있는 경이.

경이   그래서요?

병진   너 아직 안 갔냐?

제이   그러니깐 우리 언니가 그쪽이 관리하던 위조 신분증을 가지고 있었다?

예리   수진이란 사람이 제나 언니한테 그걸 팔았네, 팔았어.

병진   니네 언니 무슨 약 먹는데?

제이   기면증이 있어서 모다페놀 같은 각성제 계열의...

병진   그래? 심각한 약물 중독 뭐 그런 건 아니고?

제이   그건 왜요?

잠깐 머리를 굴리는 듯한 병진의 표정. 슬기, 바로 캐치한다.

슬기   잠깐 나 좀 봐요.

CUT TO
조금 떨어진 곳으로 병진을 끌고 온 슬기. 예리, 그런 병진과 슬기를 찜찜한 얼굴로 계속 주시한다.

슬기   강남역에서도 제이네 언니 본 거죠?

병진   ...

슬기   그 언니를 찾아야 빨리 수진이도 잡죠, 네?

병진   그 전에 너부터. 강남 상권 꽉 잡고 있다는 약쟁이 여고생이.. (제이를 바라보며) 맞지?

슬기   ....

병진   쟤만 없으면 우리 둘이 약도 팔고 학교에서도 너 혼자 탑 먹는 거 아냐? 내가 소리 소문 없이 없애줄까?

병진의 살기 어린 눈빛에 잔뜩 날을 세우는 슬기.

병진   농담이야 농담. 뭘 또 그렇게 정색씩이나?

슬기   ....

병진   쟤네 언니는 구급차에 실려 가더라고. 근데 분위기가 거의 뭐 납치 수준?

슬기   그 구급차 어디로 갔는지 알아요?

CUT TO
그때 요란스럽게 울리는 제이의 핸드폰. 불길함을 느끼는 아이들, 서로의 얼굴을 바라본다. 제이조차 받기를 망설이는 얼굴이다.

제이   유제나를 찾았다고요?

눈이 마주치는 병진과 예리, 불안한 표정의 경이. 슬기는 제이를 걱정스레 바라보고. 제각각 다른 감정으로 일렁이는 얼굴들.

31   병진의 차 안 (새벽)

서서히 먼동이 밝아오는 하늘. 운전 중인 병진, 창문 열어놓고 담배를 뻑뻑 피운다. 뒷좌석에 앉은 슬기와 제이. 제이의 초조한 얼굴에 붉은 태양빛이 저민다. 슬기, 제이의 손을 꼭 잡아준다.

32   J메디컬요양병원 지하 복도 (새벽)

먼저 와 있던 태준이 경찰들과 얘기 중이다. 그 옆에 그림자처럼 서 있는 행정실장.

태준	부검은 원치 않습니다.
형사1	알겠습니다. 병실에서 자필 유서도 나왔으니깐.
태준	제이야!

도착한 슬기와 제이. 태준, 빠르게 슬기부터 경계한다. 태준은 보지도 않고 안치실로 들어가는 제이. 슬기 역시 제이를 따라 안치실로 들어가려는데.. 막아서는 행정실장. 태준, 그냥 들여보내주라 눈짓한다.

#33 J메디컬요양병원 시체안치실 (새벽)

의사가 시신의 커버를 걷자 신원 확인이 어려울 만큼 뭉개진 제나의 얼굴이 보인다. 환자복을 입고 머리를 싹 밀었다. 제이, 언니의 시신을 뚫어져라 쳐다본다. 그런 제이를 걱정 반 놀라움 반으로 바라보는 슬기.

슬기	얼굴이 왜 이래요?
의사	산에서 추락해 머리부터 바위에 떨어진 모양입니다.

재빨리 시신의 커버를 덮는 의사. 간신히 버티던 제이가 휘청거리자 슬기가 제이를 부축한다. 의사, 그 모습을 눈여겨본다. 다시 냉동고로 들어가는 시신의 발에서 눈을 떼지 못하는 슬기. 발등에 선명한 화상 자국이 찝찝하다.

#34 J메디컬요양병원 복도 + 입원실 (새벽)

환자들이 모두 잠든 고요한 병원을 어슬렁거리는 병진. '유제나' 이름표가 붙어 있는 병실의 문을 열고 들어간다. 병진, 한두 번 해본 솜씨가 아닌 듯 능숙하게 병실 이곳저곳을 뒤지는데 서랍 뒤로 떨어진 뭔가를 발견한다. 에덴고시원의 로고가 찍힌 판촉물 메모지다. 칭칭 감겨진 고무줄을 풀자 수진이 갖고 튀었던 민증 뭉텅이가 나온다. 껍데기에 붙어 있는 마지막 한 장 남은 포스트잇에는 'DND'라는 메모와 함께 주소 하나가 적혀 있다.

35   운동장 (낮)

체육시간, 아이들이 피구 중이다. 생각에 잠긴 듯 멍하니 있다 공을 맞는 슬기, 코트에서 나오는데.. 스탠드에서 페디큐어를 하고 있는 아이들을 보자 불현듯!

insert〉5부 36씬 태준의 해부실에서 봤던 페디큐어를 한, 발등에 화상 자국이 선명했던 여자의 발과 33씬에서 본 제나 시신의 발이 오버랩 된다.

기억의 조각들이 맞춰지자, 자신도 모르게 온몸에 소름이 돋는 슬기.

슬기NA   노란 매니큐어, 화상 자국.. 설마?
채령   슬기야!! 제이네 언니 자살했다는 거 사실이야?
시우   아냐, 뇌종양으로 오래 아팠다던데...
채령   아픈 사람이 어떻게 강남역에 나타나서 약을 팔아?
병희   실은 야산에서 누가 확 밀어서 떨어졌다는 얘기가 있어.
시우   뭐야? 그럼 살해당했다는 거야. 누구한테?
채령   그게... 제이라던데?

잠자코 듣고 있던 슬기, 손에 잡히는 대로 공을 아이들에게 던지기 시작한다. 퍽퍽 공에 맞는 아이들.

병희   아, 씨발 너 미쳤어?

그때, 아라가 뭔가 결심한 듯 슬기를 향해 뚜벅뚜벅 걸어간다.

아라   (우렁찬 목소리로) 야! 우슬기!

슬기를 부르는 아라의 목소리에 경이도 뒤를 돌아본다. 공 던지기를 멈춘 슬기에게 다가간 아라, 귓속말로 뭔가를 속삭인다. 그대로 얼굴이 굳어버리는 슬기.

36   교무실 (낮)

학생들과 학부모들로 꽉 찬 교무실. 다들 생기부를 체크하며 진학 면담 중이다. 담임, 경이가 쓴 원서를 보더니 대학표 피라미드에서 맨 꼭대기를 가리키며

담임   조금 더 욕심내서 한국대 의대 지원해보는 건 어떠니? 원래 2학년 때까지 진로 희망 의사였잖아.
경이   (얼떨떨한) 제가요?
담임   아무리 전교 1등이라지만 제이랑 슬기는 아직 범죄 연루 가능성을 완전 배제할 수 없잖니. 수사 결과에 따라 1장뿐인 학교장 추천서를 날린다는 건 있을 수 없는 일이지. 경이 정도면 충분히 해볼 만한 게임이다 싶은데.
경이   감사합니다!
담임   준비할 게 많을 테니 서둘러보자.
경이   네!
담임   지금처럼만 쭉 트러블 없이 모범적으로... 알지?

경이, 고개를 끄덕인다.

37   복도 (낮)

예리, 교무실에서 나온 경이를 발견하곤

예리   (할 말이 있는지) 야, 최경!

경이, 예리의 목소리를 못 들었는지 대꾸도 없이 어디론가 바삐 발걸음을 옮긴다. 그 모습에서 수상한 낌새를 느끼는 예리.

38   학교 보안실 (낮)

CCTV 영상을 급하게 열람하고 있는 뒷모습, 경이다. 날짜별로 정리된 폴더에서 과거 2년 전으로 거슬러 올라가 '2022학년도 2학기 중간고사'라는 이름의 폴더를 열어본다. 우뚝 멈춘 경이의 손이 조심스럽게 마우스를 클릭한다. 플레이되는 CCTV 영상. 지금과는 약간 다른 헤어스타일, 다른 안경테의 경이가 컴컴한 복도를 조심조심 걸어 교실로 들어간다.

39   교실 (밤)

CCTV 화면과 연결되는 대략 2년 전, 시험 대형으로 놓여 있는 책걸상. 교실로 들어온 경이가 제이의 자리에 앉아 자위를 시작한다. 얕은 신음이 터지려는 찰나, 복도 창에서 손전등 불빛이 번쩍인다. 너무 놀라 잠시 가쁜 숨을 꾹 참는 경이. 복도에서는 순찰 중인 발걸음이 멀어지는데.. 그 모습은 도혁이다.

40   복도 + 인쇄실 (밤)

아무도 없이 고요해진 복도. 볼일을 마친 경이가 교실에서 조심히 나온다. 양손에 우산을 들고 조심히 복도를 걸어가던 중, 인쇄실에서 들려오는 인기척에 발걸음을 멈춘다. 망설이다 슬그머니 다가가보는 경이, 발꿈치를 들어 창문 너머를 엿본다.

CUT TO
5부 6씬과 동일한 상황.

제나E   포기... 포기하지 마요.
도혁E   그래... 선생님은 절대 제나 포기 안 해. 그러니깐 그만,,

두 팔로 도혁의 목덜미를 있는 힘껏 끌어안는 제나의 뒤로 창밖 경이가 보인다.

CUT TO
놀란 경이, 자신의 입을 손으로 틀어막는다.

41   학교 보안실 (낮)

경이, 마우스를 움직여 자신이 나온 복도 CCTV 파일을 삭제하려는데... 누군가, 경이의 손을 탁! 잡는다. 예리다. 기겁하는 경이. 예리가 뿜는 전자 담배 연기가 뿌옇다.

42   숲속 (밤)

제이의 악몽. 앞씬의 담배 연기와 이어지는 안개의 이미지. 안개로 뒤덮인 숲속. 한 치 앞도 보이지 않는 그곳을 홀로 뛰고 있는 제이, 2부 2씬 수학 시험지를 풀던 때와 똑같은 옷을 입었다. 누군가에게 쫓기는 듯 잔뜩 겁에 질린 얼굴이다. 바람을 가르며 이곳저곳에서 날아오는 화살들. 적의 얼굴도 숫자도 방향도 알 수 없자 공포에 질린 제이, 더 빨리 달리는데... 땅속에서 쑥 올라온 무언가가 제이의 발목을 턱! 잡는다. 그대로 넘어지는 제이. 손에 잡히는 돌덩이로 자신의 발목을 꽉 잡고 있는 무언가를 있는 힘껏 내리친다. 쾅쾅쾅! 제이, 발목이 풀리자 다시 도망치려는데... 갑자기 안개가 걷히기 시작한다. 제이, 천천히 뒤를 돌아보면.... 손에 들고 있던 건 돌덩이가 아닌 5부 1씬의 크리스털 트로피다. 트로피에 머리가 짓이겨 피범벅이 된 제나. 제이, 제나의 얼굴을 뚫어져라 바라본다.

43 제이의 집 제이방 (낮)

악몽에서 깨어난 제이, 눈을 번쩍 뜨더니 침대에서 벌떡 일어난다.

44 제이의 집 + 제나방 (낮)

슬기, 조용한 제이의 집안에 들어선다. 조심조심 2층으로 올라와 제이의 방문을 열어보는데.. 제이의 침대가 비어 있다. 실망하는 슬기의 표정. 그때, 제윤이 쫄랑쫄랑 제나의 방으로 들어간다. 조심스레 쫓아가는 슬기. 살짝 열린 문틈 사이로 제이가 보인다. 차마 다가가지 못하고 보는데.. 제이, 작은 바이올린 케이스에서 활을 꺼내더니

제이   (코웃음을 치며) .. 안 버렸을 줄 알았어.

무표정한 얼굴로 활을 툭 부러뜨린다.

슬기   제이야!

슬기가 올 줄 알았다는 듯 보고도 놀라지 않는 제이, 공허한 눈으로 슬기를 빤히 본다.

CUT TO

제나의 침대 위에 앉은 두 사람. 제이, 제나의 보석 상자를 슬기에게 건넨다. 열어보면 안에는 한국대 열쇠고리 두 개가 들어있다. 놀라는 슬기, 이내 침착하려 노력한다.

슬기	소문 아니었구나. 우리 아빠가 학생들이랑 자고 다닌다는 거.
제이	...
슬기	아라한테 들었어. 네가 아빠 폰 가지고 있다고.. 그 안에 있는 거, 본 거지? 비번 어떻게 풀었어? 난 죽어도 모르겠던데..
제이	100713. 너 실종된 날... 2010년 7월 13일..
슬기	(갑자기 가슴 한쪽이 뻐근하다) ... 그만 돌려줘.
제이	잃어버렸어. 언니가 가져갔다고 생각했는데...

슬기, 벌떡 일어나 제나의 방을 뒤지기 시작한다. 엉망진창으로 변해가는 방. 슬기의 양팔을 포박하듯 뒤에서 허리를 와락 껴안는 제이. 흥분해 날뛰던 슬기가 잠잠해진다.

제이	카인과 아벨 알아? 형이 동생을 질투해서 죽였다는 성경 말이야.. 난 항상 언니가 날 죽일지도 모른다고 생각했거든? 근데 꿈에서 내가 언니 머리를 짓이겨 죽여버렸어. 죽은 언니를 바라보는데 이상하게 마음이 편하더라.
슬기	...
제이	난 정말로 언니가 경찰한테 잡혀가길 바랐어. 그래야, 모두가 살 수 있을 거라고 생각했으니깐.
슬기	(뒤돌아서서 제이를 보며) 알아, 제이 네 잘못 아냐.
제이	언니가 죽을 수 있을 거라고 생각 못 했어. 그 겁쟁이가.. 자살할 리 없잖아. 아빠한테 잡혀갈지 몰랐다고, 정말이야..

울지 못하는 제이를 꼬옥 끌어안아주는 슬기. 제윤이 그 모습을 멀뚱히 지켜본다.

#45   학교 보안실 (낮)

덜덜 떨고 있는 경이와 CCTV 화면을 보고 있는 예리.

예리   그러니깐 학교에서 자위를 했다?

경이   …. 예리야.

예리   그게 뭐 어때서? 나도 자주 해.

쿨하게 말하는 예리. 경이, 의외의 반응에 멍한 얼굴로 예리를 바라본다.

예리   근데 하필 시험 전날이라.. 괜한 오해 사기엔 딱 좋겠네!? 그치?

예리, 경이가 찍힌 CCTV 영상을 삭제한다. 놀라는 경이, 감동의 눈물이 살짝 고이려는데...

예리   난 것보다 니가 제나 언니랑 도혁 쌤 관계를 알고 있으면서 지금까지 입 꾹 닫고 있었다는 게 더 놀라운데?

#46   제이의 집 앞 (오후)

대문을 나서는 슬기, 다급하고 초조한 표정이다. 곧장 병진에게 전화를 건다.

병진E   어, 왜?

슬기   혹시 수진 언니 찾았나 해서요.

병진E   내가 좀 바빠서.. 나중에 통화하자.

뚝! 끊어져버리는 전화. 슬기, 막막한 얼굴로 서 있다 문득 자신이 차단했던 수진의 번호를 떠올려 전화를 걸어본다.

E   지금 거신 번호는 없는 번호입니다.

전화를 끊고 인스타그램을 열어 '알림탭♡'을 눌러보는 슬기. 팔로우 요청이 왔지만 무시했던 것들 중 익숙한 아이디를 수락하자 수진의 계정이 나온다. 3개월 전 올린 수진의 마지막 셀카. 병색 짙은 얼굴로 웃고 있는 수진의 뒤로 'DND 마약중독재활센터'의 간판이 보인다.

#47   마약중독재활센터 입구 (오후)

수진의 사진 속 그 장소에 서 있는 슬기, 안으로 들어간다.

#48   마약중독재활센터 안 (오후)

약물 중독자들이 합숙하며 치료 중인 공간이다. 슬기, 중독자들 사이를 휘젓고 다니며 일일이 얼굴을 확인한다. 몸의 절반이 간지러워서 미친 듯이 몸을 긁는 사람, 변기통을 붙잡고 계속 구역질을 하는 사람, 공황장애가 와 가슴을 부여잡고 주저앉은 사람, 끓는 기름을 들이부은 듯 온몸이 뜨거워 팔짝팔짝 뛰는 사람 등 다양한 금단 현상과 싸우고 있는 이들이 여기저기 가득이다. 마음이 더 급해지는 슬기, 구석에 있는 방문 하나를 벌컥여는데.. 전기장판 위에서 두꺼운 패딩을 입은 채 이불을 둘둘 말고도 사시나무 떨듯 이빨까지 딱딱거리며 떨고 있는 여자 한 명을 발견한다.

슬기   수진 언니?

CUT TO

베란다에서 대화를 나누는 여자와 슬기. 거실에서 재활 선생이 둘을 지켜보고 있다.

여자   (어눌한) 발등에 화상 자국 있는 애 맞지?
슬기   네..

#49   보육원 샤워장 (오후)

회상, 슬기가 아이들에게 맞고 온 어느 날. 교복을 입은 채 샤워기의 물줄기를 맞으며 흐느끼는 슬기. 얻어터진 상처에서 흐른 핏물이 바닥에 흐른다. 갑자기 어디선가 들려오던 빗질 소리가 멈추더니

수진   야!! 그만 짜고 얼른 나가. 나 청소해야 돼.

슬기, 얼른 샤워기를 잠그고 눈물을 닦는다. 적막한 샤워장. 다시 시작된 수진의 빗질. 슬기, 샤워장을 나가려는데.. 수진, 슬기의 쇄골에 생긴 담배빵을 스윽 보더니

수진   (무심하게) 너도 나중에 타투해. 나도 하려고..

수진, 자신의 발을 자랑하듯 내밀어 슬기에게 보여준다. 발등에 선명한 화상 자국.

#50   마약중독재활센터 안 (오후)

48씬에 이어 계속, 베란다

여자   보육원 친구?

번뜩 정신을 차리며 고개를 끄덕이는 슬기. 여자, 씩 웃는데.. 녹아내린 잇몸에 썩은 이빨이 듬성듬성 남아있다. 자신도 모르게 슬며시 시선을 피하게 되는 슬기.

여자 내가 갤 기억하는 게.. 화상 자국 덕분에 버틴다고 했거든. 그게 있으니깐 엄마 아빠가 반드시 자길 찾을 거라나? 그래서 약도 끊을 거라고..

슬기 지금 어딨나요?

여자 퇴소했어.

슬기 (놀라는) 가족을.. 찾았어요?

여자 그럴 리가. 상태가 좀 나아져서 지 살던 고시원으로 다시 갔지.

슬기 거기 주소 좀 알 수 있을까요?

여자, 안으로 들어가 다른 사람들한테 수진에 대해 물어본다. 착잡한 얼굴의 슬기, 안도해야 할지 실망해야 할지 모르겠다.

#51 복도 + 의학 동아리실 (오후)

썩 내키지 않는 표정으로 의학 동아리방의 문을 열어주는 경이. 감시하듯 뒤에 서 있던 예리, 문이 열리자 냉큼 안으로 들어간다. 태준이 기증한 의료기기들을 살펴보는 예리.

예리 아.. 제나 언닌 대체 여기 뭘 숨긴 거야? 범수가 분명 이쯤이라 했는데..

경이 (시니컬하게) 넌 왜 이걸 애들한테 얘기 안 한 건데?

예리 제나 언니가 죽을 줄 누가 알았니?

경이 혼자 꿀꺽하곤 제이네 아빠한테 팔려던 건 아니고?

그때, 케이지를 탈출한 실험용 쥐가 경이 눈앞에 나타난다. 꺄악!!! 하고 소리를 지르며 예리 뒤에 숨는 경이. 예리, 아랑곳 않고 쥐가 지나간 자리의 '유태준' 명패를 이리저리 만져본다. 명패가 슥 돌아가더니 그 아래서 비밀 공간이 나타난다. 제나가 숨겨준 열쇠와 '209' 라고 적힌 에덴고시원의 포스트잇 메모지를 발견한다. 서로 눈을 마주치고 놀라는 예리와 경이.

52   고시원 (밤)

좁다란 계단을 걸어 올라 어두침침한 고시원 복도로 들어서는 슬기. 208호 앞에 서는데... 갑자기 문이 열리며 안에서 사람들이 청소를 마치고 나온다. 슬기가 거슬린다는 듯 쳐다보는 한 남자, 고시원 총무다.

슬기   저기요... 208호 여자분 찾아왔는데요.
총무   죽었어요.
슬기   네?
총무   죽었다고요.
슬기   언... 언제요?
총무   한 한 달쯤 됐나? 월세도 잔뜩 밀리고 출입도 없는 거 같길래 문 따고 들어갔더니 재수 없게 죽어 있어서 우리도 엄청 난감했어요. 가족도 없고 지인도 없어가지고선 내가 경찰서 들락날락 했다니깐.. 아이, 오늘에서야 밀린 월세 다 받아서 내가 속이 다 시원하네.
슬기   월세를 내요? 누가요?
총무   웬 양아치 같은 놈이 와서는 오빠라며 월세도 내고 주변 가게들 싹 돌며 외상값까지 다 갚고 갔어요.

방문을 닫고는 자리를 떠나는 총무. 한참을 우두커니 서 있던 슬기, 더 물어볼 것이 생각났는지 계단으로 내려가는데... 올라오던 예리, 경이와 딱 마주친다. 소스라치듯 놀라는 세 사람. 예리, 눈치를 보더니 냅다 도망가려는데... 경이가 예리의 가방을 덥석 낚아챈다. 그대로 잡히는 예리, 울상이 된다.

CUT TO

수진의 방 바로 옆 209호 앞에 선 아이들. 슬기, 제나방의 열쇠를 구멍에 넣고 돌린다. 철컥하고 열리는 문. 모두 숨죽인 채 조심히 방문을 열고 안으로 들어간다. 빛 한 줄기 들지 않는 캄캄한 방안. 경이가 벽을 더듬어 스위치를 켜자, 제나의 방이 눈에 들어온다. 벽면 전체와 천장까지 벽지가 새까맣도록 뭔가를 쓰고 또 써둔 제나. 슬기, 온몸에 소름이 돋는다.

예리   (탄성) 헐... 제나 언니... 제대로 미쳤구나?

특종을 잡았다는 듯 눈을 희번덕이며 핸드폰을 켜는 예리, 동영상 녹화 버튼을 누른다. 경이도 안경을 치켜올리며 매의 눈으로 벽지에 쓰인 숫자들을 찬찬히 살펴본다.

경이   이거 작년 수능 수학 킬러문항이잖아?
슬기   ...

의외로 침착한 슬기, 책상 위에서 자물쇠가 굳게 잠겨 있는 제나의 일기장을 발견한다. 숨을 깊이 들이마셨다 내쉬곤 있는 힘껏 자물쇠를 책상 모서리에 내려친다. 탁탁탁!

53   인쇄실 앞 복도 (밤)

5부 6씬. '출입 통제 구역'이라고 적힌 문 앞에 서서 벽돌로 자물쇠를 힘껏 내리치는 제나. 쿵쿵쿵! 하고 울려 퍼지는 소리.

슬기와 제나, 서로를 마주 보듯 분할 화면으로 컷!

6부 끝.

7부

나 정말   궁금한 게 있는데..

내가 정말 네 편이라고 생각했던 건 아니지?

#1   프롤로그 : ○○고 교문 앞 (아침)

작년 수능일, 둥둥둥 북소리와 함께 열띤 응원이 펼쳐지는 시험장 앞. 후
배들을 대표해 나온 학생회장 제이와 경이, 예리도 보인다. 수능을 보기
위해 교문으로 걸어가는 제나, 잔뜩 긴장한 얼굴이다. 제나의 어깨를 두
드리는 예리.

예리   언니!
제나   (놀라며) 어, 어... 예리구나.
예리   언니가 채화여고의 희망입니다. 아시죠? 수능 대박 기원! 화이팅!
경이   응원합니다! 파이팅!
제나   고.. 마워.
경이   (멀뚱히 서 있는 제이를 툭 치며) 야!

제이, 못 들은 척 먼 산을 본다. 제나, 말없이 제이를 보더니 아이들에게
손을 흔들며 교문 안으로 걸어간다. 책가방에 매달린 한국대 열쇠고리가
달랑달랑 흔들린다. 멀어지는 제나의 뒷모습을 바라보는 제이의 눈동자

로 클로즈업.

제나NA   제이에게, 난 니가 항상 무서웠어. 특히 니 검은 눈동자.

#2   프롤로그 : ○○고 교실 (아침)

2교시 수학시간. 새하얗게 질린 얼굴의 제나, 시험지를 받자마자 숨도 쉬지 않고 킬러문항의 답부터 적는다. 손에 차는 땀을 스윽 닦자 묻어나오는 피. 동공 지진을 일으키는 제나, 도움을 청하듯 주위를 두리번거리다 시험관(제이)과 눈이 마주친다. 제나를 향해 천천히 걸어오는 제이. 제나, 제이가 다가오자 두려움에 떤다.

제나NA   모든 걸 알고 있다는 듯 날 비웃는 네 얼굴 때문에 미칠 거 같았어.

시험지를 구겨버리는 제나, 그대로 교실을 나가버린다.

제나NA   이게 다 너 때문이야 유제이.

#3   프롤로그 : 고시원 (낮)

제나, 일기장에 '이게 다 너 때문이야, 유제이' 라고 휘갈겨 쓴다. 원망과 분노로 물든 제나의 얼굴. 반쯤 열린 커튼 사이로 들어온 빛이 거슬리는지 벌떡 일어나 창문을 걸어 잠그고 커튼을 닫는다. 어둠 속에 갇힌 제나.

제나NA   동생보다 못난 언니라는 타이틀이 얼마나 엿같은지 사람들은 모를 거야. 난 그저 널 이기고 아빠의 사랑을 되찾고 싶었을 뿐인데...

#4 프롤로그 : 제이의 집 앞 (밤)

제나, 잠옷 차림으로 도혁의 차에서 내린다.

#5 프롤로그 : 제이의 집 2층 (밤)

훔친 수학 시험지를 끌어안고 2층으로 조심조심 걸어 올라오는 제나. 자신의 방에 불이 켜진 것을 확인한다. 살짝 열린 문틈으로 보이는 태준은 태블릿PC로 무언가를 보고 있다. 그 모습을 훔쳐보던 제나, 순간 태준과 눈이 마주치자 놀라 뒷걸음질 치는데... 태준, 제나를 향해 흡족한 미소를 지어보인다. 오금이 저려오는 제나.

#6 프롤로그 : 교실 (오후)

아이들이 모두 하교한 빈 교실. 핸드폰으로 뭔가를 보고 있는 도혁, 사색이 되며 핸드폰을 내리곤.. 창가에 서 있는 태준을 바라본다. 한껏 여유롭고 젠틀한 표정의 태준.

제나NA 아빠는 나와 쌤의 관계를 아시고는.. 칭찬해주셨어. 너무너무 따뜻하게. 지금까지 받아본 적 없던, 그런 칭찬.

도혁을 향해 천천히 걸어오는 태준. 도혁의 얼굴에 태준의 그림자가 드리운다.

태준 십삼 년 전에 잃어버리신 딸이 있으시다고요?

#7 프롤로그 : 도혁의 집 + 현관 앞 (낮)

화장실에서 씻고 나오는 도혁. 아내 희윤이 식탁에 앉아 슬기의 실종 전단지를 접고 있다. 도혁, 희윤에게서 전단지를 뺏는다.

도혁 이제 관두자고.

희윤 왜? 갑자기 또 왜 그러는데? 올해까지는 찾아보기로 약속했잖아.

도혁 그러는 당신은 왜 굳이 그 애를 찾겠다는 거야?

희윤 그야.... 걜 찾으면.... 당신이... 우리 애도 허락해줄지 모르니깐.

희윤의 간절하고 기이한 표정에 도혁, 순간 말을 잃는다.

도혁 슬기를 찾건 못 찾건 우리한테 애는 없어. 당신이 포기해.

입술을 깨무는 희윤, 눈에 금세 눈물이 고인다. 벌떡 일어서서는 전단지를 챙겨 나가는데.. 문 앞에 서 있던 제나와 맞닥뜨린다. 움찔하고 놀라는 제나. 희윤, 제나를 슥 보고선 계단을 내려간다. 희윤이 흘리고 간 슬기의 실종 전단지를 줍는 제나.

제나 (읊조리듯) 우.. 슬기?

#8   프롤로그 : 고시원 (밤)

현재. 슬기, 제나의 일기장에 꽂혀 있는 자신의 실종 전단지를 보자 마음이 복잡해진다. 이를 악물고 눈물을 참더니 일기장을 덮는다. 그 모습을 바라보던 경이가 다시 일기장을 펼친다.

#9   프롤로그 : 교실 (오후)

다시, 6씬의 교실 상황.

도혁	싫습니다.
태준	당연히 그냥 부탁드리는 건 아닙니다. 대가, 지불하겠습니다.
도혁	필요 없습니다. 못 들은 걸로 하죠.
태준	따님을 찾아드리죠. 그간 돈도 많이 날리시고 사기도 여러 번 당하셨다고.
도혁	(흔들리는 눈동자) ...
태준	그럼 아버지 대 아버지로 각자 최선을 다해보시는 걸로..

태준, 도혁에게 손을 내민다. 그 손을 끝까지 잡지는 않는 도혁의 시선이
머무르는 곳에 제나가 죄인처럼 우두커니 서 있다.

#10 프롤로그 : 고시원 (밤)

현재. 흥분한 경이가 열을 내며

경이	쌤한테 잃어버린 딸이 있다는 걸 제나 언니가 알고 이용한 거야?

다가와 일기장을 빼앗는 예리, 찢어진 페이지를 유심히 보는데..

#11 프롤로그 : 교무실 (낮)

예리, 책을 보는 척하며 김쌤의 컴퓨터를 훔쳐보고 있다. 페이스북의 익
명 페이지 '대준동 대신 알려드립니다'에 올라온 글이다.

채화여고 김선영 수학 선생님(현재 담임)이 수능 출제위원으로 간다고 하던데 사
실인가요?

김쌤, 인터넷 게시판을 보며 황당한 얼굴로 전화 통화 중이다.

김쌤   (억울한 표정) 맹세코 제 입으로 떠벌리고 다닌 적 없습니다. 여보세요?

김쌤의 통화를 뒤에서 엿듣고 있던 예리, 슬그머니 교무실을 나가려는데.. 도혁의 자리에 앉아 있는 제나를 발견한다. 이상하게 보는 예리. 도혁이 교무실로 들어오자 제나, 벌떡 일어나 도혁에게로 걸어가며

제나   쌤!

제나를 못 본 척 스쳐지나가는 도혁. 순간 부모를 잃은 아이처럼 두려움에 휩싸이는 제나의 얼굴. 예리만이 두 사람 사이의 미묘한 기류를 눈치챈다.

제나NA   김선영 선생님은 비밀 서약을 어겼다는 이유로 수능 출제위원에서 제외됐어. 전지전능하신 우리 아버지..

12   프롤로그 : 벌판 (오후)

허허벌판에 홀로 트렁크를 들고 우두커니 서 있는 도혁, 도축장에 끌려가는 소 같다. 잠시 후, 정거장도 아닌 곳에 의문의 대형 관광버스 한 대가 와서 멈춘다. 버스에 오르는 도혁.

13   프롤로그 : 관광버스 안 (오후)

어디로 실려 가는 건지, 불길함이 지배하는 도혁의 얼굴. 자꾸만 식은땀이 나는 손을 펴보면 정체 모를 알약 하나가 있다. 부서질 듯 꼭 쥐어보는데.. 울리는 핸드폰. 문자로 사진이 도착한다. 슬기의 학생증 사진과 유

전자 검사서다. 도혁과 99.98% 일치한다는 내용이다.

- 따님 찾았습니다.

한창 달리는 버스 안에서 벌떡 일어나는 도혁. 앞자리에 앉은 블랙 슈트의 보안요원이 도혁을 제지하듯 일어서자 도혁, 다시 자리에 앉는다. 산 골짜기로 들어가는 버스.

14   프롤로그 : 비밀 합숙소 밖 (오후)

강원도의 한 리조트로 들어오는 관광버스. 입구의 대형 철문이 닫히면 '공사 중'이라는 팻말이 걸린다.

15   프롤로그 : 비밀 합숙소 안 (오후)

수능 출제위원들, 줄을 서서 각자의 가방을 검사받는다. 그때, 울리는 도혁의 핸드폰. 도혁의 손이 벌벌 떨리는데... 섹스 동영상이 도착한다.

- 13년 만에 찾은 딸에게 이 동영상이 전송되는 불상사는 없어야겠죠?

보안요원 선생님, 핸드폰은 제출해주셔야 됩니다.

도혁, 어쩔 수 없이 핸드폰의 전원을 급히 끄고는 바구니 안에 핸드폰을 넣는다.

16   비밀 합숙소 회의실 (낮)

칠판에 쓰인 수학 문제들. 도혁, 누구보다 열정적으로 토론 중이다.

17   비밀 합숙소 화장실 (밤)

D-1. 변기에 앉아 작은 종이에 킬러문항을 적는 도혁. 종이를 꼬깃꼬깃 접어서 플라스틱 캡슐 안에 넣고는 삼킨다. 그리고는 태준이 미리 준 약 하나를 더 삼키는데...

제나NA 계획은 심플했어. 킬러문항을 뱃속에 넣고 출제장을 빠져나온다.

18   비밀 합숙소 복도 (밤)

복도를 걸어가던 도혁, 식은땀을 흘리며 갑자기 픽 쓰러진다.

19   고속도로 구급차 안 (밤)

보안요원과 의료진이 함께 탄 구급차. 실제로 바이털이 불안한 도혁. 의료진이 급히 산소마스크를 씌운다. 요란하게 사이렌을 울리며 달리는 구급차.

20   J메디컬센터 수술실 (밤)

베드에 실려 곧장 수술실 안으로 들어가는 도혁. 같이 온 보안요원, 수술실 밖에 서 있다.

CUT TO

- 도혁의 복부 엑스레이를 확인하는 태준.
- 도혁의 장에서 킬러문항이 담긴 피 묻은 캡슐을 핀셋으로 꺼내는 태준.
- 수술을 돕는 간호사, 지퍼백에 캡슐을 넣는다.

CUT TO
지퍼백을 들고 수술실을 나오는 간호사, 마스크를 벗자 드러나는 얼굴...
창백한 제나다.

타이틀 〈선의의 경쟁〉

21   J메디컬센터 앞 (낮)

모범택시에서 선글라스를 쓰고 내리는 한 여자, 제이모다. 한걸음에 달려 나와 그녀의 짐을 챙기며 에스코트하는 병원 관계자들. 제이모, 긴장한 듯 숨을 한번 깊게 들이마시더니 문을 열고 병원 안으로 들어간다.

22   J메디컬센터 안 교회 (낮)

교회 안에 울려 퍼지는 성가대의 아름답고 슬픈 찬송가, 중앙에 놓인 제나의 영정 사진과 화려한 꽃장식. 모든 것이 완벽한 제나의 추모 예배다.

목사 기도하시겠습니다. 산 자와 죽은 자, 모두의 주가 되시는 하나님 아버지!! 오늘 우리는 뇌종양으로 오랫동안 고통에 시름하다 주님의 부름을 받아 먼저 하늘나라에 가는 유제나 성도의 장례 예식에 모였습니다. 흙으로 지음을 받아 흙으로 돌아가는 인생, 아버지께서 주셨고 아버지께서 거두시는 줄로 믿습니다..

제이모, 천천히 걸어가 슬픈 아버지를 연기하는 태준과 망연자실한 제이의 옆에 가서 앉는다. 그 모습을 보고 있는 경이, 예리 그리고 슬기.

경이   가족이 모두 왔으니 이제 곧 입관하겠네.

슬기, 입을 굳게 다물고 이글거리는 눈으로 제이 가족을 바라본다. 엄마의 등장이 불편한 듯 자리에서 일어나는 제이. 이때다 싶어 슬기도 일어서는데... 경이가 걱정스러운 얼굴로 슬기의 손을 잡는다. 단호한 표정의 슬기, 경이 뿌리치고 제이를 따라 밖으로 나간다.

#23   J메디컬센터 장례식장 시체안치실 (낮)

냉동고에서 '유제나'라고 쓰인 칸의 시신을 꺼내 물끄러미 바라보고 서있는 제이. 잠시 후, 제이를 따라온 슬기가 안치실을 문을 열며

슬기   유제이!

제이, 슬기의 등장에 잠시 생각을 하는 눈치다.

슬기   너도.. 아니라고 생각하는구나? 그치?
제이   뭐가?
슬기   이 시신, 제나 언니 아니잖아.
제이   ...
슬기   (발을 가리키며) 잘 봐. 화상 자국이야. 언니 발등에 이런 흉터가 있었어?

제이, 시신의 왼쪽 발을 바라보며 어린 시절의 기억을 떠올린다.

insert〉5부 1씬, 크리스털 트로피에 다친 제나의 발.

슬기	너희 아버지, 아주 재미난 취미가 있으시더라. 무연고 시신을 모아다가 본인 수술 연습용으로 쓰시는...
제이	??
슬기	최수진.. 내 보육원 선배야. 죽어서도 찾는 사람이 없어서 안치실 보관료만 더럽게 많이 쌓였대. 근데 이런 처치 곤란 시신을 구청에서 너희 병원으로 보낸다더라? 게다가 최수진, 니네 언니 바로 옆방에 살았어. 우연일까?
제이	이제야 알겠네. 의사이자 가족이니깐 사망 선고에 신원 확인까지 일사천리였겠군. 게다가 유서까지.. 완벽하네.

제이, CCTV를 노려보더니 시신의 커버를 다시 씌워서는 냉동고로 밀어넣는다.

슬기	(흥분하는) 뭐 하는 거야?
제이	...
슬기	이대로 최수진이 너희 언니로 둔갑하게 놔둘 작정이야?
제이	(냉정한) 응..
슬기	그럼 제나 언니는 영영 세상에 없는 사람이 되는 거잖아?
제이	아빠의 계획이 언니를 죽은 사람 만드는 거라면, 계속 죄를 짓도록 놔두는 편이 우리한테 유리한 거 아냐?
슬기	(순간 소름이 돋는) ??
제이	여기서 우리가 유제나의 장례식을 중단하면 아빠는 반드시 다른 방법을 찾을 거야. 포기를 모르는 인간이거든.. 일단은 우리가 이 사실을 안다는 걸 아빠가 몰라야 해. 나가자.

제이, 슬기의 손을 잡고 나가려는데... 슬기, 제이의 손을 뿌리친다. 당황하는 제이.

슬기	가려면 너 혼자 가. 난 이대로는 못 가.
제이	...

슬기	너희 언니 일기장을 봤어. 우리 아빠가 왜, 어쩌다 그렇게 죽었는지 다 적혀 있더라.
제이	슬기야!
슬기	난... 증거를 찾아야겠어.

슬기, 호기롭게 시체안치실을 나선다.

#24   J메디컬센터 장례식장 복도 (낮)

제이, 저만치 멀리 걸어가는 슬기의 손을 낚아채더니

제이	따라와. 그리고 돌아다녔다가는 증거고 뭐고 찾기 전에 다 들키겠다.

슬기를 데리고 복도의 비상구로 들어가는 제이.

#25   J메디컬센터 복도 (낮)

다른 장소지만 비슷한 위치의 비상구 문을 열고 나오는 슬기와 제이. 슬기, 의사 가운으로 갈아입고 목에는 명찰까지 찼다.

제이	내가 시간을 끌어볼게. 서둘러!!

슬기, 고개를 끄덕인다. 찢어지는 두 사람.

#26   J메디컬센터 중앙관제센터 (낮)

제이, 방금 전 장례식장을 쏘다니는 슬기가 찍힌 CCTV 화면을 삭제한다. 원장실 부근 카메라로 화면을 바꾸자 슬기가 보인다. 그때 들어오는 보안요원.

보안요원 어? 아가씨?

제이 엄마가 좋은 일도 아닌데 오신 VIP들 노출되는 거 별로라 하셔서요. 언니 발인 때까지 CCTV 꺼달라고 부탁하셨어요.

보안요원 (곤란) 아...... 그건 원장님께 확인을...

제이 원장님이 아니라 엄마 부탁이니깐 절 보내셨겠죠?

보안요원, 순순히 CCTV 카메라의 전원을 차단한다.

27 J메디컬센터 안 교회 (낮)

조문객들에게 인사하고 있는 제이모 옆에 와서 서는 제이.

제이모 넌 언니 장례식인데... 어딜 갔다 오니?

제이 그러는 엄마는 언니가 이 지경이 될 때까지 어디 있으셨나?

제이모 ....

제이 웃어... 그거 엄마 잘하는 거잖아. 아니다, 오늘은.. 울어야 하나?

제이를 노려보는 제이모. 제이, 아랑곳 않고 저만치 떨어진 태준과 눈을 맞춘다.

CUT TO
태준, 제이와 아내를 주시하며 자신의 가족들과 인사를 나눈다.

태준형 의사라는 놈이 딸아이 병 하나 못 고쳐서는.. 이래가지고 환자들이 오겠니? 병원 브랜드 이미지 다시 끌어올리려면 힘 좀 들겠다.

태준부 됐다. 나약한 애들은 빨리 가주는 것도 부모 입장에선 고마운 일이다.

친가 사람들이 있는 곳으로 자연스레 다가오는 제이.

태준형	오, 제이... 많이 컸네. 너 공부 꽤 한다며? 고3인데 이런 일이 생겨서 어쩌냐? 1분 1초가 아까울 시기에.
제이	그런 건 벼락치기 하는 애들한테나 해당하죠. 제가 삼일 공부 좀 쉬었다고 흔들릴 레벨은 아니잖아요, 큰아빠?
태준형	(질린다는 얼굴로 태준을 보며) 어쩜 넌 너랑 똑같은 애를 낳았다?!
제이	칭찬 감사합니다.

제이, 살갑게 태준에게 한 발짝 더 다가선다.

28   J메디컬센터 원장실 (낮)

명찰로 보안 기능을 해제하고 원장실로 들어온 슬기. 뭐부터 뒤져야 할지 막막하기만 한데.. 책장에 가지런히 꽂힌 얇은 파일들과 엑스레이 뷰박스를 지나며 제나의 일기장을 펼친다.

제나NA	제이야, 아빠는 뭐든지 알고 계셔, 누가 착한 앤지 나쁜 앤지.

슬기, 이것저것 닥치는 대로 버튼을 누르자 엑스레이 뷰박스가 꺼지면서 반대편 스터디룸이 보인다. 그 앞으로 홀린 듯 걸어가는 슬기, 뷰박스에 꽂혀 있던 엑스레이들을 빼자 더 넓은 시야가 확보된다. 슬기의 눈앞에서 제나의 일기장 속 과거가 시작된다.

29   J메디컬센터 스터디룸 (밤-낮)

수능 전날. 도혁의 피가 묻은 캡슐이 담긴 지퍼백을 쳐다보고 있는 제나.

벌벌 떨리는 손으로 캡슐을 열어 안에 든 종이를 편다. 적혀 있는 킬러문항을 노트에 옮겨 적는 손. 그때, 문이 열리고 제이가 들어온다. 황급히 캡슐과 쪽지를 노트 아래로 숨기는 제나.

제나　(경계의 눈초리로) 왜?

제이, 같은 문제를 쓰고 또 써둔 제나의 노트를 바라보며

제이　안 풀려? 내가 풀어줄까?
제나　잘난 척하러 왔니?
제이　바보같이 한 문제만 계속 붙들고 있을 때가 아니잖아.
제나　니 도움 필요 없으니깐 나가! 나가! 나가라고!!!

손에 잡히는 것들을 닥치는 대로 집어던지는 제나. 스터디룸을 나가는 제이와 들어오는 현재의 슬기가 교차한다. 눈가에 차오르는 눈물을 훔치는 제나.

제나NA　울면 안 돼, 절대로. 아빠는 우는 애한테 선물을 안 주시니깐.

제나, 고개를 들어 위를 보면 원장실에서 태준이 내려다보고 있다. 그 모습을 바라보는 슬기.

#30 J메디컬센터 안 교회 (낮)

조문 온 손님들 사이로 병진이 보인다. 병진이 영 거슬리는 태준. 태준을 계속 주시하는 제이에게 도착한 문자 메시지, 슬기다.

슬기E　이거 캐럴 가사 같은데.. 선물이 뭘까? 제나 언니가 원하는 선물이 있었어?
제이E　그건 모르겠는데.. 유제나 아빠 닮아서 생일, 크리스마스, 무슨 무슨 기념

일.. 이런 거에 목맸어.

이동하는 유가족들. 제이, 얼른 핸드폰을 끄고 뒤따른다.

31   J메디컬센터 원장실 (낮)

다시 원장실로 달려온 슬기, 아까 본 책장에 꽂힌 파일들을 살핀다. 자세히 보니 커버에 6개의 숫자가 적혀 있다. 순서대로 정리되어 있는 파일들. 날짜를 의미하는 숫자인 거 같다. 파일 하나를 꺼내보는 슬기. 놀랍게도 그 안에 든 건, 환자들의 엑스레이 필름을 동그랗게 오려 만든 레코드판이다.

슬기E (거친 호흡) 작년 수능 전날이면.... 11월 15일..

흥분한 슬기, 작년 수능 전날의 날짜가 적힌 LP를 찾아낸다. 덜덜 떨리는 손으로 안에 든 엑스레이 필름을 꺼내는데...

32   J메디컬센터 장례식장 시체안치실 (낮)

최고급 관에 꽃 장식을 하는 장례 지도사. 시신의 얼굴을 고운 한지로 감싼 채 수의를 입히고 삼베로 단단히 동여맨다. 뚫어져라 보는 제이와 시선 한번 주지 않는 제이모, 무표정한 태준. 이때 태준의 핸드폰이 울린다. 노려보는 제이모를 무시하며, 전화를 받으러 나가는 태준. 제이, 쫓아 나가려는데.. 제이를 붙드는 제이모. 안절부절 하는 사이, 삼베는 점점 더 단단히 마무리 되어간다.

33   J메디컬센터 원장실 (낮)

슬기, LP판 위에 톤암파이프를 올린다. 지지직 하더니 곧장 시작되는 음악, 익숙한 멜로디다.

여E   홀로 버려진 길 위에서 견딜 수 없이 울고 싶은 이유를...

온몸에 소름이 돋는 슬기, 번뜩 떠오르는 과거의 기억들.

- 2부 42씬, 코인노래방에서 같은 노래 루시드폴의 '누구도 일러주지 않았네'를 부르던 제이.
- 5부 19씬, 수술실에서 희미하게 들려오던 음악 역시 '누구도 일러주지 않았네'였다.

이성을 잃고 흔들리는 슬기의 눈동자가 페이퍼 나이프에서 멈춘다.

34 J메디컬센터 장례식장 화장실 (낮)

손을 씻는 태준, 뒤에서 느껴지는 인기척에 고개를 들면 거울에 비친 병진이 보인다. 태준에게 다가오는 병진.

35 J메디컬센터 장례식장 복도 (낮)

슬기, 내딛는 발걸음이 사납다. 여기저기 한가롭게 수다 중인 조문객들을 뚫고 시체안치실로 가는데.. 화장실에서 나오는 태준의 뒷모습. 반대편에서는 제이가 안치실에서 다급하게 나오다 태준과 눈이 마주치고. 태준의 어깨 너머에서 슬기가 모습을 드러낸다. 슬기, 손에 쥔 페이퍼 나이프를 들고 태준에게 달려오는데..

제이E   (나지막이) 안 돼, 슬기야...

제이의 표정을 읽은 태준, 뒤를 돌아본다. 그 순간, 슬기의 손을 낚아채는 누군가.. 희윤이다. 당황한 슬기, 희윤의 얼굴을 멍하니 바라본다. 희윤, 상냥하지만 단호한 얼굴이다.

36   희윤의 몽타주

– 7씬, 전단지를 들고 나가던 희윤, 문 앞에 서 있던 제나와 맞닥뜨린다. 움찔하고 놀라는 제나. 희윤, 제나를 슥 보고선 계단을 내려간다.

희윤NA   유제나... 여자의 촉 같은 거 있잖니. 무시하고 싶었지만 그럴 수가 없었어. 그 아이가 계속 우리 주변을 맴돌았거든.

– 베란다에서 빨래를 널고 있는 희윤, 도혁의 재킷 주머니에서 쪽지 하나를 발견한다.

열쇠고리가 꼭 내 수호신 같아요 쌤.. – 제나

고개를 갸우뚱하는 희윤, 애써 대수롭지 않게 넘기며 빨래를 계속 너는데.. 창밖으로 교복을 입은 제나가 빌라 주위를 서성이는 걸 발견한다. 불길한 촉이 발동하는 희윤.
– 5부 67씬 강남역 앞 카페에서 두리번거리며 누군가를 기다리는 희윤. 핸드폰으로 발신번호가 없는 문자가 도착한다.

좀 늦을 거 같습니다. 남편분 핸드폰 가지고 갈 테니 기다려주세요.

창 너머로, 제나가 강남역 5번 출구로 걸어가는 게 보인다.

희윤NA　네 아빠가 죽고 나서 생긴, 모든 석연치 않은 일들이.. 처음에는 그 아이 짓일 거라고 생각했는데...

– 희윤, 우편함에서 발신인이 적혀 있지 않은 녹색 봉투를 꺼낸다. 검은 색 크레파스가 칠해진 도화지 위에 스크래치를 내어 쓴 글씨가 보인다.

유제나가 죽었습니다.

심장이 철렁 내려앉는 희윤, 들고 있던 도화지를 떨어뜨린다.

희윤NA　어쩌면 제나는 우리에게 뭔가를 얘기해주고 싶었던 게 아닐까?

37　J메디컬센터 장례식장 복도 (낮)

슬기, 들고 있던 페이퍼 나이프를 툭 떨어뜨린다.

장례지도사E　거기 좀 비켜주세요!

제나의 관과 영정을 든 사람들이 복도로 나온다. 옆으로 비켜서는 희윤과 슬기. 두 사람을 스쳐지나가는 제나(수진)의 관. 뒤따르는 태준, 희윤과 눈이 마주치지만 아랑곳하지 않는다. 그 뒤를 차례대로 제이모와 제이가 따라간다. 제이, 바닥에 떨어진 페이퍼 나이프를 주워가며 슬기의 눈을 바라본다. 제이의 시선을 피하는 슬기. 복도를 빠져나가는 행렬.

38　J메디컬센터 장례식장 밖 (낮)

커다란 리무진에 실려 떠나는 제나의 관을 바라보는 사람들. 예리와 경이와 경이모, 슬기의 손을 꼭 잡은 희윤.

희윤	약물 절도라고 널 괴롭힌 것도 나더러 합의하란 협박인 걸 누가 모를까봐.
슬기	설마... 합의했어요?
희윤	아니.
슬기	....
희윤	내가 끝까지 안 하겠다고 했더니 계모라서 그런 거냐고 그러더라. 너도 그렇게 생각하니?
슬기	아뇨, 잘 하셨어요.

그때, 슬기의 시야에 병진의 뒷모습이 보인다. 슬기, 희윤의 손을 놓으려 하자

희윤	(불안한) 어디 가려고?
슬기	(가방을 건네며) 이거 가지고 계세요. 변호사님 못 가게 붙잡아주시고요.

39　J메디컬센터 장례식장 주차장 (낮)

병진, 차를 출발시키려는데... 슬기가 조수석에 올라탄다.

병진	아씨, 놀래라.
슬기	오빠도 알고 온 거죠?
병진	뭘?
슬기	거짓말할 생각 마요. 수진 언니 밀린 방값이랑 외상값 갚은 거 다 아니깐.
병진	그게... 뭐?
슬기	수진 언니 장례식 보러온 거 아니냐고요.
병진	그냥 뒀으면 장례식이고 뭐고 냉동고에서 썩지도 못하고 졸라 외로웠을 거야. 팔자에도 없는 꽃상여 타고 좋지 뭐. 너도 좋게 생각해.
슬기	정말 그렇게 생각해요?

병진의 흔들리는 눈동자.

슬기 사람이라면 수진 언니 이렇게 된 데 일말의 죄책감이라도 느껴야 되는 거 아니에요? 하긴 사람이었으면 우리한테 첨부터 약 가르치지도 않았겠지.

병진 너 내려라.

슬기가 꿈쩍도 하지 않자 병진, 내려서 차 문을 직접 연다. 병진을 경멸의 눈빛으로 쏘아보며 내리는 슬기.

병진 너도 수진이 때문만은 아닌 거 아냐?

몇 발자국 걸어가던 슬기, 뒤를 돌아본다.

#40 국밥집 (오후)

희윤과 슬기, 지연이 마주 앉았다. 옆에는 경이와 예리도 함께. 심각한 얼굴로 제나의 일기장과 엑스레이 필름으로 만든 LP판을 보는 지연. 슬기, 경계의 눈초리로 주변을 살핀다.

지연 (한숨을 쉬며) 이 엑스레이는 증거가 못 돼요.

슬기 왜요? 왜 안 되는데요?

지연 슬기 주장대로 여기 보이는 게 수능문제라 쳐도.. 배를 가르고 이걸 꺼냈다고 사람이 죽는 건 아니니까.

슬기 ...

지연 물론 환자의 정확한 상태를 보호자에게 알리지 않았다는 점은 명백한 의료과실이 되겠지만.. (희윤을 보며) 직접적 사인과의 인과성을 증명하기란 쉽지 않죠. 나아가 살해의 의도가 있었다고 주장하기에는 비약이 심해요.

슬기	이런 LP판이 수백 개 있었어요. 사람을 죽이면서 노래를 듣고 있었다고요!
지연	(냉정한) 살리면서 들었을 수도 있지.
예리	이거, 들어는 봤어?
슬기	응, 루시드폴 노래야. 제나 언니가 좋아하는..
경이	미친... 일기에 있던 대로 그 수술실에 제나 언니가 불려간 게 맞긴 맞구나.
지연	수술실 CCTV가 없는 상황이니 제나가 법정에서 직접 진술을 하거나 그게 아니라면 적어도 이 일기장이 자기 거라고 필체 확인이라도 해줘야겠지만 이제 그 유일한 목격자도 세상이 없으니..

말을 잇지 못하는 사람들. 슬기, 생각이 많아진다. 그때, 희윤이 그동안 받아온 투서를 가방에서 꺼낸다. 편지들을 보자 눈의 초점이 불안하게 떨리는 경이. 검은 크레파스로 칠해진 도화지 위에 날카로운 무엇으로 긁어놓은 글자들. 지연, 투서를 하나하나 본다.

지연	이게 다 뭐죠?
희윤	남편이 죽고 나서부터 받아온 것들이에요.. 이걸 보낸 사람은 그 둘의 관계를 처음부터 알고 있었어요. 이 사람이 또 다른 증인일 확률은 없을까요? 수술실에 있던 제 3의 인물이라든지.. 수능 출제장, 어쩌면 학교에 있는 누군가일 수도 있잖아요.

초조해하는 경이를 바라보는 예리. 경이, 더는 안 되겠는지 입을 떼려는데.. 테이블 밑으로 지연이 경이의 손을 딱 잡는다. 흠칫 놀라는 경이.

지연	결정적인 뭔가를 더 알고 있다면 여기 적지 않았을까요? 익명으로 보낸 건 이유가 있을 거고.. 이런 경우 제보자를 찾는다고 해도 재판에 세우기까진 설득이 쉽지 않더라구요.

테이블 아래에 놓인 예리 가방 속에서 깜빡이는 빨간 불빛. 대화가 녹음되고 있다.

슬기	우리 다음 재판이 언제죠?
희윤	그건 왜?
지연	희망을 가져보는 건 변호사로서 너무나 이해하지만 아까도 얘기했듯이 이 증거들로 살인을 입증하는 건 절대 불가능해. 죽은 사람을 살려서 데리고 오면 몰라도.

그때, 울리는 슬기의 핸드폰.. 제이의 전화다.

| 슬기 | 저 잠시만요. |

슬기가 전화를 받으러 밖으로 나가자 안절부절못하는 예리.

41   룸살롱 앞 (밤)

모범택시의 문을 열어주는 예리. 출근하는 여자 1이 풀셋팅을 한 채 차에서 내린다.

| 예리 | (싹싹하게) 언니, 나오셨어요? |

예리가 콘소틴 30알을 건네자, 여자 1이 곧장 지갑에서 현금을 두둑이 꺼내주며

여자1	졸피딘은 못 구하니?
예리	졸피딘... 아, 수면제요? 함 알아볼게요!
여자1	다른 애들한테 괜히 나눠 팔지 말고 나한테 다 넘겨. 가격 잘 쳐줄게.
예리	(얼굴에 화색이 돌며) 네!
여자1	(오만 원짜리를 한 장 더 꺼내며) 가서 담배 좀 사와. 잔돈은 너 하고.

예리, 재빨리 돈을 받아간다. 가게 앞에서 담배를 태우던 여자 2에게로

다가가는 여자 1.

여자2   (담배를 주며) 쟤네 엄마 부산에서 엄청 큰 업소 하다 말아먹고 튀었다
며?

여자 1, 담배를 입에 물며 혀를 찬다. 어두운 밤거리를 뛰어가는 예리.

42   룸살롱 골목 (밤)

편의점에서 담배를 사서 나오는 예리, 눈앞에 분식 트럭이 보인다. 달려
가 오뎅을 하나 집어먹는데 누군가 옆에서 국물이 담긴 종이컵을 슥 내
민다. 태연하게 종이컵을 받아드는 예리, 뜨거운 국물을 홀짝인다. 그 모
습을 빤히 바라보는 누군가... 병진이다.

예리   왜요? 뭐요?
병진   너나 슬기나... 참 끼리끼리다 싶어서.
예리   나한테 걔를 왜 갖다 붙이지? 내가 훨 이쁜데?

예리, 주머니에서 녹음기를 꺼내더니

예리   아, 이거 아무리 계산기 두드려 봐도 내가 밑지는 장산데..
병진   접때 클럽에서 챙긴 콘소틴 혼자 꿀꺽했잖아?
예리   그쪽은 나한테 강남역에서 제나 언니 봤다는 얘기 쏙 뺐고요. 동업자 간
에 피차 이렇게 신뢰가 없어서야... 혼자 뛸까보다.
병진   어린 여자애가 딜하는 것보단 내가 해야 씨알이 먹히지.

예리, 고민하는 척하더니 녹음기를 순순히 내어준다.

예리   그럼 졸피딘 뭐 이런 것도 구할 수 있나?

병진	J메디컬 우리가 접수하면 졸피딘이 문제겠냐. 좀만 기다려봐.
예리	아니 근데 제이 같은 부잣집 모범생이 애들한테 약은 팔아서 뭐해?
병진	이해하지 마. 애초에 우리랑은 뇌구조가 다른 거니깐.
예리	왜 자꾸 우리우리 하면서 날 끌어내려요. 기분 나쁘게!
병진	(무시하는) 아줌마.. 여기 얘 이거까지 얼마에요?
예리	아줌마 순대도 한 접시 주세요!
주인	순대까지 만원이요.

병진, 현금을 찾는데... 없다. 담배 심부름하고 남은 돈으로 계산하는 예리.

예리	조심해요. 그 아저씨 상상 이상으로 무서운 사람이야. 슬기네 아빠도 그 아저씨가 죽였잖아.

병진, 걱정 말라는 듯 어깨를 으쓱이며 자리를 떠난다. 그 모습을 바라보는 누군가.

#43 경이의 집 경이방 (밤)

책만 펼쳐놓고 집중이 안 되는 경이. 희윤에게 투서를 보낼 때 쓰던 크레파스를 꺼내본다. 그때, 방문 확 열고 들어오는 지연. 경이, 놀라서 그만 크레파스를 떨어뜨린다.

지연	탐정놀이 집어치우고 수능에만 집중해.
경이	(크레파스를 주우며) 내가 변호사라면 주요 증인인 나에게 묻고 싶은 게 참 많을 텐데.. 엄마는 아닌가봐? 애초에 이런 돈 안 되는 의료소송 따위 관심 없었지? 그러면서 의뢰인 위하는 척, 좋은 변호사인 척..
지연	최경!!!
경이	나한테도 마찬가지야. 좋은 엄마인 척, 의식 있는 학부모인 척, 가식덩어리. 내가 우도혁 쌤이랑 유제나 관계에 대해 어떻게 아는지 안 궁금해?

지연	응, 하나도 안 궁금해.
경이	엄마는 모르겠지만 나 자위가 취미야. 그날도 학교에 자위하러 갔었어. 시험 전날 밤에 교실에서 자위하면 불안이 좀 가시거든. 그러다 우연히 도혁쌤과 제나 언니가 함께 있는 걸 봤어. 사람들에게 말하고 싶었지만 그러면 너는 왜 그 시간에 학교에 있었냐고 물을 테니깐.. 차마 대답할 수 없어서... 그래서... 말은 못하고...

일그러지는 지연의 얼굴. 경이, 폭발하듯 쏟아내기 시작한다.

경이	제이가 망했으면 좋겠다고 생각했어! 제이만 없으면 내가 1등인데 걔 땜에 맨날 내가 주목받지 못하는 게 짜증났다고! 슬기네 아줌마한테 편지 보낸 것도 대단한 정의감 때문이 아니라 그냥 제이네가 다 망했으면 좋겠다고 생각해서 그랬어. 제나 언니 축제에서 봤을 때도 그래서 내가 한마디 했어. 나 다 알고 있다. 언니가 진실을 안 말하면 내가 폭로하겠다고.. 그런데 언니가 죽었대. 나 때문일 거 같아서 무서워 죽겠는데 엄마라는 사람은 공부나 하라고 윽박지르고..
지연	(냉정하게 자르며) 유제나가 죽은 건 너랑 하등 상관없어. 우도혁 선생의 죽음도 그렇고. 네가 법정에 서는 일은 없을 거야. 그러니깐 지금 한 얘기 어디 가서 입도 뻥긋하지 마. 알았니, 최경? 엄마로서 그리고 변호사로서 충고하는 거야.

지연, 크레파스를 챙겨 싸늘하게 방을 나선다. 기가 차는 경이, 눈물이 쏙 들어간다.

44 한강 고수부지 (밤)

인적이 없는 어두운 밤. 병진, 예리에게 받은 녹음기를 태준에게 넘긴다. 그런 둘을 멀리서 지켜보고 있는 슬기. 뒤에서 스윽— 하고 제이가 나타나자 순간 흠칫하며 놀랜다. 인기척에 주변을 둘러보는 태준. 제이, 슬기의 입을 틀어막는다. 각자 차에 오르는 병진과 태준.

CUT TO
작전 회의 중인 슬기와 제이.

제이   그러니깐 나한테 했던 말이 싹 다 거짓말이었다는 거?

#45   국밥집 밖 (오후)

40씬 이후 상황. 제이와 통화 중인 슬기.

슬기   언니 일기장에 찢어진 부분을 찾았어. 아직 아무한테도 말 안 했는데..

숨어서 슬기의 전화를 엿듣고 있는 예리, 귀가 솔깃해진다.

슬기   제나 언니가 찍어둔 수술실 동영상이 있대. 그걸 우리가 먼저 찾아야 해.
너희 아빠 손에 들어가기 전에..

예리의 손바닥 위에서 열일 중인 녹음기.

#46   한강 고수부지 (밤)

다시, 현재.

슬기   예리라면 절대로 이런 기회를 날리지 않을 테니깐.
제이   아빠한테 덫을 놨구나.
슬기   너희 아빠, 자신이 지은 죄 덮으려고 딸까지 죽인 사람이잖아. 다 끝났다
고 생각할 텐데 증거가 있다는 걸 알게 되면..

제이	움직이겠지.
슬기	응, 그 뒤를 밟을 생각이야. 제이 네 도움이 필요해.

제이, 당연하다는 듯 고개를 끄덕인다.

#47 몽타주 (밤)

- 원장실의 엑스레이 뷰박스를 통해 스터디룸을 보는 제이, 처음 본 광경에 아연실색한다. 슬기, 스터디룸에서 제나가 남긴 동영상을 찾느라 바쁜 척 연기한다. 그 모습을 원장실에서 지켜보는 제이, OK사인을 보낸다.

슬기E	우리가 제나 언니의 수술실 동영상을 애타게 찾고 있다는 걸 보여줘야 해.

- 제나의 고시원. 이미 싹 다 정리된 방을 확인하는 슬기와 제이, 서로 눈짓을 주고받는다.

제이E	그럼 아빠가 한발 먼저 고시원을 싹 정리할 테고.

- 제이의 집. 방과 다이닝룸 구석구석에 도청 장치를 설치하는 제이. 차고에 세워진 태준의 차 트렁크에 위치 추적기까지 부착한다.
- 다시, 46씬에 이어 한강 고수부지에서 작전 회의 중인 슬기와 제이.

슬기	근데 그날 강남역에 제나 언니가 올 거라는 걸 너희 아빠는 대체 어떻게 알았을까?

뭔가 떠오른 듯 제이의 미간이 찌릿하고 움직인다.
- 5부 37씬, 골목에서 슬리퍼 신고 선 제나의 맨발을 핥던 제윤. 그 맨발을 바라보던 제이.

- 제이의 집. 집으로 돌아온 제이가 제윤이의 이름을 부른다. 한걸음에 달려오는 강아지 제윤. 제이, 제윤이를 살펴보는데.. 목줄에 달린 소형캠을 발견한다.
- 제윤의 목줄에 달린 소형캠에서 칩을 꺼내 노트북으로 확인하는 제이. 부부싸움 중인 태준과 제이모의 대화가 고스란히 찍혔다.

태준E   그 동영상이 저쪽 손에 먼저 들어가면 그거 어떻게 되는 건지 알기나 해?

제이모E   당신이 벌인 일 당신이 수습해요. 난 출국 티켓 끊었어.

태준E   아니, 이거 해결하기 전까진 당신 아무 데도 못 가.

제이모E   나도 감금시키려고? 어디 해봐요!

태준E   (화를 억누르며) 엄마 좋다는 게 뭐야. 가서 좀 달래보기라도 하라고.

#48   제이의 집 다이닝룸 (낮)

분주히 도우미 아줌마와 함께 음식 준비 중인 제이모. 갈비, 김치, 전까지.. 명절이 따로 없다. 그 모습을 힐끗 쳐다보며 지나가는 제이.

제이E   우리 계획이 통했어. 엄마가 오늘 유제나를 만나러 갈 거야.

#49   경이의 집 현관 (밤)

모두가 잠든 고요한 밤. 경이, 거실 콘솔 위에 놓인 차키를 들고 잠옷 바람으로 나간다.

#50   경이의 집 지하주차장 (밤)

경이를 기다리고 있던 제이와 슬기. 제이, 경이 손에서 차키를 뺏다시피해 지연의 차 운전석에 오른다.

경이   니들 어디 가는데? 정말 말 안 해줄 거야?

제이   변호사님한테 내일 증인석에 유제나 세울 수 있다고 알려드려.

경이   그게 무슨???

슬기   (서둘러 조수석에 오르며) 연락할게.

경이, 영문을 몰라 어안이 벙벙하다. 곧 출발하는 차.

51   제이의 집 차고 (새벽)

준비한 음식을 차에 싣는 도우미와 운전기사. 제이모, 차에 오른다. 차고
의 문이 열리고..

52   제이의 집 앞 (새벽)

지연의 차 안에서 바라보고 있는 제이와 슬기. 차고에서 나온 제이모의
차를 뒤따른다.

53   도로 몽타주 (새벽-아침)

- 서울을 벗어나는 제이모의 차. 거리를 둔 채 그 뒤를 따라가는 슬기와
제이.
- 몇 개의 도로안내표지판을 지나자 점점 초조해지는 슬기, 자꾸만 시간
을 확인한다.

제이   목적지가 대체 어디십니까?

- 슬기, 자신도 모르게 0.5초 깜빡 졸았다 깬다. 창밖을 보면 톨게이트를 지나고 있다.

제이 너는 눈 좀 붙여.

서서히 해가 밝아오는 하늘. 말이 없는 아이들, 불길함을 느낀다.

54   법정 안 (아침)

건조한 법정 안의 공기를 뚫고 희윤의 변호사, 지연이 자리에서 일어선다.

지연 재판장님... 추가 증인을 신청합니다!
변호인 (난색을 띠며) 이의 있습니다! 사전에 합의되지 않은 내용입니다.

난감한 표정의 판사.

지연 우도혁이 사망하던 날, 유태준과 함께 수술실에 있던 유일한 목격자입니다. 증인의 안전을 위해 사전에 말씀드리지 못한 점 양해 부탁드립니다.
판사 증인 신청 채택합니다. 잠시 휴정하겠습니다.

어쩔 줄 모르는 변호인에게 귓속말을 건네는 태준, 표정에 변화가 없다. 그 모습을 가만히 지켜보는 희윤.

55   도로 + 보육원 앞 (아침)

슬기, 창밖으로 보이는 길들이 익숙하다.

슬기	(불길한) 제이야...
제이	왜?

슬기의 표정을 보자 뭔가 잘못되었다는 걸 깨닫는 제이. 그때, 울리는 슬기의 핸드폰... 희윤의 전화다.

희윤E	어떻게 됐어? 지금 어디니?
슬기	그게....

드디어 멈추는 제이모의 차. 순간 머리가 멍— 해지는 슬기, 말을 잇지 못하고 차에서 내린다. 도착한 곳은 슬기가 살던 보육원이다.

희윤E	슬기야?
슬기	.. 제나 언니, 못 데리고 갈 거 같아요.

제이모를 반기는 수녀님들, 준비해온 음식과 선물을 가지고 다 함께 들어간다.

제이	씨발...... 우리가 당했어. (억울한) 아아아아악!

슬기, 허망해 말을 잇지 못한다.

56   법정 앞 복도 (오후)

재판이 끝나기를 기다리고 있는 슬기와 제이. 잠시 후, 법정에서 희윤과 지연이 나온다. 자리에서 벌떡 일어서는 슬기.

57   법원 앞 (오후)

제이, 슬기에게 다가가지도 못하고 뒤를 따라 걷는다. 슬기의 어깨를 감싸 안는 희윤. 제이도 얼른 다가가 슬기의 손을 꽉 잡아준다. 그때, 의기양양하게 걸어 나오는 태준, 제이가 슬기 손을 잡은 걸 잠시 바라보다 뚜벅뚜벅 걸어간다. 태준이 지나가지만 쳐다보지도 않는 제이. 태준, 몇 걸음 더 걸어가더니 멈춰 서서는

태준   제이도 그만 집에 가야지?
제이   (분노를 삭이며) ...

제이, 꼭 잡고 있던 슬기의 손을 놓는다. 걱정스러운 눈빛으로 제이를 바라보는 슬기.

제이   (걱정하지 말라는 듯 다정하게) 이따 연락할게.

제이, 태준을 따라간다. 반대편으로 찢어지는 두 집안.

58 희윤의 차 안 (저녁)

희윤이 운전을 하고 조수석에는 슬기가 앉아 있다.

슬기   보육원 애들이랑 사진까지 찍더라구요. 마치 나 보란 듯이..
희윤   ... 제이 반응은 어땠니?
슬기   저보다 더 열 받아했죠. 언니를 못 찾았으니간.
희윤   이런 말 어떨지 모르겠지만.. 슬기가 제이를 너무 믿은 게 아닐까?

슬기, 순간적으로 3부 에세이 사건 때 화를 내던 제이의 얼굴이 파편처럼 떠오른다.

희윤	제이 엄마의 행선지를 오해한 게 아니라면 중간에서 계획이 샜다는 건데..
슬기	(버럭) 무슨 말이 하고 싶으신 거예요? 그럴 리 없어요.
희윤	유태준은 재판 내내 흔들림이 없었어. 우리가 제시할 증거에 대해서도 미리 다 알고 준비한 느낌이었고.. 제나를 증인으로 신청한다고 했을 때도 오히려 자기 변호사를 진정시키더라고. 절대로 제나를 데리고 올 수 없다는 걸 알고 있는 사람처럼.

차창 밖을 바라보는 슬기의 눈이 불안하게 흔들린다.

59   태준의 차 안 (저녁)

서울을 빠져나가는 태준의 차. 제이, 창밖으로 보이는 이정표를 확인하며

제이	(불안한 눈빛) 지금 어디로 가는 거예요?

대답 대신 제이를 향해 태블릿PC를 툭 던지는 태준. 제이, 이게 뭔가 싶어 열어보는데.. 실시간으로 중계 중인 희윤의 차 전면 블랙박스 화면이다.

희윤E	그리고 전부터 좀 궁금했는데.. 제나는 왜 수술실에 있었을까?
슬기E	그야.. 제이 아빠는 이상한 사람이니깐..

슬기의 목소리가 들리자 불길함을 느끼는 제이, 태준을 매섭게 바라본다. 액셀을 밟는 태준의 발에 힘이 들어간다. 점점 빠르게 굴러가는 차의 바퀴들.

60   희윤의 차 안 (저녁)

사거리에서 신호를 기다리고 있는 희윤의 차.

희윤   문제만 전달해주면 될 텐데 굳이 애를 수술실까지..

그때, 좌회전 신호가 떨어진다. 희윤, 핸들을 꺾는데 차가 급격하게 오른쪽으로 쏠린다. 당황한 희윤이 핸들을 반대쪽으로 틀어보지만 말을 듣지 않는 차.

희윤   이게 왜 이러지?
슬기   아줌마!!!!!!!

무서운 기세로 달려오는 반대편의 차. 희윤, 충돌을 막아보려 브레이크를 밟아보는데..

61   태준의 차 안 (저녁)

뱅글뱅글 도는 희윤의 차 블랙박스에서 들려오는 희윤과 슬기의 비명소리.

제이   안 돼!!!!!!!!!

제이, 눈을 질끈 감는다.

62   사거리 (저녁)

가로수를 들이박고서야 멈춰 선 희윤의 차. 엉망으로 엉켜버린 도로 위의 차들. 희윤, 핸들에 박았던 머리를 들며 간신히 슬기를 살핀다.

희윤   슬기야.. 슬기야? 괜찮니?
슬기   아줌마...

가슴이 진정되지 않는 슬기, 결국 어린 아이처럼 눈물이 터진다.

63   태준의 차 안 (저녁)

바짝 얼어붙은 차 안의 공기. 제이, 작은 숨소리도 내뱉지 못한 채 태블
릿PC를 덮는다.

태준   제이 너도 궁금하니?
제이   .....
태준   언니가 그날 왜 수술실에 있었는지..

태준, 다정한 눈빛으로 제이를 바라본다. 등골이 오싹해지는 제이.

64   도로 (밤)

어느새 내려앉은 완벽한 어둠 속을 달리는 태준의 차. 강을 끼고 굽이치
는 산길을 따라 점점 더 높이 올라간다.

65   별장 복도 (밤)

태준의 뒤를 조용히 따르는 제이. 요새처럼 견고한 몇 개의 문을 지나 복
도의 끝에 도착한다. 눈앞에 놓인 또 다른 문 앞에서 망설이는 제이를 채
근하는 태준의 부드러운 눈빛. 제이, 결국 방의 문을 연다.

66   별장 제나의 은신처 (밤)

문을 열자 하얀 잠옷 차림의 누군가가 천천히 뒤를 돌아본다. 머리카락을 완전히 민 제나. 얼굴이 하얗게 질리는 제이. 제나의 발목에 채워진 전자 발찌. 제이, 스스럼없이 제나에게 다가간다.

제이   언니... 여기서 뭐해? 나랑 나가자.

제이, 제나의 손을 잡고 문으로 향하지만.. 삑삑! 하는 경보 소리가 요란하게 울린다. 발작하는 제나, 겁에 질린 얼굴로 제이를 밀어낸다.

제이   대체 언니한테 무슨 짓을 한 거예요?
태준   무슨 짓을 했다면 그건 내가 아닌 네 언니겠지.

67   J메디컬센터 수술실 (밤)

과거, 수능 전날. 태준이 잠시 자리를 비운 사이 수술실에 홀로 남겨진 제나. 수술대 위에 누워 있는 도혁을 가만히 쳐다보더니.. 링거에 주사액을 주입한다. 급격히 나빠지는 바이털 사인. 삐삐삐— 소리에 태준이 달려온다. 도혁의 상태를 확인하더니 제나의 손에 들려 있는 주사기를 발견하는 태준.

제나   (해맑은) 아빠.. 저 잘 했죠?

할 말을 잃은 태준이 제나를 멍하게 바라본다. 생각과는 다른 반응에 놀란 제나, 피 묻은 캡슐이 든 지퍼백을 들고 도망치듯 수술실을 빠져나간다.

68   별장 제나의 은신처 (밤)

다시 현재.

제이   거짓말.. 언니가 진범이라고 하면 내가 멈출 거 같아요?

태준   너야말로 내가 우도혁 선생을 죽였다고 믿고 싶은 거 아니니? 그래야 네
       반항에도 명분이 생길 테니깐.

제이   (혼란스러운) ...

태준   정말로 제나가 찍은 수술실 동영상이 있다면.. 보여주고 싶구나. 내 결백
       이 증명될 텐데... 잘 생각해보렴. 멀쩡하게 살아 있는 애를 사망 처리하
       기까지 얼마나 많은 수고가 있었을지. 이 아빠는 네 언니 뒤치다꺼리에
       지쳤다.

제이   언니 말해봐. 진짜야? 언니가 우도혁 쌤을 죽였어? 말을 좀 해보라고!

       텅 빈 눈동자의 제나, 제이를 알아보지 못하는 눈치다.

태준   제나가 많이 괴로워했다. 그래서 내가 기억을 살짝 지워줬지.

제이   (입술을 파르르 떨며) 언니를 이렇게 만든 건 아빠에요. 아빠는 완전히
       실패했어요. 유제나를 위해 수고했다 말하지 마세요. 망가진 딸을 둔 자
       신을 인정하기 싫었을 뿐이잖아요. 안 그래요?

       태준, 참지 못하고 제이의 목을 확 움켜쥔다.

제이   (비릿하게 웃으며) 인정..?

태준   다 제이 널 위한 거다. 네 언니의 지저분한 스캔들 때문에 니가 쌓아올린
       노력까지 폄하되지 않길 바라는 이 아빠의 맘을 정말 모르겠니?

제이   우습네요. 아빠한테도 마음 같은 게 있다는 게.

       태준, 움켜진 손에서 힘을 뺀다. 툭하고 떨어지는 제이.

제이	걱정 마세요. 전 유제나랑 다르니깐. 아빠가 원하는 자랑스러운 딸.. 기꺼이 되어드릴게요.
태준	그 약속 반드시 지켜야 할 거다.

제이, 제나를 두고 혼자 방을 빠져나간다.

69   자동차 정비소 (밤)

리프트에 높게 매달려 있는 희윤의 차. 가로수에 박은 부분이 심하게 찌그러져 있다. 차를 살펴보는 정비공. 희윤, 그 옆에 딱 붙어 과정을 지켜보고 있다.

정비공	타이어 바람이 완전 빠졌네. 이거 봐, 손으로 눌러도 그냥 쑥 들어가.
희윤	올 초에 종합 검사 받을 때는 아무 얘기 없었거든요.
정비공	그냥 육안상으로도 티가 확 날 텐데.. (타이어에서 뭔가를 발견하고) 어... 뭐야? 이거 노화가 아니네.
희윤	네에?
정비공	누가 아줌마 죽으라고 제사 지내는 거 아니면 이렇게 일부러 구멍 뚫어놓을 리가 없죠, 안 그래요?

창백해지는 희윤, 조금 떨어진 곳에서 자신을 기다리며 통화 중인 슬기를 바라본다.

CUT TO
제이에게 계속 전화를 걸어보지만 받지 않는 전화. 슬기, 초조하고 걱정되는 표정이다. 슬기에게로 다가오는 희윤.

슬기	(핸드폰을 끄며) 뭐래요?
희윤	타이어가 오래돼서 바람이 빠졌다고.. 아저씨한테 한 소리 들었지 뭐.

슬기	그럼 타이어만 갈면 되나요? 그래도 돈 꽤 나오죠?
희윤	아니, 그냥 폐차시키려고. 저거 완전 똥차야. 네 아빠가 너 태어날 때 샀다고 했으니깐 거의 이십년이다.
슬기	...
희윤	아, 미안.. 너한테 먼저 물어볼 걸 그랬구나. 폐차하지 말까?
슬기	아니에요. 또 그런 일 생기면 어떡해요. 폐차시켜요.
희윤	(고개를 끄덕이는) 밥하기 귀찮은데 우리 저녁 먹고 들어가자.
슬기	좋아요.

#70 교실 (아침)

조회시간. 모두 등교했지만 슬기의 옆, 제이의 자리만 비어 있다.

담임	다들 정신 차리자! 이제 정말 얼마 안 남았어. 오늘도 파이팅하고.

담임, 교실을 나가려는데... 자리에서 벌떡 일어나는 슬기.

슬기	선생님! 제이가 결석했는데요?
담임	(공지하듯 모두에게) 어, 당분간 제이가 아파서 학교 못 나올 거야.
슬기	아파요? 어디가요?
담임	그건 슬기가 제일 잘 알지 않니? 니들 베프잖아.

할 말이 없는 슬기, 막막한 얼굴로 경이와 예리를 바라본다. 경이와 예리 역시 자신들도 모른다는 제스처를 보인다.

#71 몽타주 (낮-밤)

- 함께 했던 공원에서도 기다려보고

– 집 앞에서도 서성이지만 제이를 만날 수 없는 슬기, 다시 전화를 걸어 보는데..

E   지금 거신 번호는 없는 번호입니다. 다시 확인하고...

72   J메디컬센터 로비 (밤)

조심스러운 얼굴로 병원에 들어서는 슬기. 외래 진료가 끝나고 한산한 로비. 괜히 위축돼 조용조용 주위를 살피는데.. 멀리 2층에 제이가 보인다. 반가워 한달음에 달려가려다 멈칫 하는 슬기. 한껏 위압적인 태준과 함께 서 있는 제이의 얼굴이 어두워 보인다. 슬기, 서둘러 2층으로 올라가 보지만 제이와 태준은 사라지고 없다.

73   J메디컬센터 복도 + 스터디룸 (밤)

기어이 원장실 바로 옆 스터디룸까지 온 슬기, 문을 열려고 하자..

미영   여긴 외부인 출입금지 구역이에요. 당장 나가주세요!
슬기   제이 친구예요. 제이를 만나러 왔어요!
미영   나가지 않으면 경비를 부를 거예요!

바로 그때, 스터디룸의 문이 열리며

예리   뭔데 이렇게 시끄러워요?

예리의 뒤로 보이는 스터디룸. 제이와 경이가 프로페셔널해 보이는 일타 강사에게 족집게 과외를 받고 있다. 모든 게 혼란스러운 슬기. 제이, 힐끗 슬기를 바라보는데.. 달려온 경비가 어버버한 슬기를 확 끌고 나간다.

74   J메디컬센터 옥상 (밤)

옥상에서 제이를 기다리고 있는 슬기. 제이가 문을 열자,

슬기   (반가움과 두려움이 뒤섞인) 제이야!

제이   오지 마..

슬기, 제이에게 다가가던 발걸음을 멈춘다. 어둠 속에 가려져 보이지 않
는 제이의 얼굴.

슬기   연락이 안 돼서 얼마나 걱정했는지 몰라. 학교에는 왜 안 나오는 거야.
진짜 어디 아픈 거야? 그렇게 있지 말고 얼굴 좀 보여줘.

제이   하! 정말... 넌 그 머리로 도대체 어떻게 1등을 하는 거야?

슬기   으응...?

제이   아직도 모르겠어? 내가 널 데리고 다닌 이유?

75   J메디컬센터 로비 (밤)

과거, 2부 25씬과 연결. '아빠!'를 외치며 달려가는 제이다. 제이를 향해
인사하는 병원 사람들.

제이   유제나 수능 중도 포기했다는 게 사실이에요?

태준   (인자한 미소로) 목소리 낮춰라.

어쩐지 신나 보이는 제이, 태준에게 바짝 다가가 귓속말로

제이   어차피 지금 인터넷에 소문 다 퍼졌어요. 채화여고 전교 1등, J메디컬센

터 딸이 수능장에서 도망쳤다고.

태준   (제이를 스윽 바라보는) 그만 집에 가는 게 어떻겠니?

제이   (태준 팔짱을 끼며) 언니 지금 어딨어요?

태준   제나는 절대적 안정이 필요해. 당분간 집에 못 올 거다.

태준의 표정에서 묘한 긴장감을 읽는 제이. 슬기, 멀리서 다정해 보이는 제이 부녀를 바라본다. 제이, 자신을 바라보는 슬기를 힐끗한다.

76   교실 (낮)

과거, 2학년 수학시간. 올해 수능 수리영역의 킬러문항이 적혀 있는 칠판.

담임   역시 올해도 성패는 킬러문항이었다. 나와서 풀어볼 사람?

경이가 손을 들고 나간다. 제이, 칠판의 문제를 골똘히 쳐다보는데 어쩐지 낯이 익다. 29씬에서 제나가 노트에 반복적으로 쓰던 문제와 같다는 걸 깨닫는 제이, 뭔가 촉이 온다.

제이E   수능 출제 위원으로 갔던 우쌤이 우리 아빠 수술대 위에서 죽고 언니가 사라졌어. 전날 언니가 풀었던 수학 문제가 수능에 그대로 나왔고. 촉이 왔지..

77   J메디컬센터 원장실 (밤)

과거 3부 25씬, 먼지 하나 없이 반짝이는 태준의 책상. 제이, 수술용 장갑을 끼고 능숙하게 열쇠를 찾아 책상 서랍을 연다. 잘 정리된 파일들 중에서 '제나' 파일을 여는데... '우도혁'이라고 네임택이 붙어진 파일이 툭 떨어진다. 우도혁에 대한 신상 정보에 '수능 출제위원 선정' 도장이 찍혀 있다. 배우자 권희윤과 딸 우슬기에 대한 자료가 함께 있다. 핸드폰 카메라로 문서를 한 장씩 찍기 시작하는 제이. 그중에는 도혁의 유품에 있던 실종 아동 전단지와 학업 성취도 A에 전교 석차 1등을 놓치지 않은 슬기의 성적표도 있다. 마지막 줄, '채화여고 전학 예정'.

제이E   유제나 파일에서 우슬기 네 이름을 봤을 때 확신했어. 우쌤이 수능 문제를 빼돌려줬구나..! 네 전학 역시 이 거래의 대가였겠지?

78   J메디컬센터 옥상 (밤)

다시 현재. 제이, 어둠 속에서 나와 슬기의 얼굴을 똑바로 응시하며 말한다.

제이   슬기 넌, 리트머스 용지 같은 거였어. 우리 아빠의 죄를 증명하기 위한.. 널 눈에 가시처럼 여기며 못 살게 구는 아빠를 보면서 얼마나 재밌던지.
슬기   ... 알았어, 이제 그만해.
제이   나 정말 궁금한 게 있는데.. 내가 정말 네 편이라고 생각했던 건 아니지?

슬기, 수치심에 얼굴이 화끈거린다.

제이   너한테 약을 판 것도, 우쌤 폰을 훔친 것도, 시신이 바뀌치기 됐다는 걸 숨기자고 한 것도 모두 나잖아. 우리 아빠가 아니라..

그제야 모든, 이상했던 장면들이 스쳐 지나는 슬기. 수많은 플래시 컷들이 슬기를 휘감는 사이, 깔깔 웃는 제이의 웃음소리.

제이   아! 물론, 중간중간 살짝 위기가 있었지. 네가 눈치채나 해서 불안했는데.. 또 금방 속아줘서 얼마나 고맙던지. 그동안 즐거웠어.

슬기에게 다정히 악수를 건네는 제이. 슬기, 차마 그 손을 잡지 못한다.

제이 (웃음기를 거두고) 너희는 무슨 수를 써도 절대로 우릴 이길 수 없어. 그러니깐 우리 언니도 더는 찾지 마. 내 마지막 경고야!!

한 걸음 한 걸음 슬기에게서 멀어지는 제이, 쿵! 하고 문을 닫고 나간다. 혼자 버려진 슬기의 심장도 쿵! 하고 내려앉는다.

7부 끝.

8부

그때, 알았어야 했는데..

네 마음이 어느 계절을 지나고 있었는지..

#1 　프롤로그 : 슬기의 집 슬기방 (낮)

거대한 물방울 안에서 핀조명을 받으며 공부 중인 슬기. 제대로 자지 못해 붉게 충혈 된 눈으로 책을 닫았다 열었다 분주하다. 암기한 것을 중얼중얼 외우던 슬기, 더는 생각이 나지 않는지 말을 잇지 못한다. 제이에게 받았던 약통을 열어보지만 텅 비어 있다. 초조해진 마음으로 머리를 책상에 쿵쿵쿵! 부딪치자 작은 균열이 생기더니 물방울이 이내 쭉 갈라진다. 아차! 싶은 슬기, 공포에 질린 얼굴로 숨을 참으며 두 눈을 질끈 감는데.. 아무 일도 일어나지 않는다. 조심스레 눈을 떠보면 어둠이 거친 방안이다. 물도 물방울도 없다. 슬기, 자리에서 벌떡 일어나 발을 내딛는데.. 무중력 상태처럼 균형 잡기가 어려워 흔들린다. 발아래를 보자 발이 바닥에서 10cm쯤 부웅 떠 있다.

#2 　프롤로그 : 교실 (낮)

모두 하복을 입은 채 치러지는 1학기 기말고사. 슬기의 젖은 치마에서 물이 뚝뚝 흐르고 있다. 마치 물속에서 눈을 뜨고 있는 듯 굴절되어 보이는 시험 문제들.

시험관 종료 5분전..!

먹먹하게 들리는 시험관의 목소리. 땀인지 물인지 알 수 없을 만큼 온몸이 흠뻑 젖은 슬기. 아직 풀지 못한 문제가 남은 시험지 위로 슬기의 젖은 머리칼에서 물이 뚝뚝 떨어진다.

슬기 (손을 들며) 선생님! OMR카드요!

새 OMR카드를 슬기에게 건네는 시험관. 집중해서 마킹을 이어가는 제이, 표시해둔 문제의 답과 다른 번호를 답안지에 표시한다. 그때, 시험 종료를 알리는 종소리가 울린다. 어쩐지 자신 있는 표정의 경이. 예리도 나름 끝까지 마킹을 완료한다.

시험관 자, 다들 머리 위에 손! 뒤에서부터 답안지 걷어온다.

난감한 표정의 슬기에게서 답안지를 빼앗아 가는 아라. 슬기, 속이 울렁거리는지 자리를 박차고 일어나 교실을 나간다. 모두의 시선이 일제히 슬기를 향하지만 제이는 관심이 없다.

#3   프롤로그 : 교문 앞 (아침)

카메라가 아래서부터 천천히 훑는 기말고사 결과. 전교 20등에 겨우 든 슬기와 15등에 유제이, 그리고 전교 1등에 최경이다! 뛸 듯이 기쁘지만 별일 아니라는 듯 애써 평정을 유지하는 경이의 입술이 실룩거린다.

#4   프롤로그 : 상담실 몽타주 (낮)

경이의 얼굴 클로즈업에서 쭉 빠지면 상담실이다.

담임   역시 경이, 선생님을 실망시키지 않는구나. 내신은 완성이니 이제 수시
       면접만 잘 보면 한국대 의대는 무조건 합격이겠네. 축하한다, 최경!

       다음, 슬기의 차례다. 절망적인 얼굴로 앉아 있는 슬기.

담임   실력은 결국 뽀록이 나는 법이지. 이 성적이라면 한국대 의대보다는 지
       방대 쪽을 알아보는 게 낫겠네. 너 무조건 장학금 받아야 한다며..

       다음, 예리의 차례다. 역시 밝은 표정은 아니다.

담임   한국대 음대 수시는 하프 한 명만 뽑는 거 알지? 원서 쓸 거니 말 거니?

       마지막으로 제이의 차례다. 덤덤한 얼굴의 제이.

담임   (안타까운) 제이답지 않게 어쩌다 이런 실수를.. 답안지를 밀려 쓴 거니?
       언니 때문에 많이 힘들었구나. 그럴 만하지. 아직 정시가 남아 있으니깐,
       수능에 올인해보자.

       제이, 고개를 끄덕인다.

#5   프롤로그 : 제이의 집 제이방 (오후)

제이, 디데이 달력에서 오늘의 날짜를 지우고는 창밖으로 정원을 내려다
본다.

6　　프롤로그 : 제이의 집 정원 (오후)

드럼통 안에서 활활 타오르는 장작. 태준, 제나의 일기장을 찢어서 불 속으로 던진다. 이글이글 타오르는 불길. 도혁의 엑스레이 필름 LP까지 모두 태운다. 잠시 후, 태준의 옆으로 조용히 다가온 제이가 기말고사 성적표를 내민다.

제이　　죄송해요.

태준, 이미 제이의 등수를 알고 있는지 성적표를 확인도 하지도 않고 드럼통 안으로 던진다. 증거품들과 함께 불타는 성적표를 바라보는 제이.

제이　　아빠... 부탁이 있어요.
태준　　...?
제이　　저도 언니처럼 해주세요. 킬러문항이 필요해요.

간절한 제이의 얼굴을 빤히 쳐다보는 태준.

타이틀 〈선의의 경쟁〉

7　　연립 주택 앞 (오후)

무거운 발걸음으로 하교하는 슬기 옆으로 외제차 한 대가 지나간다. 빌라 앞에 서는 외제차. 기다리고 있던 희윤에게 차에서 내린 남자가 깍듯이 인사를 하고는 차키를 건넨다. 그 장면을 목격한 슬기.

슬기　　아줌마!

희윤	어, 슬기야..
슬기	차 사셨어요?
희윤	(우물쭈물) 으응, 그게..
남자	그럼 안전 운행하시고 좋은 일만 있으시길 바랍니다.

낯빛이 확 변하는 슬기, 서둘러 빌라 안으로 들어간다.

8   슬기의 집 안방 (오후)

들어오자마자 안방으로 향하는 슬기. 서랍을 뒤져보지만 찾는 게 보이지 않는다. 희윤, 들어와 슬기가 열어둔 서랍들을 모두 닫는다.

슬기	(날카로운) 여기 있던 증거들 다 어디 갔어요?
희윤	(착잡한) 합의, 했어.
슬기	....
희윤	나도 지쳤어. 니 아빠에 대해 더는 실망하고 싶지도 않고.
슬기	처음부터 목적이 돈이었던 건 아니고요?

희윤, 말을 잇지 못하고 슬기를 매섭게 노려보는데.. 슬기도 그 눈을 피하지 않는다.

희윤	너랑 나, 우리 둘 중에 누가 더 힘들 거 같니?
슬기	하긴.. 제가 무슨 자격이 있나요.

그대로 집을 나가버리는 슬기. 희윤도 괴로워 얼굴을 감싼다.

9   경이의 집 경이방 (오후)

경이, 전교 1등이 찍힌 성적표를 보고 또 본다. 거실에서 들려오는 엄마의 상기된 목소리.

지연E   그죠, 고3 때 등수가 오르는 건 드문 일인데.. 축하는 무슨. 어머, 정말?

그때, 벌컥 열리는 문.

지연   (통화를 하며) 너 전에 사둔 등산복 있지? 얼른 그거 입어.
경이   지금?

10   사찰 (새벽)

산속 깊은 곳에 위치한 고찰. 서서히 동이 터오는 그때, 땀을 뻘뻘 흘리며 경이와 지연이 도착한다. 눈앞에 보이는 플랜카드에는 '수능 100일 기도 접수 받습니다'라고 적혀 있다.

CUT TO
정성으로 108배를 하는 지연. 경이, 옆에서 염주를 돌리며 그런 엄마를 생경하게 바라본다. 카메라 쭉 빠지면 대웅전을 가득 채운 수험생과 학부모들. 주지 스님의 목탁 소리에 맞춰 모두 미친 사람들처럼 절을 올리고 경을 외운다. 압박감이 밀려오는 경이의 얼굴.

11   룸살롱 골목 (밤)

병진에게 돈을 건네는 예리.

예리   우리 이렇게 푼돈 벌어서 되겠어요? 이제 곧 수능 백일인데.

병진, 돈을 세다 말고 예리를 힐끗 본다.

예리   애들이 이걸 못 먹어 그런지 이번 기말 등수 완전 개판.
병진   그래? 우슬기도?
예리   걔가 20등 안에는 들었나 몰라.
병진   그럼 이번 전교 1등은 누가 했는데?
예리   최경이라고 있어요.
병진   (약을 주며) 아, 내가 축제 때 펜디린 준 범생이?

예리, 약을 들고 흥겹게 돌아서다 아차 싶어 본다. 병진의 희번덕거리는 눈빛이 좀 찜찜하다.

12   룸살롱 복도 (밤)

예리가 가게 안으로 들어오는데.. 여자1이 다가오더니

여자1   마담 언니가 너 좀 보자던데?
예리   저를요?

약이 걸린 걸까 싶어 잔뜩 긴장하는 예리의 얼굴.

13   납골당 (밤)

아무도 없는 고요한 납골당. 차가운 대리석 바닥을 뚜벅뚜벅 걸어가는 슬기, 손에는 돌멩이를 꽉 쥐고 있다. 누군가의 이름을 찾는 듯, 슬기의 눈이 분주하다. 빠르게 걷던 슬기의 발걸음이 멈춘 곳, 제나의 납골함이다.

14   오피스텔 앞 (밤)

과외를 마치고 나오는 경이, 잠을 못 잤는지 눈이 퀭하다. 인도에 서서 택시를 잡으려는데.. 너무 고단한 나머지 깜빡 졸며 중심을 잃는다. 도로 밖으로 몸이 휘청거리는 그 순간, 누군가가 경이를 붙잡아준다.

15   룸살롱 룸 (밤)

마담, 명품 케이스 하나를 예리에게 슥 내민다. 이게 뭔가 싶은 예리.

마담   열어봐. 너 오늘 생일이라며?
예리   (자기도 잊고 있었던) 아...
마담   그럼 이제 미성년자 아니지?

낌새를 알아차리는 예리, 케이스 안에는 명품 브랜드의 목걸이가 들어 있다.

마담   단골 중에 한 분이 오며 가며 널 눈여겨보신 모양이야. 내가 생활비며 학비까지 다 땡겨줄 수 있는데..

반짝이는 목걸이를 바라보며 아무 말도 하지 못하는 예리.

마담   너도 이제 밥값은 해야지?

마담의 강압적인 눈빛에 예리, 얼굴이 굳는다.

16   납골당 (밤)

제나의 유골함을 바라보는 슬기의 눈빛. 손에 든 돌멩이로 있는 힘껏 제나의 납골당을 깨부순다. 순간 요란한 소리로 울려대는 경보벨. 슬기, 망설임 없이 유골함을 꺼내든다.

17 　오피스텔 앞 (밤)

보면, 경이를 구해준 사람은 다름 아닌 병진이다.

병진　괜찮니?

너무 놀란 경이, 화들짝 잠을 깨며 비틀거린다. 경이를 부축하는 병진의 다정한 손길.

병진　이렇게 잠도 못 자가면서 애들 제낀 거야? 대단한데?

눈이 마주치는 경이와 병진.

18 　납골당 (밤)

제나의 이름이 박힌 수진의 유골함을 들고 가만히 앉아 있는 슬기. 그런 슬기를 지키고 있는 경비원. 잠시 후, 태준이 나타나자 경비원 자리를 비킨다. 태준을 보고도 꼼짝 않는 슬기.

태준　그거 이리 주렴.
슬기　싫은데요. 고소하세요.

두 사람의 팽팽한 긴장감이 납골당 전체를 꽉 채운다.

| 태준 | 나도 그건 싫은데.. 아저씨가 슬기에게 제안 하나를 하마. |
| 슬기 | 우리집 아줌마를 어떻게 구워삶았는지 모르겠지만 저한텐 안 통해요. |

자리에서 일어나는 슬기, 수진의 유골함을 꼭 안고서 태준을 지나쳐 가려는데...

| 태준 | 킬러문항.. |

슬기의 발걸음이 멈춘다.

| 태준 | 너에게 이번 수능의 킬러문항을 주마. |

슬기, 고개를 돌려 태준을 바라본다.

19   오피스텔 앞 (밤)

경이를 계속 붙들고 있는 병진의 집요한 눈빛. 경이, 정신이 확 들어 팔을 뿌리친다.

병진	전교 1등은 하는 것도 힘들지만 유지하는 건 더 힘든 법이다 너. (콘소틴을 내밀며) 슬기 봐라, 이거 못 먹더니 성적 바로 떨어지는 거.
경이	우슬기 약 먹고 1등 한 거 맞구나? 내 그럴 줄 알았어. 그럼 그렇지.
병진	수능 얼마 안 남았잖아. 넣어둬, 이 오빠가 주는 선물이니깐.

경이, 약을 받을지 말지 고민한다.

20   명문학원 강의실 (밤)

조용히 자습 중인 아이들. 잠시 자리를 비웠던 아라가 책상으로 돌아온다. 엉망으로 어질러진 가방과 사물함, 노트에 써진 메시지를 발견하는 아라.

장부가 있었네? 이렇게 고마울 수가! 옥상으로 나와.

21   명문학원 옥상 (밤)

어두운 옥상으로 벌벌 떨며 걸어오는 아라. 주위를 둘러봐도 아무도 보이지 않자 얼굴에는 두려움이 짙어진다. 그때, 스피커폰으로 들려오는 통화 소리. 신호가 가고 곧이어..

남자E   긴급신고 112입니다.
슬기E   아, 제보 하나 하려고요.
아라   (무릎을 꿇으며) 미안해! 내가 잘못했어..
슬기E   다시 걸겠습니다.

뚝 끊기는 전화. 슬기, 아라의 앞으로 걸어간다.

슬기   내가 유제이랑 할 얘기가 있는데 도통 연락이 안 돼서.. 아라 넌 가능하지?

고요한 눈동자로 아라를 가만히 바라보는 슬기. 아라, 그제야 무슨 뜻인지 이해했는지 재빨리 핸드폰을 꺼내 제이에게 전화를 건다.

22   탈의실 (밤)

수영장 탈의실로 들어오는 제이, 아라와 통화 중이다.

제이   뭐? 장부? (한숨을 쉬며) 알았어. 그럼 아라 니가 이리로 와.

제이, 짜증스런 얼굴로 사물함을 열고는 핸드폰을 안에 던진다.

#23   수영장 (밤)

수심 깊은 다이빙 풀장. 바닥에서 입을 꼭 닫고 숨을 참고 있는 제이. 손목 수중 시계의 시간이 빠르게 흐른다. 평온했던 제이의 얼굴이 3분이 지나자 점점 일그러진다. 더는 못 참고 수면 위로 올라오는 제이. 물 밖에 서 있는 뜻밖의 인물, 슬기를 보고는 멈칫한다.

슬기   얘기 좀 해.
제이   (싸늘한 눈빛으로) ...
슬기   아빠가 여기도 도청하니? (하늘을 보며) 아님 지켜보나?
제이   너야말로 뭐가 무서워서 아라까지 동원해 날 찾아온 거야?
슬기   할 얘기가 있어.
제이   난 들을 얘기 없는데.
슬기   너희 아빠가 나한테 킬러문항 준다고 하더라.
제이   ...!
슬기   역시, 거기까지는 네 계획에 없던 일인가 보네.
제이   너 설마? (슬기의 표정을 살피는) ... 취소해.
슬기   왜? 내가 왜 그래야 하는데? 말을 해줘야 알 거 아냐. 네가 계속 입 닫고 있으면 내가 어떻게 알아?

대꾸 없이 짐을 챙기는 제이.

슬기   니가 지금 무슨 생각으로 이러는지, 뭘 꾸미고 있는지 내가 어떻게 아냐고!

슬기, 답 없는 제이를 노려보다 다이빙 타워를 향해 뚜벅뚜벅 걸어간다. 제이, 뭐 하는 짓인가 싶은데.. 슬기, 거침없이 계단을 올라 제일 높은

10m 플랫폼 위에 선다.

24   밤거리 (밤)

안개가 잔뜩 낀 축축한 밤거리. 스케이트보드를 타고 달리는 제이의 젖은 머리칼이 바람에 흩날린다. 의중을 알 수 없는 섬뜩하고도 불안한 눈빛이 번뜩인다.

25   제이의 집 2층 (밤)

조용히 2층으로 걸어 올라오는 제이. 아직 불이 켜진 제나의 방. 살짝 열린 문틈으로 보이는 태준, 태블릿PC를 보고 있다. 제이, 자기 방으로 들어가려는데..

태준 요새 자주 늦는구나.
제이 수영했어요. 아빠 말씀처럼 확실히 몸을 움직이니깐 집중이 잘 되네요.
태준 머리는 말리고 다녀라. 감기라도 걸리면 낭패니.

태준, 1층으로 내려가려는데..

제이 근데.. 슬기한테 진짜로 킬러 문항 주실 거 아니죠?
태준 신경 쓰이니?
제이 전국 1등이 두 명인 건 아빠도 싫으시잖아요.
태준 그 아이, 절실해 보이더구나. 좋은 페이스메이커가 될 거다.
제이 페이스메이커? 제가 아빠의 비밀을 펑! 하고 터트릴까봐 두려우신 거겠죠. 근데 저보다 그 안전장치가 훨씬 더 위험한 건 곤란하지 않나요?
태준 인생을 바꿀 기회라곤 수능뿐인 아이에게 죽은 아빠와 킬러문항.. 둘 중 뭐가 더 가치 있겠니? 네가 생각하는 것보다 슬기는 순진하지 않다.

제이   그럼 기왕 하는 거 확실하게 하세요. 나중에 딴소리 못 하게... 아예 걔한
        테 직접 문제 유출을 시키는 건 어때요? 증거도 차곡차곡 모아두시고.

        태준, 나쁘지 않다는 듯 고개를 끄덕이며 계단을 내려간다.

26   J메디컬센터 원장실 (낮)

        수능 D-100. 태준이 내민 봉투 안에 든 문서를 꺼내는 슬기. 수학 수능
        출제자 박명호의 개인 정보다.

태준   한 팀이라는 믿음과 성의 표시 정도는 너도 해야지.

        독에 든 쥐를 보듯 엑스레이 뷰박스 너머로 공부 중인 아이들을 관찰하
        는 태준. 당황스럽지만 천천히 문서를 훑어보는 슬기. 박명호, 51세, 한
        국대 수학과 교수, 취미 미술품 수집에서 슬기의 시선이 멈춘다. 취향과
        주고받은 거래 내역이 꽤나 상세하다.

슬기   국립대 교수 월급으로 미술품 수집이 취미라니.. 안 봐도 빤하네요.

        뭐든 시키라는 슬기의 표정. 그를 가늠하는 태준의 눈빛.

27   갤러리 (낮)

        커다란 그림 앞에 서 있는 명호의 곁으로 슬기가 다가간다.

슬기   교수님께서 좋아하시는 작가라고 들었어요. 이분 곧 돌아가실 거 같다던
        데.. 그럼 그림 값도 많이 오르겠죠? 수집하신 보람이 있겠어요.

슬기를 빤히 쳐다보는 명호. 슬기, 명호에게 봉투를 건넨다. 그 모습을 포착하는 카메라. 봉투 안에는 명호의 집으로 배달되는 그림들이 찍힌 사진이 들어 있다. 얼굴이 확 굳는 명호.

슬기   이게 다 수능 출제를 꾸준히 다니신 덕분이겠죠?

명호   (주위를 살피며) 원하는 게 뭐지?

28   수영장 (밤)

제이, 잠수 시간이 3분에서 5분으로 점점 늘어난다. 수면 위로 올라오는 제이, 참았던 숨을 한 번에 뱉고는 또다시 물속으로 들어간다.

29   학교 몽타주 (낮)

소화전 안, 계단 옆 벽돌 아래, 화장실 휴지걸이 등에 돈을 넣어두는 아이들. 고객들이 미리 넣어둔 현금을 챙기고 약을 넣어두는 대담한 예리.

30   한국대 의대 복도 (낮)

수시 면접장 안내문이 궁서체로 붙어 있는 복도. 대기 중인 아이들 사이에 경이가 있다. 옷매무새를 여러 번이나 다듬으며 손에 꼭 쥔 예상 질의를 읽고 또 읽는 경이. 면접실에서 한 학생이 나오더니, 한숨을 푹 쉰다.

학생   (탄식을 내뱉으며) 아... 망했어.. 젠장...

다행이라는 듯 일제히 입꼬리를 올리고 씨익 웃는 복도의 아이들. 그 광경이 그로테스크하다. 경이, 진땀이 나는 손을 자꾸만 바지에 닦다가 안 되겠는지 자리에서 벌떡 일어선다.

31   한국대 의대 화장실 (낮)

경이, 변기에 앉아 심호흡을 해봐도 도무지 긴장이 풀리질 않는다. 잠시 망설이다가, 밖에 누가 없는지 확인하곤 바지 후크를 풀고는 살짝 손을 넣는다. 카메라 문밖을 비추면, 다리를 꼬고 발끝을 세우는 경이가 언뜻 보인다. 때마침 우르르 들어오는 면접생들.

면접생1   야야.. 조용히 해봐. 이거 뭔 소리야?
면접생2   낑낑대는 게 발정 난 고양이라도 한 마리 들어왔나?

얼굴이 확 굳는 경이. 시간은 가고 있는데 계속 깔깔거리며 거울 앞에 죽 치고 선 애들.

32   한국대 의대 복도 (낮)

면접장의 문이 닫히고 있는데.. 발그레한 얼굴로 헐레벌떡 달려오는 경이.

경이   저기요... 잠깐만요!!!!

경이를 위아래로 훑어보는 조교. 경이, 얼른 매무새를 만지고 식은땀을 훔치며 면접장 안으로 겨우 들어선다.

33   교실 (낮)

수능 D-70, 수능 원서 제출 안내가 쓰여 있는 칠판. 교탁에 선 슬기가 원

서를 나눠주며

슬기   다들 원서 가져가서 오늘까지 제출해줘.

아이들, 하나둘 교탁 위에서 원서 가져가고 슬기도 자기 걸 챙기는데, 여전히 한 장 남아있다. 교실을 둘러보는데, 제이가 보이지 않는다. 마지막 한 장을 들고 제이 자리에 서는 슬기. 그때, 제이의 태블릿PC에서 알람과 함께 'D-92'라고 적힌 배너가 뜬다. 슬기, 배너를 유심히 보는데.. 커버를 덮어버리는 손, 제이다. 흠칫 놀라는 슬기.

제이   아직도 나한테서 빼먹을 게 있니?

제이, 슬기 손에서 원서를 확 낚아챈다. 그 모습을 지켜보는 예리와 경이. 슬기, 자기 자리로 돌아와 원서에 이름, 주소를 꾹꾹 눌러쓰다가 문득 벽면에 설치된 전광판 시계 속 'D-70'을 유심히 보고, 제이의 뒷모습을 다시 한번 응시한다.

슬기E   근데.. 왜 92일이지?

경이, 자리에서 고개를 푹 숙이고 수시 결과를 확인 중인데.. 핸드폰에 선명하게 뜨는 '불합격'에 무너지는 얼굴. 볼펜을 다잡으며 꾸역꾸역 원서를 써보는데 눈물을 감출 수가 없다. 그 옆에서 예리는 책상 한가득 화장품 늘어놓고 구르프 말고 메이크업하느라 바쁘다. 그때, 울리는 예리의 핸드폰. 페이스북 익명 페이지 '대준동 대신 알려드립니다'의 새 글 알림이다.

채화여고에 룸살롱 여신 있다던데?
 └ 누구?
 └ 학교에서도 텐프로 화장하고 있는 거 아냐?

얼굴이 확 달아오르는 예리, 주위를 살피는데 모두가 자기를 쳐다보는 것만 같은 기분이다.

#34 학교 건물 뒤편 (낮)

초조한 얼굴로 약속된 장소에서 돈을 꺼내는 예리, 약을 넣어두고 근처
에 숨어 담배를 태우는데.. 잠시 후, 나타나서 약을 꺼내 가는 고객. 예리
가 그 모습을 유심히 본다. 경이다.

예리   아, 저년이 진짜... 하아..

갈등하는 예리. 그냥 가려다 한숨 한번 푹 쉬고, 뛰어가 경이 뒷덜미를
잡는다. 아악! 놀라는 경이. 예리, 경이 손에서 얼른 약을 뺏는다.

경이   뭐야? 내놔!! 왜? 돈이 부족해? 더 줄게.
예리   (한심하게 보며) 이러고 싶냐? 쯧쯧... 가라.

혀를 끌끌 차며 돌아서는 예리 표정에 경이, 자존심이 팍 상한다.

경이   썹선비 나셨네, 룸살롱 명함이나 받는 주제에..
예리   (사투리가 튀어나오는) 씨발.. 뭐.. 뭐래? 나 거기 진즉에 나왔거든?

예리, 뱉어놓고 아차! 싶다. 당황한 예리의 낯빛에 기세가 다시 등등해진
경이.

경이   텐프로 명함 받고도 실실 쪼갤 때부터 내가 알아봤다. 허기사 보고 배운
             게 그 꼴이니 별 수 있어?
예리   이런 미친년이!! 너지? 니가 게시판 글 올린 거지??
경이   내가 너냐? 남의 비밀이나 털어먹고 살게?

서로 밀치다 웃으며 머리며 일단 잡고 보는 육탄전. 예리의 뜯어진 주머니에서 약이 떨어지자 주우려는 경이, 예리가 발로 꽉꽉 밟아 가루로 만들어 버린다. 일그러지는 경이의 얼굴.

예리	제이 이길 생각 말고 수능까지 곱게 비밀과외 받으려면 너나 입단속해.
슬기E	그게 무슨 말이야?

경이와 예리, 뒤돌아보면... 둘의 싸움을 지켜보던 슬기가 보인다. 모르는 척 자리를 먼저 뜨는 예리. 슬기, 경이를 잡아보지만 팔을 뿌리치고 도망치듯 사라진다.

35   강당 (낮)

팡팡! 찍히는 수능 원서 사진들. 각자 다른 불안함과 의심으로 엉망이 된 얼굴이 고스란히 담기는 제이, 예리, 경이.. 그리고 슬기의 증명사진 샷들!

36   교실 (낮)

진지한 얼굴로 책을 살피고 있는 예리. 그 모습을 지켜보고 있는 슬기. 예리가 잠시 자리를 비우자 슬기, 얼른 무슨 책인지 확인한다. '파이널 컷 프로X으로 시작하는 유튜브 동영상 편집' 같은 류의 서적이다. 특이점을 찾지 못해 답답한 슬기. 그때, 경이가 대차게 재채기를 한다. 경이에게 휴지를 건네는 슬기.

슬기	감기 걸렸어?
경이	아니, 알러지..

슬기, 경이 머리에 붙은 강아지 털을 발견한다.

37   경이의 집 대문 앞 (밤)

딩동— 초인종을 누르는 슬기. 집 안에서 강아지 짖는 소리가 들려온다.
잠시 후, 문을 열고 나온 경이.

경이 니가 웬일이야?
슬기 강아지 키우나 봐?
경이 (당황한) 그런데? (강아지가 더 앙칼지게 짖어대자) 엄마, 좀!!

바로 그때, 현관으로 쪼르르 달려 나오는 강아지.. 제윤이다. 좆됐다는 표
정의 경이. 제윤, 슬기가 익숙한지 발랄하게 꼬리 흔들며 발을 핥는데..
슬기, 번뜩 떠오르는 기억.

*insert〉5부 32씬, 발랄한 제윤이를 보며 '나 가끔 제윤이 죽는 상상한
다?' 는 제이의 얼굴.*

38   도로 (밤)

무작정 뛰는 슬기, 전력 질주다. 불안함으로 가득 찬 슬기의 얼굴.

경이E 나도 딴 건 몰라. 제이가 제윤이 맡아주면 비밀과외 시켜주겠다고 해서..
진짜야, 그게 다야.

39   수영장 (밤)

숨을 헐떡이며 안으로 들어서는 슬기, 주위를 둘러보는데.. 제이가 10m

플랫폼 위에 아스라이 서 있다. 제이가 내려다보는 사람이 제이로, 플랫폼 위에 서 있는 사람이 슬기로 바뀌면.. 과거, 23씬이다.

슬기   네가 입 열 때까지 안 나올 거야. 참고로 나 수영은 못 한다.

조금의 주저함도 없이 뛰어내리는 슬기, 비말을 일으키며 물속으로 점점 더 깊이 빠져든다. 수영장 바닥에서 숨을 꼭 참은 채, 무식하게 제이를 기다리고 있는 슬기. 슬기의 의식이 점점 희미해질 때쯤 나타난 제이, 슬기를 안고 힘차게 물 위로 올라간다.

CUT TO
슬기를 눕힌 채 뺨을 이리저리 쳐보는 제이. 슬기, 미동도 없다.

제이   슬기야, 정신차려봐. 우슬기! 내 말 들려?

겁먹은 얼굴로 제이, 있는 힘껏 심폐 소생술을 하곤 슬기의 입에 숨을 불어넣는다. 잠시 후, 마신 물을 토해내는 슬기. 제이, 슬기의 몸을 일으켜 등을 두들겨준다. 슬기, 나머지 물까지 다 뱉더니 제이를 바라보며 흐릿하게 웃는다. 제이, 급정색하고 자리에서 일어나는데..

슬기   일부러 기말 망치고 아빠한테 킬러문항 요구한 거, 알아. 그래야 복수할 수 있으니깐...
제이   (헛웃음이 나는) 복수? 내가 왜? 너 뭔가 대단한 착각을 하는 모양인데..
슬기   그럼 나는 왜 구했어?
제이   ...
슬기   전에 내가 죽는 상상한다고 했지? 그거 너한테 나.. 소중하단 뜻이잖아. 지금도 그래서 달려온 거고.. 우리 같은 편인 거 아냐?
제이   그걸 알면서... 아는 애가 킬러문항을 받기로 했니? 제정신이야?
슬기   아빠 잡아 처넣겠다고 니 인생 망치는 꼴은 못 보니깐.
제이   난 애초에 망칠 인생이 없어. 지금이 바닥이고 지옥이라고... 알아들어?

복수? 니 눈엔 내가 누굴 위해 희생? 뭐 그딴 걸 할 사람으로 보여?

슬기 그럼 뭘 위해서 이러는 건데?

제이 내가 살고 싶어서, 날 위해서 하는 짓이니깐 넌 빠져.

슬기 그렇게는 안 돼. 어차피 너희 아빠도 니 계획 다 알고 날 끌어들인 거야.. 나까지 엮어버리면 네가 허튼짓 못 할 거라고 믿으니깐.

제이 그럼 뭘 어쩌자고!!

슬기 지금처럼 넌 날 계속 경멸해. 그리고 킬러문항 빼내는데 날 더 이용해.

제이 싫어.

슬기 네가 하면 범죄지만, 나는 피해자 딸이야. 문제 유출부터 증거까지 다 건지려면 이 방법밖에 없어. 날 미끼로 쓰자고 하면 너희 아빠도 방심하겠지.

제이 우슬기!

슬기 기왕 하는 거 확실하게 하자고 해. 나중에 딴소리 못 하게..

insert〉과거 25씬, 슬기의 목소리 위로 제이의 목소리가 오버랩 된다.

제이 나중에 딴소리 못 하게... 아예 걔한테 직접 문제 유출을 시키는 건 어때요? 증거도 차곡차곡 모아두시고.

태준, 나쁘지 않다는 듯 고개를 끄덕이며 계단을 내려간다. 그 모습을 지켜보는 불안한 제이.

CUT TO
다시, 현재. 제이, 10m 플랫폼 위에 서서 슬기를 내려다보고 있다.

슬기 (뭔가 불길한) 제이야!

깊이를 가늠하는 듯 제이, 발아래 물을 한참이나 멍하니 바라보더니 다이빙 타워를 그냥 내려온다. 놀란 가슴을 쓸어내리는 슬기. 제이, 슬기를 지나쳐 수영장을 나간다.

40   샤워장 (낮)

물줄기를 맞으며 생각에 잠겨 있는 제이, 인기척에 눈을 뜨면 슬기가 서 있다. 슬기, 할 얘기가 있는 듯 입을 떼려하자.. 제이, 슬기를 잡아당겨 입을 틀어막는다. 뿌연 거울 위에 손가락으로 'PLAN B'라고 적는 제이.

41   몽타주 (낮)

- 원장실 앞 복도, 26씬 이후 상황. 슬기가 나가고 병리사 미영이 들어가는 장면을 보고 의아한 제이.

제이E 출제위원 컨택을 너한테 시키자는 계획을 아빠가 순순히 따른 게 이상하다 싶었는데.. 아무래도 다른 꿍꿍이가 있는 거 같아.

- J메디컬센터 입원실, 아픈 어머니를 살뜰히 챙기고 있는 미영. 그 모습을 바라보는 제이.

미영 엄마, 기증자 생겼어. 우리도 수술받을 수 있어!

- J메디컬 건강 검진 센터, 수능 출제위원의 명단이 적힌 차트를 들고 있는 미영.

미영 박명호 님! 생년월일 어떻게 되세요?
명호 73년 8월 9일이요.

검진을 위해 가운을 입고 앉아 있던 명호, 자리에서 일어난다. 카메라, 명호의 옆자리에 앉아 있던 제이의 옆모습을 비춘다.
- J메디컬센터 스테이션, 간호사들이 자리를 비운 사이 당직 스케줄 표

를 확인하는 제이. 손미영의 휴가 기간이 수능 날까지인 걸 알아낸다.

제이E   출제장 안으로 병원 사람을 보냈어.

– 비밀 합숙소 안, 수능 출제위원들과 함께 합숙을 시작할 다양한 직업 군의 사람들이 줄을 서서 각자의 가방을 검사받는다. 그때, 울리는 병리 사 미영의 핸드폰. 제이에게서 온 문자다.

쌤, 지금 어디세요?

전원을 꺼 바구니 안에 넣는 미영, 다른 줄에 선 출제위원 박명호와 눈인 사를 나눈다.

제이E   분명 작년이랑 같은 방법은 아닐 거야. 슬기 네가 위험해질 수 있어.

42   교실 (낮)

수업시간. 아라가 전해주는 제이의 쪽지를 펼치는 슬기. 물속에 있는 듯 먹먹한 주변 소리들 사이로 또렷이 들리는 제이의 목소리.

제이E   넌 여기서 빠지고 나머지는 나한테 맡겨줘.

제이를 향한 불안한 눈빛으로 답장을 쓰는 슬기.

슬기E   혼자 뭘 어쩌려고? 제윤이는 왜 경이한테 보냈고?

CUT TO
쉬는 시간. 아라, 피곤하다는 표정으로 제이의 쪽지를 슬기의 주머니에 꽂아준다.

| 제이E | 제윤이 목에 카메라 설치해서 우리 감시한 거 너도 알잖아. |

슬기, 교실 벽에 설치된 전광판 시계 속 'D-30'을 확인하더니.. 제이 책상에 놓인 태블릿PC를 가리킨다. 이제 쪽지 없이도 서로 대화하는 슬기와 제이.

슬기E	네 태블릿에 디데이는 성적표 나오는 날?
제이E	(미세하게 떨리는 목소리) 응, 슬기야...
슬기E	왜?
제이E	넌 킬러문항 없어도 수능 잘 볼 거야. 소원대로 한국대 의대도 갈 거고.

CUT TO
과거. 반 아이들의 수능 원서를 챙긴 슬기, 교실을 나가기 전 자신의 원서를 쓰레기통에 버린다. 그 모습을 지켜본 제이, 구겨진 슬기의 원서를 쓰레기통에서 꺼낸다.

| 제이E | 그러니깐 무슨 일이 있어도 절대로 수능 포기하지 마. 니 원서는 내가 접수했다. 그리고.. 비밀 하나 알려줄까? 중간고사 때 너한테 줬던 약, 그거 비타민이었어. |

순간, 먹먹하던 소리가 싹 걷히고.. 교실의 모든 소음이 현실적으로 들려온다. 카메라 쭉 빠지면 살짝 떠 있던 슬기의 발이 바닥에 안전하게 착지한다. 마법이 풀린 듯 그대로 온몸이 굳어버린 슬기. 제이, 빳빳하게 펴진 슬기의 원서를 들고 해맑게 웃는다.

43   학교 전경 인서트 (낮)

밤처럼 어두운, 잔뜩 흐린 하늘에서 내리던 비가 거짓말처럼 뚝 그친다. 맑게 갠 하늘.

44   슬기의 집 베란다 (밤-낮)

밤새 물을 뚝뚝 흘리며 건조대에 걸려 있는 슬기의 교복. 시간 경과, 낮이 되자 교복이 햇살에 보송보송하게 잘 말라 있다.

45   놀이터 (낮)

벤치에 앉아 누군가를 기다리는 슬기, 초조해 보인다. 잠시 후 나타난 병진.

병진	전화 받고 좀 놀랐어. 우리가 다시 볼 사이는 아니지 않나?
슬기	....?
병진	아, 몰랐음 됐고..
슬기	말해요!

46   법원 주차장 (낮)

과거. 주차장을 누비는 병진, 손에는 아미나이프가 번뜩인다.

병진E	유태준 새끼가 시켰어, 거래의 대가랄까?
병진	3408.. 3408..

희윤의 차를 발견하곤 얼굴도 가리지 않은 채 나이프로 타이어에 구멍을 뚫는다.

47   놀이터 (낮)

슬기, 그제야 희윤의 합의와 옥상에서의 제이가 모두 이해된다. 잠자코 있는 슬기가 어쩐지 무서운 병진.

병진   (언짢은) 용건이 뭐야?
슬기   약 팔아서 그거 얼마나 벌어요? 주예리도 떼주면 얼마 안 되지 않나?

병진, 벤치에서 일어나는데.. 슬기, 가지고 나온 아라의 장부를 꺼내 보인다.

슬기   나한테 훨씬 쎈 사업 아이템 있는데.. 해볼래요? 이 동네 애들 약 먹는 거, 결국 안 자고 공부 더 하려고 그 미친 짓을 하는 건데.. 그냥 아예 수능 문제를 팔아보려고.
병진   (헛웃음을 치며) 이년이 지금 약 파는 놈한테 약을 파네?
슬기   농담 같아요? J메디컬 유태준이 지금 지 딸을 위해 하는 짓이라고.

눈이 번뜩이는 병진, 슬기 손에 든 장부를 낚아챈다.

슬기   그 딸이 약 팔던 VIP 고객 리스트.. 다들 집안 빵빵한 애들이에요.
병진   부르는 게 값이겠군. 뭐부터 하면 될까?

48   한강 고수부지 (밤)

양복을 쫙 빼입은 병진이 입시 컨설턴트 명함을 내밀면.. 돈가방이 돌아온다. 학부모들에게 받은 돈을 자동차 트렁크에 넣어두는 병진. 조금 떨어진 벤치에 앉아 공부를 하면서 그 모습을 지켜보는 슬기. 병진과 학부모들이 접촉하는 장면을 모두 촬영해둔다.

49   모텔방 (낮)

지폐 계수기에 돈을 넣는 병진, 눈이 돌아간다.

병진 이게.. 진짜 되네? (슬기한테 돈뭉치를 챙겨주며) 대학 등록금 해라. 의대
는 학비도 비싸다며?

슬기 난 수능 1등하고 장학금 받을 거예요.

병진 그러려면 이번 일 무조건 성공해야 되는 거 알지?

병진, 지폐 계수기에 타르륵 걸린 지폐를 칼로 끄집어 슬기에게 건넨다.
칼끝에서 조심스레 지폐를 빼는 슬기, 지지 않으려는 눈빛으로 보는데..
병진의 전화가 울린다. '범생이'라고 뜨는 화면을 의아하게 보는 슬기. 병
진, 슬기를 일으키며 방문을 열어 내보낸다.

병진 워워. 뭐가 이렇게 급해? 사실 나한테 약 말고 더 좋은 것도 있는데... 니
네 엄마 때문에 내가 좀 조심스럽긴 해서.

50   비밀 합숙소 운동장 (오후)

수능 D-1. 출제를 모두 마치고 한가로이 축구를 하는 위원들. 축구공이
담장 밖으로 넘어간다. 재빨리 뛰어가 축구공을 찾아오는 보안요원들,
축구공을 갈기갈기 찢어 안을 확인한다. 새로운 공으로 다시 재개되는
축구. 박명호, 발을 삐끗하며 넘어진다. 그 모습을 지켜보던 미영, 황급히
명호에게 달려간다. 엄살을 떨며 통증을 호소하는 명호.

51   비밀 합숙소 의무실 (저녁)

찰과상을 입은 명호의 다리를 치료하는 미영. 명호, 미영의 주머니에 쪽
지 하나를 슥 넣는다. 받은 쪽지를 돌돌 말아 하얀색 플라스틱 캡슐 반쪽

에 끼우더니 갑자기 메스를 들고 와 명호의 다리를 쭉 긋는 미영. 명호의 다리에서 뜨거운 피가 쭉 흐른다.

명호 (기겁하는) 지... 지금 뭐하는 겁니까?

미영 계획이 조금 바뀌어서요.

피를 보자 절로 비명 소리가 나오는 명호. 의료진과 보안요원이 황급히 안으로 들어온다. 명호의 상태를 보고 다들 혼비백산이 되는데...

미영 급성구획증후군이에요. 응급으로 근막 절개했구요. 저혈압 위험 있어서 당장 혈소판 수혈이 필요해요! 김선생! 빨리 협력 병원에 혈액이랑 마약성 진통제 요청하자.

보안요원 외부 반입은 안 됩니다.

미영 이 분 Rh-O 형이에요. 저희 가지고 있는 혈액 없습니다! 이대로 두면 6시간 내에 근육과 신경이 괴사한다고요!!

곤란한 표정의 보안요원.

52　J메디컬센터 응급실 앞 (밤)

아이스박스에 담긴 혈액을 들고 구급차로 달려오는 의료진. 태준, 의료진의 손에 든 아이스박스를 낚아채 구급차에 오른다. 살짝 놀랐지만 무슨 상황인지 바로 이해하는 의료진.

태준 출발합시다.

의료진, 구급차의 문을 닫는다. 요란한 사이렌 소리와 함께 병원을 떠나는 구급차.

#53 비밀 합숙소 (밤)

대형 철문이 열리고 구급차가 들어간다. 기다리고 있던 미영과 보안요원. 구급차 문을 열면, 태준이 아이스박스를 미연에게 건넨다. 동시에 태준의 손에 킬러문항이 든 캡슐을 건네는 미영. 보안요원, 박스 안을 열어본다. 그 사이 받은 캡슐을 의사 가운 오른쪽에 넣는 태준.

미영   (혈액을 확인하더니) 수고 많으셨습니다.

모자를 푹 눌러쓴 채 그 모습을 지켜보던 구급차 기사, 다시 운전석에 오른다.

#54 J메디컬센터 스터디룸 (밤)

초조한 얼굴로 자꾸만 시계를 확인하는 제이. 그때, 도착하는 태준의 문자 메시지.

지금 출발, 10시 도착 예정.

#55 구급차 안 (밤)

도로를 조용히 달리는 구급차. 태준, 시계를 확인하더니.. 운전실에 노크를 한다.

태준   기사님, 속도 좀 올리시죠.
병진E   왜요.. 원장님? 환자도 없는데..

들려오는 낯익은 목소리가 영 거슬리는 태준. 그때, 몸을 웅크리고 있어 보이지 않았던 슬기가 허리를 세우고 뒤를 돌아본다.

56   J메디컬센터 (밤)

- 몇 시간 전, 병진의 차 안에서 응급실을 지켜보고 있는 병진과 슬기.

병진   아.. 거 되게 쫄리네. (안정제를 한 알 먹으며) 너도 줄까?
슬기   약 끊었어요.

구급차가 응급실 입구 앞으로 차를 움직이자, 차에서 내리는 슬기와 병진.
- 병진, 구급차 운전석의 문을 열고 대뜸 아미나이프를 들이댄다. 사색이 된 운전기사.
- 포박된 채 창고 구석에 버려진 운전기사.
- 의료진, 구급차의 문을 닫는데.. 그와 동시에 조수석에 올라 문을 닫는 슬기.

57   도로 (밤)

도로 위에서 끽! 멈추는 구급차. 병진과 슬기가 내려 구급차의 뒤쪽 문을 연다.

병진   (태준을 향해 나이프 흔들며) 내려!

순순히 두 손을 들고 내리는 태준의 얼굴에 갑자기 자동차 헤드라이터가 비친다. 눈이 부셔 인상을 찡그리는 태준. 병진도 뒤를 돌아보는데... 차에서 내리는 건, 제이다. 빛보다 빠른 속도로 태준의 목에 칼끝을 겨누는 병진.

병진	우슬기 뭐해! 이 새끼 오른쪽 주머니...!

슬기, 제이의 얼굴을 바라보곤 태준의 오른쪽 주머니를 뒤진다. 지퍼백에 담긴 캡슐 알약들. 그중 어떤 것이 킬러문항이 든 캡슐인지 알 수 없다.

제이	(슬기에게로 다가가) 슬기야, 그거 이리 내.
병진	우슬기 정신 똑바로 차려!
제이	(간절한 눈빛으로) 슬기야... 제발!

제이가 슬기에게 한 발짝 더 다가서자.. 병진, 태준을 겨누고 있던 칼을 제이에게로 돌린다.

병진	너 킬러문항 있어야 되잖아. 그거 있어야 한국대도 가고 의사도 되지. 저 년한테 다 뺏길 거야?
슬기	걱정 마요, 그건 불가능하니깐.

다들 그게 무슨 뜻인가 싶은데.. 슬기, 병진과 제이를 한 번씩 보더니 지 퍼백의 알약을 전부 입에 털어 넣는다. 병진, 화를 주체 못하고 포효한다. 그 모습을 가만히 지켜보는 태준. 제이 역시 슬기의 돌발 행동에 당황하 나 싶더니.. 그대로 슬기에게 직진한다.

제이	(나지막이) 슬기야, 미안해.

손에 쥔 마취 주사를 슬기의 목에 꽂는 제이. 쿵! 슬기, 의식을 잃으며 쓰 러진다.

58 J메디컬센터 수술실 (밤)

수술대 위의 슬기를 바라보는 제이, 병진, 태준. 시계는 벌써 10시 10분을 가리키고 있다. 수능까지 10시간 남았다. 학부모들의 전화와 메시지가 빗발치는 병진의 핸드폰.

병진   뭐해! 빨리 문제 안 꺼내고!

병진, 태준에게 나이프를 들이대보지만 태준은 동요가 없다.

제이   (어딘가를 응시하며) 아빠!
태준   글쎄.. 난 이 수술을 할 생각이 없는데?
병진   그게 무슨 개소리야?
태준   슬기 뱃속에 든 킬러문항이 필요한 건 내가 아니라 당신과 내 딸 제이지.

제이, 예상치 못한 아빠의 반격에 초점이 흔들린다.

병진   그럼 뭘 어쩌자고! 다른 의사 데려와. 당장!
제이   (슬기의 엑스레이를 보더니) 제가 할게요.
병진   뭐라고?
제이   이 수술 제가 하겠다고요.
태준   좋은 생각이구나. 공부에 큰 도움이 될 거다.

흔들림 없이 눈을 마주치는 제이와 태준. 그런 둘에 치가 떨리는 병진.

CUT TO
- 메스를 제이에게 건네는 태준. 망설임 없이 단호한 제이의 얼굴, 매스를 받아든다.
- 슬기의 위에서 킬러문항이 담긴 피 묻은 캡슐을 핀셋으로 꺼내는 제이.
- 흰색과 파란색 반반으로 짝지어진 캡슐을 열자, 킬러문항이 적힌 종이가 나온다. 제이, 문제를 한번 슥 스캔하는데... 병진이 종이를 빼앗는다.

59   J메디컬센터 수술실 앞 (밤)

두셋씩 짝지어 여기저기 흩어져 있는 사람들, 모두 병진의 고객이다. 온통 불신과 욕망이 이글거리는 눈. 그중, 마스크와 목도리로 얼굴을 가리고 숨죽인 경이도 보인다. 자정을 넘긴 시각. 병진이 킬러문항이 적힌 피묻은 종이가 든 지퍼백을 들고 나오자 우르르 몰려가 에워싸는 사람들. 희번덕거리는 눈으로 달려드는 사람들을 보자 왠지 모르게 속이 메스꺼운 경이, 뒤로 주춤 물러서며 토하는데... 그런 경이와 눈이 마주치는 누군가, 아라다.

병진   (지퍼백을 높이 쳐들며) 자, 일단 한 분씩 줄을 서세요. 차례대로 천천히!
        저한테 받으셨던 명함 꺼내주시고.

사람들, 점점 더 병진을 압박한다.

60   J메디컬센터 VIP병실 (밤)

아직 깨어나지 못한 슬기를 바라보고 있는 제이. 문이 열리고 태준이 들어온다.

태준   예상은 했지만 우리 딸 정말 타고났어. 분명 좋은 의사가 될 거다.
제이   언니도 저처럼 어쩔 수 없었던 거죠? 도혁 쌤 죽인 거..

슬기의 배에서 꺼낸 것과 다른 색상의 캡슐을 침대 위에 내려놓는 태준.
제이, 설마 하며 캡슐을 열어보는데.. 아까와는 다른 문제들과 답이 적힌
종이가 있다.

태준   슬기가 가짜 문제랑 같이 삼킨 것들은 수면제라 아마 내일 정오나 돼야

깨어날 거다. 아빠가 말했지.. 슬기를 망치는 건, 내가 아니라 제이 너라고.

망연한 얼굴로 문제들을 보는 제이, 고개를 들어보면.. 태준은 이미 없다.

61　○○고 교실 (오전)

수능 시험, 2교시 수학시간이다. 시험지를 받자마자 킬러문항을 확인하는 제이. 60씬에서 태준이 줬던 문제들과 같다.

CUT TO
- 새하얗게 질린 얼굴의 아라, 수학 문제를 보고 또 보지만.. 예상했던 문제들이 없다.

아라E　뭐야, 문제가 다르잖아.

- 머리를 싸매고 낑낑거리며 스스로 킬러문항을 푸는 경이.
- 나름 최선을 다해 예쁘게 OMR카드에 마킹하는 예리.
- 수험표가 붙어 있지만 슬기는 없는, 슬기의 빈 책상.

62　J메디컬센터 VIP병실 (오전)

눈을 뜨는 슬기, 조금만 움직여도 느껴지는 수술 부위의 통증에 이를 꽉 물며 시계를 확인한다. 정오다. 모든 걸 비워낸 듯한 포기와 체념의 말간 얼굴에 햇볕이 닿는다. TV를 켜자 2025학년도 수능 시험이 시작됐다는 뉴스가 나오고 있다. 교문 안으로 우르르 몰려 들어가는 아이들과 응원하는 학부모들의 모습.

63 수능시험장 교문 앞 (저녁)

뉴스 화면 연결되며, 시험장의 오전 모습이 오후로 바뀌고.. 친구와 하이
파이브 하는 아이부터 마중 나온 부모와 껴안는 아이까지. 그 가운데 경
이가 우뚝 멈춘다. 저 멀리 보이는 엄마 지연. 경이, 숨을 곳을 찾아 두리
번거린다.

64 수능시험장 후문 (저녁)

주변을 살피며 인적 드문 뒷문으로 조심히 나가는 예리. 경이, 말없이 예
리의 뒤통수를 노려보더니 성큼 앞서 나간다.

예리 수능 잘 봤냐?

경이 ....

예리 뒷구멍으로 나오는 거 보니 조졌나 보네. 내 탓 마라. 그게 니 실력이니깐.

경이, 참다못해 한소리하려고 뒤를 돌아보는데.. 누군가 예리를 확 잡아
끌고 간다. 악! 비명 지르는 예리. 룸살롱 마담이다.

예리 아, 손... 손!! 손잡지 마요! 나 실기 남았다고.

마담 실기 같은 소리하고 있네. 내가 니년 땜에 강 사장한테 얼마나 빌었는 줄
알아? 먹튀도 정도껏이지..

마담, 예리를 차에 태우고 출발하려는데.. 마담의 차 앞에 떡하니 서는 경이.

경이 (기개 넘치는) 아동 청소년 성보호법 제 14조, 성매매를 유인 및 권유한
자는 징역 7년 이하 또는 5000만 원 이하의 벌금으로 처벌된다.

마담 (말문 막히며) 너 뭐니? 안 비켜?

경이 아, 14조의 경우 청소년은 처벌받지 않는데.. 같이 경찰서 가실까요?

65　공원 (저녁)

엉망인 꼴로 앉아 있는 예리와 경이. 지친 얼굴로 노을 지는 하늘을 멍하니 본다.

경이	가게 나왔다는 거 진짠가 보네.
예리	아, 씨댕! 내 첫 경험을 단돈 천만 원에 팔라잖아.
경이	헐.......
예리	뭐야, 그 표정? 놀란 포인트가 어디?
경이	너... 안 해봤어?
예리	(새침하게) 응! 그러는 넌 굳이 왜 의대 갈라고 하냐?
경이	갑자기 말이 왜 그리 튀지?
예리	아니, 넌.. 암만 봐도 법댄데. 아까 존멋이었다고.
경이	(기분 나쁘지 않은 듯) 넌.. 손목 괜찮냐? 실기 봐야 된다며.
예리	어차피 내 실력으론 대학 못 가. 그래도 실기장에서 하프는 한번 뜯어봐야지. (사투리로) 안 그냐?

피식 웃음이 나는 둘, 다시 멍하니 하늘을 바라본다.

66　모텔 복도 (밤)

병진, 가뿐한 얼굴로 돈이 든 가방을 들고 방을 나오는데.. 엘리베이터 문이 열리고 골프채를 든 학부모들이 우르르 달려온다. 병진, 비상구를 찾지만 그쪽에서도 몰려오는 사람들. 진퇴양난에 빠진 병진의 체념한 얼굴.

67　교무실 (아침)

3주 후. 슬기, 자퇴서를 담임에게 내민다.

담임   수능도 안 보고 어디 숨어 뭐하나 했더니.. 고작 생각한 게 자퇴? 재수하
        려면 졸업장은 있어야 할 텐데.

        그때, 교무실 안으로 뛰어 들어오는 교장.

교장   김쌤! 김쌤! 뭐해요? 얼른 교실로!
담임   (거울을 보고 머리를 만지며) 이건 나중에 얘기하자.

        슬기를 남겨둔 채 분주히 자리를 떠나는 담임.

68   교실 (아침)

        수능 성적표 뭉치를 들고 우아한 걸음으로 들어와 교탁에 서는 담임.

담임   (떨리는 목소리로) 유제이.

        조명과 카메라에 둘러싸인 제이, 확신에 찬 당당한 얼굴로 일어선다. 박
        수를 받으며 성적표를 건네받는다. 마이크를 들이대는 기자들.

기자1   수능 만점 축하드립니다. 어느 학과에 지원하실 예정인가요.
기자2   역대급 불수능에서 전국 유일한 만점을 받으신 비결이 궁금합니다.
기자3   특히 수학이 어려웠다는 평이 많은데, 좋은 결과를 예상했었나요?

        제이가 대답하려는 그때, 슬기가 교실 문을 열고 들어온다. 잠시 정적이
        흐르는 교실. 슬기, 책가방을 챙겨 교실을 나간다. 그 모습을 바라보는 예
        리와 경이.

제이   마킹 실수가 없었다면 만점일 거라고 솔직히 예상은 했고요. 의사이신
　　　　아버지를 따라 한국대 의예과에 진학하려고 합니다.

69　뉴스룸 (저녁)

저녁 뉴스에 초대된 태준, 만족감으로 꽉 찬 얼굴이다.

앵커   부전여전이 바로 이런 건가 싶네요. J메디컬 유태준 원장님, 축하드립니다.
태준   아이고, 감사합니다.
앵커   따님이 수능 만점의 주인공이 되셨는데 지금 기분이 어떠신가요?
태준   지난 19년의 노력이 한 번에 보상받았다는 생각이 드네요.
앵커   (살짝 당황하는) 아무래도 수험 생활이란 게 아이와 부모의 2인 3각이
　　　　니까요. 따님 유제이 양을 전국 1등으로 만드신 특급 비법 같은 게 있을
　　　　까요?

70　교실 (저녁)

아이들이 모두 하교한 교실. 예리, 노트북으로 뭔가를 열심히 편집하고
있다. 그 옆에 세워둔 핸드폰으로 태준이 출연 중인 뉴스를 시청 중이다.

태준E   특별한 건 없다고 하면 화를 내시겠지만 저 역시 다른 부모님들처럼 좋
　　　　은 거 먹이고 사랑으로 응원했습니다. 무엇보다 딸아이가 해낼 수 있다
　　　　고 믿어 의심치 않았던 게 좋은 결과를 있게 한 거 같네요.
예리   (나지막이) 지랄..

타이틀 자막을 만드는 예리. '수능 만점의 특급 비법'이라고 쳤다가 '은밀
한 비밀'로 고친다.

71   별장 복도 (저녁)

제나의 은신처가 있는 복도에 들어선 제이, 어두운 터널을 지나듯 천천히 걸어간다.

슬기NA   그때 제이 넌 대체 무슨 심정이었을까.

72   제나의 은신처 (저녁)

아무것도 모르는 아이의 얼굴로 제이를 빤히 바라보는 제나.

제이   언니, 우리 유치원 갈 준비할까?

어릴 적 제나가 제이에게 해줬듯이 제이, 제나의 머리를 묶이고 물수건으로 얼굴을 깨끗하게 닦아준다. 전자 발찌를 끊어낸 후 양말을 신기고 구명조끼를 입히고 털모자까지 씌운다.

제이   오늘은 날씨가 조금 추워. 참을 수 있지?

제나, 말의 뜻을 아는지 모르는지 고개를 끄덕인다. 제이, 미리 세팅해둔 핸드폰의 카메라 앵글을 만지는 사이.. 발코니 창으로 들어온 세찬 바람에 커튼이 펄럭인다. 뒤돌아보는 제이.

슬기NA   무서웠을까? 두려웠을까? 아니면 행복... 했을까?

CUT TO
이미 발코니에 서 있는 제나. 제이, 두 팔 벌려 제나를 꼬옥 끌어안는다.

풀리지 않게 두 손을 깍지 끼고 뛰어내리는 두 사람. 그 장면을 고스란히 중계 중인 인스타그램 라이브.

73   뉴스룸 (저녁)

으악!!! 핸드폰으로 제이의 투신 영상을 본 작가가 비명을 지른다. 사람들의 시선이 일제히 작가에게로 쏠리는데.. 재빨리 상황을 파악한 PD, 프롬프터에 글자를 띄운다.

앵커   방금 들어온 속보입니다. 수능 만점을 받은 강남 C여고의 유모양이 방금 전 투신했다는 소식입니다. 다시 한번 말씀드립니다. 수능 만점을 받은 유모양이 조금 전 스스로 투신했다는 소식입니다.

사람들 모두 태준을 걱정스러운 눈빛으로 쳐다보는데.. 그런 사람들을 멀뚱히 바라보는 태준, 6부 1씬 유치원에서의 모습과 꼭 닮았다.

74   북한강 (밤)

제나의 은신처가 있는 북한강을 수색 중인 경찰들. 눈물 콧물을 흘리는 예리와 화가 잔뜩 나 있는 경이 그리고 먹먹한 표정의 슬기. 칠흑처럼 어두운 강 저편에서 들려오는 소리.

경찰   찾았습니다!

CUT TO
얼굴이 새파랗게 질린 제나가 담요에 싸여 구명보트에서 내린다. 죽은 줄 알았던 제나를 보자 놀라움에 입을 다물지 못하는 경이와 예리.

예리	제나 언니?
경이	언니가... 진짜 살아 있었어.
슬기	제이는요? 제이 어딨어요? 제이도 찾아주세요. 얼른요!!!

천천히... 슬로 모션으로 무너져 내리는 슬기의 얼굴.

슬기NA	그때, 알았어야 했는데.. 네 마음이 어느 계절을 지나고 있었는지..

insert〉39씬, 수영장 다이빙대 위에 아스라이 서 있는 제이가 슬기를 향해 웃어준다.

#75   뉴스 몽타주

- 뉴스 화면, 예리가 편집해 유튜브에 올린 58씬의 수술 장면, 슬기가 박명호와 접촉한 장면 등이 모자이크 처리되어 방송되고 있다.

기자E	강남의 유명 메디컬센터 원장인 유모씨가 자신의 자녀들을 위해 수능 수학 킬러문항을 불법으로 빼돌린 혐의를 받고 있습니다. 그는 2025학년도 수능 외에도 2024학년도 수능에서도 문제를 유출시켰고 그 과정에서 출제위원 우모씨를 살해한 혐의까지 받고 있습니다.

- 경찰서 앞, 조사를 받고 나오는 태준에게 취재진들이 달려든다.

기자1	살아 있는 첫째 딸을 사망 처리하신 이유가 뭡니까?
기자2	살인 은폐가 목적이었다는 피해자 유족의 주장, 어떻게 생각하시나요?
기자3	모든 걸 폭로하고 투신한 둘째 딸에게 하실 말씀 있으실까요?
태준	(못마땅한 얼굴로 노려보더니) 시체를 보기 전까지는 널 계속 찾을 거다... 아빠 말 이해하지?

기자3, 태준의 서늘한 표정에 움찔하며 마이크를 내린다.

76   연립 주택 앞 (낮)

6개월 후, 여름. 슬기의 집 앞에 진을 치고 있는 몇몇 취재진과 유튜버들.
희윤, 빙과류를 나눠주며

희윤	우리 애는 인터뷰 의사가 없다고요. 날도 더운데 오늘은 그만 철수하세요.
기자	폭로 동영상 속 인물 맞잖아요? 박명호랑 접촉하고 수술까지 당했고.
희윤	친구가... 친구가 실종됐잖아요! 사람들이 예의가 없어!!!

77   시체안치실 (낮)

죄수복을 입은 태준과 교도관. 경찰이 시신의 커버를 벗기자 모두들 인상을
쓰는데.. 태준, 아랑곳하지 않고 시신의 얼굴을 확인하더니 고개를 젓는다.

슬기NA	제이야, 우리는 아직도 널 기다려.

78   국밥집 (낮)

앞치마를 입고 바쁘게 서빙을 하며 뛰어다니는 예리. 손님이 들어오자,
싹싹하게 '어서 오세요!'를 외친다.

예리	(테이블에 물과 컵을 가져다 놓으며) 주문하시겠어요?

명함을 슥 내미는 손님. 예리, 명함을 보면.. 대형 연예 기획사의 이사 명
함이다.

| 이사 | 실물이 훨씬 예쁘네요. 나 누군지 알죠? |
| 슬기NA | 예리는 조용히 알바를 하며 앞으로의 진로를 고민 중이야. 근데 아무래도 조용히 사는 건 이번 생에 불가능할 거 같아. |

이사를 알아보는 식당 손님들. 예리의 눈빛이 반짝인다.

79   호수공원 (낮)

가을. 사람들의 시선을 즐기며 몸에 딱 붙는 레깅스 차림으로 제윤이를 산책시키는 예리. 벤치로 돌아오면.. 경이가 며칠 밤을 샌 얼굴로 법전을 달달 외우고 있다. 그 모습을 멀리서 바라보는 훈남, 예리가 신호를 주자 자연스럽게 벤치로 다가온다. 제윤이에게 관심을 보이는 척하면서 경이를 바라보는데.. 경이, 제윤이를 유모차에 태워 자리를 떠난다.

| 슬기NA | 경이는 예리가 찾아준 적성 덕분에 법대에 진학했어. 그치만 여전히 모쏠이야. 법전 보느라 바빠서 남자 처다볼 시간은 없는 거 같아. 아마 공부가 끝날 때까지 연애는 안 할 작정인가 봐. |

80   성인용품숍 앞 (낮)

성인용품숍에서 쇼핑을 마치고 나오는 경이, 발걸음이 가볍고 당당하다.

81   슬기의 집 거실 (낮)

겨울. 빗물을 털며 집으로 들어오는 희윤.

희윤	(혼잣말로) 증말 끈질기다 끈질겨.
슬기	제이 아빠, 아직도 있어요? 우리 그냥 이사를 갈까요?
희윤	가면! 뭐 또 그리로 찾아오겠지. 너 신경 꺼. 결국 살인 혐의는 인정도 못 받고 꼴랑 몇 개월 만에 나와서는 끝까지 사람을 괴롭혀.

슬기, 창밖을 내다보면.. 차가운 겨울비 속에서 태준이 우산을 든 채 서 있다.

#82 슬기의 집 슬기방 (낮-밤)

- 상의를 살짝 들어 거울에 비친 수술 자국을 바라보는 슬기. 예쁘게 꿰맨 흉터가 흐릿하다.
- 책상 앞에 붙어 있는 D-7. 공부를 하다 자꾸만 눈이 감겨서 힘들어하는 슬기.

슬기NA	나는 검정고시를 봤고 다시 수능을 준비해. 약을 끊어서 예전보다 공부하는 시간이 줄었지만 덕분에 훨씬 머리가 맑아. 침대에 누우면 끝이란 생각 때문에 앉아서 자꾸 조는데.. 그 잠깐 사이에 꿈을 꾼다?

#83 해변가 + 숲속 (해질녁)

- 4부 30씬, 슬기의 꿈과 연결. 파도에 휩쓸리는 5살 슬기의 공주 드레스.
- 5살의 슬기, 19살의 제이 손을 잡고 숲속을 걸어가는데.. 한 걸음 걸을 때마다 쑥쑥 크는 슬기의 키. 유치원, 초등학교, 중학교.. 어느덧 제이와 같은 나이가 된 슬기. 함께 걸어가는 것도 잠시, 옆을 보면 제이가 사라졌다. 금세 부모를 잃은 아이 같은 얼굴이 되는 슬기.

슬기	(목 놓아 소리치는) 제이야.... 제이야...

84 슬기의 집 슬기방 (밤)

딩동! 하는 초인종 소리와 함께 꿈에서 깨어나는 슬기. 책상 앞에 붙어
있는 D-1.

85 현관 앞 (밤)

눈이 소복이 쌓인 문 앞에 놓인 작은 상자. 보낸 이의 이름도 받는 사람의
이름도 적혀 있지 않다. 슬기, 서둘러 상자를 열어보는데.. 구두 한 켤레와
94학번 한국대 열쇠고리, 아름다운 풍경이 담긴 사진 한 장이 들어있다.

86 연립 주택 앞 (밤)

슬기, 슬리퍼를 신은 채 밖으로 달려 나와보지만 어디에도 보이지 않는
제이. 새하얗게 쌓인 눈 위에 발자국이라곤 없다. 꿈을 꾼 듯 주위를 둘
러보던 슬기, 제이가 보낸 사진을 멍하니 바라보는데..

87 사진 속 그곳 (낮)

사진 속 따스한 어느 곳에서 자유롭게 스케이트보드를 타는 제이의 뒷
모습에서... CUT!

〈선의의 경쟁〉 끝.

스페셜 페이지

슬기의 에세이

화법과 작문 에세이

3학년 2반 25번 우 슬 기

저는 지난 13년을 미아로 살아왔습니다. 보육원 퇴소를 1년 앞둔 어느 날, 새엄마의 수고 덕분에 어릴 적 헤어졌던 아빠를 찾았지만 만날 수는 없었습니다. 수학교사였던 아빠가 원인을 알 수 없는 급성 패혈증으로 갑작스럽게 돌아가셨기 때문입니다. 미아에서 다시 고아가 된 셈입니다. 하지만 아이러니하게도 이제 더는 외롭지 않고 길을 헤매지도 않습니다. 저는 의대에 진학해 부검의가 될 꿈을 가지게 됐습니다. 아빠의 죽음이 제게 남긴 거대한 지표를 따라 걷기로 마음먹었기 때문입니다.

어쩌면 남들이 보기엔 조금 불행하고 특이해 보일 제 인생의 발자국들은 모두 운명적이었던 것 같습니다. 저는 턱없이 부족한 양육자의 수에 비해 많은 아이들이 있는 보육원에서 자랐습니다. 일반 가정에 비해 한정적인 사랑과 관심을 나눠 가져야 하는 치열한 환경 속에서 저는 살아남기 위해 공부했습니다. 남들보다 사회생활을 조금 일찍, 경쟁을 조금 더 빨리 배운 셈입니다.

공부를 잘하게 되자, 어른들은 제가 의대를 갈 거라고 믿으셨습니다. 저 또한 그게 당연하다고 생각했습니다. 부모님을 찾았다는 소식을 들었을 때, 믿을 수 없는 기쁨과 동시에 부모님께 부끄럽지 않은 우등생으로 자랐다는 자부심이 앞섰습니다. 줄곧 전교 1등을 놓치지 않은 성적표를 보여드리며 의대도 갈 수 있는 성적이에요! 자랑하고 칭찬받고 싶었죠.

아빠는 어떤 말씀을 하실까? 왜 의대에 가고 싶니, 라고 묻는다면 어떻게 대답해야 할까? 저는 그런 행복한 고민들을 하며 재회의 순간을 고대했습니다. 학업 생활 내내 인정받았던 저의 장점들을 스스로 나열해보기도 했습니다. 끈기, 성실함, 책임감. 늘 제게 붙었던 수식어들을 말입니다. 하지만 아빠는 저를 만나기도 전에 돌아가셨습니다. 그 소식을 들었을 때는 슬픔보다, 어째서 이렇게 허무하게 돌아가실 수밖에 없었는지 답답한 의문이 앞섰습니다. 망연자실한 새엄마를 위로하며 생각했습니다. 왜 의대에 가고 싶니? 단지 성적이 좋아서니? 라는 질문에 아빠가 답을 주신 것 같다고요.

의학이란, 생명을 구하고 질병에서 아픈 이를 해방시키는 사명을 가지는 직업입니다. 그리고 부검이란, 구하지 못한 그 생명을 해부해 사인을 알아내는 법의학의 하나이죠. 의학을 먼저 알고 한 발 더 나아가야 하는 그 학문은, 항상 어려운 한 걸음을 더 디뎌야 했던 저와 닮아 있는 것 같습니다. 딸을 만나지 못하고 돌아가신 아빠의 사인을 제가 직접 알아낼 수는 없었지만, 저와 같은 사연을 가진 누군가의 슬픔을 한 번 더 돌아봐야 한다는 게, 저의 사명이 된 느낌입니다.

부검의가 갖춰야 할 덕목은 바로 '예의'입니다. 쉽게 예의를 잃는 이 시대에 저는 오랜 단체 생활로 주변을 돌보며 생활해 왔습니다. 상처 많은 아이들로 가득한 보육원에서 자라며 늘 친구들을 챙기는 역할을 해왔지요. 그리고 지금은 운명적인 계기로 '정직과 화합, 관대'가 교훈인 채화여고의 일원으로 합류하게 되었습니다.

예의와 정직을 바탕으로 사회에 꼭 필요한 사람이 되고 싶습니다. 화합과 관대를 마음에 새겨 함께하는 이들의 소중함을 아는 인간이 될 것입니다. 그러기 위해 남은 학업도 게을리하지 않고 정진할 것을 제 스스로에게 또 하늘에서 지켜보고 계실 아버지께 약속합니다.

부검의가 되기 위해 의대에 가야만 하는 차고 넘치는 이유가 있기에 저는 주어진 학교 공부 외에도 틈틈이 여러 가지 노력을 하고 있습니다. 〈나는 내가 제일 먼저 해부했다〉, 〈바디 : 몸에 대한 거의 모든 것〉 같은 의학 서적들을 읽고 독서 노트를 작성합니다. 책을 통해 배운 지식들을 필기하고 거기서 파생되는 궁금증들을 적어 그에 따른 답을 찾을 수 있는 또 다른 책과 논문들을 찾아봅니다. 뿐만 아니라 드라마 〈CSI〉 시리즈를 통해 다양한 범죄 케이스들 속에서 피해자들의 시신이 남긴 증거를 어떤 식으로 찾아내는지 간접 경험하고 있습니다.

하지만 아직 고등학생 신분이기에 닿지 못하는 자료들도 너무 많을 뿐더러 누군가의 설명이 필요한 전문 용어들을 만날 때마다 배움의 목마름을 느낍니다. 이

갈증을 한국대 의예과에 진학해 풀 수 있기를 고대합니다. 병리학과에서 전공의 과정을 거치며 부검의가 되기 위해 들어야 하는 법의학 클래스를 꼭 이수하고 싶습니다. 이 클래스가 개설되어 있는 의대가 몇 곳 되지 않는데, 그중 한국대가 단연 최고라고 들었기 때문입니다.

공부를 마치고 부검의가 되기까지 대략 십 년이라는 시간이 필요하다고 알고 있습니다. 하지만 두렵지 않습니다. 제가 제일 잘하는 것이 끈질기고 성실하게 공부하는 것이기 때문이죠. 한국에 부검의가 턱없이 부족하다는 기사를 종종 보았습니다. 이러한 현실이 저에게는 사명감과 더불어 책임감으로까지 다가왔습니다. 개인적 이유로 출발하게 된 꿈이지만 이 꿈의 사회적 당위성을 깨닫게 되는 건, 귀한 경험이라고 생각합니다. 꿈을 위해 열심히 뛰겠습니다. 배움을 게을리하지 않겠습니다. 억울한 죽음이 없도록 최선을 다하는 부검의가 되겠습니다.

제나의 일기장

2023년   11월 15일   수요일

제이야.

아빠는 뭐든지 알고 계셔, 누가 착한 앤지 나쁜 앤지.

나는 착한 애일까 나쁜 애일까.

쌤이 내게 마지막으로 남긴 건 선물일까 저주일까.

네가 날 찾아왔을 땐 어쩔 수 없었어.

내 손에 묻은 피를 너에겐 들키고 싶지 않았거든.

그냥 화가 났어.

네가 아니었다면 이런 일도 없었을 텐데..

너는 내 마음을 알까.

울면 안 돼, 절대로.

아빠는 우는 애한테 선물을 안 주시니깐.

2023년   11월 20일   월요일

제이에게,

난 니가 항상 무서웠어. 특히 니 검은 눈동자.

모든 걸 알고 있다는 듯 날 비웃는 네 얼굴 때문에 미칠 거 같았어.

이게 다 너 때문이야 유제이.

동생보다 못난 언니라는 타이틀이 얼마나 엿같은지 사람들은 모를 거야.

난 그저 널 이기고 아빠의 사랑을 되찾고 싶었을 뿐인데..

아빠는 나와 쌤의 관계를 아시고는.. 칭찬해주셨어. 너무너무 따뜻하게.

지금까지 받아본 적 없던, 그런 칭찬.

아빠는 쌤의 약점을 바로 찾았어.

우슬기.. 오래전 쌤이 잃어버린 딸...

나 때문에.. 아니. 아빠 때문에 딸 찾는 것도 포기하려 했던 것 같아.

하지만 쉽게 포기할 리가 없지. 유태준인데.

김선영 선생님은 비밀서약을 어겼다는 이유로 수능 출제위원에서 제외됐어.

전지전능하신 우리 아버지..

계획은 심플했어. 킬러문항을 뱃속에 넣고 출제장을 빠져나온다.

쌤은 충실히 이행했지.

하지만 쌤은 알았을까?

쌤의 목숨을 쥔 게 아빠만은 아니었다는 걸.

이게 다 유제이 너 때문이야.

2023년 11월 23일 목요일

제이에게,

며칠째 잠을 못 자서인지 약을 못 먹어서인지

눈을 감으면 자꾸 쌤이 보여.

쌤 장례식은 잘 치렀니..

나는 쌤한테도 아빠한테도 죄인이야..

하나님이 너무 원망스러워.

이렇게 어리석은 나를 왜 태어나게 했을까.

기도하면 용서받을 수 있을까.

우슬기.. 쌤이 오랫동안 찾아 헤맨 그 아이도 왔겠지?

정말이지 그 아이에게서 아버지를 영원히 뺏을 마음은 없었는데 어쩌다 이렇게 된 걸까..

그 아이에겐 정말 언젠간 직접 만나 용서를 빌고 싶어.

영원히 아빠가 없다는 건 어떤 걸까.

나는 아빠가 없었으면 자유롭게 살았을까.

제이야.

아빠는 화가 많이 났겠지?

아빠는 나를 절대 용서하지 않으시겠지?

너무 무서워 제이야.

아빠가 나를 당장이라도 잡아서 죽일 것만 같아.

아빠가 나를 찾을 수 없는 곳이 어딜까.

지금이라도 집으로 돌아가서 용서를 빌어야 할까.

아니야, 난 잘못하지 않았어. 1등을 하고 싶은 게 나쁜 건 아니잖아?

아빠한테 칭찬받기 위해서는 이 방법밖에 없었어, 정말이야.

근데 내가 틀린 거 같아. 수학 문제처럼 답이 있었으면 좋겠다.

나는 답을 모르겠어, 제이야.

너라면 답을 알까? 너는 모르는 게 없잖아.

나랑은 다르잖아..

제이야.

제이야.

제이야.

제이야,

지금 내가 있는 곳 창문으로 교회 십자가가 정면으로 보여.

그 십자가가 내 방을 온통 붉게 뒤덮는 것만 같아.

쌤이 누워 있던 수술대를 뒤덮었던 피처럼..

왜 갈수록 그날 수술실의 기억이 선명해지는 걸까? 눈을 감아도 들려.

바이탈 싸인이 멈출 때 나던 그 소리가 고막을 찢을 것만 같아.

하루하루 숨도 쉬지 못하게 죄책감이 나를 짓눌러와.

도대체 내가 무슨 짓을 한 걸까.

나만 아니었으면 시작되지 않았을 일이야, 전부 다 내 잘못이야.

죽고 싶지만 실패하면 아빠가 나를 찾아낼까봐 무서워서

그럴 용기도 없는 내가 스스로도 너무 한심해.

나 같은 게 왜 태어난 걸까, 왜 이렇게 된 걸까 매일매일 생각해.

생각하고 또 생각해.

하나님께 빌고 또 빌어.

제발 나를 구원해달라고.

제이, 너라면 어떻게 했을까.

하나님이 대답해 주지 않는다면 난 어떻게 해야 해?

제이야, 이젠 돈도 다 떨어져 가고

매일 모텔과 찜질방을 옮겨 다니는 이 생활도 불안이 끊이질 않아.

그런데 웃긴 건 오히려 서울을 벗어나 한 번도 가보지 않았던 곳들을

떠돌아다니면서 내가 살던 세상이 너무 좁았다는 걸 깨달아 가고 있어.

나는 이걸 왜 이제 안 걸까.

제이는 모르는 게 없으니까 이미 알고 있었겠지?

제이야, 너는 행복해?

너에게 항상 묻고 싶었어.

너는 뭐든지 어렵지 않게 해내고 아빠는 너만을 사랑하니까

불행할 것도 없어 보였는데..

나는 왜 자꾸 너에게 묻고 싶었을까.

2023년   12월 15일   금요일

제이에게.

나 오늘 드디어 기도에 응답받았어!

더 이상 이렇게 살 수는 없어.

내 죄는 내가 씻어야 해.

누가 대신해 줄 수 없어.

오늘 머리를 짧게 잘랐어.

아빠의 등잔 밑으로 들어갈 생각이야.

내게 행운을 빌어줘.

보고 싶다 제이야, 그리고 제윤이도.

2부 S#7	제이의 비행 몽타주	S	O	L				M	D	E	N

1-1
클럽 무대 위에서 춤을 추다 뒤로 도는
제이 Track Out

1-2
제이 뒷모습 Full Shot

2
한강 다리 위 뒷모습

3
제이방
기도하는 제이 Track In

4
제이방
눈을 번쩍 뜨는 제이 Track In

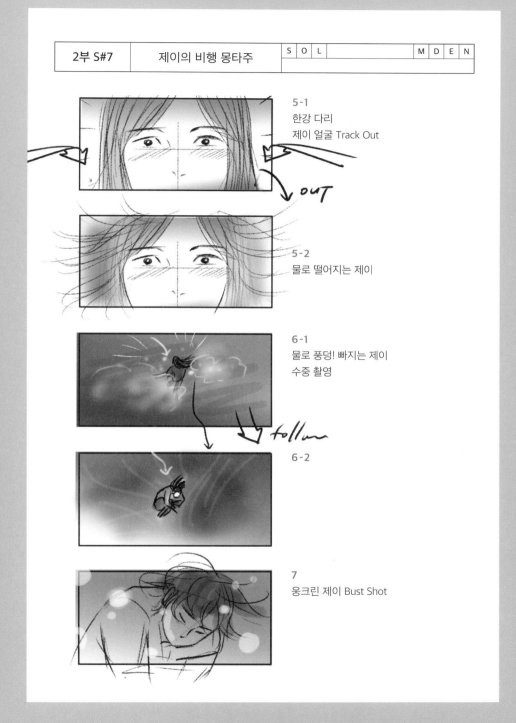

| 2부 S#7 | 제이의 비행 몽타주 | S | O | L | | M | D | E | N |

5-1
한강 다리
제이 얼굴 Track Out

5-2
물로 떨어지는 제이

6-1
물로 풍덩! 빠지는 제이
수중 촬영

6-2

7
웅크린 제이 Bust Shot

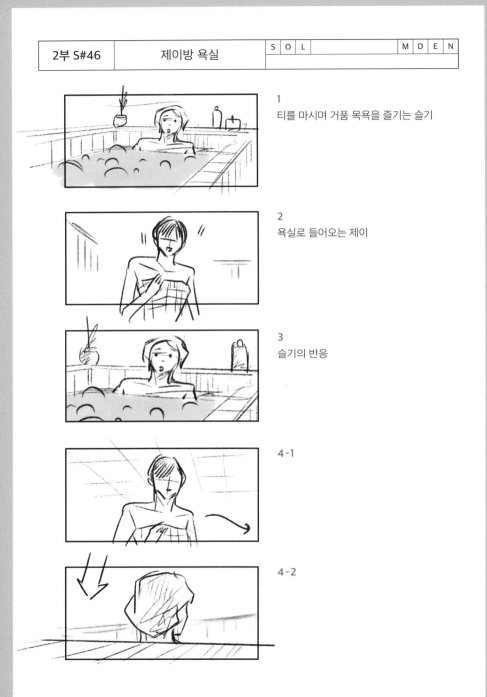

1
티를 마시며 거품 목욕을 즐기는 슬기

2
욕실로 들어오는 제이

3
슬기의 반응

4-1

4-2

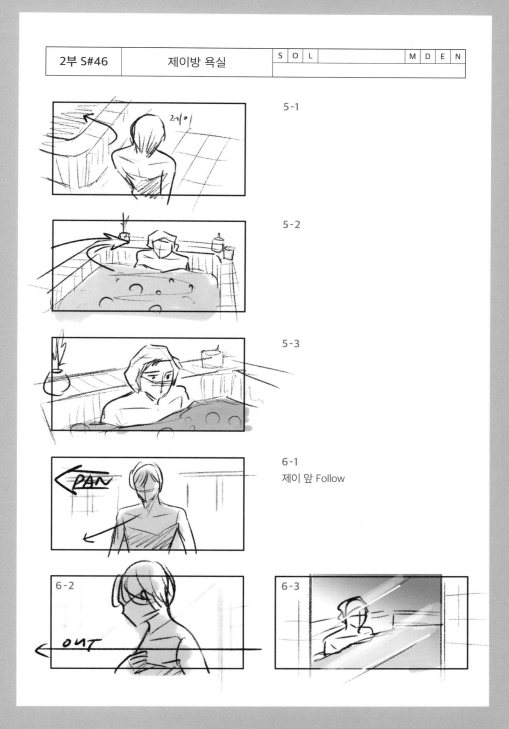

2부 S#46　　　제이방 욕실　　　S O L　　　M D E N

5-1

5-2

5-3

6-1
제이 앞 Follow

6-2

6-3

| 2부 S#46 | 제이방 욕실 | S | O | L | | | M | D | E | N |

7
욕조 안으로 들어오는 제이 발

8
슬기 반응

9-1   9-2

9-3
Tracking

10
제이 OS 슬기

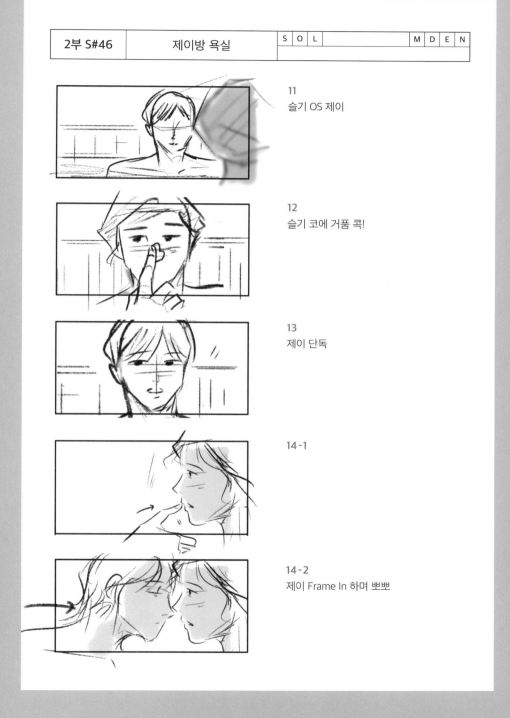

2부 S#46	제이방 욕실	S	O	L			M	D	E	N

11
슬기 OS 제이

12
슬기 코에 거품 콕!

13
제이 단독

14-1

14-2
제이 Frame In 하며 뽀뽀

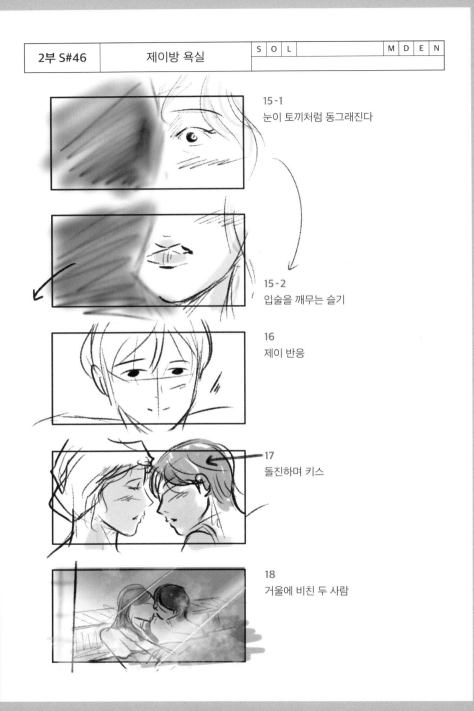

15-1
눈이 토끼처럼 동그래진다

15-2
입술을 깨무는 슬기

16
제이 반응

17
돌진하며 키스

18
거울에 비친 두 사람

2부 S#46	제이방 욕실	S	O	L			M	D	E	N

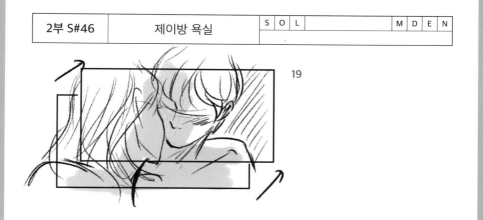

19

3부 S#37	교실	S	O	L				M	D	E	N

1
물에 젖는 영어 부교재

2
슬기 얼굴에서 조명 Off

3
물로 풍덩! 빠지는 슬기
수중 촬영

4
버둥거리는 슬기 발

5
허우적거리는 슬기 손

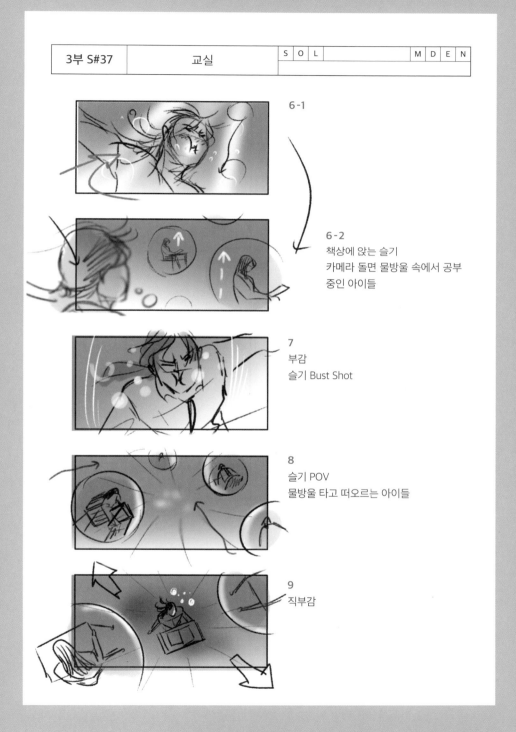

| 3부 S#37 | 교실 | S | O | L | | | M | D | E | N |

6-1

6-2
책상에 앉는 슬기
카메라 돌면 물방울 속에서 공부
중인 아이들

7
부감
슬기 Bust Shot

8
슬기 POV
물방울 타고 떠오르는 아이들

9
직부감

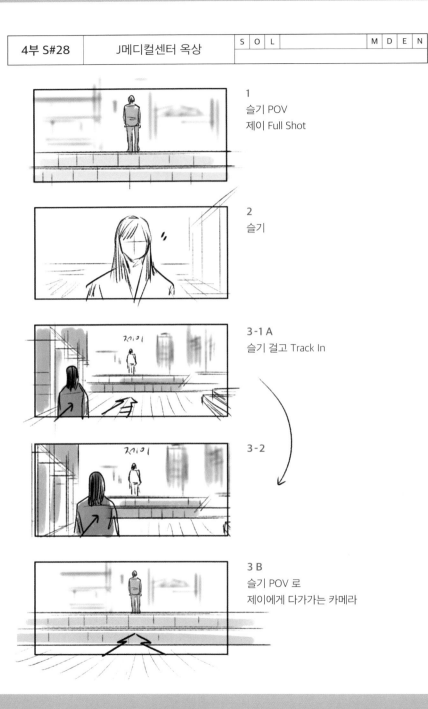

4부 S#28	J메디컬센터 옥상	S	O	L				M	D	E	N

1
슬기 POV
제이 Full Shot

2
슬기

3-1 A
슬기 걸고 Track In

3-2

3 B
슬기 POV 로
제이에게 다가가는 카메라

4
드론 Shot

5
제이를 밀어버릴 듯
천천히 Frame In 하는 슬기 손

6

7-1
제이: 잘 찾아왔네

7-2

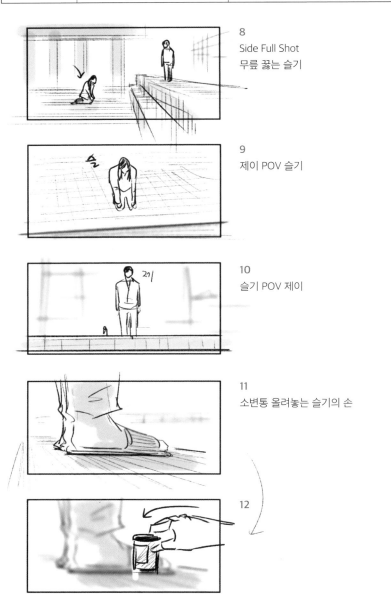

8
Side Full Shot
무릎 꿇는 슬기

9
제이 POV 슬기

10
슬기 POV 제이

11
소변통 올려놓는 슬기의 손

12

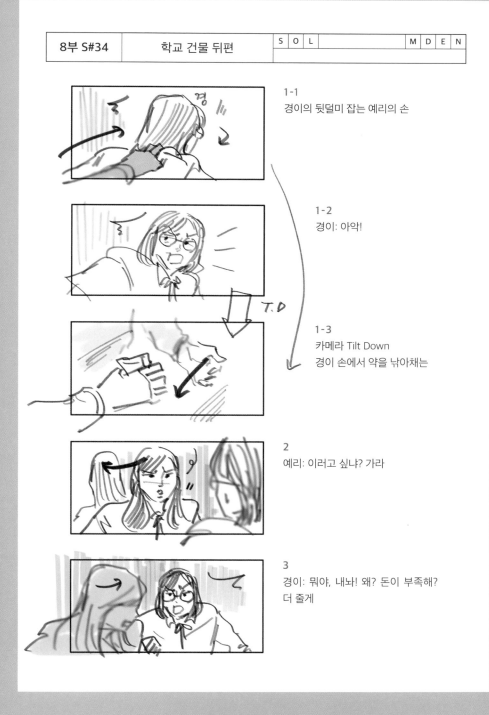

1-1
경이의 뒷덜미 잡는 예리의 손

1-2
경이: 아악!

1-3
카메라 Tilt Down
경이 손에서 약을 낚아채는

2
예리: 이러고 싶냐? 가라

3
경이: 뭐야, 내놔! 왜? 돈이 부족해?
더 줄게

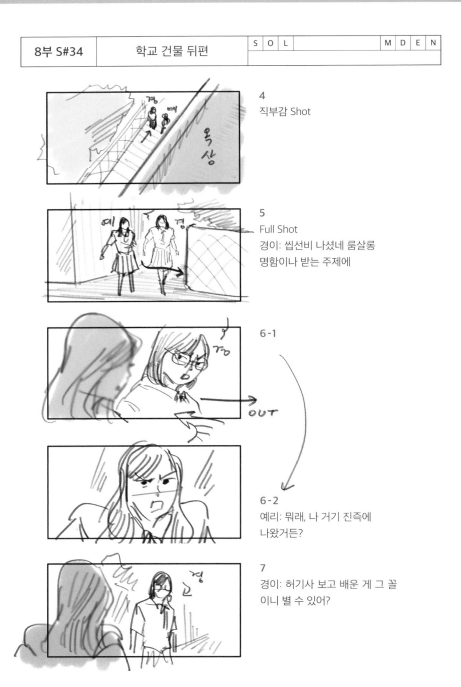

4
직부감 Shot

5
Full Shot
경이: 씹선비 나셨네 룸살롱
명함이나 받는 주제에

6-1

6-2
예리: 뭐래, 나 거기 진즉에
나왔거든?

7
경이: 허기사 보고 배운 게 그 꼴
이니 별 수 있어?

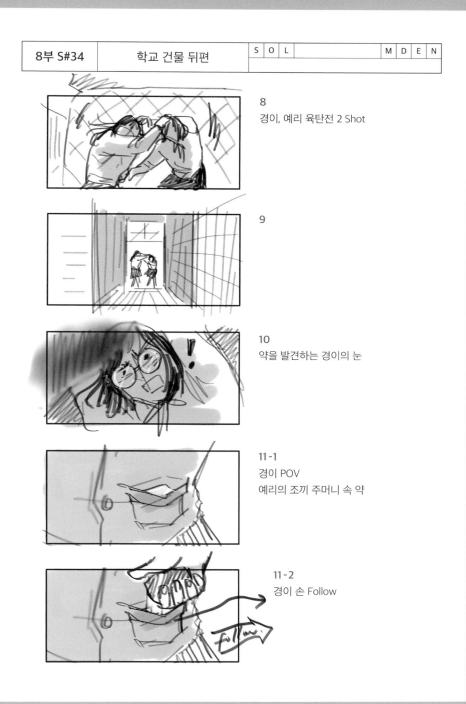

8
경이, 예리 육탄전 2 Shot

9

10
약을 발견하는 경이의 눈

11-1
경이 POV
예리의 조끼 주머니 속 약

11-2
경이 손 Follow

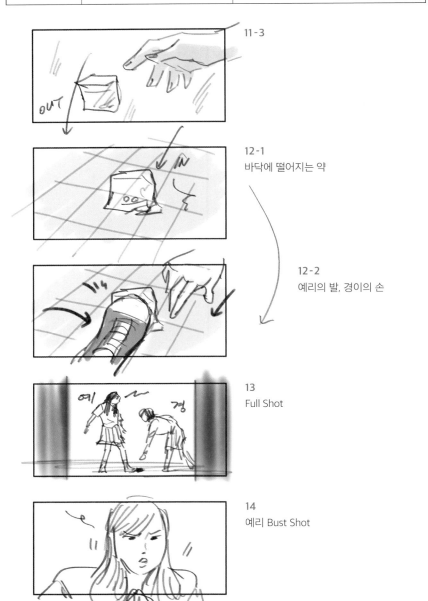

11-3

12-1
바닥에 떨어지는 약

12-2
예리의 발, 경이의 손

13
Full Shot

14
예리 Bust Shot

8부 S#34	학교 건물 뒤편	S	O	L			M	D	E	N

15
예리 OS 경이

16

17-1
슬기E : 그게 무슨 말이야?

17-2
슬기 등장

18
자리를 뜨는 예리

8부 S#34	학교 건물 뒤편	S	O	L			M	D	E	N

19
슬기 Bust Shot

20
약부감

8부 S#57	도로	S	O	L				M	D	E	N

1
약부감 Full Shot
내려서 뒤로 가는 슬기와 병진

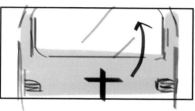

2-1
구급차 문이 열리면

2-2
안에 타고 있는 태준

3
병진: 내려!

4
Side Knee Shot

8부 S#57	도로	S	O	L			M	D	E	N

5-1
내리는 태준

5-2
얼굴에 닿는 빛

6
제이의 등장

7
내리는 제이 Bust Shot

8
병진: 우슬기 뭐 해? 이 새끼 오른쪽 주
머니!

8부 S#57	도로	S	O	L		M	D	E	N

9
슬기에게 다가오는 제이

10
슬기 OS 제이

11
제이 OS 슬기

12-1
슬기, 제이

12-2
슬기, 병진 태준 쪽으로 이동
3 Shot

8부 S#57	도로	S	O	L			M	D	E	N

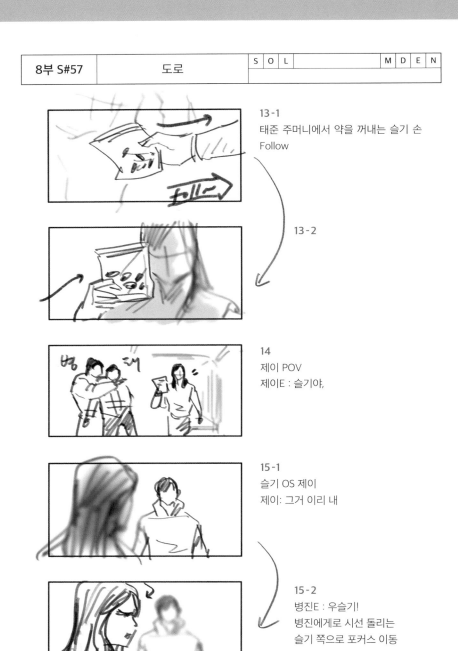

13-1
태준 주머니에서 약을 꺼내는 슬기 손
Follow

13-2

14
제이 POV
제이E : 슬기야,

15-1
슬기 OS 제이
제이: 그거 이리 내

15-2
병진E : 우슬기!
병진에게로 시선 돌리는
슬기 쪽으로 포커스 이동

16-1
병진: 정신 똑바로 차려!

16-2
카메라 Panning 하면 제이
제이: 슬기야, 제발..

17
약부감 Full Shot
다가오는 제이에게 칼 겨누는
병진

18
슬기 Bust Shot

19
칼 OS 제이

20
슬기 OS 병진, 태준
병진: 너 킬러문항 있어야 되잖아. 그거
있어야 한국대도 가고 의사도 되지..

21
슬기: 걱정마요, 그건 불가능하니깐.

22
슬기 손에 쥔 약 Insert

23-1
슬기 OS 제이, 병진+태준

23-2
약을 털어 넣는 슬기

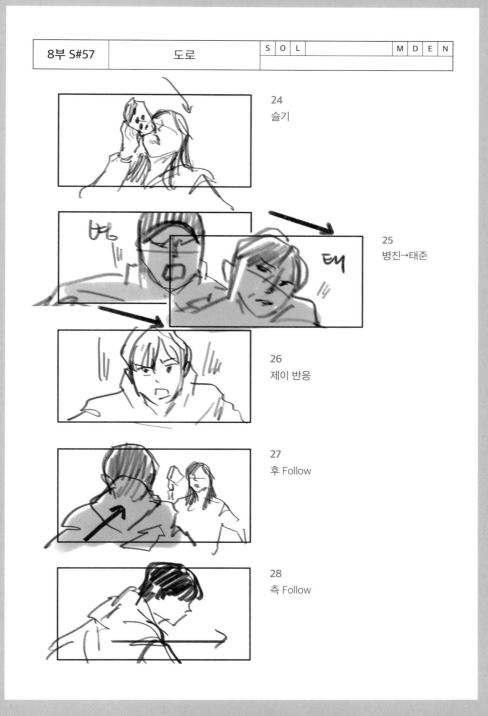

24
슬기

25
병진→태준

26
제이 반응

27
후 Follow

28
측 Follow

8부 S#57	도로	S	O	L		M	D	E	N

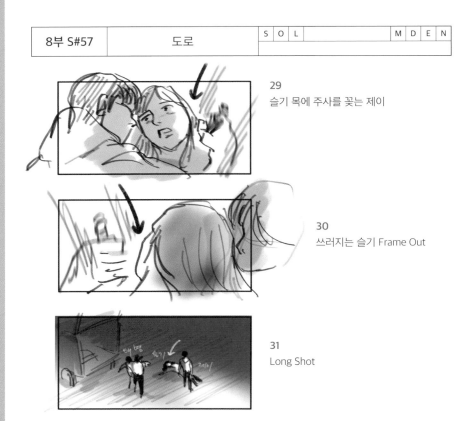

29
슬기 목에 주사를 꽂는 제이

30
쓰러지는 슬기 Frame Out

31
Long Shot

8부 S#87	사진 속 그곳	S	O	L		M	D	E	N

1
바닷가 풍경 안으로
보드를 타며 Frame In 하는 제이

2
달리는 제이의 POV

3
드론 Shot

4
방파제 위 모자 벗는 제이

5
제이 살짝 돌아볼 때 CUT!

미술 세트 도면

(1) 채화여자고등학교 세트 평면도

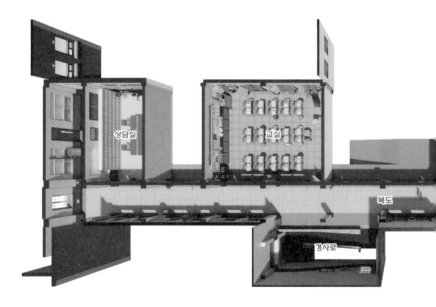

(1-1)

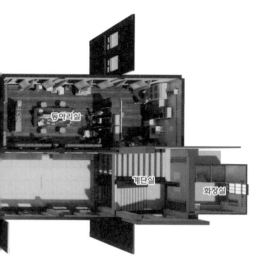

1-1 평면도에서 가장 오른쪽에 위치한 화장실입니다. 특이한 점이라면 층과 층 사이에 화장실이 있습니다. 1부 20씬, 3학년 교실이 있는 건물 1층 로비를 실제로 촬영했던 계명대학교와 세트의 연결성을 맞추기 위해 미술감독님께서 화장실의 위치와 계단의 모양과 난간, 바닥도 모두 똑같이 디자인해주셨습니다.

(1-2) 3학년 2반을 찾아 슬기가 노란 트렁크를 들고 올라오던 계단이 바로 이곳입니다. 계단 옆 괘종시계가 있는 곳에는 의학 동아리방이 위치하고 있습니다.
곳곳에 사용한 목재와 테라조 바닥으로 오래된 학교의 느낌을 살리고, 천장의 자카드 문양 벽지와 엔틱한 샹들리에로 고전적인 무드에 엘레강스한 포인트를 더해주었습니다.

1-3 의학 동아리방입니다. 예리의 대사처럼 아무나 못 들어가는, 채화여고 내에서도 성역과 같은 곳입니다. 실제로 슬기는 작품 내내 한 번도 의학 동아리방을 들어가지 못 합니다.

나무 바닥과 문이 고풍스럽고 을씨년스러운 분위기를 자아냅니다. 걸을 때마다 삐그덕거리는 소리를 낼 수 있었던 건, 실제로 오래된 폐교의 마룻바닥을 떼와서 시공한 미술 세트팀의 노력이 있었기에 가능했습니다.

책장을 이용해 공간을 분리시켜 안쪽에서는 아라가 약을 포장하는 은밀한 행위가 가능하도록 만들었습니다. 또 J메디컬센터 원장실과 동일하게 X-ray 뷰박스를 설치해 이곳이 태준의 영향력 아래 놓인 공간이라는 점을 보여주고자 했습니다.

(1 - 4) 1907년 개교한 설정에 맞춰 그 시대 건물에서만 볼 수 있는 경사로를 만들어 채화여고가 유구한 역사를 지닌 사학 명문이라는 점을 보여주고자 했습니다.

복도의 기둥 사이에 넣은 단조 문양과 교실의 갤러리 창은 일반적인 학교 건물들에서는 흔히 찾아볼 수 없는 채화여고만의 아름다운 디테일들입니다.

(1 - 5) 복도 맨 끝 왼편에는 상담실을 배치했습니다. 상담실은 경찰서 취조실 같은 느낌의 답답한 공간이기를 원했습니다. 이를 해 양쪽 벽면 가득 책장을 높게 세우고 학생 관련 자료들을 빽빽이 채웠습니다. 이 공간은 상담실 촬영을 마친 후, 인쇄실과 보안실로 세팅을 바꿔 다양한 씬을 소화했습니다.

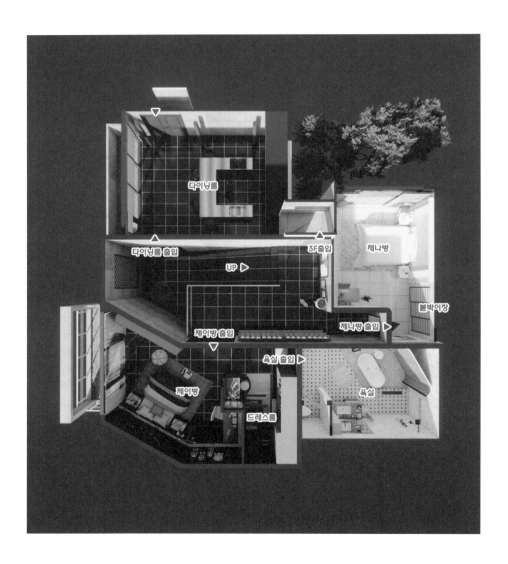

2-1 외관으로 사용한 건물에 맞춰 노출 콘크리트로 벽면을 마감하고 검은색 폴리싱 타일을 깔아 전체적으로 모노톤의 색감 없는 공간을 컨셉으로 하였습니다.

이 집의 꼭대기 층을 태준의 집무실 및 방으로, 그 아래 2층에는 제이와 제나의 방으로 설정했습니다. 두 방은 언뜻 같은 층처럼 보이지만 제나방을 제이방보다 몇 계단 아래로 배치해 가족 간에도 계급이 존재한다는 걸 층수로 표현해보았습니다. 또 제이와 제나의 방 사이에 선반을 설치해 상장과 상패를 전시함으로써 두 딸을 경쟁시키는 태준의 교육관을 보여주고자 했습니다.

계단을 올라오면 정면에 바로 보이는 액자 역시 이런 태준 밑에서 성장한 아이들이 느꼈을 심리 상태를 소리 없는 절규의 이미지로 표현해보았습니다.

2-2

2-2 다이닝룸은 대개 가족들끼리 식사를 하는 곳이지만 제이네 집에서는 아이들이 아빠의 눈치를 보며 시험을 보고 평가받는 공간으로 쓰입니다.

아일랜드 키친과 싱크대는 음식 조리대의 느낌보단 태준의 시체 해부실이나 수술실을 연상시키도록 차가운 스테인레스 재질을 사용했습니다. 구조 역시 'ㄷ'로 설정하여 두 딸의 시점에서 봤을 때 아일랜드가 마치 태준을 둘러싼 높고 견고한 성곽처럼 보이길 원했습니다. 절대 무너지지 않는 성곽 안에서 아이들을 내려다보는 태준을 기준으로 경쟁하는 두 딸이 대칭 하는 모습은 제이네 가족을 단적으로 보여주는 핵심 이미지입니다.

2-3 제이의 방은 블루, 제나의 방은 핑크로 확실한 캐릭터 대비를 두었습니다.

제이의 방은 바닷속 같은 느낌이 들도록 침대 헤드 쪽 벽면을 따라 간접등을 심고 그 아래 실제로 물을 넣어 조명을 켰을 때 일렁이는 물결을 표현하고자 했습니다. 또 옷과 화장대가 놓인 드레스룸 공간에 유리 파티션을 놓아 마치 방 전체가 하나의 거대한 어항처럼 보일 수 있도록 미술감독님이 특별히 신경 써 디자인 해 주셨습니다.

(2-4) 제이의 방에는 화장실이 있습니다. 이조차도 공부를 더 잘하는 자식에게 주는 아빠 태준의 혜택인 셈입니다.

5부 1씬 제이를 세수시켜주는 제나와 2부 2씬 태준이 변기에 앉아 영자 신문을 보는 아주 짧은 장면들을 제외하고는 오롯이 2부 46씬만을 위해 지어진 세트라고 해도 과언이 아닙니다.

미술감독님은 대본을 읽고 좁은 욕조에 둘이 딱 붙어있는 장면을 상상하셨지만 저는 부유한 제이집에 어울리는, 슬기가 경험해보지 못한 큰 사이즈의 욕조였으면 좋겠다고 주장해 결국 큰 사이즈의 욕조를 넣었고 덕분에 그 큰 욕조에 물을 채우고 거품을 만드느라 스태프들이 꽤나 고생했던 기억이 납니다.

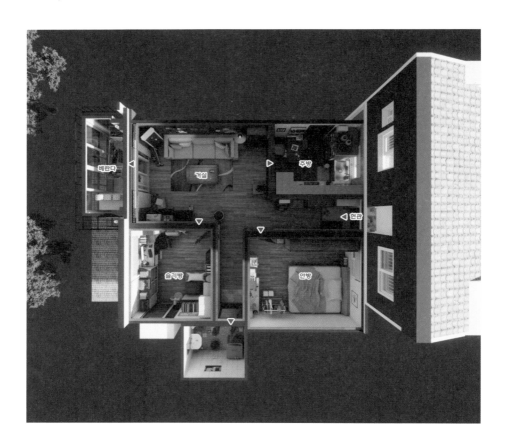

일반 가정에서 많이 쓰는 벽지의 색깔보다 훨씬 더 진하고 어두운 색을 과감하게 사용하였습니다. 13년 만에 찾은 아빠의 집이라고는 하지만 아빠는 죽고 없고, 생판 모르는 아줌마와 불편한 동거를 해야 하는 슬기에게 공간이 주는 첫인상은 따스하고 포근하기보다 죽음의 그늘이 짙게 깔린 어둡고 어색한 곳이길 바랐습니다.

3층짜리 제이네 단독 주택과 대비되는 슬기의 연립 주택은 생활감이 느껴지는 조금 더 현실적인 공간으로 써 두 사람의 경제적 배경에 얼마나 큰 차이가 있는지를 한눈에 느낄 수 있도록 디자인하였습니다.

(3-2) 부부의 침실에는 소박한 가구들과 퀸사이즈의 침대를 놓았고, 슬기가 머물게 될 아빠의 방에는 미처 유품을 정리하지 못한 희윤의 상태를 보여주기 위해 우도혁이 쓰던 가구와 물건을 그대로 두었습니다. 아빠에 대한 기억이 별로 없을 슬기지만 그럼에도 불구하고 아빠의 손때가 묻은 공간에서 매일 잠을 자고 공부를 하다 보니 아빠의 죽음에 대해 더 많은 궁금증이 생기는 건 어쩌면 당연한 일이 아닐까 싶었습니다.

슬기방은 나무 패턴이 있는 벽지로 설정하여 바닷속 이미지의 제이방과 차이를 주고자 했습니다. 나아가 이것이 현재의 제이와 어린 슬기가 함께 손을 잡고 숲으로 걸어가는 꿈 장면에 대한 어떤 연결고리가 되길 바란 미술감독님의 깨알 디테일이라는 걸 이 자리를 빌려 말씀드립니다.

④ J메디컬센터 원장실과 스터디룸 세트 평면도

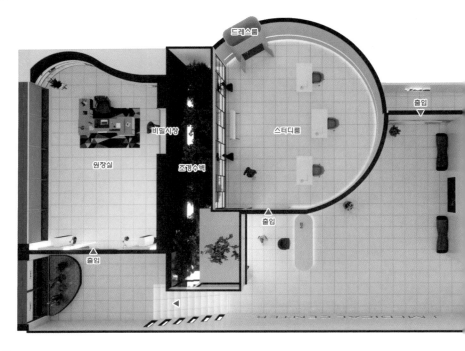

4-1

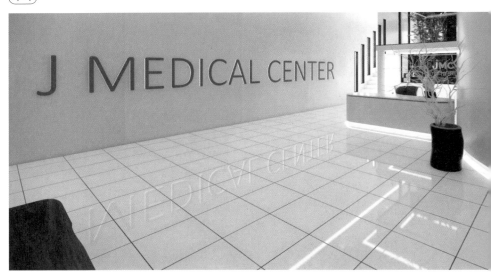

④-1 병적인 깔끔함을 추구하는 태준의 성정처럼 무균실을 연상시키는 공간입니다. 온통 사방이 새하얀 이곳에 갇혀 있으면 없던 정신병도 절로 생길 것만 같은 느낌이 듭니다.

아이들이 있는 오른편의 스터디룸에 비해 원장실은 계단으로 조금 더 올라가야 합니다. 항상 위에서 군림하고자 하는 태준의 태도를 반영한 공간 설계입니다.

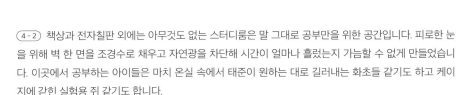

(4-2) 책상과 전자칠판 외에는 아무것도 없는 스터디룸은 말 그대로 공부만을 위한 공간입니다. 피로한 눈을 위해 벽 한 면을 조경수로 채우고 자연광을 차단해 시간이 얼마나 흘렀는지 가늠할 수 없게 만들었습니다. 이곳에서 공부하는 아이들은 마치 온실 속에서 태준이 원하는 대로 길러내는 화초들 같기도 하고 케이지에 갇힌 실험용 쥐 같기도 합니다.

제이의 사적인 영역에 슬기가 초대됩니다. 근 미래로 시간 여행을 온 듯한 낯선 풍경 속에서 슬기의 시선을 사로잡는 것이 있으니, 그건 다름 아닌 노란 옷장입니다. 슬기는 노란색 원복 대신 파란색 공주 드레스를 입어 미아가 된 근원적 트라우마가 있는 인물입니다.

제이를 믿어야 할지, 말아야 할지 아직 판단이 서지 않는 슬기에게 이 노란색의 옷장은 그녀로 하여금 심리적 안정감을 주고 나아가 제이를 믿을 수 있는 인물로 판단하는데 어느 정도 기여하고 있습니다. 실제로 2부 10씬 이후 슬기가 제이에게 서서히 마음의 문을 열기 시작합니다.

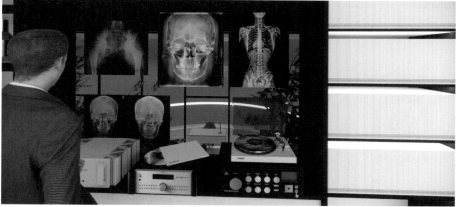

(4 - 3) 태준의 원장실에는 그 흔한 소파나 테이블이 없습니다. 누군가와 마주 앉아 대화할 줄을 모르는 태준의 외로움을 표현하기 위함입니다. 그래서 이 방에 들어선 이들은 모두 태준 앞에서 죄인처럼 서 있어야 합니다. 자신이 수술한 환자의 X-ray 필름으로 LP판을 만드는 태준의 취미 생활은 자료 조사를 하던 중 발견한 사진한 장에서 시작되었습니다. 1950년대 소련에서는 정부의 탄압으로 서양 음악을 들을 수 없었다고 합니다. 그래서 사람들은 유통이 금지된 음악을 X-ray 필름에 스크래치를 내는 방식으로 해적판 LP를 만들어 몰래듣곤 했죠. 거기서 영감을 받아 태준의 취미를 만들었습니다. X-ray 뷰박스로 위장되어 있는 시창은 인간의마음을 읽지 못하는 태준이 X-ray에 관심을 갖게 됐고 지금은 그 X-ray 너머로 자식들의 마음을 읽고 싶어한다는 그의 강렬한 욕망과 히스토리가 모두 투영된 소품입니다.
초고에서는 그저 매직미러 정도로 생각했던 시창을 X-ray 뷰박스로 바꿔주신 미술감독님의 놀라운 아이디어가 빛났던 저의 '최애 공간'입니다.

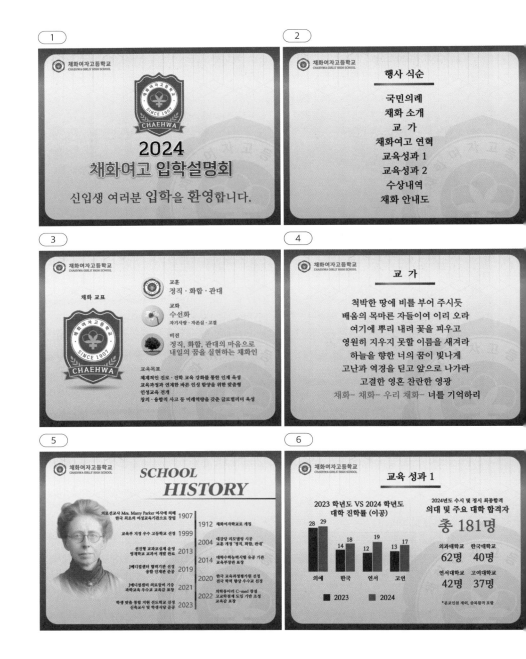

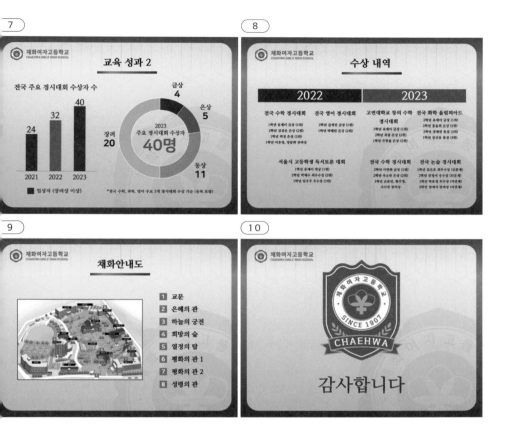

Q　동명의 웹툰을 원작으로 합니다. 이 작품을 각색하기로 결심한 계기가 궁금합니다. 어떤 점에 매료되었나요?

　　제안을 받고 원작을 보자마자 거의 바로 수락했습니다. 이유는 간단했죠. 주인공들 중에 착한 사람이 하나도 없다는 거. 어딘가 다 조금씩 미쳐있는 소녀들이 서로의 비밀을 숨긴 채 피 튀기는 경쟁을 하며 상황에 따라 오늘은 친구였다가 내일은 적이 되는 이야기가 너무 매력적이라고 생각했습니다. 수능이라는 입시 경쟁 속에 놓인 10대라 가능한 이야기, 그래서 결국은 납득이 되고야 마는 캐릭터들을 만들어보고 싶었습니다. 그리고 무엇보다 여자들이 우르르 나오는 작품을 할 수 있을 거란 생각에 많이 설레었던 기억이네요.

Q　각색하는 과정에서 가장 공을 들인 부분은 무엇인가요?

　　캐릭터들이 착하지 않아 매력적이었지만, 이 부분이 가장 큰 숙제고 고민이었습니다. 웹툰이 아닌 영상 속에서 아이들이 생명력을 가지려면 몇 배는 더 납득이 가야 한다고 생각했고, 그래서 이들의 성장과정을 보여줄 필요가 있다고 판단했죠. 그걸 스타일화 시켰고, 그래서 프롤로그가 탄생했습니다. 또 무엇보다 16부작이라는 긴 서사를 관통할 코어사건이 필요했습니다. 그 사건에 4명의 캐릭터 모두가 연결고리를 가지고 있어야만 시시각각 변하는 이들의 관계성을 지켜보는데 흥미가 생길 수 있을 거라고 생각해 그 부분에 중점을 두며 스토리를 썼습니다.

Q　드라마에서는 대본 집필과 연출을 한 사람이 동시에 맡는 경우가 드문데, 이번 작

품에서 직접 두 가지 역할을 수행하셨습니다. 이 작품에 총 3년 4개월을 쏟아부으셨다고요. 작업이 쉽지 않을 것을 예상하고도 '직접 맡기로' 결심한 이유는 무엇인가요? 두 가지 역할을 병행함으로써, 어떤 점이 유리했고 어떤 점이 어려웠는지요?

　원래 영화를 하던 사람이라서 본인이 직접 쓴 대본으로 연출하는 것이 저에게 특별한 일은 아니었습니다. 하지만 워낙 긴 시간이다 보니 한 작품을 한결같이 사랑하는 것이 쉽지만은 않더군요. 한 사람과 3년 넘게 연애하는 기분이라고 이해해주시면 될 거 같아요. 현장에서 혜리씨가 이런 말을 한 적이 있는데, 보통 촬영 때 감독님들이 힘들면 '대체 이런 걸 누가 써서?!' 라고 작가님 원망을 하기 마련인데 우리 감독님은 본인이 써서 화도 못 낸다는... 결국 자업자득인 셈이죠. 제가 직접 쓰고 연출해서 유리했던 건 아마도 머릿속에 원하는 그림이 정확히 있어서 좀 더 빠르게 오케이를 낼 수 있었다는 점이 아니었을까 싶습니다.

Q　이 작품의 공식 장르는 '하이틴 미스터리 스릴러'입니다. 여러 장르를 한 작품에 녹여내는 과정이 쉽지 않았을 것 같은데, 중심을 어떻게 잡아나갔나요?

　오히려 전체를 보기보다 씬 자체에 집중했던 것 같습니다. 이미 대본상에서 캐릭터가 복합적인 감정을 느끼도록 사건을 유기적으로 설계해뒀기 때문에 씬 하나하나에 집중하다보면 장르의 변주가 이질적으로 받아들여지진 않을 거라는 확신이 있었습니다. 그럼에도 불구하고 시시각각 변하는 작품의 복합적인 색채를 시청자분들이 따라오시기 쉽지 않을 거 같아 음악에 공을 들였습니다. 음악감독님과 많은 이야기를 나누고 다양한 음악을 붙여보는 시행착오를 통해 톤을 찾아갔고 그 결과 '선의의 경쟁'만의 컬러와 무드가 완성됐다고 믿습니다.

Q　대본집에 실린 것처럼 본래는 '60분 8부작'으로 집필했으나, 여러 이유로 '30분

16부작'으로 방영되었습니다. 8부작을 16부작으로 나누는 과정에서 어려웠던 점이 있었나요? 있었다면 어떤 점이었나요? 실제 방영된 것과 달리 8부작으로 대본집에 수록한 이유가 있을 것 같아 궁금합니다.

　미드폼 전략을 가진 플랫폼과 함께 하게 되면서 8부작으로 쓰인 이야기를 16부작으로 나눠 방영하게 되었습니다. 다행히 최종 포맷에 대한 결정이 촬영 전에 이루어져서 엔딩 포인트를 잡고 현장에 나갔지요. 딱히 어려운 점은 없었습니다. 왜냐하면 애초 60분짜리 대본을 구성할 때도 큰 두덩어리의 사건을 앞뒤로 배치하는 전략으로 집필했기 때문에 30분으로 편집을 나눠도 충분히 뒤가 궁금할만한 포인트들이 매 회차 존재했습니다. 하지만 엔딩을 위한 엔딩으로 대본에 쓰이지 않은 곳들을 홀수 회차에서 끊어야 한다는 부담감이 있었는데 편집기사님이 훌륭하게 편집해주셔서 매회 엔딩 맛집이라는 칭찬을 들을 수 있었던 것 같습니다. 결과적으로 보자면, 30분짜리 방영분에 대해 만족하는 편이지만 대본집에서만큼은 원래의 1-8부 구성을 온전히 보여드리고 싶었습니다. 1부 엔딩에서 발생한 제이에 대한 궁금증이 2부 오프닝의 제이 프롤로그로 이어지고, 2부 엔딩에서 경이가 화두에 오르고 그걸 이어받아 3부 오프닝에서는 경이의 프롤로그로 시작하는 패턴을 맞추기 위해 정말이지 강박적으로 작업했었거든요. 이제라도 구성의 숨겨진 비밀을 여러분들께 공개할 수 있게 되어서 얼마나 기쁜지 모른답니다.

Q　드라마 집필을 준비하며 꽤 많은 취재를 하셨을 것 같습니다. 학생들의 약물 오남용 사례는 기사로만 접했지, 이렇게까지 세밀한 영상으로 확인한 건 처음이라 충격적이었습니다. 취재 과정에서 어떤 생각을 했나요? 취재 관련한 다양한 이야기를 들려주세요.

　풍문으로 들었던 얘기부터 기사와 다큐, 취재와 인터뷰 등 가능한 모든 루트를 통해 요즘 십대에 대해 알고자 노력했던 거 같습니다. 자문을 주셨던 의사 선생님께 어느 날 톡이 하나 왔지요. 요즘 아이들 사이에서 무슨 약과 무슨 약을 섞어 먹으면 마약을 하는 것과 같은 효과를 낸다며 약물 레시피가 돈다는 내용이었습니다. 뿐만 아니라 현직 고등학교 선생님께서도 많은 아이들이 우울증과 공황장애, 섭식장애와 같은 다양한 정신질환을 겪고 있다며 자해를 하는 아이들 또한 적지 않다고 말씀해 주셨습니다. 실제로 아이들은 자신의 자해 사진을 SNS에 올리고 있었고, 이런 계정들을 찾는 게 결코 어려운 일이 아니었습니다. 또 강남의 명문고 학부모님이 고민하시길, 딸이 친구들 중에서 본인만 섹스 경험이 없다며 너무 초조해한다고도 했습니다. 성적뿐만이 아니라 성적 경험까지도 경쟁하고 남들보다 앞서야 한다는 강박을 갖고 있는 것이지요. 물론 언제나 십대는 불안정합니다. 그리고 정신이 아픈 친구들도 항상 있어 왔습니다. 하지만 그 %가 제가 학교 다니던 시절과는 비교할 수 없을 만큼 크다는 걸 실감했습니다. 그러다보니 저는 왜 이렇게 아이들이 병들어 있을까? 에 대해 고민할 수밖에 없었습니다. 드라마에 나오는 설정들 중에 '설마? 말도 안 돼!' 하는 것들이 사실은 취재를 통해 고증된 경우가 꽤 많습니다. 저희가 대본 작업을 한 이후에 기사화된 사건들도 무수히 많고요. '너무 과장된 것은 아닐까?' 싶은 것들도 사실 드러나지 않았을 뿐, 현실에서는 충분히 가능하고 이미 벌어진 일인 경우가 많다는 건 창작자로서 또 대한민국의 어른으로서도 모두 씁쓸한 일이 아닐 수 없었습니다. 그래서 수진이라는 캐릭터를 통해 약물의 오남용이 얼마나 무서운지를 반드시 보여줘야 한다고 생각했습니다. 수진을 찾아가는 과정을 통해 슬기도 하루 빨리 약을 끊어야겠다고 다짐하기를 바랐습니다. 우리 드라마는 청소년관람불가 등급입니다. 이 작품을 본 우리 어른들과 사회가 아이들의 몸과 마음이 건강할 수 있도록 무엇을 해야 하는지에 대해 조금이라도 생각해볼 수 있는 기회가 되었으면 합니다.

Q   작가님이 창조한 캐릭터의 힘도 크지만, 그 캐릭터와 완벽하게 어울리는 배우들의 캐스팅 또한 이 작품의 큰 원동력이 되었다고 생각합니다. 이혜리 배우의 오랜 팬이라 이번 작품을 통해 '성덕'이 되었다고도 언급했는데요. 캐스팅과 관련해 다른 배우들의 비하인드 스토리도 궁금합니다.

혜리씨가 연기하는 '제이'라는 가장 큰 기둥을 확정 짓고선 나머지 친구들을 캐스팅하기 시작했습니다. 각기 다른 컬러를 가진 캐릭터들이라 4명의 얼굴 합뿐만 아니라 신장까지도 고려해야 할 항목이었습니다. 완전히 다른 매력을 지닌 배우들을 찾기 위해 오디션을 하고 또 했습니다.

예리는 캐릭터 설정상 예뻐야 했습니다. 이 예쁨을 무기로 삼는 친구고, 대본에서도 그런 예리의 외모에 대해 언급하는 대사가 정말 많기 때문에 객관적으로 예쁜 친구가 예리를 연기해야 한다고 생각했습니다. 만나본 여배우들 중 혜원씨가 단연 빛나더군요. 그렇게 제이 다음으로 예리가 결정됐습니다. 캐릭터 분석을 위해 숙제를 내줬는데 A4 5장을 하루 만에 꽉 채워왔습니다. 게다가 써온 답들이 꽤 훌륭했어요. 1부 25씬에서 경이가 예리에게 "담배부터 끊던가."라고 하는 대사가 초고에서는 "술부터 줄이던가."였죠. 혜원씨의 캐릭터 분석으로 바뀐 대사입니다. 어릴 적부터 룸살롱에서 술 취한 사람들의 행패를 많이 보아왔기 때문에 정작 본인은 술을 마실 거 같지 않다더군요. 설득력이 있었습니다. 그렇게 예리는 담배는 피우되 술은 마시는 않는 캐릭터가 되었죠. 안 그런 척하지만 혜원씨는 굉장한 노력파이면서 동시에 타고난 영리함이 있어요, 마치 예리처럼요.

세 번째로는 우리씨가 캐스팅됐죠. 작품을 준비하면서 지인 여러 명에게 추천을 받았던 탓에 오디션 리스트에 꼭 올려달라고 제가 특별히 부탁했던 이름이었습니다. 그만큼 업계가 주목하는 신예였고 소위 말하는 평판이 좋았습니다. 만나보니 이유를 알겠더라고요. 첫 만남에서부터 이미 경이처럼 동글이 안경을 쓰고 와 똑 부러지는 딕션으로 대사를 쳐 제작진 모두의 마음을 사로잡아 버렸습니다. 배우인 동시에 단편영화를 연출한 감독이기도 해 어려운 씬들에 대한 이해와 각오가 남달랐고 몸을 사리지 않는 열연을 보여줬습니다. 질문이 어찌나 많은지 '감독님, 잠깐 통화 가능하세요?' 하면 한 시간은 훌쩍이었답니다. 꼼수 부리지 않고 우직하게 정공법으로 돌파하는 모습이 정말 경이와 닮았다고 생각했어요.

그리고 마지막으로 슬기 역할에 수빈씨가 캐스팅됨으로써 4명의 퍼즐이 드디어 완성되었습니다. 처음부터 슬기를 신선한 얼굴로 가고 싶었지만 슬기가 16부 내내 겪게 될 서사가 만만치 않아 아무나 표현할 수 있는 캐릭터는 아니었던 탓에 제작진 입장에서 고민이 많았습니다. 수빈씨의 경우, 여러 번의 만남 끝에 슬기로 최종 결정됐는데 두 번째 미팅에서 보여준 연기가 제 마음을 움직였죠. 2부 45씬 제이방에 초대된 슬기를 연기할 때, 실제로 보지도 못한 공간임에도 대본에 적힌 몇 줄의 지문만으로 마치 그곳에 있는 것처럼 생생하게 연기해내는 수빈씨를 보며 충분히 슬기를 감당할 수 있겠다는 판단이 들었습니다. 또 슬기가 퍽퍽해 보이지만 그건 부모와 헤어져 보육원에서 지내며 많은 것들을 경험할 기회가 없었기 때문이지 원래 감수성이 메말라 있는 친구는 절대 아닐 것 같다며 본인이 해석한 캐릭터에 대해 얘기하는데, 저도 모르게 순간 눈물이 찔끔 나와 수빈씨가 제게 티슈를 건네주었던 낯뜨거운 일화가 있습니다. 얼핏 조용하고 여리여리해 보이지만 독기를 품은 눈이 생존을 위해 악착같이 공부해온 슬기와 신기하리만큼 닮아있어 완벽한 캐스팅이었다고 생각합니다.

태훈 선배님께 제가 농담처럼, 유태준 역할에 선배님이 1순위였다고 말했는데 사실이었습니다. 태준은 중년이라고는 하지만 그냥 아저씨가 아닌, 아직 남성성이 남아 있는 인물이기를 원했습니다. 완벽한 자기관리로 빚어진 멋진 몸과 결벽증이 있을 것만 같은 깔끔함을 가지고 있는 부유한 병원장에 어울리는 이 나이 또래의 배우가 몇이나 있겠습니까. 평범하지 않은 대본을 흥미롭고 재미난 도전으로 바라봐주시고 선뜻 출연을 결정해주셔서 너무 감사했고 결과적으로 더할 나위 없이 좋은 캐스팅이었다고 생각합니다.

영재씨가 맡은 병진이란 캐릭터는 여러모로 의외성을 갖길 바랐습니다. '니가 왜 거기서 나와?' 같은. 캐스팅 디렉터님에게 추천을 받았는데 기본적으로 저는 무대 경험이 많은 아이돌을 좋아합니다. 카메라에 자신이 어떻게 나오는지 충분히 학습이 되어 있기 때문에 유리한 부분이 많다고 생각하거든요. 영재씨는 다년간의 아이돌 경험으로 다져진 스타성과 무대 위에서 보여줬던 샤방샤방한 이미지 너머 그늘지고 날카로운 면이 동시에 있어 좋았습니다. 그리고 저와 리딩 연습을 꽤 많이 했는데, 이미 첫 미팅 때 대사를 싹 다 외워오는 성실함을 보여줬습니다. 연기에 대한 감도 있는데 성실함까지 갖췄다?! 이건 분명히 승산이 있을 거라고 믿어 의심치 않았습니다.

Q   이 드라마는 '구원 서사'로 불리기로 합니다. 두 사람이 서로에게 '진심으로 끌린

순간'과 이를 스스로 자각한 순간은 각각 언제인가요? 작가님께서 미리 설정해 둔 특정 시점이 있을까요?

　이건 보시는 분들에 따라 느끼는 지점이 모두 다른지라 굳이 제가 말씀을 드리는 게 좋을까 싶지만, 그래도 워낙 슬기의 시점으로 극이 진행되다보니 '과연 제이는 언제 슬기에게 진심으로 끌렸는가?' 에 대해 궁금함이 많으신 걸로 압니다. 바로 4부 41씬입니다. 탄 고기와 콜라를 먹으며 태준에게 말대답하는 슬기를 보며, 제이의 마음이 확 열리죠. 이어진 45씬에서 제이는 하이 텐션으로 슬기에게 말합니다. 너, 아까 우리 아빠 얼굴 봤어? 라고요. 차마 아빠를 거역할 수 없었던 자신과 달리, 가뿐하게 태준에게 한 방 먹이는 슬기가 제이 입장에서는 꽤 멋져보였을 거라고 생각하며 썼습니다. 그리고 두 사람은 앞으로 어떤 폭풍이 휘몰아칠지 모른 채 축제에서 즐거운 한때를 보냅니다. 얼마 후, 운동장에서 슬기의 비명 소리가 들리고 제이는 경이를 통해, 칼에 찔린 슬기를 태준이 데리고 갔다는 얘기를 전해 듣습니다. 병원으로 뛰어가 슬기를 찾는 내내 제이는 스스로 깨닫지 않았을까요? 자신이 그녀를 매우 특별하고 소중한 존재로 여기고 있다는 사실을 말이죠. 제이는 이미 그 전에 슬기가 죽는 상상을 해보았지만 막상 닥치니 그것이 별 쓸모가 없었다는 것도 알게 되었을 겁니다.

Q　제이가 약을 팔게 된 이유는 무엇인지요?

　아빠에 대한 일종의 반항입니다. 슬기를 옆에 끼고 다니는 것도 태준의 심기를 거스르기 위함인데, 아빠 병원에서 약을 빼돌려 아이들에게 파는 것도 같은 맥락이라고 이해해주시면 될 거 같습니다. 내가 이런 짓을 하지만 공부만 잘하면 절대 나한테 뭐라고 할 수 없는 아빠, 그런 아빠를 향한 제이의 조롱인 셈이죠.

Q　직접 연출을 맡으셨기에, 배우들과 현장에서 호흡하며 바뀐 대사도 많다고 들었

습니다. 그중에서 인상 깊은 장면이 있다면 소개해주세요.

6부 26씬에서 클럽에 입장할 때 제이가 경이의 안경을 벗기며 "오빠 봐봐, 이것 땜에 그래."는 원래 있던 대사를 현장에서 혜리씨가 바꾼 건데 센스 넘쳤다고 생각해요. 또 4부 46씬 소개팅 부스에서 나온 경이를 향해 예리가 "뭐야, 질투나게.."라고 말하는 것도 혜원씨의 애드립인데 느낌이 좋아 편집에서 그대로 살렸습니다. 주로 혜리씨가 대사에 대한 아이디어를 많이 낸 편이고, 수빈씨, 우리씨, 영재씨는 FM 스타일의 모범생들이라 대본에 충실하게 연기를 해줬던 거 같아요. 그리고 바뀐 대사에 관해서라면 특히 태준을 연기한 태훈 선배님께 정말 감사드립니다. 작가님과 저 모두 그 연령대의 남자가 아니다보니 대사가 조금 어색하고 아쉬운 부분이 있었는데 선배님께서 조금 더 친근하고 자연스러운 요즘 아빠의 언어로 바꿔서 연기해주신 덕에 태준이라는 캐릭터가 더 현실적인 느낌을 가질 수 있었습니다.

Q   제이가 병원 옥상에서 슬기에게 선물하는 스카프 디자인이 사슬 모양이던데, 어떤 의미가 있는 건가요? 슬기를 향한 제이의 소유욕을 나타내는 의도적인 장치였는지 궁금합니다!

많은 팬 여러분들이 스카프의 브랜드와 가격까지 찾아내시는 것을 보고 너무 놀랐던 기억이 납니다. 스카프의 디자인에 따로 의미를 부여하지는 않았어요. 의상팀에서 준비해주신 걸로 기억하고 있고, 고가의 명품 브랜드라 제이에게 어울리겠다고 생각해 선택했습니다. 사슬 모양의 패턴이 중요하다기보다는 스카프를 매어주는 행위 자체에 의미를 뒀습니다. 많은 분들이 이미 추측하시고 계신 것처럼 이건 슬기에게 족쇄(혹은 목줄)를 채우는 것이 맞습니다. 그리고 그걸 채울 때 서로의 숨소리가 들릴 만큼 가깝게 다가가야 한다는 게 포인트였고 그건 이 씬에서 반드시 필요한 텐션이었답니다.

Q   옥상에서 슬기가 제이의 발목을 잡으려 손을 뻗는 장면이 어떤 의미를 나타내는

걸까요? 제이를 걱정하고 지켜주려고 한 걸까요? 아니면 제이에 대한 복잡한 감정을 품고 있었던 걸까요?

　아마 대본집을 정독하셨다면 이 질문에 대해 스스로 답을 찾으셨을 거라 생각하는데요. 그래도 첨언해보자면, 슬기는 이 순간 할 수만 있다면 제이를 확! 밀어서 떨어뜨려버리고 싶었을 겁니다. 자신을 위험에 일부러 빠뜨려놓고 구해준 것이 전부 다 제이의 짓이라는 걸 깨달잖아요. 그럼에도 불구하고 다시 그녀에게 무릎 꿇을 수밖에 없는지라 슬기의 마음은 무척 착잡했을 거라 생각해요.

Q　<선의의 경쟁> 장면에 대한 다양한 해석들 중에는 실제로 감독님과 작가님께서 의도하신 부분도 있겠지만, 의도하지 않았음에도 불구하고 시청자분들이 스스로 해석하여 널리 공감받고 사랑받게 된 해석들도 있을 것 같습니다. 혹시 그런 해석들 중에서 감독님과 작가님께서 '이건 예상 못 했지만 정말 흥미롭고 멋지다'라고 느끼신 해석이 있다면, 그 사례를 들려주실 수 있을까요?

　양파 껍질을 까듯 숨겨진 의도를 귀신같이 찾아주시는 팬 여러분들의 놀라운 분석력에 혀를 내두르며 저희끼리 소름 돋았던 적이 한두 번이 아닙니다. 너무 많아 일일이 나열하기도 벅찬데, 그중에서 가장 기억에 남는 걸 하나만 뽑아보자면 단연 엔딩씬입니다. 제이가 마지막에 모자를 벗고 뒤돌아보는 건, 자신이 사준 구두를 신고 지금 바로 이곳에 와 있는 슬기 때문이라는 것. 제이의 시선이 머문 그곳에 슬기가 서 있을 거라는 해석은 미완결의 이야기에 찍히는 아름다운 마침표와 같이 제 마음에 큰 감동을 주었습니다.

Q　<선의의 경쟁>을 사랑해주신 분들에게 인사 부탁드립니다.

　기획 당시, 이 작품이 대다수의 사람들에게 사랑받기보다는 우리만의 컬러감이 있는 작품으로 기억되면 좋겠다고, 조금 과감하더라도 하고 싶은 이야기를 제대로 해보자며 의기투합했습니다. 그랬기 때문에 전 세계에서 이렇게 뜨거운 사랑을 받으리라고는 감히 예상조차 못했습니다. '소녀들의 이야기'에 대한 대중의 갈증이 어마어마했다는 걸 실감했죠. 본방 당시 여러분과 함께 달리며 새벽 2시가 넘도록 각종 커뮤니티와 SNS에 올라오는 반응을 보느라 저 역시 수면 패턴이 엉망진창 되었지만 행복했습니다. 다시 한번 진심으로 감사드립니다.

이혜리 배우

Q   유제이 역을 맡아야겠다고 결심한 이유가 궁금합니다.

　대본을 보면 볼수록 제이라는 인물이 너무 궁금했어요. '제이는 왜 이러는 걸까?' '진짜 의도가 뭘까?' 하는 호기심이 강하게 생겼어요. 처음에는 대본을 4회(방송분 8회)까지만 받았는데, 뒤의 스토리와 제이의 속내가 너무 궁금해서 '뒷이야기를 보려면 출연할 수밖에 없겠다'라고 생각할 정도였어요. 또 제이는 제가 지금까지 연기했던 캐릭터와는 정반대의 결을 가진 친구여서 저의 새로운 모습을 보여줄 수 있겠다는 기대도 있었기 때문에 선택하게 되었습니다.

Q   20대의 제이와 슬기 그리고 채화여고 아이들은 어떤 일상을 살고 있을까요?

　아직도 무언가와 갈등하고 경쟁하고 있을 것 같아요. 모두가 대학에 가면 혹은 꿈을 이룬다면 이 경쟁이 끝난다고 생각하지만, 사실은 새로운 경쟁의 시작이잖아요. 이들도 지금과는 다른 새로운 환경에서 경쟁하고 있지 않을까요? 그 안에서 어떤 선택을 하는지가 더 중요하다는 걸 좀 더 아는 나이이기 때문에 이 친구들의 선택이 궁금해지네요. 이제는 책임감 때문에 포기하는 것도 많이 생기겠지만 그전보다는 훨씬 행복하고 자유로운 삶을 살고 있을 것 같아요.

Q   제이로서, 최종화 엔딩 시점에 슬기에게 어떤 말을 해주고 싶나요?

슬기야 많이 기다렸지? 미안해. 네 덕분에 나는 한결 평안해졌어. 다시 살고 싶게 만들어줘서 고마워. 우리 언젠가 만날 수 있겠지? 난 오늘도 그날만을 기다리고 있어. 오늘따라 많이 그립다. 슬기야, 네가 늘 행복하길 바라.

정수빈 배우

Q 우슬기 역을 맡아야겠다고 결심한 이유가 궁금합니다.

　오디션을 통해 슬기를 만나게 되었는데요. 슬기가 누구보다도 다채로운 색을 지닌 친구로 보이길 바랐기에 다양한 모습을 담고자 노력했고, 그런 점이 슬기를 구현함에 있어 장점이라고 생각해주신 덕분에 함께할 수 있었던 것 같습니다. 슬기로 살아갈 수 있어서 정말 행복했습니다!

Q 캐릭터가 단순하지 않고, 주변 환경도 계속 바뀌는 탓에 작품을 준비하는 과정이 쉽지 않았을 것 같습니다. 어떻게 준비해나갔는지요?

　슬기의 그런 특성과 환경 덕분에 오히려 많은 것을 배울 수 있었습니다. 누군가를 섣불리 의심하기보다는 한 번 더 믿어보는 용기와, 힘든 상황에서도 주저앉지 않고 적극적으로 어려움을 해결해나가는 태도를 배웠어요. 이 작품을 계기로 저도 많이 성장할 수 있었던 것 같습니다.

Q 사람을 경계하던 슬기가 어느 순간 제이에게 활짝 마음을 엽니다. 주위의 함정에도 불구하고 굳건하게 제이를 신뢰하지요. 대본 지문이나 감독님의 디렉팅도 있었겠지만, 슬기를 연기하는 배우로서, 제이에게 '믿음'이 갔던 첫 순간은 언제인지요?

팬분들께서 일명 '아기 김종국' 씬으로 불러주시는 스터디룸 장면이에요. 자신의 아픔보다 타인의 상처를 더 지켜주려고 하는 제이에게 고마움을 느꼈고, 그 순간부터 슬기 마음속의 벽이 조금씩 허물어지며 열리기 시작한 것 같아요.

Q   최경 역을 맡아야겠다고 결심한 이유가 궁금합니다.

경이는 단순히 입시 스트레스를 표현하는 인물이 아니라고 느꼈어요. 그
저 2인자 콤플렉스만으로 표현할 인물도 아니고요. 밖에선 이성적인 모범
생이지만, 속으론 청소년기의 미성숙한 강한 욕망을 가지고 있고 충동적인
아이. 남에겐 냉정하게 말하지만 사실은 따뜻하고 정의로운 그 나이의 아이
같았어요. 저는 경이가 그래서 사랑할 만한 캐릭터라고 생각했고 그런 인물
을 연기할 수 있다는 기회만으로 감사했습니다.

Q   제이 때문에 늘 2등을 해왔던 경이, 그 콤플렉스를 어떻게 이해하고 연기하셨나
요?

처음에는 동경에서 시작했어요. 하지만 너무 멋진 제이 옆에 서면 스스로
가 부족하게 느껴졌어요. 그걸 다른 사람들에게도 들킨 것 같아 늘 신경이
쓰였죠. 그런데 아니나 다를까 늘 저는 2인자였고, 나라는 존재만으로 빛나
지 못하는 사람이라는 벽을 느꼈어요. 그럼에도 제이가 날 소중하게 여긴다
고 느꼈는데 그마저도 어느 순간부터 변해버린, 소중한 존재로 대하지 않는
제이가 미워졌어요. 그래서 미워하지만 그만큼 늘 의식하게 되는 존재죠.

Q   주예리 역을 맡아야겠다고 결심한 이유가 궁금합니다.

캐릭터가 어린 시절부터 어떻게 살아왔는지가 흥미로웠고, 되게 무모하지만 실행력 있는 행동들을 하는 것도 매력이 있다는 생각을 했습니다. 또 걸스릴러라는 장르가 흥미롭게 와닿아서 해보고 싶다는 생각을 했었습니다.

Q   예리는 어떤 사람이라고 정의할 수 있을까요? 복잡하고 입체적인 성격을 가진 예리를 연기하면서, 배우님은 예리를 어떤 인물로 해석하셨는지 궁금합니다.

어린 시절이 좋지만은 못했지만, 여러 가지 힘든 상황에 무너지지 않고 어떤 방식으로든 살아가려고 하는 성격. 그리고 안 좋은 쪽일지라도, 사람 마음을 움직일 줄 아는 사람 같았어요.

Q   예리의 대사 중 가장 좋아하는 대사와 그 이유는 무엇인가요?

"둘 중 하나가 없으면 누군가는 좀 더 쉽게 가질 것들이잖아."라는 대사를 좋아해요. 예리의 성격과 예리가 채화여고 안에서 어떤 모습을 하고 있는지 잘 보여주는 대사라고 생각해서요. 그리고 "거울아 거울아 세상에서 누가 제일 예쁘지?"라는 대사를 많이 좋아해 주셨던 거 같아서 기억에 남아요.